वन नाइट
@
द कॉल सेंटर

वन नाइट
@
द कॉल सेंटर

चेतन भगत

प्रभात
पेपरबैक्स
www.prabhatbooks.com

प्रकाशक

प्रभात पेपरबैक्स

4/19 आसफ अली रोड, नई दिल्ली-110002

फोन : 23289555 • 23289666 • 23289777 ❖ फैक्स : 23253233

इ-मेल : prabhatbooks@gmail.com ❖ वेब ठिकाना : www.prabhatbooks.com

संस्करण

2016

मूल्य

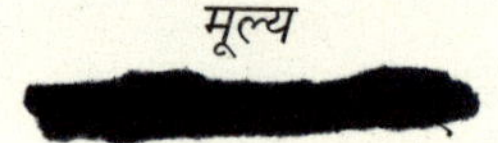

अ.मा.पु.स. 978-81-7315-625-0

मुद्रक

नरुला प्रिंटर्स, दिल्ली

———— ★ ————

ONE NIGHT @ THE CALL CENTRE
(Hindi translation of **'One Night @ the Call Centre'**)
novel by Chetan Bhagat

Published by **PRABHAT PAPERBACKS**
4/19 Asaf Ali Road, New Delhi-10002

ISBN 978-81-7315-625-0

₹ 175.00

मेरे जुड़वाँ बेटों
एवं उस शानदार महिला के लिए
जिसने उन्हें जन्म दिया

अनुक्रम

इसके पहले कि आप यह पुस्तक पढ़ना प्रारंभ करें, मेरी एक छोटी विनती है। यहीं पर तीन चीजें लिखें। वे हैं–

(1) जिससे आप डरते हैं,

(2) जिससे आपको गुस्सा आता है तथा

(3) जो आपको अपने स्वयं के बारे में पसंद नहीं है।

ईमानदार बनिए तथा वह लिखिए जो आपके लिए अर्थपूर्ण हो।
क्या आप इस विषय में कुछ अधिक सोच रहे हैं कि मैं आपको ऐसा क्यों करने को कह रहा हूँ? बस, आप कीजिए–

एक चीज, जिससे मैं डरता हूँ :

एक चीज, जो मुझे गुस्सा दिलाती है :

एक चीज, जो मुझे स्वयं के बारे में पसंद नहीं है :

ठीक है, अब इस अभ्यास को भूलें और कहानी का आनंद उठाएँ।

क्या आपने कर लिया?

अगर नहीं, तो प्लीज कीजिए। यह आपको इस पुस्तक को पढ़ने के अनुभव को समृद्ध बनाएगा।

अगर हाँ, तो धन्यवाद। आप पर शक करने के लिए माफी चाहता हूँ। अभ्यास एवं आपके विषय में मेरी शंकाओं के बारे में भूल जाएँ तथा कहानी का आनंद उठाएँ।

आभार

एक मिनट के लिए ठहरें, अगर आप सोच रहे हैं कि यह सिर्फ मेरी पुस्तक है। यह कभी भी एक अकेले व्यक्ति की पुस्तक नहीं है। मेरे केस में अनेक व्यक्तियों ने मेरी सहायता की। मैं विशेषकर धन्यवाद देना चाहूँगा–

शिनी एंथोनी को–उनकी समीक्षा एवं मानदंडों के लिए, जब उन्होंने मुझे फीडबैक दिया। यह मैंने पहले भी कहा कि वे मेरी मार्गदर्शक, गुरु एवं दोस्त हैं।

मेरे कॉल सेंटर के चचेरे-ममेरे भाई-बहन, सालियाँ एवं दोस्त–रितिका सरीन, श्वेता सरीन, अखिल सरीन, निखिल सरीन, नितिन एवं जेसिका–बिना तुम्हारे सहयोग के यह पुस्तक अस्तित्व में नहीं होती। कॉल सेंटर के आस-पास रात में ताक-झाँक करने, मुझे जानकारी प्रदान करने, विभिन्न प्रशिक्षण सामग्री को चुराने तथा असंख्य व्यक्तियों के साथ मुलाकात कराने के लिए धन्यवाद। सबसे महत्त्वपूर्ण–अपने जीवन को मेरे साथ बाँटने के लिए धन्यवाद। मैं कभी भी कॉल सेंटर में हर रात काम करनेवालों के विषय में इतना अधिक जानने का दावा नहीं कर सकता था। परंतु मैं सोचता हूँ कि मैं तुम्हारी भावनाओं को समझता हूँ–इस बात को ध्यान रखकर कि इसके लेखन ने मुझे कितना हिला दिया है। फिर भी, अगर तुम मेरे किन्हीं संदर्भों में कमी पाओ तो कृपया मुझे अन्य सामान्य, अपूर्ण मानव समझकर क्षमा करना।

मेरे एक विशेष भूतपूर्व बॉस। जब मैं उनके साथ कार्यरत था, मेरा जीवन नरक समान था और वह शायद मेरे जीवन का सबसे खराब दौर था। मैं आश्चर्य करता था कि ऐसा मेरे साथ ही क्यों हो रहा है। अब मुझे पता चला, बिना उस अनुभव के मैं यह पुस्तक नहीं लिख पाता। मुझे तकलीफ पहुँचाने के लिए धन्यवाद, मेरे भूतपूर्व बॉस! इन्हीं पंक्तियों में, मैं उन सभी महिलाओं का धन्यवाद देना चाहूँगा, जिन्होंने मुझे 'रिजेक्ट' किया (नाम लिखने के लिए बहुत हैं, और यहाँ जगह कम है)। उनके बिना अस्वीकार की पीड़ा को मैं समझ नहीं पाता।

मेरा परिवार—अनुजा, इशांत, श्याम, केतन, आनंद, पीया, पूनम, रेखा, कल्पना एवं सूरी। ये अभी भी मेरे साथ हैं तथा मुझे मेरे पागलपन के चलते भी, जिसे मान्यता मिलनी चाहिए, मेरा समर्थन कर रहे हैं।

यहाँ मैं मनजीत सिंह सलूजा का नाम विशेषत: लेना चाहूँगा, जिनके अनुवाद के प्रयासों से आप लोगों के लिए मैं पुस्तक का हिंदी संस्करण प्रस्तुत कर पाया।

मि. बिल गेट्स एवं उनकी माइक्रोसॉफ्ट कॉर्पोरेशन. को एम.एस. वर्ड के लिए। इसका कारण आप कहानी पढ़ते समय निकाल पाएँगे।

इसके साथ, मुझे उम्मीद है कि आप तैयार हैं—वन नाइट @ कॉल सेंटर पर बिताने के लिए।

भूमिका

कानपुर से दिल्ली ट्रेन में रात का सफ़र मेरी जिंदगी का सबसे यादगार सफर था। पहला इसलिए कि इसने मुझे मेरी दूसरी किताब दी। और दूसरा इसलिए कि यह रोज-रोज नहीं होता है कि आप एक खाली कंपार्टमेंट में बैठे हों और एक खूबसूरत जवान लड़की अंदर आ जाती हो।

हाँ, आप इसे बस फिल्मों में देखते हैं। आप इसके बारे में अपने दोस्तों के दोस्तों से सुनते हैं, पर यह कभी आपके साथ नहीं होता। जब मैं जवान था, मैं अपनी ट्रेन की बोगी के बाहर लगे रिजर्वेशन चार्ट को महिला यात्रियों को चेक करने के लिए देखा करता। (F-17 से F-25 तक ही मैं ज्यादातर देखा करता) हालाँकि ऐसा कभी नहीं हुआ। अधिकतर मामलों में मैंने अपना कंपार्टमेंट बातूनी आंटियों के साथ, खर्राटे भरते लोगों के साथ और रोते हुए बच्चों के साथ बाँटा है।

पर यह रात अलग थी। पहला मेरा कंपार्टमेंट खाली था। रेलवे ने इस गरमी में यह ट्रेन हाल ही में शुरू की थी, और कोई इसके बारे में जानता नहीं था। दूसरा, मैं सोने में असमर्थ था।

मैं कुछ काम से आई.आई.टी., कानपुर गया था। वहाँ से निकलने से पहले विद्यार्थियों से बतियाते हुए कैंटीन में मैंने चार कप कॉफी पी थी। बुरी बात है, जबकि यह पता था कि मुझे एक खाली कंपार्टमेंट में बिना सोए आठ बोरिंग घंटे बिताने होंगे। मेरे पास पढ़ने के लिए कोई किताब या मैगजीन नहीं थी। अँधेरे में खिड़की के बाहर मैं मुश्किल से ही कुछ देख सकता था। मैंने अपने आपको एक शांत और नीरस रात के लिए तैयार कर लिया। पर यह कुछ और निकला।

ट्रेन के स्टेशन से छूटने के पाँच मिनट बाद वह अंदर आई। उसने मेरे कंपार्टमेंट का परदा खोला और बहुत उलझन में दिखाई दी।

"क्या कोच A 4 सीट 63 यहाँ पर है?" उसने कहा।

मेरे कंपार्टमेंट में पीले प्रकाश का बल्ब थोड़ा बुझा हुआ था। वह टिमटिमा भी रहा था, जब मैंने उसकी ओर देखा।

"हूँ।" मैंने कहा, जब मैंने उसका चेहरा देखा। उसकी आँखों की चमक से दूर हटना मुश्किल था।

"वाकई यही है। मेरी सीट ठीक तुम्हारे सामने है।" उसने अपने ही सवाल का जवाब दिया और अपने भारी सूटकेस को ऊपर की बर्थ पर चढ़ाने लगी। वह मेरे सामनेवाली बर्थ पर बैठ गई और चैन की साँस ली।

"मैं गलत कोच में चढ़ गई थी, किस्मत से बोगियाँ जुड़ी हुई हैं।" उसने अपने लंबे बालों को, जिनकी अनगिनत लटें थी, सँवारते हुए कहा। अपनी आँखों के कोने से मैंने उसे देखने की कोशिश करी। वह जवान थी, शायद 20-25 वर्ष की रही होगी। उसके कमर तक लंबे बालों में एक अलग जान थी, वे बार-बार उसके ललाट पर आ-जा रहे थे। मैं उसका चेहरा स्पष्ट रूप से देख नहीं सका, पर एक बात कह सकता हूँ—वह सुंदर थी। और उसकी आँखें—एक बार आप उनमें देख लें तो फिर नजरें नहीं हटा सकते। मैंने अपनी नजरें नीची रखीं।

उसने अपने हैंडबैग में रखी चीजों को पुनः जमाया। मैंने खिड़की से बाहर देखने की कोशिश की। बाहर पूरी तरह से अँधेरा था।

"तो काफी खाली ट्रेन है।" उसने दस मिनट के बाद कहा।

"हाँ!" मैंने कहा, "यह नई ट्रेन हॉलीडे स्पेशल है। उन्होंने अभी हाल ही में लोगों को इसके बारे में बताए बिना शुरू की है।"

"कोई आश्चर्य नहीं, नहीं तो इस समय ट्रेन पूरी भरी हुई रहती है।"

"यह भी भर जाएगी, चिंता मत करो। केवल कुछ दिनों के बाद इसे देखना।" मैंने कहा और आगे की तरफ झुका—"हाय, मेरा नाम चेतन है, चेतन भगत।"

"हाय," उसने कहा और मुझे कुछ सेकंडों के लिए देखा। "चेतन" मैं नहीं जानती, लेकिन तुम्हारा नाम जाना-पहचाना लग रहा है।"

यह मजेदार बात थी। इसका मतलब था कि उसने मेरी पहली किताब के बारे में सुन रखा था। मैं मुश्किल से ही पहचाना जाता हूँ। और हाँ, ऐसा कभी भी रात की ट्रेन में किसी लड़की के साथ नहीं हुआ।

"शायद तुमने मेरी किताब के बारे में सुना हो—फाइव पॉइंट समवन। मैं उसका लेखक हूँ।" मैंने कहा।

"ओह हाँ।" उसने कहा और रुक गई, "हाँ, बिलकुल। मैंने तुम्हारी किताब पढ़ी है। खराब प्रदर्शन करनेवाले तीन छात्र और एक प्रोफेसर की बेटी, ठीक?" उसने कहा।

"हाँ तो तुम्हें कैसी लगी?"

"हाँ, ठीक-ठीक थी।"

मैं हक्का-बक्का रह गया। यहाँ पर मैं एक कॉम्पलीमेंट से कुछ ज्यादा से काम चला सकता था।

"केवल ठीक-ठीक?" मैंने कुछ चिढ़ते हुए कहा।

"हाँ⋯।" उसने कहा और रुक गई।

"हाँ तो क्या?" मैंने दस सेकंड के बाद कहा।

"हाँ, बस ठीक-ठाक⋯ओ.के., ओ.के. टाइप।" उसने कहा।

मैं चुप रहा। उसने मेरे चेहरे पर निराशा का भाव पढ़ लिया।

"फिर भी तुमसे मिलकर अच्छा लगा चेतन। तुम कहाँ से आ रहे हो? आई. आई.टी., कानपुर से?"

"हाँ", मैंने कहा, मेरी आवाज कुछ क्षण पहले जैसी दोस्ताना नहीं रही। "मुझे वहाँ पर एक लेक्चर देना था।"

"क्या सचमुच? किस बारे में?"

"मेरी किताब के बारे में, वो केवल ओ.के., ओ.के., टाइपवाली तुम जानती हो। कुछ लोग उसके बारे में सुनना चाहते हैं।" अपने व्यंग्य-बाण रूपी शब्दों में मिठास घोलते हुए मैंने कहा।

"रोचक!" उसने कहा और चुप हो गई।

मैं भी चुप था। मैं अब उससे बात नहीं करना चाहता था। मैं अपना खाली कंपार्टमेंट वापस चाहता था।

ऊपर टिमटिमाता हुआ पीला प्रकाश मुझे खिजा रहा था। मैं सोच रहा था कि इसे बंद कर दूँ। पर अभी इतनी देर नहीं हुई थी।

"अगला स्टेशन कौन सा है? क्या यह नॉन-स्टॉप ट्रेन है?" उसने पाँच मिनट के बाद पुनः बातचीत करने के लिए पूछा।

"मैं नहीं जानता।" मैंने कहा और खिड़की से बाहर देखने लगा (भले ही मैं अँधेरे में कुछ देख नहीं सकता था)।

"क्या सबकुछ ठीक है?" उसने नम्रतापूर्वक से पूछा।

"हाँ क्यों?" मैंने अपने "क्यों" को इस तरह से कहा कि उसे पता चल जाए कि सब कुछ ठीक नहीं था।

"कुछ नहीं, मैंने अभी तुम्हारी किताब के बारे में जो कहा, तुम उससे नाराज हो?"

"वाकई नहीं।" मैंने कहा।

वह हँस दी। मैंने उसकी ओर देखा। उसकी नजर की तरह उसकी मुसकराहट

भी सम्मोहित करने वाली थी। मैं जानता था कि वह मुझ पर हँस रही थी, लेकिन मैं उसे मुसकराते रहने देना चाहता था। मैंने अपनी नजर फिर अलग खींच ली।

"सुनो, मैं जानती हूँ, तुम्हारी किताब ने अच्छा काम किया। तुम एक नवयुवक लेखक हो। लेकिन एक बात पर···चलो, जाने दो।"

"क्या?" मैंने पूछा।

"एक चीज में तुम मुश्किल से ही एक नौजवान लेखक हो।"

मैं चुप हो गया और कुछ क्षणों के लिए उसकी तरफ देखता रहा। उसकी चुंबकीय आँखों में एक नम्र किंतु एक दृढ़ आग्रह था।

"मैंने सोचा कि मैंने कॉलेज के बच्चों के लिए एक किताब लिखी है। क्या वह नवयुवक नहीं है?" मैंने कहा।

'हाँ, ठीक है, तो तुमने आई.आई.टी. पर एक किताब लिखी। ऐसी जगह जहाँ पर बहुत कम लोगों का जाना नसीब होता है। क्या तुम सोचते हो कि यह सभी नवयुवकों के बारे में दरशाती है?' उसने पूछा और अपने बैग से पुदीने की गोलियों का एक डिब्बा निकाल लिया। उसने मुझे भी एक ऑफर की। लेकिन मैंने मना कर दिया। मैं सीधे-सीधे उसको समझना चाहता था।

"तो तुम क्या कहने की कोशिश कर रही हो? मुझे कहीं-न-कहीं से तो शुरुआत करनी ही थी। इसलिए मैंने अपने कॉलेज के अनुभवों के बारे में लिखा। और तुम जानती हो कि कहानी इतनी ज्यादा आई.आई.टी. विशिष्ट है भी नहीं। यह कहीं भी हो सकती थी। मेरा कहने का मतलब है, केवल इसलिए तुम मेरी किताब को निरर्थक बता रही हो।"

"मैं इसे बेकार नहीं कह रही हूँ। मैं केवल इतना कह रही हूँ कि वह भारतीय नवयुवकों के बारे में नहीं बताती।" उसने कहा और अपना डिब्बा बंद कर दिया।

"ओह, सचमुच!" मैंने कहना शुरू किया। लेकिन ट्रेन पुल पर से गुजर रही थी तो उसकी आवाज से रुक गया।

अगले तीन मिनटों के लिए हमने कुछ बात नहीं की, जब तक ट्रेन वापस आसान पटरी पर नहीं आ गई।

"नवयुवकों को कैसे दरशाया जा सकता है?" मैंने कहा।

"मैं नहीं जानती। तुम लेखक हो। तुम बताओ।" उसने कहा और माथे पर आ गए तीन-चार बालों के गुच्छों को हटाया।

"यह सही नहीं है।" मैंने कहा, "यह बिलकुल सही नहीं है।" मैंने पाँच साल के एक छोटे से बच्चे की तरह जिद करते हुए कहा। उसने मुझे खुद से शिकायत करते हुए पाया तो वह मुसकराई। कुछ क्षणों के बाद उसने मुझसे फिर

बात की।

"क्या तुम और भी किताबें लिखने जा रहे हो?" उसने पूछा।

"मैं कोशिश करूँगा।" मैंने कहा। मैं नहीं जानता था कि मैं उससे बात करना चाहता था कि नहीं।

"तो तुम अब किस बारे में लिखोगे? इस बार I.I.M.?" उसने पूछा।

"नहीं।"

"क्यों नहीं?"

"क्योंकि यह देश के नवयुवकों को नहीं दरशाता।"

वह हँसने लगी।

"देखो, मैं तुम्हारे ही फीडबैक को ले रहा हूँ। और अब तुम मुझ पर हँस रही हो।" मैंने कहा

"नहीं-नहीं।" उसने कहा, "मैं तुम पर हँस नहीं रही हूँ। तुम इतना ज्यादा भावुक होना बंद करो।"

"मैं भावुक नहीं हो रहा हूँ। मैं केवल फीडबैक लेना चाहता हूँ," मैंने कहा और अपनी नजरें दूर कर लीं।

"ठीक है, ठीक है। मुझे जरा समझाने दो। देखो, मुझे आई.आई.टी. वालों की बातें अच्छी लगीं, लेकिन मोटे तौर पर इस पूरी चीज का क्या मतलब है? हाँ, तुम्हारी किताब बिकती है और तुम्हें आई.आई.टी. कानपुर जाने को मिलता है। लेकिन क्या वह इन्हीं सभी के बारे में है?" उसने कहा।

"हाँ, तब वह किसके बारे में है?"

"यदि तुम नवयुवकों के बारे में लिखना चाहते हो तो क्या तुम्हें उन जवान लोगों के बारे में बात नहीं करनी चाहिए, जो वाकई चुनौतियों का सामना करते हैं? मेरा मतलब ठीक है, आई.आई.टी. के विद्यार्थी चुनौतियों का सामना करते हैं? लेकिन हजारों दूसरों के बारे में क्या?"

"जैसे?"

"अपने आस-पास देखो जरा। आधुनिक भारत में चुनौतियों का सामना करनेवाले नवयुवकों का सबसे बड़ा हिस्सा कौन सा है?"

"मैं नहीं जानता। क्या विद्यार्थी?"

"नहीं मि. लेखक। अपनी पहली किताब के विद्यार्थी दायरे से बाहर निकलो। कुछ और ऐसा जो तुम्हें विचित्र और रोचक लगे। मेरा मतलब है, तुम्हारी दूसरी किताब का क्या विषय है?"

मैं पहली बार उसे ध्यान से देखने के लिए मुड़ा, शायद रात का समय था, लेकिन मैं झूठ नहीं बोल रहा, वह मेरे द्वारा देखी गई सबसे सुंदर औरतों में से एक

थी। उसके बारे में सबकुछ एकदम सटीक था। उसका चेहरा किसी बच्चे के चेहरे की तरह था। उसने एक छोटी सी बिंदी लगाई थी, जिसे देखना मुश्किल था, क्योंकि बीच में उसकी आँखें आ जाती थीं।

अब मैंने उसके प्रश्नों पर गौर किया।

''दूसरी किताब? नहीं, अभी तक मैंने इस विषय में सोचा नहीं है।'' मैंने कहा।

''सचमुच? क्या तुम्हारे पास कोई आइडिया नहीं है?''

''मेरे पास आइडिया तो है, लेकिन ऐसा कुछ भी नहीं जिसके बारे में मैं पूरी तरह से निश्चित हूँ।''

''मजेदार।'' उसने कहा। ''ठीक है, फिर अपनी पहली किताब की सफलता का ही आनंद लेते रहो।''

हम आधे घंटे तक चुप रहे। मैंने अपने बैग की चीजों को बाहर निकाला और अकारण ही उन्हें फिर जमाया। मैंने सोचा कि नाइटसूट पहनने का भी कोई मतलब है मुझे नींद तो आनेवाली थी नहीं। एक अन्य ट्रेन हमसे विपरीत दिशा में शोर करती हुई पीछे शांति छोड़कर निकल गई।

''शायद मेरे पास तुम्हारे लिए दूसरी कहानी का आइडिया हो।'' उसने मुझे एकदम चौंकाते हुए कहा।

''हूँ?'' मैं इस बारे में सावधान था कि वह क्या कहने जा रही है; क्योंकि चाहे जो भी उसका आइडिया हो, मुझे उसमें अपनी रुचि दिखानी थी।

''क्या है वह?''

''कॉल-सेंटर के बारे में एक कहानी है।'

''सचमुच?'' मैंने कहा, ''कॉल सेंटर, जो कि बी.पी.ओ. (बिजनेस प्रोसेस आउटसोर्सिंग) में होते हैं?''

''हाँ, क्या तुम्हें उनके बारे में कुछ पता है?''

मैंने इस बारे में सोचा। हाँ, मैं कॉल सेंटर के बारे में ज्यादातर अपने चचेरे भाइयों से, जो वहाँ काम करते हैं, से जरूर सुनता था।

''हाँ, मैं थोड़ा-बहुत जानता हूँ।'' मैंने कहा, ''लगभग तीन लाख लोग इसमें काम करते हैं। वे यू.एस. कंपनियों को अपनी बिक्री, सेवाओं और अपने कामकाज की देखरेख करने में मदद करते हैं। आमतौर पर जवान लोग वहाँ रात की शिफ्ट में काम करते हैं। काफी रोचक है, सचमुच।''

''केवल रोचक? क्या तुमने कभी सोचा है कि उन्हें किन स्थितियों का सामना करना पड़ता है?'' पूछते समय उसकी आवाज फिर दृढ़ हो गई।

''ओह, सचमुच नहीं।'' मैंने कहा।

''क्यों? क्या वे नवयुवक नहीं हैं? क्या तुम उनके बारे में लिखना नहीं चाहते?'' उसने मुझे लगभग डाँटते हुए कहा।

''सुनो, फिर से बहस शुरू मत कर देना।''

''मैं बहस नहीं कर रही हूँ। मैंने तुमसे कहा था कि मेरे पास तुम्हारे लिए एक कॉल सेंटर की कहानी है।''

मैंने अपनी घड़ी की तरफ देखा। 12:30 बज रहे थे। समय काटने के लिए कहानी एक बुरा आइडिया तो नहीं था, मैंने सोचा

''चलो, तब कहानी सुनते हैं।'' मैंने कहा।

''मैं तुम्हें कहानी सुनाऊँगी; लेकिन मेरी एक शर्त है।'' उसने कहा।

''शर्त क्या? कि मैं यह कहानी किसी और को न बताऊँ?'' मैंने पूछा।

''नहीं, इसका एकदम उलटा। तुम्हें मुझसे वादा करना होगा कि तुम अपनी दूसरी किताब इसी कहानी पर लिखोगे।''

''क्या?'' मैं अपनी सीट से लगभग गिरते हुए बोला।

वाह! अब कुछ बात बनी। ओ.के., तो मैं एक लड़की से मिलता हूँ, जो रोचक दिखाई देती है, जिसकी आँखें सुंदर हैं और लगता है कि मुझे समय काटने के लिए वह एक कहानी सुना सकती है। फिर भी, इसका यह मतलब नहीं है कि मैं उस कहानी को किताब में बदलने के लिए अपनी जिंदगी के दो साल खर्च कर दूँ।

''एक पूरी किताब की तरह? क्या तुम मजाक कर रही हो? मैं यह वादा नहीं कर सकता। यह बहुत बड़ा काम है।'' मैंने कहा।

''तुम्हारे ऊपर है, जैसा तुम सोचो।'' उसने कहा और चुप हो गई।

मैं कुछ क्षणों के लिए रुका। वह कुछ नहीं बोली।

''क्या मैं तुम्हारी कहानी सुनने के बाद निर्णय नहीं कर सकता?'' मैंने पूछा, ''अगर वह रोचक लगी तो मैं ऐसा कर सकता हूँ। पर मैं बिना सुने कैसे तय कर सकता हूँ?''

''नहीं। यह चुनने की बात नहीं है। अगर मैं तुम्हें कहानी सुनाती हूँ तो तुम्हें जरूर लिखनी पड़ेगी।'' उसने कहा।

''एक पूरी किताब…?'' मैंने फिर पूछा।

''हाँ। बिलकुल तुम्हारी अपनी कहानी की तरह, बिलकुल तुम्हारी पहली किताब की तरह। मैं तुम्हें कहानी के लोगों का पता दे सकती हूँ। तुम उनसे मिलकर पूरी छानबीन कर सकते हो, जो भी तुम्हें जरूरी लगे; लेकिन तुम्हें उसे अपनी दूसरी किताब जरूर बनाना होगा।''

“तो फिर ठीक है, मैं सोचता हूँ कि तुम मुझे न ही सुनाओ तो अच्छा है।” मैं बोला।

“ओ.के.!” वह बोलकर चुप हो गई। वह अपने बर्थ पर बिस्तर बिछाने के लिए उठी, फिर उसने अपना तकिया और कंबल रखा। मैंने अंदाजा लगाया कि वह सोने का विचार कर रही है।

मैंने अपनी घड़ी पुनः देखी। रात का एक बज रहा था और मैं पूरी तरह से जाग रहा था। यह एक न रुकनेवाली ट्रेन थी और सुबह दिल्ली के पहले रास्ते में और कोई स्टेशन नहीं था। उसने टिमटिमाते हुए पीले बल्ब को बंद कर दिया। अब पूरे कंपार्टमेंट में एक अजीब-सा नीला प्रकाश था। मैं उस प्रकाश के बल्ब को ढूँढ़ नहीं पाया। मुझे बहुत विचित्र लगा, जैसे पूरे ब्रह्मांड में हम ही दो व्यक्ति थे।

जैसे ही वह कंबल के अंदर घुस रही थी, मैंने पूछा, “अच्छा, कहानी किस बारे में है? कम-से-कम मुझे थोड़ा-बहुत तो और बताओ।”

“क्या तब तुम उसे करोगे?”

मैंने आधे अँधेरे में अपने कंधों को उचकाया—“कह नहीं सकता।” तुम मुझे अभी पूरी कहानी मत सुनाओ, केवल यह बताओ कि कहानी किस बारे में है?”

उसने हामी भर दी और उठकर बैठ गई। अपने पैरों को मोड़ते हुए उसने बोलना शुरू किया—

“ठीक है, यह कहानी एक रात कॉल सेंटर में काम करते छह लोगों के बारे में है।”

“केवल एक रात, जैसे यह रात?” मैंने टोका।

“हाँ, एक रात। कॉल सेंटर में एक रात।”

“क्या तुम दावे से कह सकती हो कि यह पूरी किताब बन सकती है? मेरा मतलब है, इस रात में क्या खास बात है?”

उसने गहरी साँस ली और मिनरल वाटर की बोतल से एक घूँट पानी पिया।

“देखो!” वह बोली, “यह दूसरी आम रातों की तरह नहीं थी। इस रात को एक फोन कॉल आया था।”

“क्या!” मैं जोर-जोर से हँसने लगा, “तो कॉल सेंटर में एक फोन आता है। यही इसकी खास बात है?”

जवाब में वह मुसकराई नहीं। उसने मेरी हँसी रुकने का इंतजार किया और इस तरह अपनी बात जारी रखी जैसे मैंने कुछ कहा ही न हो। “देखो, यह कोई साधारण फोन कॉल नहीं था। यह जब भगवान् का फोन कॉल आया था।”

उसके शब्दों ने मेरा पूरा ध्यान खींच लिया।

“क्या?”

"तुमने मेरी बात सुनी। उस रात भगवान् का फोन कॉल आया था।" वह बोली।

"तुम साफ-साफ कहो, क्या कहना चाहती हो?"

"मैंने सिर्फ तुम्हें बताया कि कहानी किस बारे में है। तुम्हीं ने पूछा था, याद है?" वह बोली।

"और तब... कैसे...मेरा मतलब..."

"मैं तुम्हें और कुछ नहीं बता रही। अब तुम्हें पता है कि कहानी किस बारे में है। अगर कहानी सुनना चाहते हो तो तुम्हें मेरी शर्त मालूम ही है।"

"यह बहुत मुश्किल शर्त है।" मैंने कहा।

"मैं जानती हूँ। तुम्हारे ऊपर है।" उसने कहा और अपना कंबल फिर उठाने लगी।

छह लोग। एक रात। कॉल सेंटर। भगवान् का कॉल। सभी शब्द मेरे दिमाग में घूमते रहे और अगला एक घंटा बीत गया। दो बजे, वह पानी का घूँट लेने के लिए उठी।

"सो नहीं रहे?" उसने अधखुली आँखों से पूछा।

शायद वोल्टेज की समस्या थी। क्योंकि इस बार कंपार्टमेंट में नीला प्रकाश भी टिमटिमाना शुरू हो गया।

"नहीं, बिलकुल भी नींद नहीं आ रही।" मैंने कहा।

"ओ.के., फिर भी गुड नाइट!" वह बोलकर फिर से सोने लगी।

"सुनो।" मैंने कहा, "उठ जाओ। फिर बैठ जाओ।"

"हूँ!' अपनी आँखों को मलते हुए वह बोली, "क्यों, क्या हुआ?"

"कुछ नहीं। तुमने मुझे बताया कि क्या हुआ? अब मुझे कहानी सुनाओ।" मैंने कहा।

"तो क्या तुम उसे लिखोगे?"

"हाँ।" मैंने थोड़ा हिचकिचाते हुए कहा।

"अच्छा।" वह बोली और फिर पैर पर पैर रखने की मुद्रा में बैठ गई।

बची हुई रात में उसने कहानी सुनाई, जो अगले पृष्ठ से शुरू होती है। यह कहानी छह लोगों के बारे में है—तीन लड़कों और तीन लड़कियों के बारे में, जो कनेक्शंस कॉल सेंटर में काम करते थे। मैं श्याम की नजरों से कहानी कहना ज्यादा पसंद करूँगा। ऐसा इसलिए कि उससे मिलने के बाद मैंने उसे अपने समान ही एक व्यक्ति पाया। बाकी के लोग और उस रात क्या हुआ, वह सब मैं आपको श्याम को कहने दूँगा।

#29 से

''**न**हीं तो?'' ईशा ने कहा

''नहीं तो हम मर जाएँगे।'' व्रूम ने कहा।

हम एक मिनट के लिए चुप रहे।

''सभी एक दिन मरते हैं।'' मैंने चुप्पी तोड़ने के लिए कहा।

''शायद यह आसान है। जिंदगी को झेलने की बजाय उसे खत्म कर देना आसान है।'' व्रूम ने कहा।

मैंने सिर हिला दिया। मैं घबरा गया था और खुश था कि व्रूम छोटी-मोटी बातचीत कर रहा था।

''मेरा मुख्य प्रश्न है—क्या होगा, अगर हमारे मरने के बाद भी कोई हमें खोज नहीं पाता है। फिर क्या होगा?'' व्रूम ने कहा।

''गिद्ध हमें खोज लेंगे। वे हमेशा खोज लेते हैं। मैंने डिस्कवरी चैनल पर देखा है।'' मैंने कहा।

''देखो, यह सोचकर मुझे बुरा लगता है। मुझे यह बात पसंद नहीं कि कोई मेरी मांसपेशियों पर पैनी चोंच मारे, मेरी हड्डियों को चटकाए और मेरे टुकड़े-टुकड़े कर दे। इसके अलावा मेरे शरीर से बदबू आएगी। इसकी बजाय तो मुझे सम्मान से जला दिया जाए और मैं धुएँ के बादल में उड़ जाऊँ।''

''क्या तुम लोग यह बकवास बंद करोगे? कम-से-कम चुप तो रहो।'' ईशा ने कहा और अपने हाथ बाँध लिये।

व्रूम उसकी तरफ मुसकराया, फिर मेरी तरफ मुड़कर बोला, ''मुझे नहीं लगता, ईशा से इतनी बदबू आएगी। उसका केल्विन क्लैन परफ्यूम उसकी लाश को कई दिनों तक ताजा रखेगा।''

1

मैं समुद्र के अंदर पानी में अपने हाथ डालकर उसे बेवजह छपछपाते हुए उछाल रहा था। हिंद महासागर तो दूर, मैं किसी तालाब में भी नहीं तैर सकता हूँ। मैं पानी के अंदर था, जबकि मेरा बॉस बख्शी मेरे बिलकुल बगल में एक नाव पर था। वह मेरे सिर को नीचे पानी के भीतर डुबा रहा था। मैंने प्रियंका को एक ''लाइफबोट'' में दूर भागते हुए देखा। मैं चिल्लाया, पर बख्शी ने दोनों हाथों का इस्तेमाल करते हुए मेरा सिर पानी के अंदर डुबोए रखा। नमकीन पानी मेरे मुँह और नथनों में समा गया और ठीक उसी वक्त मैंने कुछ दूरी पर एक तेज आवाज सुनी।

बाएँ कान में सेल फोन के अलार्म की घनघनाहट से मेरा डरावना सपना खत्म हो गया और लास्ट क्रिसमस की रिंग टोन ने मुझे जगा दिया। यह रिंग टोन मेरी कल्पित ''गर्लफ्रेंड'' शेफाली की सौगात थी। मैंने अधखुली आँखें मिचमिचाईं और सेल फोन उठा लिया।

''रात के 8:32 बजे'' छोटी-छोटी घंटियों से घिरे हुए शब्द स्क्रीन पर जगमगा रहे थे।

''धत्तेरे की!'' मैं बुदबुदाया और बिस्तर से कूद पड़ा।

मैं अपने सपने का और अपने निरर्थक जीवन में उसकी सार्थकता का विश्लेषण करना पसंद करता, किंतु मुझे काम पर जाने के लिए तैयार होना था।

भले आदमी, तुम्हारे पास सिर्फ बीस मिनट का वक्त बाकी है, जब क्वालिस यहाँ पहुँचेगी। मैंने अपनी आँख की मैल को निकालते हुए सोचा। मैं अब भी थका हुआ था, मगर सोने से डर रहा था; क्योंकि देर हो रही थी। साथ ही इस बात का गंभीर खतरा था कि बख्शी दुबारा मेरे सपनों में वापस आ सकता है।

अरे हाँ, बातों-बातों में मैं अपने बारे में कहना ही भूल गया। नमस्कार, मैं हूँ श्याम मेहरा या सैम मर्सी, जो मेरे कार्यस्थल अर्थात् गुड़गाँव के कनेक्शंस कॉल सेंटर पर मुझे दिया गया नाम है (मेरे असली नाम से मुझे पुकारने में अमेरिकी जुबानों को तकलीफ होती है और इसलिए वे ''सैम'' कहना पसंद करते हैं। आप चाहें तो मुझे कोई और नाम भी दे सकते हैं। मुझे सचमुच कोई परवाह नहीं है)।

खैर, मैं एक कॉल सेंटर एजेंट हूँ। मेरे जैसे हजारों और शायद लाखों एजेंट होंगे। पर इस खब्ती लेखक ने देश के सभी एजेंटों में से मुझे ही चुना। वह मुझसे मिला और अपनी दूसरी किताब के लिए मदद माँगी। उसने अपनी यह इच्छा तक जता दी थी कि मैं ही उसकी किताब लिखूँ। पर मैंने उसकी पेशकश यह कहते हुए ठुकरा दी कि मैं अपना ''रिज्यूमे'' और जिंदगी की ऐसी ही अन्य छोटी-मोटी चीजें भी नहीं लिख सकता और जाहिर है, एक पूरी किताब लिखने की जहमत मोल लेना मेरे वश की बात नहीं है। मैंने उसे साफ-साफ बताया कि कैसे टीम लीडर के रूप में मेरी प्रोन्नति एक साल के लिए रोक दी गई थी, क्योंकि मेरे मैनेजर बख्शी ने मुझे बताया था कि मेरे अंदर ''जरूरी कौशल'' अब भी विकसित नहीं हुआ है। अपनी समीक्षा में बख्शी ने अंग्रेजी में लिखा कि मैं एक ''गो-गेटर'' नहीं हूँ (मैं ''गो-गेटर'' का मतलब भी नहीं जानता और इसलिए मेरा अनुमान है कि मैं बेशक ऐसा नहीं हूँ।)

पर इस लेखक ने कहा कि वह इसकी परवाह नहीं करता, उसने किसी से वादा किया था कि वह इस कहानी को कलमबद्ध करेगा और इसलिए मुझे उसकी मदद करनी होगी, वरना वह मुझे तंग करता रहेगा। मैंने भरसक कोशिश की कि किसी तरह इस स्थिति से छुटकारा पा लूँ, लेकिन वह मुझे जाने देने के लिए तैयार नहीं था। आखिरकार मुझे झुकना पड़ा और इसलिए मैं इस कहानी के साथ फँसकर रह गया हूँ, जबकि आप सब भी मेरे साथ फँस गए हैं।

मैं आपको एक और चेतावनी देना चाहता हूँ। मेरी अंग्रेजी उतनी उत्कृष्ट-असाधारण नहीं है, बल्कि यूँ कहूँगा कि वस्तुतः मुझमें कुछ भी असाधारण नहीं है। अतः अगर आप कोई उच्चस्तरीय या आला दर्जे की चीज देखने के लिए उत्सुक हैं तो आपको कोई दूसरी किताब पढ़नी चाहिए, जहाँ भारी-भरकम और बड़े-बड़े शब्द मिल सकते हैं। मैं केवल एक ही बड़ा शब्द जानता हूँ—''प्रबंधन'' और मुझे इस शब्द से नफरत है। लेकिन हम इस मसले पर बाद में पहुँचेंगे। मैंने लेखक को अंग्रेजी के अपने सीमित ज्ञान के बारे में बताया। लेकिन उस खब्ती, अकड़ू लेखक ने कहा कि बड़ी भावनाएँ बड़े शब्दों से पैदा नहीं होतीं। जाहिर है, मेरे पास उसके लिए काम करने के सिवा और कोई चारा नहीं बचा। वैसे मुझे लेखकों से नफरत है। फिलहाल हमें मूल कहानी की ओर वापस लौटना चाहिए। अगर आपको याद हो तो मैं नींद से बस अभी-अभी जागा ही था।

बैठक में शोर-शराबा हो रहा था। परिवार की एक शादी में शामिल होने के लिए कुछ सगे-संबंधी आए हुए थे। मेरे पड़ोसी की शादी उसकी मौसेरी बहन से हो रही थी। ओह, माफ करना, मैं अपनी पीनक और मतवालेपन के कारण इसे सही ढंग से व्यक्त नहीं कर सका—नहीं, दरअसल मेरे मौसेरे भाई की शादी उसकी पड़ोसी से हो रही थी। मुझे काम पर जाना था, इसलिए मैं शादी में शामिल नहीं हो सकता था। खैर, इससे कोई फर्क नहीं पड़ता। सभी शादियाँ कमोबेश एक जैसी ही होती हैं।

मैं अर्धनिद्रा की हालत में ही बाथरूम पहुँचा। वहाँ पहले से ही किसी और ने कब्जा जमा रखा था।

बाथरूम का दरवाजा खुला हुआ था। मैंने अपनी पाँच मौसियों को वॉशबेसिन के आईने की एक वर्ग इंच की जगह पाने के लिए एक-दूसरे को ठेलते, धकियाते खड़े देखा। एक मौसी कपड़ों के साथ जँचनेवाली बिंदिया घर पर छोड़ आने के लिए अपनी बेटी को कोस रही थी। दूसरी मौसी ने अपनी सोने की नन्ही पेंच कहीं खो दी थी और उसे ढूँढ़ती फिर रही थी।

''यह खालिस सोने की है, मगर है कहाँ?'' वह मेरे सामने चिल्लाई। ''नौकरानी ने चुरा लिया क्या?'' उस नौकरानी के पास चुराने के लिए एक छोटी सी पेंच के सिवा और कुछ नहीं था। क्या वह पूरा-का-पूरा ''सेट'' ही नहीं चुरा लेती? मैंने सोचा।

''मौसी, क्या मैं पाँच मिनट के लिए बाथरूम का इस्तेमाल कर सकता हूँ? मुझे दफ्तर जाने के लिए तैयार होना है।'' मैंने कहा।

''ओह, हैलो श्याम, आखिरकार जाग गए?'' मेरी माँ की बहन ने कहा, ''दफ्तर? शादी में नहीं आ रहे हो क्या?''

''नहीं, मुझे काम करना है। क्या मैं नहा सकता हूँ?''

''अरे, देखो तो, श्याम कितना बड़ा हो गया है!'' मेरी मौसी ने कहा, ''हमें जल्द ही उसके लिए कोई लड़की ढूँढ़नी होगी।''

सबने जोरदार ठहाका लगाया। यह दिन का उनका सबसे बड़ा चुटकुला था।

''प्लीज क्या मैं…'' मैंने कहा।

''श्याम, महिलाओं को अकेले छोड़ दो।'' मेरी एक अधिक उम्रदराज मौसेरी बहन ने कहा। ''तुम यहाँ औरतों के बीच क्या कर रहे हो? हमें शादी के लिए पहले ही देर हो चुकी है।''

''लेकिन मुझे काम पर जाना है। मुझे तैयार होना है।'' मैंने प्रतिवाद किया और कुहनी से रास्ता बनाते हुए बाथरूम के ''टैप'' तक पहुँचने की कोशिश की।

''तुम एक कॉल सेंटर में काम करते हो, है न?'' मेरी मौसेरी बहन ने कहा।

''हाँ।''

''तुम्हारा काम फोन के जरिए होता है। फिर तुम्हें तैयार होने की क्या जरूरत है? तुम्हें कौन देखने जा रहा है?''

मैंने कोई जवाब नहीं दिया।

''रसोईघर के ''सिंक'' का इस्तेमाल कर लो।'' एक मौसी ने सलाह दी और मुझे मेरा टूथब्रश पकड़ा दिया।

मैंने उन सबको घूरकर देखा। किसी ने मेरी ओर ध्यान नहीं दिया। मैं बैठक की बगल से गुजरते हुए रसोईघर पहुँच गया। मेरे सभी मौसा ह्विस्की और सोडा के दूसरे

दौर का मजा लेते हुए बाहर बैठे थे। एक मौसा ने ऐसा कुछ कहा कि कितना अच्छा होता, अगर मेरे पिता अभी जीवित होते और इस शाम उनके साथ होते।

मैं रसोईघर में पहुँच गया। उसका फर्श इतना ठंडा था कि मुझे लगा मानो मैंने बर्फ की ट्रे पर पैर रख दिया हो। अचानक यह खयाल आया कि मैं साबुन भूल गया हूँ। मैं वापस लौटा पर बाथरूम का दरवाजा अंदर से बंद हो चुका था। रसोईघर में गरम पानी नहीं था और जब मैंने ठंडे पानी से अपना चेहरा धोया तो लगा, जैस जम गया हो। दिल्ली की ठंड बड़ी कमीनी होती है। मैंने अपने दाँत साफ किए और अपने बाल सँवारने के लिए आईने के तौर पर स्टील की तश्तरीयों का इस्तेमाल किया। अब श्याम सैम में तब्दील हो चुका था और सैम का दिन बस अभी-अभी शुरू हुआ था।

मैं भूखा था, मगर घर में खाने को कुछ भी नहीं था। चूँकि शादी में वे खाना भी खाते, मेरी माँ को लगा, घर पर खाना बनाने की जरूरत नहीं है।

क्वालिस ने शाम ४ बजकर 55 मिनट पर हॉर्न बजाया।

मैं बस निकलने ही वाला था कि याद आया, मैंने अपना पहचान-पत्र घर के अंदर ही छोड़ दिया है। मैं अपने कमरे में गया, पर उसे ढूँढ़ नहीं सका। फिर मैंने माँ को तलाशने की कोशिश की। वह अपने सोने के कमरे में मौसियों, साड़ियों और गहने-जेवरों के बीच खोई हुई थी। वह और मेरी मौसियाँ कुछ बड़े भार की तुलनाओं में व्यस्त हो यह चर्चा कर रही थीं कि किस मौसी के गहनों का ''सेट'' अधिक वजनदार था। आम तौर पर सबसे वजनी मौसी का ''सेट'' सबसे वजनदार होता था।

''मॉम, क्या आपने मेरा पहचान-पत्र देखा है?'' मैंने कहा।

हर किसी ने मुझे नजरअंदाज कर दिया। मैं अपने कमरे में वापस लौटा और ऐन वक्त क्वालिस ने चौथी बार हॉर्न दिया।

''धत, वो रहा।'' पहचान-पत्र को अपने बिछावन के नीचे पाकर मैंने कहा। मैंने पहचान-पत्र को ''स्ट्रैप'' से खींचकर खोला और अपने गले में पहन लिया।

चलते-चलते मैंने सबको अलविदा कहा, पर किसी ने कोई प्रत्युत्तर नहीं दिया। यह आश्चर्यजनक नहीं था, मेरी ओर इतना ही ध्यान दिया जाता है। मेरा हर मौसेरा भाई डॉक्टर या इंजीनियर बन रहा है। आप कह सकते हैं कि मैं अपने परिवार के हंसों के बीच एक काला कौआ हूँ। फिर भी मैं नहीं सोचता हूँ कि यह मुहावरा सही है। आखिर काले कौए में क्या बुराई है—क्या लोग काले स्वेटर नहीं पहनते हैं? पर आपको इससे यह तो पता चल ही जाता है कि अपनी बिरादरी में मेरी क्या हैसियत है। सच पूछें तो मुझसे लोग महज इसलिए बात भी करते हैं कि मेरे पास एक अदद नौकरी है और महीने के अंत में मुझे तनख्वाह मिल जाती है। कॉल सेंटर की यह नौकरी पाने से पहले मैं एक विज्ञापन एजेंसी के वेबसाइट विभाग में काम करता था। पर विज्ञापन एजेंसी में तनख्वाह काफी कम थी। यही नहीं, वहाँ काम करनेवाले सभी लोग पाखंडी और फरेबी थे, जिनकी वेबसाइटों की बजाय दफ्तर की राजनीति में

ज्यादा दिलचस्पी थी। मैंने नौकरी छोड़ दी और घर पर मानो कहर टूट पड़ा। वही वक्त था, जब काला कौआ मुहावरा मेरे नाम के साथ जुड़ गया। मैंने कनेक्शंस में नौकरी करके खुद को बचा लिया, क्योंकि जब जेब में पैसे होते हैं तो दुनिया थोड़ा सम्मान देती है और साँस लेने का मौका भी। कनेक्शंस मेरे लिए स्वाभाविक पसंद भी था, क्योंकि प्रियंका वहाँ काम करती थी। बेशक उस वजह का अब कोई मतलब नहीं रह गया था।

आखिरकार मेरी मौसी को सोने की पेंच उनके नकली बालों के जूड़े में फँसी हुई मिली।

क्वालिस ने एक बार पुनः हॉर्न बजाया और इस बार उसका तेवर गुस्से से भरा था।

''मैं आ रहा हूँ!'' चिल्लाता हुआ घर से बाहर की ओर दौड़ पड़ा।

2

"**क्या** साहब, फिर लेट?" अगली सीट पर बैठते हुए ड्राइवर ने मुझसे कहा।

"सॉरी-सॉरी! पहले मिलिटरी अंकल के घर।' मैंने हाँफते हुए ड्राइवर से कहा।

"हाँ।" वह अपनी घड़ी को देखते हुए बोला।

"क्या हम दस बजे तक कॉल सेंटर पहुँच सकते हैं? मुझे उनकी शिफ्ट खत्म होने से पहले किसी से मिलना है।" मैंने कहा।

"यह इस पर निर्भर करता है कि आपके साथ काम करनेवाले समय पर आते हैं या नहीं।" ड्राइवर ने मिलिटरी अंकल के घर जाते हुए कहा, "चलो। पहले वृद्ध व्यक्ति को ही ले लेते हैं।"

यदि हम कभी लेट होते हैं तो मिलिटरी अंकल बहुत चिढ़ते हैं। मैंने अपने आपको इसके लिए तैयार कर लिया। उनके कठोर नियम उनकी सैन्य पृष्ठभूमि के कारण हैं, जिससे वे कुछ साल पहले ही रिटायर हुए हैं। पचास साल से अधिक, वह हमारे कॉल सेंटर में सबसे वृद्ध व्यक्ति हैं। मैं उनके बारे में अच्छी तरह से नहीं जानता हूँ और मैं उनके बारे में ज्यादा कुछ नहीं कहूँगा। लेकिन मैं इतना जरूर जानता हूँ कि वह अपने खुद के सहारे पर रहने से पहले (अथवा फेंके जाने से पहले) अपने बेटे और बहू के साथ रहते थे। पेंशन बहुत कम थी और कॉल सेंटर में काम करके वह अपनी आय में वृद्धि करते थे। फिर भी, उन्हें बात करना पंसद नहीं है और वह कॉल एजेंट भी नहीं हैं। वह अकेले ऑनलाइन चेट और ई-मेल स्टेशन पर बैठते हैं। हालाँकि वे हमारे कमरे में ही हैं, फिर भी उनकी मेज दूर कोने में फैक्स मशीन के पास है। वह एक समय पर दो या तीन शब्दों से ज्यादा नहीं बोलते। हमारे साथ अधिकतर मेल-जोल उनकी विनम्रतापूर्ण नजरें जो कहती थीं–"*तुम जवान लोग*" तक सीमित रहता। क्वालिस अंकल के घर के बाहर रुकी। वह प्रवेश द्वार पर इंतजार कर रहे थे।

"लेट?" अंकल ने ड्राइवर की ओर देखते हुए कहा।

बिना कोई जवाब दिए ड्राइवर क्वालिस का पिछला दरवाजा खोलने के लिए

बाहर निकला। अंकल अंदर बीचवाली सीट को छोड़कर पीछे बैठ गए। शायद वह मुझसे जितनी दूर हो सके उतनी दूर बैठना चाहते थे।

अंकल ने मुझे ''यह तुम्हारी ही गलती होगी'' वाली नजरों से देखा। वृद्ध लोग सोचते हैं कि उनके पास हमें परखने का एक स्वाभाविक अधिकार है। मैं दूर देखने लगा। ड्राइवर ने राधिका के घर जाने के लिए यू-टर्न लिया।

हमारी टीम की एक अद्‍भुत बात यह है कि हम केवल साथ में काम ही नहीं करते, बल्कि एक ही क्वालिस में जाते भी हैं। थोड़ी सी राह-योजना बनाने और ड्राइवर को मनाने के बाद हम वेस्टर्न एप्लायंसेस स्ट्रेटेजिक ग्रुप ने साथ आने-जाने का फैसला लिया। हम छह लोग हैं : मिलिटरी अंकल, राधिका, ईशा, व्रूम, प्रियंका और मैं।

क्वालिस राधिका झाया अथवा एजेंट रेजिना जोंस के घर पहुँची। हमेशा की तरह राधिका लेट थी।

''राधिका मैडम तो बस'', ड्राइवर ने लगातार हॉर्न बजाते हुए कहा। मैंने अपनी घड़ी की तरफ व्याकुलता से देखा। मैं शेफाली को चिढ़ते हुए नहीं देखना चाहता था।

छह मिनटों के बाद राधिका हमारी तरफ अपनी मैरून शॉल के कोनों को अपने दाएँ हाथ में पकड़े दौड़ती हुई आई।

''सॉरी-सॉरी-सॉरी!'' हमारे कुछ कहने के पहले ही वह बारह बार बोल उठी।

''क्या?'' क्वालिस के चलने के साथ मैंने पूछा।

''कुछ नहीं। मैं सासू माँ के लिए बादाम का दूध बना रही थी। बादाम पीसने में देर लग गई,'' थककर अपनी सीट पर बैठते हुए उसने कहा। उसने बीचवाली सीट ली।

''अपनी सासू माँ को अपना दूध खुद बनाने को कहो।'' मैंने राय दी।

''चलो श्याम!'' उसने कहा, ''वह काफी वृद्ध हैं। उनके लिए कम-से-कम इतना तो मैं कर ही सकती हूँ, खासकर कि जब उनका बेटा यहाँ नहीं है।''

''हाँ, ठीक है।'' मैंने कंधे उचकाते हुए कहा, ''केवल इतना और दिन में तीन बार खाना बनाना और घर के सभी काम और रात भर काम और...''

''शशश...'' वह बोली, ''भूल जाओ यह सब। कॉल सेंटर की कोई खबर? मुझे डर लग रहा है।''

''व्रूम ने जो कहा, उसके अलावा कुछ भी नया नहीं है। हमारे पास कोई भी नया ऑर्डर नहीं है, कॉल वॉल्यूम्स अपने सबसे निचले स्तर पर है। कनेक्शंस तो बरबाद हो गया है। बस एक सवाल है, कब?'' मैं बोला।

''सचमुच।'' उसकी आँखें चौड़ी हो गईं।

यह सच था। तुमने शायद उन शाही, आधुनिक कॉल सेंटर के बारे में सुना होगा, जहाँ पर सबकुछ व्यवस्थित होता है, ग्राहक भी ज्यादा हैं और एजेंटों को

अरोमाथेरैपी मसाज मिलती है। पर हमारा कनेक्शंस उनमें से नहीं था। हम एक और सिर्फ एक ही ग्राहक पर जीवित हैं। वेस्टर्न कंप्यूटर्स एंड एप्लायंसेस और उनके भी कॉल अब डाँवाँडोल होने लगे थे। रोज ये अफवाहें उड़ती थीं कि कॉल सेंटर बंद हो जाएगा।

''तुम सोचते हो कि कनेक्शंस बंद हो जाएगा? जैसे हमेशा के लिए?'' राधिका ने पूछा।

अंकल ने हमें देखने के लिए भौंहें ऊपर चढ़ाईं, फिर अपनी पिछली सीट पर बैठकर सोचने लगे। मैं कभी-कभी सोचता हूँ कि वह ज्यादा बोलें, पर मेरा ऐसा मानना है कि लोगों के लिए कुछ खराब बोलने से बेहतर है वह चुप रहें।

''या तो वह बंद हो जाएगा या वह नौकरियों में कमी कर देंगे। व्रूम से पूछो।'' मैंने कहा।

दिल्ली में शादी का मौसम होने से क्वालिस बहुत धीमी चल रही थी। हर गली में बारात जा रही थी। जैसे-जैसे हमारा ड्राइवर मोटे-मोटे दूल्हों के बोझ से दबे घोड़े से आगे निकलता जा रहा था, हम आगे बढ़ रहे थे। मैंने फिर समय देखा। शेफाली आज जरूर मन-ही-मन नाराज होगी।

''मुझे इस नौकरी की जरूरत है। अनुज और मुझे बचत करने की जरूरत है।'' राधिका ने अपने आपसे कहा। अनुज राधिका का पति था। उसने तीन साल पहले कॉलेज में प्रेम-प्रसंग के चलते उससे शादी की थी। अब वह अनुज के अति-परंपरावादी माता-पिता के साथ संयुक्त परिवार में रहती थी। पिता की अकेली लड़की के लिए यह मुश्किल था। लेकिन वाकई यह रोचक बात है कि लोग प्यार के लिए क्या-क्या नहीं करते।

ड्राइवर ईशा सिंह (या एजेंट एलिजा सिंगर) के घर पर गाड़ी ले गया। वह पहले से ही अपने घर के बाहर खड़ी थी। ड्राइवर ने पिछला दरवाजा खोलते समय क्वालिस का इगनिशन चालू रखा।

ईशा क्वालिस के अंदर घुसी और महँगे परफ्यूम की सुगंध ने पूरी गाड़ी को गमका दिया। वह राधिका के पास बीचवाली पंक्ति में बैठी और अपनी रेशेदार चमड़े की जैकेट उतार ली।

''हूँ, सुंदर है। यह क्या है?'' राधिका ने पूछा।

''तुमने नोट किया!'' ईशा खुश हो गई।

''केल्विन क्लैन का एस्केप।'' उसने अपने घुटनों को मोड़ा और अपनी लंबी, गहरी भूरी स्कर्ट की सिलवटों को ठीक करने लगी।

''ओह, शॉपिंग करने गई थी?'' राधिका ने कहा।

''इसे कुछ क्षण की बेवकूफी कहो।'' ईशा ने कहा।

अंततः ड्राइवर खाली सड़क पर आ गया और क्वालिस तेजी से दौड़ने लगी।

मैंने फिर ईशा की ओर देखा। उसका ड्रेस-सेंस काफी अच्छा है। ईशा एक सामान्य दिन भी इतने अच्छे कपड़े पहनती है, जितने अच्छे मैं अपनी पूरी जिंदगी में नहीं पहनता हूँ। उसका बाजू-रहित कॉफी कलर का टॉप उसके स्कर्ट से सटीक रूप से विपरीत था। उसने भूरे रंग के इयर-रिंग्स पहन रखे थे, जो बिलकुल खाने योग्य लग रहे थे और उसकी लिपस्टिक गहरे कोको रंग की थी, मानो उसने चॉकलेट सॉस को चूमा हो। उसकी आँखों में इनमें से कम-से-कम एक चीज जरूर होती - मसकारा (बरौनियाँ रँगने का प्रसाधन), आई लाइनर या आई शैडो (मुझे नहीं पता, लेकिन प्रियंका ने मुझसे कहा था कि ये सब अलग-अलग चीजें हैं)।

''लैक्मे फैशन वीक चार हफ्तों में होने वाला है। मेरा एजेंट कोशिश कर रहा है कि मुझे एक काम मिल जाए।'' ईशा ने राधिका से कहा।

ईशा एक मॉडल बनना चाहती थी। वह हॉट थी, कम-से-कम कॉल सेंटर के लोगों के अनुसार तो। दो महीने पहले वेस्टर्न कंप्यूटर्स ''बे'' के कुछ एजेंटों ने एक बेवकूफ सी वोटिंग रखी थी। वही गुपचुप बातें, जिनके बारे में सबको पता रहता है। लोग बहुत सारे *टाइटलों* के लिए वोट करते हैं, जैसे कौन हॉट है, कौन हैंडसम है और कौन सुंदर है? ईशा ने कनेक्शंस पर ''सबसे हॉट लड़की'' का टाइटल जीता। उसने वोटों के परिणामों के बिलकुल विपरीत व्यवहार किया; पर उस दिन से उसके मन में थोड़ा सा घमंड है, लेकिन फिर भी वह ठीक है। एक साल पहले वह चंडीगढ़ से दिल्ली अपने माता-पिता की इच्छा के खिलाफ आ गई थी। कॉल सेंटर की नौकरी से उसे एक निश्चित आय हो जाती है। लेकिन दिन के समय वह एजेंसियों में जाकर मॉडलिंग के काम पकड़ने की कोशिश करती। उसने पश्चिमी दिल्ली में कुछ निम्न स्तर के फैशन शो में भाग लिया है। लेकिन उसके अतिरिक्त कनेक्शंस की सबसे हॉट लड़की का खिताब जीतनेवाली को कोई भी बड़ी उपलब्धि हाथ नहीं लगी है। प्रियंका ने एक बार मुझसे कहा था (मुझे यह कसम देकर कि मैं इस बात को अपने तक ही रखूँगा) कि ऐसा लगता है कि ईशा कभी वास्तविकता में मॉडल नहीं बन पाएगी। ''ईशा काफी ठिगनी है और मॉडल बनने के हिसाब से उसका शहर भी छोटा है।'' बिलकुल ऐसा ही उसने कहा था। लेकिन प्रियंका को कुछ पता नहीं है। ईशा की लंबाई पाँच:पाँच है, मुझसे केवल दो इंच कम (अपनी एड़ी के साथ तो मुझसे एक इंच बड़ी)। मैं सोचता हूँ, इतनी लंबाई लड़कियों के लिए काफी है। और ''छोटे शहर'' वाली बात तो मेरे सिर के ऊपर से निकल गई। ईशा केवल बाईस की है, उसे एक मौका मिलना चाहिए। और चंडीगढ़ कोई छोटा शहर नहीं है, वह तो केंद्र-शासित प्रदेश है और दो राज्यों की शासकीय राजधानी। परंतु प्रियंका को भूगोल की जानकारी नहीं है। मुझे लगता है, प्रियंका को केवल जलन है। वे सभी लड़कियाँ जो हॉट नहीं हैं, हॉट लड़कियों से जलती हैं। सबसे हॉट के लिए प्रियंका का नाम तो सोचा भी नहीं गया था। प्रियंका को मैं सुंदर मानता हूँ और ''कॉल सेंटर सुंदरी के खिताब'' के

लिए उसका भी नाम आया था, जो मैं सोचता हूँ कि उसके डिंपल और सुंदर गोल चेहरे की वजह से था। पर प्रियंका जीत नहीं पाई। HR की किसी लड़की ने इसे जीता।

अब हमें व्रूम को लेना था; उसका वास्तविक नाम वरुण मल्होत्रा है (या एजेंट विक्टर मेल)। हालाँकि सब उसे व्रूम बुलाते हैं, क्योंकि गाड़ियोंवाली हर चीज से उसे प्यार है।

क्वालिस व्रूम के घर की गली में घुसी। वह अपनी बाइक पर बैठा हमारा इंतजार कर रहा था।

''बाइक किसलिए?'' मैंने खिड़की से बाहर झाँकते हुए पूछा।

''मैं खुद अकेला ही आ रहा हूँ।'' व्रूम ने अपने चमड़े के दस्तानों को ठीक करते हुए कहा। उसने काली जीन्स और ट्रेकिंग शूज पहन रखे थे, जो उसकी पतली टाँगों को भी लंबा बना रहे थे। उसकी गहरी नीली शर्ट पर फेरारी हॉर्स लोगो बना हुआ था।

''क्या तुम पागल हो गए हो?'' मैंने कहा, ''इतनी ठंड है। चलो, अंदर आओ। हम पहले से ही लेट हो रहे हैं।''

बाइक घसीटते हुए वह मेरे पास आया और खड़ा हो गया।

''नहीं, मैं आज बहुत तनाव में हूँ। मैं तेज गाड़ी चलाकर इससे निकलना चाहता हूँ।'' वह एकदम मेरे पास खड़ा था। और केवल मैं ही उसे सुन सकता था।

''क्या हुआ?''

''कुछ नहीं। पापा का फोन था। वह मम्मी के साथ दो घंटे तक बहस करते रहे। वे अलग क्यों हो गए? एक-दूसरे पर चिल्लाए बिना वे रह नहीं सकते?''

''ठीक है यार, चलो। तुम्हारी समस्या नहीं है।'' मैंने कहा।

व्रूम के पिता एक व्यवसायी हैं, जो अपनी पत्नी से दो साल पहले अलग हो गए। वह अपने परिवार के साथ रहने के विपरीत अपनी सेक्रेटरी के साथ रहना ज्यादा पसंद करते हैं, इसलिए व्रूम और उसकी माँ अब उनके बिना ही रहते थे।

''मैं बिलकुल सो नहीं पाया। केवल बिस्तर में पड़ा रहा और अब बीमारों जैसा महसूस कर रहा हूँ। कुछ ताकत वापस लाने की जरूरत है।'' व्रूम ने अपनी बाइक धीमे से चलाते हुए कहा।

''बाहर तो बिलकुल बर्फ जम रही है।'' मैं शुरू हो गया।

''क्या चल रहा है, श्याम साहब?'' ड्राइवर ने पूछा।

मैं मुड़ गया। ड्राइवर ने मुझे उलझन भरी नजरों से देखा। मैंने अपने कंधों को उचकाया।

''वह अपनी बाइक पर आ रहा है।'' मैंने सबसे कहा।

''मेरे साथ आओ।'' व्रूम ने मुझसे कहा, ''मैं तुम्हें आधे समय में पहुँचा दूँगा।''

"नहीं, धन्यवाद।" मैंने हाथ जोड़ते हुए कहा। मैं उस आरामदेह क्वालिस को छोड़कर कहीं नहीं जाना चाहता था।

व्रूम ड्राइवर को हैलो कहने हेतु झुका।

"हैलो ड्राइवर साहब!" व्रूम ने कहा।

"व्रूम साहब, आपको मेरी क्वालिस पसंद नहीं?" ड्राइवर ने चिढ़ते हुए कहा।

"नहीं, ड्राइवर जी, मैं गाड़ी चलाने के मूड में हूँ।" व्रूम ने कहा और सिगरेट का पैकेट ड्राइवर को ऑफर किया। ड्राइवर ने एक उठा ली। व्रूम ने उसे पूरा पैकेट लेने का इशारा किया।

"अगर आप चाहते हैं तो क्वालिस चला लीजिए।" ड्राइवर ने कहा और गाड़ी के स्टीयरिंग से अपने हाथ हटा लिये।

"नहीं, शायद बाद में। फिलहाल मुझे निकलना है।"

"हाय व्रूम, कनेक्शंस पर कोई खबर? क्या चल रहा है?" राधिका ने अपने बालों को सँवारते हुए पूछा।

उसकी आँखों के आस-पास काले घेरे के सिवाय तुम कह सकते हो कि राधिका सुंदर है। उसके गालों की ऊँची हड्डियाँ और उसका साफ रंग उसकी पतली-पतली धुएँ की रेखा जैसी भौंहों से और उसकी राख जैसी आँखों से एकदम मेल खाता है। उसका नींद-रहित चेहरा अभी भी सुंदर दिख रहा था। उसने एक सादा सरसों के रंग की साड़ी पहनी थी, क्योंकि अपनी ससुराल में वह केवल साड़ी ही पहन सकती थी। यह जीन्स और स्कर्ट से बिलकुल अलग था, जो राधिका शादी के पहले पसंद करती थी।

"कुछ खास नहीं। आज कुछ नया ढूँढ़ेंगे, लेकिन मुझे लगता है कि बक्शी हम सबका दिमाग खराब करेगा। श्याम, वेबसाइट मैनुअल पूरा हो चुका है। मैंने इसे ऑफिस पर ई-मेल कर दिया।" व्रूम ने कहा और अपनी बाइक चालू कर दी।

"चलो, ठीक है। आज इसे भेज ही देते हैं।" मैंने थोड़ा खुश होते हुए कहा।

हमने व्रूम को छोड़ दिया और आखिरी पिकअप के लिए प्रियंका के घर चल दिए। रात के 9:30 बज रहे थे। हमारी शिफ्ट में अभी भी एक घंटा था। फिर भी मैं चिंतित था, क्योंकि शेफाली अपनी शिफ्ट खत्म करके 10:20 तक जा चुकी होगी।

सौभाग्य से प्रियंका, जब हम उसके घर पहुँचे, अपने नियत स्थान पर थी।

"हैलो!" प्रियंका ने क्वालिस में चढ़ते हुए कहा और ईशा के पास बीच वाली सीट पर बैठ गई। अपने रोज के बड़े हैंडबैग के अलावा उसके पास एक सफेद प्लास्टिक बैग भी था।

"हैलो!" मेरे अलावा सभी ने कहा।

"मैंने हैलो कहा, श्याम।" प्रियंका बोली।

मैंने नहीं सुनने का बहाना किया। यह अजीब बात है; लेकिन जब से हमारी

अनबन हुई है, मुझे उससे बात करने में कठिनाई महसूस होती है। हालाँकि दिन में तीस बार मैं उसके बारे में सोच लेता हूँ।

मैंने उसको देखा। उसने अपना दुपट्टा गले में डाला। मैंने गौर किया कि जो हरी सलवार-कमीज उसने पहन रखी थी, वह नई थी। उसके हलके भूरे रंग पर यह रंग जम रहा था। मैंने उसकी नाक और उसके नथनों की ओर देखा, जो हर समय फड़फड़ाते थे, जब भी वह नाराज होती। कसम से, जब वह गुस्से में पागल होती तब उनमें छोटी-छोटी चिंगारियाँ दिखने लगती थीं।

''श्याम, मैंने हैलो कहा।'' उसने दुबारा कहा। वह वाकई चिढ़ जाती है, जब लोग उसे जवाब नहीं देते।

''हैलो!'' मैंने कहा। मैं सोच रहा था कि क्या बख्शी मेरी वेबसाइट मैनुअल देखने के बाद मुझे प्रमोशन दे देगा?''

''व्रूम कहाँ है?'' प्रियंका ने कहा। उसे हर समय हर बात पता होनी चाहिए।

''व्रूम बाइक पर आ रहा है।'' ईशा ने मोटरबाइक की आवाज करते हुए कहा।

''बहुत अच्छा परफ्यूम है, ईशा। फिर से शॉपिंग, हाँ!'' प्रियंका ने अपनी छोटी सी नाक को हिलाकर सूँघते हुए कहा।

''एस्केप, केल्विन क्लैन।'' ईशा उद्घोषिका की मुद्रा बनाकर बैठ गई।

''वाह! कोई डिजाइनर बन रहा है।'' प्रियंका ने कहा और दोनों हँसने लगे। यह कुछ ऐसी बात है जो उसके बारे में मैं कभी समझ नहीं पाया। प्रियंका ने मुझसे पचासों बार ईशा की बुराई की है, फिर भी जब वे दोनों साथ होती हैं, बरसों से खोई हुई बहनों की तरह व्यवहार करती हैं।

''ईशा, कोई बड़ी डेट आ रही है?'' राधिका बोली।

''कोई डेट नहीं। मैं अभी भी अकेली हूँ। आजकल अच्छे लड़के मिलना दुर्लभ हो गया है। ईशा ने कहा और सभी लड़कियाँ हँसने लगीं। मुझसे पूछो तो यह इतना मजेदार नहीं था। मैं सोच रहा था—काश, व्रूम भी क्वालिस में होता। हमारी टीम में वही एक व्यक्ति है जो मुझे अपना दोस्त लगता है। वह बाईस साल का है, मुझसे चार साल छोटा है, लेकिन फिर भी उससे बात करना मुझे सबसे आसान लगता है। राधिका की घरेलू बातें मुझे समझ में नहीं आतीं। ईशा की मॉडलिंग भी मेरी समझ से परे है; क्योंकि कभी भी कोई मेरी दिखावट के लिए पैसे नहीं देने वाला। मैं वाकई अच्छा नहीं दिखता, अगर कोई मुझसे यह कहता है कि तुम सामान्य से थोड़ा अच्छे लगते हो, तो मेरा वह दिन अच्छा गुजरता है।

प्रियंका मेरी दोस्त थी और कुछ समय पहले तक उससे भी कहीं ज्यादा। चार महीने पहले हम अलग हो गए थे (प्रियंका का संस्करण) या उसने मुझे फेंक दिया (मेरा संस्करण)।

तो इसलिए मैं अब वही करता हूँ, जो वह चाहती है—चलते रहो, इसलिए मैं

शेफाली के साथ रहता हूँ।

बीप-बीप, बीप-बीप।

मेरी शर्ट की जेब से दो जोरदार बीपों ने सबको चौकन्ना कर दिया।

''कौन है?'' प्रियंका ने पूछा।

''ओ सॉरी। यह मेरा SMS है।'' मैंने कहा और नया मैसेज खोला–

कहाँ हो तुम मेरी ऐड्डी-टेड्डी?

जल्दी आओ, कर्ली वर्ली

यह शेफाली थी। इन दिनों उसके बहुत सारे उपनाम हैं। मैंने SMS का जवाब दिया–

क्वालिस ट्रैफिक में फँस गई है,

जल्दी ही वहाँ पहुँच रहा हूँ।

''किसका है?'' ईशा ने मुझसे पूछा।

''कोई खास नहीं।'' मैंने कहा।

''शेफाली?'' राधा ने कहा।

''नहीं।'' मैंने कहा और सब मुझे देखने लग गए।

''नहीं!'' मैंने फिर कहा।

''हाँ, वही है। शेफाली ही है, क्यों है ना?'' ईशा और राधिका ने एक साथ कहा और हँसने लगीं।

''शेफाली हमेशा बच्चों की तरह क्यों बोलती है?'' मैंने ईशा को राधिका से कानाफूसी करते हुए सुना। इसके बाद और भी ठहाके लगे।

''जो भी हो,'' मैं कहकर घड़ी की ओर देखने लगा। क्वालिस अभी NH-8 पर थी, गुड़गाँव के प्रवेश द्वार पर। हम कनेक्शंस से 10 मिनट की दूरी पर थे।

अच्छा है, शेफाली से 10:10 तक मिल लूँगा, मैंने सोचा।

''क्या हम इंदरजीत पर फटाफट चाय के लिए रुक सकते हैं? हम फिर भी 10:30 तक पहुँच जाएँगे।'' प्रियंका बोली। NH 8 का इंदरजीत ढाबा अपनी रात की चाय और नाश्ते के लिए ट्रक ड्राइवरों में प्रसिद्ध था।

''क्या हम लेट नहीं हो जाएँगे?'' राधिका ने माथे पर बल देते हुए कहा।

''बिलकुल नहीं। ड्राइवर साहब ने पिछले मोड़ पर हमारे बीस मिनट बचाए हैं। चलो ड्राइवरजी, मेरी तरफ से।'' प्रियंका बोली।

''अच्छा आइडिया है। मुझे जगाए रखेगा।'' ईशा बोली।

ड्राइवर ने इंदरजीत ढाबे के पास क्वालिस को धीमा किया और काउंटर के पास पार्क किया।

''अरे दोस्तो, क्या हमें रुकना होगा? हम लेट हो जाएँगे।'' मैंने चाय पीने वालों को कहा।

''हम लेट नहीं होंगे। हमें जल्दी पहुँचाने के लिए ड्राइवर साहब की आवभगत करनी चाहिए।'' प्रियंका ने कहा और क्वालिस से बाहर निकल आई। उसे वही काम करना होता है, जो मुझे पसंद नहीं है।

''वह शेफाली के साथ होना चाहता है।'' ईशा ने राधिका को कुहनी मारते हुए कहा। वह फिर ठहाका लगाने लगीं। मैं पूछना चाहता था कि इसमें हँसने की क्या बात है, लेकिन पूछा नहीं।

''नहीं, मैं अपनी शिफ्ट में कुछ मिनट जल्दी पहुँचना चाहता हूँ।'' मैंने क्वालिस से उतरते हुए कहा। फिर मिलिटरी अंकल और ड्राइवर भी हमारे पीछे उतर आए।

इंदरजीत ढाबे पर हर टेबल के पास अँगीठी लगी थी। मुझे गरम पराँठों की खुशबू आई, लेकिन उन्हें ऑर्डर नहीं किया, क्योंकि लेट हो रहा था। ड्राइवर ने हमारे लिए प्लास्टिक की कुरसियों का इंतजाम किया। इंदरजीत के नौकर ने लड़कियों के जटिल नियमों के हिसाब से चाय का ऑर्डर ले लिया।

''मेरी चाय में कोई शक्कर नहीं।'' ईशा बोली।

''ज्यादा गरम मेरे लिए।'' राधिका ने कहा।

''मेरे लिए इलायचीवाली।'' प्रियंका ने कहा।

जब हम कॉलेज में साथ-साथ थे, प्रियंका होस्टल के कमरे में मेरे लिए इलायचीवाली चाय बनाती थी। आदमियों में उसकी रुचि भले ही बदल गई हो, लेकिन पेय पदार्थों में नहीं।

चाय तीन मिनटों में ही आ गई।

''तो क्या गपशप चल रही है?'' प्रियंका ने अपने हाथों को गरम चाय के कप पर रखते हुए कहा। इलायची के अलावा प्रियंका को गपशप बहुत पसंद है।

''कोई गपशप नहीं। तुम्हीं बताओ, तुम्हारी जिंदगी में जो चल रहा है?'' राधिका बोली।

''मेरे पास कहने के लिए वाकई कुछ है।'' प्रियंका ने एक चालाक मुसकराहट के साथ कहा।

''क्या?'' राधिका और ईशा एक साथ बोल पड़ीं।

''जब हम पहुँच जाएँगे मैं तब बताऊँगी, यह बड़ी बात है।'' प्रियंका ने कहा।

''अभी कहो।'' ईशा ने प्रियंका के कंधे को धक्का देते हुए कहा।

''अभी समय नहीं है। कोई बहुत ज्यादा जल्दी में है।'' प्रियंका ने अर्थपूर्ण नजरों से मुझे देखते हुए कहा।

मैं दूर हट गया।

''ठीक है, मेरे पास भी बताने के लिए कुछ है; पर किसी से कहना मत।'' ईशा बोली।

''क्या?'' राधिका ने कहा।

"देखो," ईशा ने कहा और खड़ी हो गई। उसने अपनी सपाट नाभि दिखाने के लिए अपना टॉप ऊपर किया–जहाँ पर एक नई अँगूठी थी।

"वाह, देखो!" प्रियंका ने कहा, "कोई ट्रेंडी बन रहा है।"

मिलिटरी अंकल ने हमें इस तरह देखा जैसे उन्हें धक्का लगा हो। मुझे शंका है कि वे कभी जवान नहीं थे, सीधा चालीस साल के ही पैदा हुए थे।

"यह क्या है? नाभि की अँगूठी?" राधिका ने पूछा।

ईशा ने सिर हिलाया और फिर अपने आपको ढक लिया।

"अरे हाँ।" ईशा ने कहा "कल्पना करो कि कोई तुम्हारे पेट में जोर से पिंच कर रहा हो।"

ईशा के कथन ने मेरा पेट जोर से हिला दिया।

"क्या हम चलें?" मैंने चाय खत्म करते हुए पूछा।

"चलो लड़कियो, नहीं तो मि. कर्तव्यनिष्ठ दुःखी हो जाएँगे।' प्रियंका ने भद्दे तरीके से मुसकराते हुए कहा। मुझे उससे नफरत है।

मैं काउंटर पर बिल का भुगतान करने गया। मैंने व्रूम को टी.वी. देखते हुए पाया।

"व्रूम!" मैंने कहा।

"हैलो, तुम लोग यहाँ पर क्या कर रहे हो?" उसने पूछा।

मैंने उसे लड़कियों के चाय के आइडिया के बारे में बताया।

"मैं बीस मिनट पहले ही आ गया था।" व्रूम ने कहा। उसने अपनी सिगरेट बुझाकर उसका जला हुआ टुकड़ा दिखाया। "यह मेरी पहली थी।"

व्रूम कोशिश कर रहा था कि वह केवल चार सिगरेटों में रात गुजार दे। लेकिन हमारी जिंदगी में बख्शी की वजह से यह असंभव था।

"क्या तुम शीघ्र कॉल सेंटर ले जा सकते हो? शेफाली जल्दी ही निकल जाएगी।" मैंने उससे कहा।

व्रूम की आँखें इंदरजीत ढाबे के काउंटर पर लगे टी.वी. सेट पर टिकी हुई थीं। NDTV न्यूज चैनल चल रहा था और व्रूम उसका बहुत दीवाना है। वह पहले एक अखबार के लिए काम करता था। अकसर सामाजिक, वैश्विक मुद्दों और वैसी ही सारी बातों में घुसा रहता है। वह सोचता है कि केवल खबरें देखने भर से ही वह दुनिया बदल सकता है। खैर, यह उसका मनोरंजन है।

संसद् भवन के सामने एक टी.वी. रिपोर्टर बोल रहा था कि चार महीनों में चुनाव होने वाले हैं।

"अरे, मैं उस लड़के को पहचानता हूँ। वह मेरे साथ पिछली नौकरी में काम करता था।" व्रूम ने कहा।

"अखबार में?"

"हाँ, हम उसे बुंदू बुलाते थे–पूरी तरह से हारा हुआ लड़का। पता नहीं था कि

वह अब टी.वी. में आ गया है। उसके कांटेक्ट लेंसों को देखो।'' व्रूम ने कहा जैसे ही हम दोनों बिल भरने लगे।

''चलो, अब चलते हैं, नहीं तो शेफाली मुझे खा जाएगी।''

''शेफाली। तुम्हारा मतलब वही कर्ली-वर्ली!'' व्रूम हँसा।

''चुप हो जाओ। उसे अपनी शिफ्ट के बाद क्वालिस पकड़नी है। मुझे उसके साथ केवल इतना ही समय मिलता है।''

''एक तरफ तो तुम प्रियंका के साथ थे और अब शेफाली के स्तर तक गिर गए।'' व्रूम ने अपनी कुहनी से अपने छह फीट दो इंच के शरीर को ढाबे के काउंटर पर टिकाते हुए कहा।

''क्यों, शेफाली में क्या कमी है?'' मैंने जमीन पर पैर घसीटते हुए कहा।

''कुछ नहीं। लेकिन आधी बेवकूफ लड़की को अपनी गर्लफ्रेंड बनाना अच्छा है। तुम उसके साथ अपना समय क्यों बिगाड़ रहे हो?''

''मैं केवल प्रियंका से दूर होने की कोशिश कर रहा हूँ। मैं जिंदगी में आगे बढ़ने का प्रयास कर रहा हूँ।'' मैंने काउंटर पर रखे मर्तबान से मीठी कैंडी निकालते हुए कहा।

''तो फिर शेफाली क्या केवल दिलासा देनेवाली है? प्रियंका के साथ री-प्रपोजल का क्या हुआ?'' व्रूम ने पूछा।

''मैंने तुमसे कहा है, तब तक नहीं जब तक मैं टीम लीडर नहीं बन जाता। जो जल्दी हो जाना चाहिए, शायद आज ही रात को वेबसाइट मैनुअल जमा करने के बाद। क्या हम अब चल सकते हैं, प्लीज?'' मैंने कहा।

''हाँ, ठीक है। आशा है कि तुम जिंदा रह पाओ।'' व्रूम कहते हुए काउंटर से दूर चला गया।

जैसे ही व्रूम ने NH-8 पर 120 कि.मी. प्रति घंटे की स्पीड से बाइक चलानी शुरू की, मैं उसे कसकर पकड़कर बैठ गया। मैंने अपनी आँखें बंद कर लीं और प्रार्थना करने लगा कि शेफाली नाराज न हो और मैं जिंदा वहाँ पहुँच जाऊँ।

बीप-बीप-बीप-बीप! मेरा मोबाइल फिर बजने लगा।

कर्ली-वर्ली बहुत उदास है,
ऐड्डी-टेड्डी बहुत खराब है,
मैं दस मिनट में निकल रही हूँ।

जैसे ही व्रूम कॉल सेंटर पहुँचा, मैं बाइक पर से कूद पड़ा।

बाइक आगे की तरफ गिरने लगी और व्रूम को संतुलन बनाने के लिए दोनों पैरों का इस्तेमाल करना पड़ा।

''आराम से।'' व्रूम ने चिढ़ते हुए कहा, ''क्या तुम मुझे इसे पार्क करने दोगे?'

''सॉरी! मैं सचमुच लेट हो गया हूँ।'' कहकर अंदर भागा।

3

''मैं तुमसे बात नहीं कर रही।'' शेफाली ने कहा और अपनी कान की चाँदी की बालियों के साथ खेलने लगी। वे गोल कान की बालियाँ इतनी बड़ी थीं कि चूड़ियाँ बन सकती थीं।

''सॉरी शेफाली! मेरी शिफ्टवालों ने क्वालिस को लेट कर दिया।'' मैं उसकी डेस्क से सटकर उसके पास खड़ा था। वह अपनी घूमनेवाली चेयर पर बैठी थी और अपनी नाराजगी जाहिर करने के लिए उसे 90^0 तक मुझसे दूर घुमा लिया। उसके ''बे'' के दर्जनों वर्क-स्टेशन खाली थे, क्योंकि दूसरे एजेंट जा चुके थे।

''जो भी हो, मैं सोचती थी कि तुम उनके टीम लीडर हो।'' वह अपने कंप्यूटर पर काम करने का बहाना करते हुए बोली।

''मैं अभी टीम लीडर नहीं हूँ। मैं बनने योग्य हूँ, लेकिन अभी तक बना नहीं हूँ।'' मैंने जवाब दिया।

''वो तुम्हें अपना टीम लीडर क्यों नहीं बना देते?'' उसने मेरी ओर मुड़कर आँखें मटकाते हुए कहा। मुझे उसकी ऐसी मुखाकृति से नफरत है।

''मुझे नहीं पता। बक्शी ने कहा है कि वह कोशिश कर रहा है। लेकिन मुझे अपने अंदर के नेतृत्व के गुणों को स्पीड में लाना होगा।''

''ये स्पीड में लाने का मतलब क्या है?'' उसने कहा। वह अपना हैंडबैग खोलने लगी।

''मुझे नहीं पता। शायद मुझे और भी निपुण बनना होगा।''

''तो तुम लोगों का कोई टीम लीडर नहीं है।''

''नहीं। बक्शी ने कहा है कि अभी हमें अकेले ही सँभालना होगा। अभी मैं निरीक्षण संबंधी कामकाज में मदद करता हूँ। लेकिन बक्शी ने कहा है कि भविष्य में मेरे लिए बहुत संभावना है।''

''तो तुम्हारी टीम तुम्हारी बात क्यों नहीं मानती है?''

''कौन कहता है, नहीं सुनती? वे जरूर सुनते हैं।''

"तो तुम लेट क्यों हो गए?" उसने तीसरी बार अपना वाक्य "तो" से शुरू किया।

"छोड़ो शेफाली, जाने भी दो।" मैंने अपनी घड़ी देखते हुए कहा, "तुम्हारी शिफ्ट कैसी रही?"

"शिफ्ट तो ठीक थी। टीम लीडर ने कहा है कि वेस्टर्न कंप्यूटर्स के कॉल्स कम हो गए हैं। सभी ग्राहक अब "ट्रबल-शूटिंग वेबसाइट" इस्तेमाल कर रहे हैं।"

"अच्छा। क्या तुम जानती हो, उसे किसने ठीक किया?"

"हाँ, तुमने और व्रूम ने। पर मुझे लगता है, तुम्हें उसमें कोई बड़ी उपलब्धि नहीं गिननी चाहिए। उस वेबसाइट ने कनेक्शंस का बहुत सारा धंधा कम किया है।"

"लेकिन वेबसाइट ग्राहकों की बहुत मदद करती है, ठीक है न?" मैंने कहा।

"शश श···यहाँ पर वेबसाइट की बात मत करो। कुछ एजेंट बहुत दुःखी हैं। किसी ने कहा है कि वे लोगों की छँटनी कर देंगे।"

"सचमुच?"

"मुझे नहीं पता। सुनो, तुम इतने अ-रोमांटिक क्यों हो? क्या ऐड्डी-टेड्डी को अपनी कर्ली-वर्ली से इस तरह बात करनी चाहिए?"

कनेक्शंस पर क्या चल रहा था, मैं इस बारे में और जानना चाहता था। बक्शी तो बात छिपाने में बहुत माहिर था। उसने केवल इतना कहा था कि कुछ गुप्त प्रबंधन प्राथमिकताएँ हैं। मैंने व्रूम को और जासूसी करने के बारे में कहने पर विचार किया।

"ऐड्डी-टेड्डी?" शेफाली ने फिर दोहराया।

मैंने उसकी ओर देखा। अगर वह हैलो किटीवाले हेअर पिन पहनना बंद कर देती तो जैसे-तैसे अच्छी लगती।

"हूँ!"

"क्या तुम सुन रहे हो?"

"बिलकुल।"

"क्या तुम्हें मेरा गिफ्ट अच्छा लगा?"

"क्या गिफ्ट?"

"वो रिंग टोन्स। मैंने तुम्हें छह रिंग टोन्स दी थीं। देखो, तुम्हें तो याद भी नहीं है।" यह कहकर उसका चेहरा उदास हो गया।

"मुझे याद है। देखो, मैंने "लॉस्ट क्रिसमस" को अपनी रिंगटोन बना रखा है।" मैंने कहकर मोबाइल उठाया और उसे बजाने लगा। अगर व्रूम उसे सुन लेता तो शायद मुझे मार डालता, पर मुझे शेफाली के लिए यह करना ही पड़ा।

"बहुत प्यारे हो!" शेफाली ने मेरे गाल खींचते हुए कहा।

"कितनी मीठी आवाज है, मेरे ऐड्डी-टेड्डी!

"शेफाली···"

‘‘क्या?’’

‘‘तुम मुझे ऐड्डी-टेड्डी बुलाना बंद करोगी?’’

‘‘क्यों? क्या तुम्हें पंसद नहीं है?’’

‘‘मुझे सिर्फ श्याम बुलाओ।’’

‘‘जो नाम मैंने तुम्हें दिया, क्या वह तुम्हें पसंद नहीं?’’ उसने कहा। उसकी आवाज उदासी से ममत्व में बदल गई।

मैं चुप रहा। औरतों से कभी यह मत कहो कि उनका कोई काम तुम्हें पसंद नहीं है। फिर भी वे चुप्पी से ही पहचान जाती हैं।

‘‘इसका मतलब है कि तुम्हें रिंग टोन्स भी पंसद नहीं है।’’ उसने कहा और उसकी आवाज टूटने लगी।

‘‘मुझे पसंद है।’’ मैंने उसके रोने के मूड से डरते हुए कहा, ‘‘वह रिंग टोन्स बहुत प्यारी है।’’

‘‘और नाम के बारे में? तुम चाहते हो तो कोई दूसरा नाम चुन लो। मैं तुम्हारी दूसरी गर्लफ्रेंड्स की तरह नहीं हूँ।’’ उसने कहा और उसकी आँखों में छोटे-छोटे आँसू आ गए। मैंने अपनी घड़ी देखी–तीन मिनट और, फिर समय सबकुछ ठीक कर देगा। मैंने सोचा।

मैंने गहरी साँस ली। एक सौ अस्सी सेकंड और उसे निश्चित रूप से जाना होगा। कभी-कभी औरतों के नखरों से समय काटने का सबसे अच्छा तरीका सेकंड गिनना होता है।

‘‘किस तरह की गर्लफ्रेंड्स?’’ मैंने पूछा।

‘‘जैसे,’’ वह नाक से साँस लेते हुए बोली, ‘‘रोबदार लड़कियाँ, जो अपनी बात तुम पर थोप देती हैं। जैसे तुम जानते हो, कौन?’’

‘‘कौन? तुम किसके बारे में बोल रही हो?’’ मैंने दृढ़ आवाज में कहा। यह सही था, प्रियंका रोब जतानेवाली हो सकती थी, लेकिन केवल तभी जब तुम उसकी बात न सुनो।

‘‘चलो, छोड़ो। लेकिन क्या मैं रोना बंद कर दूँ तो तुम मुझे नाम दोगे?’’ उसकी सिसकियाँ अच्छी-खासी चीखों में बदलनेवाली थीं।

‘‘हाँ।’’ मैंने कहा। अगर वह यह ड्रामा बंद कर देती तो मैं उसके पूरे खानदान का नाम बदल देता।

‘‘ठीक है,’’ यह कहकर वह सामान्य हो गई–‘‘मुझे एक नाम दो।’’

मैंने बहुत सोचा। मेरे मन में कुछ नहीं आया।

‘‘शेफी, शेफी कैसा है?’’ मैंने उससे पूछा।

‘‘ना...मुझे और भी प्यारा सा नाम चाहिए।’’ शेफाली को शब्दों को लंबा खींचना बहुत पसंद है।

''फिलहाल मुझे कुछ भी प्यारा सा याद नहीं आ रहा है। मुझे काम करना है। क्या तुम्हारी भी क्वालिस जल्दी नहीं जा रही है?'' मैंने कहा।

उसने अपनी घड़ी देखी और खड़ी हो गई।

''हाँ, अच्छा मैं अब चलूँ। क्या तुम कल तक नाम सोच लोगे?'' उसने पूछा।

''हाँ, चलो अब, बाय!''

''बाय-बाय, ऐड्डी-टेड्डी!'' मुझे उसकी आवाज सुनाई दी।

#4

जब मैं शेफाली की ''बे'' से लौटा। तो दूसरे लोग पहले से ही अपनी डेस्क पर मौजूद थे।

हमारी ''बे'' का नाम ''वेस्टर्न एप्लायंसेस स्ट्रेटेजिक ग्रुप या WASG था। हम दूसरी ''बे'' की तरह नहीं हैं, जो कंप्यूटर ग्राहकों की समस्या सुलझाते थे, हम घरेलू उपकरणों के उपभोक्ताओं, जैसे फ्रिज, ओवन और वैक्यूम क्लीनर आदि में डील करते हैं। प्रबंधन हमें ''स्ट्रेटेजिक बे'' इसलिए कहता है, क्योंकि हम बहुत सिरदर्द देनेवाले ग्राहकों के विशेषज्ञ हैं। ये स्ट्रेटेजिक ग्राहक बहुत कॉल करते हैं और कुछ भी ढंग से नहीं बताते हैं (वास्तव में आखिरी बात बहुत सारे कॉलर्स पर लागू होती है)। हम कुछ खास महसूस करते हैं, क्योंकि हम मुख्य कंप्यूटर ''बे'' के अंग नहीं हैं। मुख्य ''बे'' में हजार से ज्यादा एजेंट हैं और वे बहुत विशाल ''वेस्टर्न कंप्यूटर्स'' अकाउंट की देखरेख करती है।

वहाँ के कॉल कम उलझे हुए होते हैं, लेकिन WASG में जो एकांत हमें नसीब होता है, वह उनको नहीं होता है।

मैंने लंबे से आयताकार टेबल पर जाकर अपनी सीट ग्रहण की। हमारे बैठने का क्रम निर्धारित है। मैं व्रूम की बगल में बैठता हूँ, जबकि प्रियंका ठीक मेरे सामने। ईशा प्रियंका के पास और राधिका ईशा के पास। ''बे'' पूरी तरह से खुली योजना की तरह है, इसलिए हम सभी एक-दूसरे को देख सकते हैं। मिलिटरी अंकल का ''चेट-स्टेशन'' कमरे के एक कोने में है। दूसरे तीन कोनों में क्रमशः रेस्टरूम, कॉन्फ्रेंस रूम और स्टेशनरी सप्लाई रूम हैं।

लेकिन जब मैं बैठा तब अंकल के अलावा कोई भी अन्य अपनी सीट पर नहीं था। सब प्रियंका के आस-पास इकट्ठे हो गए थे।

''क्या खबर है, अब हमें बताओ?'' ईशा कह रही थी।

''ठीक है, ठीक है; लेकिन एक शर्त पर। यह खबर WASG के बाहर नहीं जानी चाहिए।'' प्रियंका ने बैठते हुए कहा। उसने अपनी सीट के नीचे से एक बड़ा सा प्लास्टिक बैग निकाला।

''दोस्तो!'' मैंने उनके हँसी-मजाक को टोकते हुए कहा।

सभी मुझे देखने के लिए मुड़े।

मैंने डेस्क और कर्मीदल रहित फोनों की ओर इशारा किया। मैंने अपनी घड़ी की ओर देखा। रात के 10:29 हो रहे थे। कॉल सिस्टम रुटीन बैकअप खत्म होने वाला था और एक मिनट में हमारे कॉल शुरू होने वाले थे।

''सभी को गुड ईवनिंग। प्लीज इस घोषणा पर ध्यान दें।'' एक ऊँची आवाज पूरे ''बे'' में गूँजी। मैंने ऊपर देखा। आवाज फायर ड्रिल स्पीकर से थी।

''मुझे इन खिझानेवाली सूचनाओं से बेहद चिढ़ है।'' प्रियंका ने कहा।

''यह कंट्रोल रूम है।'' स्पीकर से आवाज जारी रही। ''फायर ड्रिल के सभी एजेंटों को अगले शुक्रवार को रात बारह बजे यह सूचित किया जाता है कि फायर ड्रिल के दौरान कॉल सेंटर से सुरक्षित निकलने के लिए निर्देशों का पालन कीजिए। धन्यवाद। आपकी शिफ्ट अच्छी हो।''

''ये ऐसा क्यों करते रहते हैं? कोई इस जगह को जलानेवाला नहीं है।'' ईशा ने कहा।

'सरकारी नियम।'' व्रूम ने कहा।

बातचीत बीच में ही बंद हो गई, क्योंकि कंप्यूटर स्क्रीन पर दो बीप के साथ हमारी शिफ्ट की शुरुआत हो गई।

रात के 10:31 पर हमारे कॉल्स शुरू हो गए। हमारे साझे स्विच बोर्ड पर नंबर चमकते गए, जैसे ही हम एक के बाद एक फोन उठाते गए।

''गुड आफ्टरनून, वेस्टर्न एप्लायंसेस, विक्टर बोल रहा हूँ, मैं आपकी कैसे मदद कर सकता हूँ।'' व्रूम ने अपनी पहली कॉल उठाते हुए कहा।

''हाँ, मेरे रिकार्ड के अनुसार, मैं मिस स्मिथ से बात कर रही हूँ और आपके पास WAF-200 डिशवाशर है। क्या यह सही है?'' ईशा ने कहा।

ईशा की ''स्मृति'' ने कॉलर को बहुत प्रभावित किया। यह कोई बड़ी बात नहीं थी, जब हमारे स्वचालित सिस्टम में सभी कॉलर के रिकॉर्ड थे। हमें उनका नाम, पता, क्रेडिट कार्ड एवं वेस्टर्न एप्लायंसेस में पिछले क्रय के विषय में जानकारियाँ थीं। हमें इस बात की भी जानकारी रहती कि उन्होंने हमें आखिरी बार कॉल कब किया था। वास्तव में, उसका फोन हमारी वेस्टर्न एप्लायंसेस की डेस्क पर हमेशा आता था, क्योंकि वह एक स्थायी कॉलर थी। इस तरह से मुख्य ''बे'' अपना काम आसानी से चालू रख सकती थी।

कभी-कभी ऐसे ग्राहक भी होते हैं, जो WASG के मापदंडों से भी अलग जाते थे। मैं सबके बारे में नहीं कहूँगा, लेकिन व्रूम का 10:37 का कॉल कुछ इस तरह था—

''हाँ मिस पॉलसन, बिलकुल हमें आप याद हैं। हैप्पी थैंक्स गिविंग हैं, मुझे उम्मीद है कि आप हमारे WA100 मॉडल के ओवन में बड़ी सी टर्की पका रही हैं।''

व्रूम ने एक स्क्रिप्ट से पढ़ते हुए कहा, जिससे हमें उस दिन के अमेरिकन त्योहार के बारे में बताया गया।

मैंने ग्राहक की ओर की बातचीत नहीं सुनी; लेकिन मिस पॉलसन जरूर ओवन के बारे में अपनी समस्या बता रही थीं।

"नहीं मिस पॉलसन, आपको कवर के पेंच नहीं खोलने चाहिए थे।" व्रूम ने पूर्ण विनम्रता से कहा।

"नहीं, सचमुच मैडम। WA 100 जैसा इलेक्ट्रिक अप्लायंस केवल प्रशिक्षित व्यक्ति द्वारा ही सर्विस होना चाहिए।" व्रूम ने WA 100 के सर्विस मैनुअल से शब्दश: पढ़ते हुए कहा।

मिस पॉलसन अगले मिनट के लिए फिर बोलीं।

हमारे स्ट्रेटेजिक "बे" की दक्षता का मुश्किल से ही कुछ नाम होगा, लेकिन इस तरह की लंबी कॉल्स से व्रूम का प्रतिक्रिया समय खत्म हो सकता था।

"देखिए मैडम, आपको मुझे यह बताना होगा कि आपने ऊपरी कवर क्यों खोला। तभी शायद हम समझ पाएँगे कि आपको बिजली का झटका क्यों लगा। तो आप बताइए...हाँ, ओह...सचमुच?" व्रूम गहरी साँसें लेता बोलता गया। सब्र, जो एक स्टार एजेंट बनने के लिए बहुत जरूरी है, उसमें स्वाभाविक रूप से नहीं था।

मैंने आस-पास देखा। लोग अपनी कॉल्स में व्यस्त थे। राधिका किसी को अपने फ्रिज को डिफ्रोस्ट करने में मदद कर रही थी; ईशा किसी ग्राहक को डिशवॉशर खोलने में मदद कर रही थी। हर कोई अमेरिकी उच्चारण लिये और क्वालिस से बिलकुल अलग आवाज में बोल रहा था। मैंने पिछले दिन के कॉल्स आँकड़ों को इकट्ठा करने के लिए ब्रेक लिया। मुझे यह सब करना पसंद नहीं है, लेकिन बक्शी ने मेरे पास कोई विकल्प नहीं छोड़ा था।

"देखिए मैडम!" व्रूम अभी भी मिस पॉलसन के संपर्क में था, "मैं समझता हूँ, आपकी टर्की फिट नहीं हुई और आपको उसे काटना नहीं चाहिए था और यह उपकरण की गलती नहीं है, मैं आपको वाकई बता नहीं सकता कि क्या करना चाहिए।...मैं समझता हूँ मैडम, कि आपका बेटा आ रहा है। अब अगर आपके पास WAI50 होता, जो बड़ा साइज है।" व्रूम ने तेज साँसें लेते हुए कहा।

मिस पॉलसन थोड़ी सी देर और विलाप करती रहीं।

"मिस पॉलसन, मैं आपको यही सलाह दूँगा कि जितनी जल्दी हो सके, ओवन को अपने डीलर के पास ले जाइए।" व्रूम ने दृढ़ता से कहा, "और अगली बार एक छोटी टर्की पकाइए...और हाँ, आज रात के लिए रेडीमेड टर्की ही एक अच्छा आइडिया है।...नहीं, मेरे पास डायल-ए-टर्की नंबर नहीं है। फोन लगाने के लिए धन्यवाद मिस पॉलसन, बाय।" व्रूम ने कॉल खत्म किया।

व्रूम ने टेबल पर अपनी मुट्ठी ठोंकी।

''सबकुछ ठीक है?'' मैंने अपने पेपर्स से अलग न देखते हुए कहा।

''हाँ, केवल एक चिपकू कस्टमर था।'' वह भुनभुनाया और स्क्रीन पर एक नया नंबर चमकने लगा।

मैंने अगले दस मिनटों के लिए अपने कंप्यूटर पर पिछले दिन के कॉल्स आँकड़ों को इकट्ठा करने का काम किया। बक्शी ने मुझे दूसरे एजेंटों के व्यवहार भी चेक करने की जिम्मेदारी सौंपी थी। हर कुछ पलों में। मैं किसी का कॉल सुनने लग जाता था। 10:47 पर मैं ईशा की लाइन से जुड़ा।

''हाँ सर। मेरी आवाज आपकी बेटी की तरह है! ओह, धन्यवाद। तो वैक्यूम क्लीनर में क्या गड़बड़ है?'' वह कह रही थी।

''तुम्हारी आवाज बहुत शांतिप्रद है।'' कॉलर ने कहा।

''धन्यवाद सर। तो वैक्यूम क्लीनर...?''

ईशा की आवाज एकदम लाजवाब थी। विनम्रता और दृढ़ता का बिलकुल सही मिश्रण था। प्रबंधन हमें कॉल अटेंड करने पर चेक करता था, जिसे AHT भी कहते थे। चूँकि WASG के कॉल ज्यादा कष्टप्रद होते थे, हमारे AHT बेंचमार्क प्रति कॉल पर ढाई मिनट ज्यादा होते थे, मैंने सभी के AHT देखने के लिए अपनी फाइल चेक की–हम सभी अपने लक्ष्यों पर थे।

''बीप!'' फैक्स मशीन की आवाज ने मेरा ध्यान पेपरों से खींच लिया। मुझे आश्चर्य हुआ कि इस समय कौन फैक्स कर रहा होगा। मैं मशीन पर गया और आनेवाले फैक्स को चेक करने लगा। यह बक्शी का था। उसके भेजे हुए सात पेजों को निकालने में फैक्स मशीन को सात मिनट लगे। मैंने मैसेज शीट फाड़ी और पहली शीट हाथ में ली।

द्वारा : सुभाष बक्शी

विषय : ट्रेनिंग पहल

''डियर श्याम,

केवल FYI में मैंने स्वरोच्चारण ट्रेनिंग के लिए तुम्हारा नाम भेजा है, क्योंकि उनके पास शिक्षकों की कमी है। मुझे विश्वास है कि तुम इसके लिए कुछ समय निकाल सकते हो। हमेशा की तरह मैं तुम्हें अधिक प्रासंगिक एवं सामरिक उद्भासन देने की कोशिश कर रहा हूँ।

तुम्हारा,

सुभाष बक्शी

मैनेजर, कनेक्शंस।

बचा हुआ फैक्स पढ़ने में मैं हाँफ गया। बक्शी मेरी शिफ्ट के अलावा दूसरे भरती हुए लोगों को सिखाने के लिए मुझे कई घंटों के लिए चूस रहा था। अतिरिक्त काम के अलावा अब मेरे पास स्वरोच्चारण की ट्रेनिंग का काम भी था। अमेरिकी उच्चारण बहुत उलझाने वाला है। आप शायद सोच रहे होंगे कि अमेरिकी और उनकी

भाषा बहुत सीधी और स्पष्ट है। उससे अलग उनके प्रत्येक अक्षर को कितने ही तरीकों में उच्चारित किया जा सकता है।

''मैं आपको एक उदाहरण देता हूँ। ''T'' अक्षर से अमेरिकी चार अलग-अलग उच्चारण बना सकते हैं। ''T'' बिलकुल शांत हो सकता है, जैसे "internet" "innernet" और "advantage" "advannage" बन जाता है। दूसरा तरीका है जब T और N आपस में मिल जाते हैं। "written" बन जाता है "writn" और "certain" "certn"। तीसरा जब ''T'' बीच में होता है वहाँ उसकी आवाज "D" जैसी होती है– "daughter" "daughder" और "water" "wader" बन जाता है। आखिरी जब अमेरिकियों का T वास्तव में T जैसा होता है। यह तब होता है जब ''T'' शब्द की शुरुआत में होता है, जैसे "table" या "stumble"। ओह, मैं तो पागल ही हो जाता हूँ और यह तो केवल व्यंजन हैं। स्वरों की कहानी तो और दुखदायी है।

''क्या हुआ?'' ब्रूम ने मेरे पास आते हुए पूछा।

मैंने ब्रूम को फैक्स दिखाया। वह पढ़कर अजीब ढंग से मुसकराया।

''ओह, ठीक है। उसने तुम्हें FYI भेजा। तुम जानते हो FYI का मतलब?'' ब्रूम ने कहा।

''क्या?''

''फँसाओ यहीं इसे! किसी और व्यक्ति के ऊपर अपनी जिम्मेदारी थोपने का यह बहुत स्टैंडर्ड तरीका है।''

''मुझे इस स्वरोच्चारण ट्रेनिंग से नफरत है। तुम दिल्लीवालों को सात दिनों में अमेरिकियों जैसा बोलना नहीं सिखा सकते हो।''

''जैसे तुम अमेरिकियों को पंजाबी उच्चारण नहीं सिखा सकते।'' ब्रूम ने कहा और हँसने लगा।।

''चलो छोड़ो, *जाओ ट्रेन-ट्रेन, अपनी माचापच्ची करो।''*

''अब मैं क्या करूँगा?'' मैं अपनी डेस्क की तरफ जाते हुए बोला।

''*जाओ ट्रेन-ट्रेन, अपनी माथापच्ची करो।''* ब्रूम ने कहा और हँसने लगा।

उसे यह काफिया पसंद था और ''बे'' में जाते हुए उसने इसे कई बार दोहरा दिया।

मैं फिर अपनी सीट पर था। ब्रूम के शब्द ''ट्रेन-ट्रेन'' मेरे दिमाग में गूँज रहे थे। उनसे मुझे एक अलग ही तरह की ट्रेन याद आ गई। इससे मेरी रेल म्यूजियम की यादें ताजा हो गईं, जहाँ पर एक साल पहले मेरी प्रियंका के साथ डेट थी।

प्रियंका के साथ मेरी पिछली डेट्स–I

रेल म्यूजियम, चाणक्यपुरी
इस रात के एक साल पहले।

वह आधा घंटा लेट आई। मैंने पूरे म्यूजियम को दो बार देख लिया था। हर छोटे-छोटे ट्रेन मॉडल का निरीक्षण कर लिया था। भारत के सबसे पुराने कोयले के इंजिन में जाकर आधुनिक सायरन सिस्टम समझ लिया। मैं कैंटीन में गया, जो एक कृत्रिम तालाब के बीच एक आइलैंड पर बनाया गया था। यह म्यूजियम के लिए प्रभावशाली लैंडस्केप था। मैंने एक सिगरेट जलाने की सोची; लेकिन मेरी नजर एक चिह्न पर गई : केवल भाप के इंजिन को धुआँ उगलने की अनुमति है। जब वह आई तब मैं म्यूजियम कैंटीन में बैठकर कुनकुने कोक को हिला रहा था।

''ठीक है। कुछ मत कहो। सॉरी मैं लेट हूँ, मैं जानती हूँ, मैं जानती हूँ।'' ऐसा कहकर वह मेरे सामने झटके से बैठ गई।

मैंने कुछ नहीं कहा। मैंने उसकी छोटी सी नाक को देखा। मैंने आश्चर्य किया कि इससे पर्याप्त ऑक्सीजन कैसे मिलती होगी।

''कुछ बोलो ना।'' उसने पाँच सेकंडों के बाद कहा।

''मैंने सोचा, तुमने मुझे चुप रहने को कहा है।'' मैंने कहा।

''मेरी माँ को किसी पेशेवर की मदद की आवश्यकता है।'' प्रियंका ने कहा, ''उसे वाकई जरूरत है।''

''क्या हुआ?'' मैंने कोक में स्ट्रा के भँवर फेंके, जिससे कि छोटी बूँदें बुदबुदाने लगीं।

''मैं बताती हूँ। पहले बताओ, यह जगह कैसी लगी? सुंदर है ना?''

''रेल म्यूजियम?'' मैंने अपने हाथों को हवा में उछालते हुए कहा। ''हमारी क्या उम्र है, बारह साल। अच्छा बताओ, मम्मी के साथ क्या हुआ? आज कैसे आग लगी?''

"हमें किसी आग की जरूरत नहीं है, केवल एक चिनगारी ही काफी है। जैसे ही मैं यहाँ पर आने के लिए निकल रही थी, उन्होंने मेरी ड्रेस पर टीका-टिप्पणी की।"

"उन्होंने क्या कहा?" मैंने उसके कपड़ों को देखते हुए कहा। उसने एक नीली टाई-एंड-डाई स्कर्ट पहन रखी थी और एक टी-शर्ट, जिस पर शांति का चिह्न था। यह विशिष्ट प्रियंकावाली चीजें थीं। उसने नीले मोतियोंवाली कान की बालियाँ पहनी थीं, जो उसके हार से मेल खा रही थीं।

उसकी आँखों में थोड़ा-सा सुरमा था, जिसका मैं दीवाना था।

"मैं लगभग दरवाजे पर थी और तब वह बोलीं कि तुम वह सोने का हार क्यों नहीं पहनती, जो मैंने तुम्हारे पिछले जन्मदिन पर दिया था?" प्रियंका ने बताया।

"और फिर?" उसने सचमुच कोई सोने का हार नहीं पहन रखा था, जब मैंने उसके खाली गले को देखा, जिसे छूने को मेरा मन कर रहा था।

"और मैंने कहा—नहीं माँ, यह मेरी ड्रेस के साथ नहीं जमेगा। पीली धातु बिलकुल नीरस है, केवल आंटियाँ ही इसे पहनती हैं। बाप रे, बस उसके बाद एक बड़ा लंबा विवाद छिड़ गया। इसी वजह से मैं लेट हो गई। सॉरी!" वह बोली।

"तुम्हें लड़ने की कोई जरूरत नहीं थी। केवल उनके सामने चेन पहन लेतीं और बाद में उतार देतीं।" वेटर के ऑर्डर लेने हेतु आते समय मैंने कहा।

"पर बात वह नहीं है। चलो जाने दो।" कहकर वह वेटर की ओर मुड़ी, "मुझे समोसे की प्लेट ला दो, मुझे बहुत भूख लग रही है। जरा रुको, यह मोटापा बढ़ानेवाला है। क्या तुम्हारे यहाँ सलाद है?"

वेटर के चेहरे पर केवल एक शून्य भाव था।

"तुम क्या सोच रही हो, कहाँ हो?" मैंने कहा। "यह रेल म्यूजियम कैंटीन है, न कि इतालवी रेस्त्राँ। तुम्हें वह मिलेगा, जो दिखाई देता है।"

"ठीक है, ठीक है।" उसने स्टॉलों की ओर देखते हुए कहा।

"मुझे आलू की चिप्स ला दो। नहीं, पॉपकोर्न ला दो। पॉपकोर्न हलका होता है, ठीक है?" उसने वेटर को ऐसे देखा मानो वह कोई पोषण संबंधी वैज्ञानिक हो।

"पॉपकोर्न ले आओ।" मैंने वेटर से कहा।

"तो और क्या चल रहा है? व्रूम से मिले?" उसने पूछा।

"मिलने को था, लेकिन नहीं मिल सका। आज उसकी डेट थी।"

"किसके साथ? कोई नई लड़की?"

"बिलकुल। वह कभी एक के साथ नहीं रहता। मुझे आश्चर्य होता है कि लड़कियों को उसमें क्या दिखता है। सभी हॉट लड़कियों को भी।" मैंने कहा।

"मुझे व्रूम के बारे में कुछ समझ नहीं आता। अपनी पूरी जिंदगी में जितने भी लोगों से मिली हूँ, वह सबसे ज्यादा भौतिकवादी और भावनाशून्य है।" प्रियंका ने

कहा और पॉपकोर्न हमारे टेबल पर आ गई।

"नहीं, वह ऐसा नहीं है।" मैंने अपनी क्षमता से ज्यादा पॉपकोर्न पकड़ते हुए कहा।

"अरे, जरा उसे देखो–जीन्स, फोन्स, पिज्जा और बाइक। वह इन्हीं सब के लिए जीता है। और हर तीन महीनों में उसकी एक नई गर्लफ्रेंड, चलो भी, अब कहीं तो आकर यह सब बंद कर देना चाहिए, ठीक?"

"वैसे, मैं तो अपनी एक के साथ रहकर खुश हूँ।" पॉपकोर्न से भरे हुए मुँह से मैंने कहा।

"तुम बहुत प्यारे हो!" प्रियंका बोली और शरमाकर मुसकरा दी। उसने और पॉपकोर्न उठाए और मेरे मुँह में भर दिए।

"थैंक्स!" मैंने पॉपकोर्न चबाते हुए कहा, "व्रूम बदल गया है। वह ऐसा नहीं था जब उसने पिछली नौकरी छोड़कर यहाँ जॉइन किया था।"

"अखबारवाली?"

"हाँ, पत्रकार प्रशिक्षार्थी। उसने समसामयिक मामलों से शुरुआत की। तुम जानती हो, उसने अपने एक प्रसिद्ध लेख में क्या लिखा था?"

"नहीं, क्या? अरे नहीं।" प्रियंका ने मेरे पीछे किसी को देखते हुए कहा।

"क्या हुआ?"

"कुछ नहीं। बस पीछे मत देखना। हमारे कुछ रिश्तेदार और साथ में उनके शैतान बच्चे यहाँ पर हैं। अरे नहीं।" उसने नीचे टेबल पर देखते हुए कहा।

जब कोई आपको कुछ देखने के लिए मना करता है तो आपके मन में वैसा ही करने की इच्छा पैदा हो जाती है। अपनी आँख के कोने से मैंने कमरे के कोने में एक परिवार को दो बच्चों के साथ देखा।

"यहाँ पर बच्चों के अलावा और किसके आने की उम्मीद की जा सकती है?" मैंने कहा, "लेकिन वे काफी दूर हैं।"

"चुप हो जाओ और नीचे देखो। पहले मुझे व्रूम के लेख के बारे में बताओ।" उसने कहा।

"अरे हाँ, उसका शीर्षक था, 'राजनीतिज्ञ कभी आत्महत्या क्यों नहीं करते?'"

"क्या? सुनने में बहुत भयावह लगता है।"

"क्या भयावह लगता है?"

"लेख में था कि सभी तरह के लोग–विद्यार्थी, गृहिणियाँ, व्यापारी, वेतनभोगी और कभी-कभी फिल्मी सितारे भी आत्महत्या कर लेते हैं, लेकिन राजनीतिज्ञ कभी नहीं। इससे आपको कुछ पता चलता है?"

"क्या?" अभी तक अपनी आँखें नीचे रखकर ही उसने पूछा।

"हाँ, व्रूम का कहना यह था कि आत्महत्या एक भयानक चीज है, और लोग

ऐसा तभी करते हैं, जब वे चोट खाए हुए हों। इसका मतलब है, उन्हें कुछ महसूस होता है। लेकिन राजनीतिज्ञों को नहीं। इसका मतलब मुख्य रूप से यह है कि यह देश ऐसे लोगों द्वारा चलाया जा रहा है, जिन्हें कुछ महसूस नहीं होता।'

''वाह! लेकिन यह कल्पना नहीं की जा सकती कि उसके संपादक को यह अच्छा लगा होगा।''

''हाँ, शर्त लगा लो, यह उसे अच्छा नहीं लगा। लेकिन व्रूम ने उसे अंदर घुसा दिया था। संपादक ने उसे छापने के बाद ही देखा और यह खबर चारों ओर फैल गई। व्रूम ने किसी तरह अपनी नौकरी बचाई, लेकिन उसके बॉस ने उसे पेज-3 पर कर दिया।''

''अपना व्रूम··· पेज-3?''

''उन्होंने व्रूम से कहा कि वह अच्छा दिखता है, इसलिए वहाँ पर जम जाएगा। इसके अलावा, उसने फोटोग्राफी का कोर्स भी किया हुआ था। वह खुद ही फोटोग्राफ्स खींच सकता था।''

''पेज-3 कवर करो, क्योंकि तुम अच्छे दिखते हो? अब यह तो आश्चर्य वाली बात है।'' उसने कहा।

''यह विस्मित करनेवाला है। लेकिन व्रूम ने वहाँ भी बदला ले लिया। उसने स्पष्टवादी लोगों की झिलमिलाती फोटो ली—खाने से भरे हुए चेहरों की, नशे में चूर लोगों की उलटी करते हुए—अगले दिन अखबार में इस तरह की बकवास दिखाई दी।''

''हे भगवान्!'' प्रियंका हँसने लगी। ''वह बिलकुल सक्रिय व्यक्ति लगता है। मुझे उसका पैसों के लिए कॉल सेंटर में आना कुछ समझ में नहीं आता।''

''हाँ, उसके अनुसार, पैसे का पीछा करने के लिए भी सक्रियता चाहिए।''

''और वह काम कैसे करता है?''

''उसका कहना है कि अमेरिकियों की दुनिया में केवल इसीलिए चलती है, क्योंकि उनके पास पैसा है। जिस दिन हमारे पास पैसा आ गया, उस दिन हम उन्हें उखाड़ देंगे। तो पहली चीज हमें यह करनी है कि पैसा कमाएँ।''

''मजेदार!'' प्रियंका ने कहते हुए एक गहरी साँस ली। ''हाँ, शायद इसीलिए हम भी रात को कड़ी मेहनत करते हैं। मैं कॉलेज के ठीक बाद बी.एड. कर सकती थी। लेकिन मैं पहले कुछ रुपए बचाना चाहती थी। अपने सपनों का नर्सरी स्कूल मैं बिना पैसों के नहीं खोल सकती थी। तो तब तक कुल दो सौ कॉल्स हर रात, रात-दर-रात!'' प्रियंका ने अपनी ठोढ़ी को अपनी कुहनियों पर टिकाते हुए कहा। मैंने उसे देखा। मैंने सोचा कि वह अब तक की सबसे सुंदर नर्सरी स्कूल प्रिंसिपल बनेगी।

''वेस्टर्न एप्लायंसेस, सैम बोल रहा हूँ। मैं आपकी मदद कैसे कर सकता हूँ? प्लीज मुझे अपनी मदद करने दीजिए! प्लीज···!'' मैंने अमेरिकी उच्चारण की नकल

करते हुए कहा।

प्रियंका फिर हँसने लगी।

''प्रियंका दीदी!'' पाँच साल के एक लड़के की आवाज ने समोसे खाते ग्राहकों को चौंका दिया।

प्रियंका के पास दौड़ते आए लड़के के हाथ में खिलौने का एक ट्रेन सेट और मुश्किल से ही संतुलित फाउंटेन कोक का गिलास था। वह बिना किसी समन्वय के दौड़ रहा था–अपनी दीदी को देखने का उत्साह उसके लिए सबकुछ था। टेबल के पास आकर वह लड़खड़ा गया और मैं उसे बचाने के लिए झुका। मैं उसे बचाने में सफल हो गया, लेकिन उसकी फाउंटेन कोक मेरी शर्ट पर गिर गई।

''अरे नहीं।'' दूसरी तीन साल की लड़की को हमारी तरफ मुँह में एक बड़ा सा लॉलीपोप भरकर आते देखकर मैंने कहा। मैंने दूसरी टक्कर से बचने के लिए इस तूफान से अपने आपको दूर कर लिया। वह सीधी प्रियंका की गोद में बैठ गई। मैं अपनी कमीज साफ करने रेस्टरूम में चला गया।

''श्याम,'' जब मैं लौटा तो प्रियंका ने कहा, ''मेरे चचेरे भाई से मिलो, डॉ. अनुराग।'' पूरा परिवार ही हमारी टेबल पर आ गया था। प्रियंका ने सबका मुझसे परिचय करवाया। मैंने उनके नाम सुनने के साथ ही भूलता भी गया। प्रियंका ने अपने डॉक्टर भाई को बताया कि मैं कॉल सेंटर पर काम करता हूँ। मुझे लगा कि उसके बाद उसके चचेरे भाई की मुझसे बात करने की इच्छा कम हो गई। बच्चों ने आधा पॉपकोर्न खा लिया था और आधा बिखेर दिया। लड़का अपने खिलौने की ट्रेन को पॉपकोर्न के खेतों के बीच से ले जा रहा था और अपनी बहन के साथ एक सायरन भी बजा रहा था।

''बैठ जाओ, श्याम!'' प्रियंका ने कहा।

''नहीं। आज मेरी जल्दी शिफ्ट है।'' मैंने कहा और जाने के लिए उठ गया।

''लेकिन रुको!'' प्रियंका बोली।

''नहीं, मुझे जाना है।'' मैं यह कहकर रेल म्यूजियम से भागा, जो रेलवे स्टेशन जैसा अस्त-व्यस्त हो गया था।

6

"आऊच!" अपने कॉल के बीच में ईशा की चीख ने मेरी यादों की चेन को तोड़ दिया।

"क्या हुआ?" मैंने पूछा।

"मुझे बहुत जोरों का शोर सुनाई दिया। वाकई खराब लाइन...हैलो, हाँ मैडम!" वह बोली।

राधिका गुलाबी ऊन से कुछ बुन रही थी और अपने कॉल का इंतजार कर रही थी। लोग व्यस्त थे, लेकिन मैं भाँप सकता था कि कॉल वॉल्यूम आज अन्य रातों से कम था।

"इयु!" प्रियंका ने पाँच सेकंडों के बाद कहा।

"उफ! नरक बनाकर रख दिया है।" व्रूम ने अपना हैडसेट कानों से खींचते हुए कहा।

"क्या हो रहा है?" मैंने पूछा।

"कुछ-कुछ क्षणों में कर्कश आवाजें आ रही हैं। बक्शी से कहो, किसी को भेजे।" व्रूम ने अपने कानों को मसलते हुए कहा।

"मैं उसके ऑफिस जाता हूँ, तुम लोग कॉल्स कवर करो।" कहते हुए मैंने समय पर नजर डाली, 10:51 बज रहे थे। एक घंटे से कम समय में पहला ब्रेक होने वाला था।

बक्शी के ऑफिस जाते समय मैं प्रशिक्षण केंद्र के पास से गुजरा। मैंने अंदर झाँका, नए प्रशिक्षार्थी सत्र में बैठे थे। कुछ विद्यार्थी ऊँघ रहे थे, शायद वे अभी रात में काम करने की आदत डाल रहे थे।

"35=10" अनुदेशक ने बड़े-बड़े अक्षरों में ब्लैक बोर्ड पर लिखा।

"35=10" नियम से मुझे दो साल पहले के मेरे प्रशिक्षण के दिन याद आ गए। इससे एजेंट फोन लगानेवालों से समन्वय बना सकते थे।

"याद रखो," अनुदेशक ने अपनी क्लास से कहा, "एक पैंतीस साल जितने अमेरिकी का दिमाग और IQ एक दस साल के भारतीय के दिमाग जैसा होता है। यह

तुम्हें अपने ग्राहकों को समझने में मदद करेगा। तुम्हें धैर्यवान् बनना होगा, जितना कि एक दस साल के बच्चे से बरताव करते वक्त होना चाहिए। अमेरिकी गूँगे होते हैं, इस बात को स्वीकार कर लो। मैं कॉल के दौरान किसी को भी अपना धैर्य खोने नहीं देना चाहता।''

मैं उस दिन की सोचकर डर गया जब मुझे ऐसी कक्षाओं में पढ़ाना होगा। मुझे स्वयं के दिल्ली की तरह के उच्चारण से पीछा छुड़ाना था और मेरा उच्चारण कक्षाओं में आखिरी नंबर पर आता था।

''मुझे इससे बाहर निकलना है।'' मैंने बक्शी के केबिन में जाते हुए खुद से कहा।

बक्शी अपने बड़े साइज के ऑफिस में था, खुले मुँह से अपने कंप्यूटर को ताकते हुए। जैसे ही मैं अंदर आया, उसने झटपट कंप्यूटर के विंडोज बंद कर दिए। शायद वह बिकनी पहने लड़कियों या कुछ इस तरह की चीजों के बारे में इंटरनेट पर सर्फ कर रहा था।

''गुड ईवनिंग सर!'' मैंने कहा।

''ओह हैलो, सैम···प्लीज अंदर आ जाओ।'' बक्शी हमें हमारे पश्चिमी नामों से पुकारना पसंद करता था। मुझे इस बात से नफरत थी।

मैं ऑफिस में धीरे-धीरे गया, ताकि उसे अपनी पसंदीदा वेबसाइटों को बंद करने का समय मिल जाए।

''आओ सैम, चिंता मत करो। मैं एक ''ओपन डोर'' मैनेजर हूँ।'' बक्शी ने कहा।

मैंने उसके बड़े से चौरस मुँह की ओर देखा, जो उसकी 5 फीट 6 इंच की काया के लिए काफी बड़ा था। उसका जरूरत से अधिक बड़ा चेहरा दशहरे के रावण जैसा लगता था। उसका चेहरा हमेशा की तरह चमक रहा था। बक्शी के बारे में यही चीज सबसे पहले गौर करनेवाली है कि उसके चेहरे पर तैलक्षेत्र। मैं सोचता हूँ कि यदि बक्शी की चमड़ी को भारत के भू-भाग पर पुनः उत्पन्न कर दिया जाए तो आप भारत की तेल समस्या का निवारण कर सकते हैं। प्रियंका ने एक बार मुझे बताया था कि जब वह बक्शी से पहली बार मिली, तब उसके मन में बहुत तीव्र इच्छा हुई कि एक टिशू पेपर ले और उसे जोर से रगड़कर बक्शी का चेहरा साफ कर दे। हालाँकि मुझे नहीं लगता कि एक टिशू पेपर से बात बनेगी।

बक्शी लगभग तीस साल का था, लेकिन लगता चालीस का और बातें ऐसे करता था जैसे पचास का हो। वह पिछले तीन सालों से कनेक्शंस में काम कर रहा था। उससे पहले उसने दक्षिण भारत के किसी अनुच्चारित विश्वविद्यालय से एम.बी.ए. किया था। वह सोचता था कि वह माइकल पोर्टर या उसके जैसा कुछ था (पोर्टर एक बहुत बड़ा प्रबंधन गुरु है—मुझे भी नहीं पता था, लेकिन बक्शी ने मुझे FYI में

एक बार बताया था) और मैनेजरों अथवा मैनेगीस भाषा में बात करना पसंद करता था, जोकि अंग्रेजी या अमेरिकन जैसी ही एक भाषा है।

''तो साधन कैसे काम रहे हैं?'' बक्शी ने अपनी कुरसी को घुमाते हुए पूछा। वह हमें कभी भी ''लोग'' नहीं कहता, हम सभी साधन हैं।

''अच्छे सर! वास्तव में मैं आपसे एक समस्या के बारे में बात करना चाहता था। फोन लाइन व्यवस्थित नहीं है। कॉलों के बीच में बहुत आवाजें आ रही हैं। क्या आप सिस्टम...''

''सैम'', बक्शी ने मेरी ओर पेन से इशारा करते हुए कहा।

''हाँ।''

''मैंने तुमसे क्या कहा था?''

''किस बारे में?

''कि समस्याओं को कैसे देखना चाहिए?''

''क्या?''

''सोचो।''

मैंने बहुत सोचा, लेकिन मेरे मन में कुछ नहीं आया।

''मुझे याद नहीं है, सर...उन्हें सुलझाना चाहिए?''

''नहीं। मैंने कहा था–बड़ा चित्र, हमेशा बड़े चित्र से शुरुआत करो।''

मैं उलझन में था। यहाँ पर बड़ा चित्र क्या था? यहाँ पर फोन पर बहुत आवाजें आ रही थीं और हमें सिस्टमों को ठीक करने के लिए कहना था। मैं उन्हें खुद ही बुला सकता था, लेकिन बक्शी के हस्तक्षेप से जल्दी प्रतिक्रिया होती।

''सर, यह एक अलग तरह का मामला है। ग्राहकों को शोर-शराबा सुनाई दे रहा है।''

''सैम।'' बक्शी ने गहरी साँस ली और मुझे बैठने का इशारा किया, ''एक अच्छे मैनेजर में क्या गुण होने चाहिए?''

''क्या?'' मैं उसके सामने बैठ गया और बार-बार घड़ी देखने लगा। 10:57 हो रहे थे। मुझे उम्मीद थी कि कॉल मंद गति से आ रहे थे, ताकि डेस्क पर एक व्यक्ति के कम होने से दूसरों को मुश्किल न आ रही हो।

''रुको,' बक्शी ने कहा और लिखने का पैड व पेन निकाल लिया। उसने पैड को टेबल के बीच में रखा और कुछ इस तरह का ग्राफ बनाया :

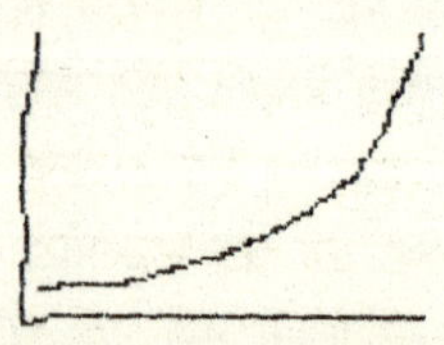

उसने ग्राफ बनाना खत्म किया और नोटबुक को 180^0 घुमाते हुए मेरी तरफ मोड़ दिया। उसने घमंडपूर्वक पेन बंद किया, जैसे डॉ. विंची ने मोनालिसा बनाना खत्म किया हो।

''सर सिस्टम्स?'' कुछ सेकंड शांत रहने के बाद मैंने कहा।

''रुको। पहले बताओ, यह क्या है?'' बक्शी ने अपनी तर्जनी उस चित्र पर ठोंकते हुए कहा।

मैंने खराब फोन लाइन और उस चार्ट में किसी संभावित रिश्ते को निकालने की कोशिश की।

मैं समझ नहीं पाया। मैंने पराजय में अपना सिर हिला दिया।

''च-च, देखो मुझे समझाने दो।'' बक्शी ने कहा, ''यह चित्र तुम्हारा कैरियर है। अगर तुम और वरिष्ठ बनना चाहते हो तो तुम्हें इस आकृति के हिसाब से ऊपर जाना होगा।'' उसने अपनी मोटी उँगली उस आकृति के हिसाब से ऊपर रखकर चलाते हुए, मुझे इस बात पर निर्देशित किया कि मुझे अपनी जिंदगी को किस तरह देखना चाहिए।

''हाँ सर।'' कहने के लिए और कुछ नहीं होने के कारण मैंने कहा।

''और तुम जानते हो, इसे कैसे करना है?''

मैंने अपना सिर हिला दिया। व्रूम शायद सोच रहा होगा कि मैं बाहर धूम्रपान करने गया हूँ। हाँ, मुझे भी अपने कानों से धुआँ निकलता महसूस हो रहा था।

''बड़ा चित्र। मैंने समझाया न, बड़े चित्र पर ध्यान केंद्रित करो। रणनीतिक परिवर्तनों को पहचानने की कोशिश करो, सैम।''

इससे पहले कि मैं कुछ बोल पाता, उसने अपना पेन फिर निकाल लिया और नया चित्र बनाने लगा।

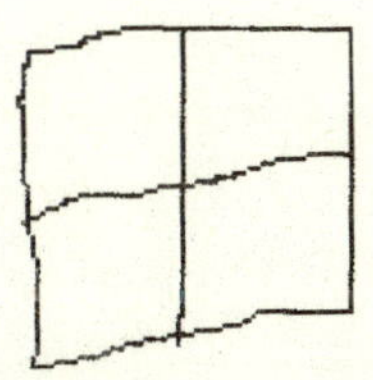

''शायद मैं तुम्हें 2×2 मैट्रिक्स की मदद से यह समझा सकूँ।'' बक्शी ने कहा और डिब्बों में ''ऊँचा'' व ''नीचा'' लिखने लगा।

मुझे उसे रोकना पड़ा।

''सर, प्लीज'', मैंने अपने दोनों हाथ रखकर शीट ढक दी।

''क्या?'' उसने ऐसे चिढ़ते हुए कहा जैसे किसी ने आइंसटीन के काम में विघ्न डाल दिया हो।

''सर, वास्तव में यह मेरे लिए रोचक है। मैं वापस आकर सीख लूँगा; लेकिन

फिलहाल मेरी टीम इंतजार कर रही है और मेरी शिफ्ट चल रही है।''

''तो?'' बक्शी ने पूछा।

''फोन, सर। प्लीज सिस्टम्स को बताइए कि वे WASG ''बे'' को आवश्यक रूप से चेक करें।'' मैंने रोककर कहा।

''हूँ?'' बक्शी ने मेरी तेज गति पर अचंभित होते हुए कहा।

''सर, सिस्टम्स को बुलाइए।'' मैंने कहा और खड़ा हो गया, ''उसका इस्तेमाल करके।'' मैंने उसके फोन की ओर इशारा किया और ''बे'' की तरफ भागा।

7

"अच्छा ब्रेक हाँ!" जब मैं "बे" में लौटा तो व्रूम ने कहा।

"अरे यार! बक्शी के ऑफिस में शोर-शराबे के बारे में बोलने गया था।" मैंने कहा।

"क्या वह किसी को भेज रहा है?" व्रूम ने अपने फोन की तारों को सुलझाते हुए कहा।

"उसने कहा, पहले मुझे रणनीतिक परिवर्तनों को समझना होगा।" मैं कहते हुए अपनी सीट पर बैठ गया। मैंने अपने चेहरे को अपने हाथों पर टिका लिया।

"रणनीतिक परिवर्तन! यह क्या है भला?" व्रूम ने मुझे देखे बिना ही कहा।

"मुझे कैसे पता होगा?" मैंने फुफकारते हुए कहा, "अगर मुझे पता होता तो मैं आज टीम लीडर होता। उसने कुछ चित्र भी बनाए।"

राधिका, ईशा और प्रियंका अपने कॉलों में व्यस्त थीं। हर चंद सेकंडों में वे फोन को अपने कानों को शोर-शराबे से बचने के लिए हटा देतीं। मैंने सोचा, काश सिस्टम्सवाला जल्दी आ जाए।

"कैसा चित्र?" व्रूम ने अपने दराज से चुइंगम निकालते हुए पूछा। उसने मुझे भी एक दी।

"कोई 2×2 मैट्रिक्स या कुछ ऐसा ही।" मैंने व्रूम के ऑफर को ठुकराते हुए कहा।

"बेचारा बक्शी, वह थोड़ा-सा बेवकूफ है, लेकिन नुकसान पहुँचानेवाला प्राणी नहीं है। उसके बारे में चिंता छोड़ दो।" व्रूम ने कहा।

"अरे, यह सिस्टम्सवाला कहाँ रह गया?" मैंने टेलीफोन उठाकर सिस्टम डिपार्टमेंट में बात की। उन्हें अभी तक बक्शी से कोई कॉल नहीं आया था। "क्या तुम जल्दी आ सकते हो—हाँ, यहाँ इमरजेंसी है। हाँ, हमारे मैनेजर को इस बारे में पता है।"

मुझे विश्वास नहीं हो रहा कि अभी तक बक्शी ने उन्हें फोन ही नहीं लगाया।" मैंने सिस्टमवालों से यह आश्वासन लिया कि वे जल्दी ही किसी को भेज देंगे।

‘‘यहाँ पर बात बहुत बिगड़ रही है, मेरे दोस्त।’’ व्रूम ने कहा, ‘‘कोई बुरी खबर होगी शायद।’’

‘‘क्या मतलब है तुम्हारा? क्या वे नौकरी से निकाल रहे हैं?’’ निराश होने के साथ-साथ मैंने थोड़ा चिंता से घबराते हुए पूछा। यह रोचक है कि ये सभी खराब भावनाएँ मुझ पर एक साथ हमला करने को कैसे तय कर लेती हैं।

‘‘मैं ढूँढ़ने की कोशिश कर रहा हूँ।’’ व्रूम ने स्क्रीन पर एक विंडो को क्लिक करके खोलते हुए कहा, ‘‘वेस्टर्न कंप्यूटर्स अकाउंट वाकई बिगड़ रहा है और यदि हमने इस अकाउंट को खो दिया तो कॉल सेंटर डूब जाएगा।’’

‘‘मैंने इसके बारे में शेफाली से कुछ सुना था। मुझे लगता है कि हमारी वेबसाइट कुछ ज्यादा ही अच्छी बन गई है। लोगों ने हमें कॉल करना बंद कर दिया है।’’ मैंने कहा।

हमारे ‘‘बे’’ में किसी नवागंतुक ने हमारी बातचीत में विघ्न डाला। मैं जानता था कि वह सिस्टम वाला था, क्योंकि उसकी बेल्ट पर तीन पेजर थे और उसके गले मे दो मेमोरी कार्ड।

प्रियंका ने उसे समस्या के बारे में बताया। सिस्टम वाले ने दस मिनट के लिए हमें अपनी लाइन काटने के लिए कहा।

सभी ने अपने हैडसेट निकाल दिए। मैंने ईशा को अपने बाल सँवारते हुए देखा। पूरी रात में कम-से-कम दस बार वह ऐसा कर लेती है। पहले वह अपने बालों के रबर बैंड को पूरा निकाल देगी और उसके पूरे बाल खुल जाएँगे। फिर दोबारा अपने बालों को इकट्ठा करके बाँधेगी।

उसके बालों का रंग बहुत हलका था और आखिरी-आखिरी में बाल बहुत घुँघराले भी थे। यह एक बहुत खर्चीली हेअर स्टाइलिंग का परिणाम था, जो एक छोटी-मोटी सर्जरी जितना महँगा था। अगर आप मुझसे पूछें तो बाल इतने सुंदर भी नहीं लगते थे। स्वाभाविक रूप से घुँघराले बाल एक अलग बात है, लेकिन मशीनी तौर से घुँघराले बाल उलझी हुई टेलीफोन की तारों जैसे लगते हैं।

मैंने व्रूम को ईशा को घूरते हुए पाया। लड़कों के लिए ऑफिस में किसी हॉट लड़की के साथ काम करना बहुत मुश्किल होता है। मेरा मतलब है, तुम्हें क्या करना चाहिए? उनकी कामुकता की उपेक्षा करके केवल अपने कंप्यूटर को ताकते रहो? माफ करना, मुझे नहीं लगता, मनुष्य को इसलिए बनाया गया है।

राधिका ने अपने बैग से गुलाबी ऊन निकाली और हड़बड़ी में बुनाई शुरू कर दी। मिलिटरी अंकल का सिस्टम अभी तक चल रहा था और वह अपने मॉनीटर से चिपके बैठे थे।

‘‘तुम क्या बुन रही हो?’’ ईशा ने राधिका से पूछा।

‘‘अपनी सास के लिए एक स्कार्फ। वह बहुत अच्छी हैं, उन्हें रात को बहुत

ठंड लगती है।'' राधिका ने कहा।

''वह अच्छी नहीं है।' व्रूम ने कहना शुरू ही किया था, लेकिन राधिका ने उसे टोक दिया।

''श-श-श'' व्रूम। वो अच्छी हैं, बस परंपरावादी हैं।''

''अरे, यही बात तो अटपटी है।'' व्रूम ने कहा।

''बिलकुल नहीं। मुझे यह सुखद पारिवारिक भावना अच्छी लगती है। वह थोड़े पुराने फैशन की हैं, बस।'' राधिका ने कहा और मुसकरा दी। मुझे वह मुसकराहट असली नहीं लगी; लेकिन मुझे इससे कुछ लेना-देना नहीं था।

''हाँ ठीक। केवल थोड़ा-बहुत। जैसे हमेशा साड़ी के पल्लू से सिर ढाँक के रखना।'' व्रूम ने कहा।

''वे तुमसे अपना सिर ढँकवाती हैं?'' ईशा ने रबर बैंड को अपने दाँतों में भींचते हुए कहा।

''वे मुझसे कुछ जबरदस्ती नहीं करवाती हैं, ईशा। मैं अपनी मरजी से उनके रीति-रिवाज अपनाने को तैयार हूँ। उनके घर में सभी शादीशुदा औरतें यह सब करती हैं।'' राधिका ने कहा।

''फिर भी, यह कुछ अजीब है।'' ईशा ने संदेहास्पद स्वर में कहा।

''जो भी हो, मैंने इसे एक चुनौती की तरह लिया है। मैं अनुज से प्यार करती हूँ और उसने कहा, वह एक पैकेज के तौर पर आया है। पर हाँ, कभी -कभी मुझे नीची कमर की जीन्स न पहनने का दुःख होता है, जैसी तुमने परसों पहन रखी थी।''

मैं अचंभित रह गया। राधिका को याद था कि ईशा ने परसों क्या पहना था। केवल औरतों के दिमाग में ही यह विशिष्ट हिस्सा होता है, जिसमें उन्होंने और उनके दोस्तों ने पिछली बार क्या पहना था, इसकी जानकारी रहती है।

''तुम्हें वह जीन्स अच्छी लगती है?'' ईशा ने अपनी आँखों में चमक के साथ कहा।

''मुझे बहुत प्यारी लगती है। लेकिन मेरा अंदाजा है कि उसके लिए तुम्हें सही फिगर की जरूरत है।'' राधिका ने कहा, ''जो भी हो, बात बदलने के लिए माफी चाहती हूँ; लेकिन हम यहाँ कुछ भूल रहे हैं।''

''क्या? सिस्टम्स?'' मैंने टेबल के नीचे से देखते हुए पूछा। सिस्टमवाला अंदर ही छिपा था, उलझी हुई तारों के जंगल में। उसने मुझसे कहा कि उसे दस मिनट और लगेंगे।

मैंने समय चेक किया, रात के 11:20 बज रहे थे। मैं सोच रहा था कि बक्शी अपना रोज का चक्कर लगाने जल्दी ही आनेवाला होगा।

''शोर नहीं।'' राधिका ने बुनना बंद करते हुए कहा।

''मिस प्रियंका के पास हमारे लिए कुछ बड़ी खबर है, याद है?''

''ओ हाँ। चलो प्रियंका, हमें बता दो!'' ईशा चीखी।

मिलिटरी अंकल ने एक सेकंड के लिए अपनी स्क्रीन से ऊपर देखा और फिर काम में लग गए। मैं आश्चर्य कर रहा था कि जब वह अपने बहू-बेटे के साथ रहते थे, तब भी क्या इतना ही शांत थे?

''ठीक है, मेरे पास तुम्हें बताने के लिए जरूर कुछ है।'' प्रियंका ने संकोच से हँसते हुए कहा, जिससे उसके गालों पर दो डिंपल और भी ज्यादा अच्छे दिखने लगे।

''तुम्हारी खबर जो भी हो, हमें मिठाई खाने को तो मिलेगी, ठीक है?'' व्रूम जानना चाहता था।

''बिलकुल,'' प्रियंका ने डिब्बे का लाल सेलोफोन सावधानी से खोलते हुए कहा। मुझे चिढ़ आती है, जब वह इतने सिलसिलेवार काम करती है। बस उस कवर को खींचकर फाड़ दो। जो भी हो, मुझे इससे कोई मतलब नहीं था। मैंने सिस्टमवाले की मदद करने के लिए टेबल के नीचे चंद सेकंडों के लिए देखा। हाँ, पर मेरे कान प्रियंका के एक-एक शब्द पर टिके थे।

''तो क्या है? ओ हो, मिल्क केक, मेरा प्रिय।'' जैसे ही व्रूम पहला टुकड़ा उठाने के लिए कूदा, राधिका बोल पड़ी।

''मैं तुमको बता दूँगी। लेकिन तुम्हें वादा करना होगा कि यह खबर WASG से बाहर नहीं जाएगी।'' प्रियंका ने कहा। उसने राधिका और ईशा को मिठाई दी। राधिका ने दो टुकड़े लिये, जबकि ईशा ने लंबी अँगुलियों से सबसे छोटा टुकड़ा उठाया। मैं सोचता हूँ कि लो कट जींस काया के लिए कुछ कीमत तो चुकानी होगी।

''बिलकुल। हम किसी को नहीं बताएँगे। मेरा WASG से बाहर मुश्किल से ही कोई दोस्त है। अब प्लीज बताओ।'' ईशा ने कहा और अपनी लंबी अँगलियाँ टिशू पेपर से साफ कर लीं।

''चलो, ऐसा कह सकते हैं कि मेरी माँ आज दुनिया की सबसे खुश औरत हैं।'' प्रियंका ने कहा।

''कोई पहेली मत बुझाओ यार, केवल कहानी बताओ।'' व्रूम ने कहा।

''ठीक है। तुम जानते हो, मेरी माँ और उनकी विद्रोही बेटी के लिए उनकी एक NRI जोड़ीदार की सनक को।''

''हाँ-हाँ।'' राधिका ने अपना मिल्क केक खाते हुए कहा।

''तो हमारे एक पारिवारिक दोस्त मेरे लिए एक रिश्ता लेकर आए हैं। यह सिएटल में उनके किसी रिश्तेदार की तरफ से है। मैं तो हमेशा की तरह न कर देती; लेकिन इस बार मैंने फोटो देखी, जो सुंदर थी। मैंने फोन पर उस लड़के से बात की। उसकी आवाज शालीन थी। वह माइक्रोसॉफ्ट में काम करता है तो अच्छा कमा लेता है। उसके माता-पिता दिल्ली में हैं और मैं आज उनसे मिली थी। अच्छे लोग हैं।'' प्रियंका ने कहा और मिल्क केक का टुकड़ा खाने के लिए रुक गई। वह एक छोटा टुकड़ा तोड़ सकती थी, मैंने सोचा, लेकिन मुझे इससे कुछ लेना-देना नहीं था।

“और?” ईशा ने चौड़ी आँखों से प्रियंका को घूरते हुए पूछा।

“मुझे पता नहीं कि तुम्हें कुछ समझ आया या नहीं।” प्रियंका ने अपने मिल्क केक को खाने की बजाय उसके साथ खेलते हुए कहा, “उन्होंने मुझसे वहीं पर मेरा फैसला पूछा और मैंने हाँ कर दी।”

“वाह! ऊ! ओ वाऊ।” लड़कियाँ अपनी उच्चतम आवाज में चिल्लाईं। सिस्टम वाला टेबल के नीचे डर के मारे काँप गया। मैंने उससे कहा कि सब ठीक-ठाक है और उसे अपना काम जारी रखने को कहा। कम-से-कम बाहर सबकुछ ठीक था। मेरे अंदर तो इतनी जलन हो रही थी जैसे किसी ने जलता हुआ कोयला अंदर डाल दिया हो।

राधिका और ईशा प्रियंका को ऐसे गले मिलने लगीं जैसे भारत ने विश्व कप जैसा कुछ जीत लिया हो। रोज लोगों की शादियाँ होती हैं। क्या इन लड़कियों को इतना तमाशा करना जरूरी था? मेरी इच्छा थी कि काश, फोन फिर शुरू हो जाए तो मुझे बकवास और नहीं सुननी पड़ेगी।

मैंने कंप्यूटर स्क्रीन पर देखा और पाया कि माइक्रोसॉफ्ट वर्ड चालू था। गुस्से से माइक्रोसॉफ्ट लोगो वाली सभी विंडोज मैंने बंद कर दीं।

“बधाई हो प्रियंका!” व्रूम ने कहा, “यह एक बड़ी खबर है।”

यहाँ तक कि मिलिटरी अंकल भी प्रियंका से हाथ मिलाने के लिए उठकर आए। जब जवान लोग शादी करने का फैसला ले लेते हैं तब बड़े लोगों को काफी अच्छा लगता है। पर वह बीस सेकंडों में ही अपनी डेस्क पर वापस चले गए।

“केवल मिल्क केक से काम नहीं चलेगा। हमारी पार्टी कहाँ है?” ईशा ने पूछा। ईशा जैसी लड़कियाँ मुश्किल से ही कुछ खाती होंगी, लेकिन फिर भी पार्टियाँ माँगती रहती हैं।

“पार्टी भी आएगी दोस्तो।” प्रियंका ने कहा, उसकी मुसकराहट उसके चेहरे पर स्थायी निवास बनाने लगी। “मैंने केवल हाँ कहा है। अभी तक कोई समारोह नहीं हुआ है।”

“तुम उस लड़के से मिली हो?” व्रूम ने पूछा।

“नहीं, वह सिएटल में है। पर हम फोन पर घंटों बातें करते हैं। मैंने उसकी तसवीर देखी है। वह स्मार्ट है। उसकी फोटो देखोगे?” प्रियंका ने कहा।

“नहीं, धन्यवाद।” मैंने प्रतिक्रिया में कह दिया। शिट्, मुझे विश्वास नहीं हो रहा है कि मैंने ऐसा कहा। किसमत से मैंने इतनी जोर से नहीं कहा था कि प्रियंका सुन सके।

“हूँ, तुमने कुछ कहा?” प्रियंका ने मुझे देखते हुए कहा।

मैंने अपना सिर हिलाया और मेज के नीचे इशारा किया।

हाँ, मेरा ध्यान सिर्फ फोन को ठीक करने पर था।

"क्या तुम मिल्क केक नहीं लोगे?" प्रियंका ने पूछा और डिब्बा मेरी ओर बढ़ाया।

"नहीं, धन्यवाद।" मैंने कहा और फिर डिब्बा उसकी ओर खिसका दिया।

"मैं सोचती थी कि मिल्क केक तुम्हारा प्रिय है।"

"अब नहीं है। मेरी रुचियाँ बदल गई हैं।" मैंने कहा, "और मैं बदलने की कोशिश कर रहा हूँ।"

"एक छोटा सा टुकड़ा भी नहीं?" उसने कहा और अपना सिर झुका दिया। मेरी जिंदगी के किसी पड़ाव पर मुझे उसका इस तरह से सिर झुकाना अच्छा लगता था, लेकिन आज मैं अड़ा रहा।

मैंने अपना सिर हिलाया। हमारी नजरें मिलीं। जब आपने किसी के साथ कोई रिश्ता बाँटा हो तो पहला बदलाव आता है कि आप एक-दूसरे की आँखों में कैसे देखते हैं। नजरें टिक जाती हैं और हटाना मुश्किल हो जाता है।

"क्या तुम कुछ कहोगे नहीं?" प्रियंका ने पूछा। जब लड़कियाँ ऐसा कहती हैं तो यह कोई प्रश्न नहीं होता है। वे चाहती हैं कि तुम उनको कुछ कहो।

"किस बारे में? फोन लाइंस? वह दस मिनटों में ठीक हो जाएँगी।" मैंने कहा।

"वह नहीं। मैं शादी कर रही हूँ, श्याम!"

"ओ हो, सचमुच!" मैंने ऐसे कहा जैसे मैं पहली बार यह खबर सुन रहा था।

"मैंने आज एक शादी के प्रपोजल के लिए हाँ कर दी।" उसने कहा।

"अच्छा।" मैंने कहा और अपनी स्क्रीन की तरफ मुड़ गया।

"हमें फोटो तो दिखाओ।" ईशा ऐसे चिल्लाई जैसे प्रियंका उसे बिना कपड़ों के ब्रैड पिट की फोटो या ऐसा ही कुछ बताने वाली हो। प्रियंका ने अपने हैंडबैग से एक फोटो निकाला और सभी को दिखाया। मैंने उसे दूर से देखा–वह एक व्यवस्थित सॉफ्टवेयर सेक्टर में काम करनेवाला व्यक्ति लग रहा था–हमारी टेबल के नीचे बैठे व्यक्ति की तरह। वह पेट को अंदर खींचे एकदम सीधा खड़ा हुआ था–एक पुराना तरीका, जो हर तोंदू व्यक्ति अपनी फोटो खिंचवाते समय अपनाता है। उसने चश्मा पहन रखा था और उसकी हेअर स्टाइल साफ-सुथरी थी, जैसे उसकी माँ उसके बालों को खींचकर रोज उसे कंघा करती हो। वास्तव में उसने यह फोटो अरेंज मैरिज के हिसाब से खिंचवाई होगी। वह अपनी पृष्ठभूमि में स्टेच्यू ऑफ लिबर्टी के साथ खड़ा था, शायद यह दिखाने के लिए कि वह एक NRI जोड़ीदार है और इसलिए दूसरों से बेहतर है। अगर मुझसे पूछो तो उसकी जबरदस्ती की मुसकराहट उसे बिलकुल हारा हुआ इनसान बना रही थी–ऐसा व्यक्ति जिसने कॉलेज में कभी किसी लड़की से बात न की हो। लेकिन अब वो हॉट था और डिंपलवाली लड़कियाँ उससे मिले बिना ही शादी करने को तैयार थीं।

"वह बहुत सुंदर है। बिलकुल एक टेडी बियर की तरह।" ईशा ने कहा और

फोटो राधिका को दे दी।

जब लड़कियाँ किसी लड़के को टेडी बियर बोलती हैं तो उसका मतलब होता है कि वह अच्छा लड़का है। लेकिन वे कभी भी उनकी ओर आकर्षित नहीं होंगी। लड़कियाँ कहती हैं कि उनको वे लड़के पसंद है, लेकिन टेडी बियर कभी किसी के साथ सोते नहीं हैं। तब तक जब तक उनकी माँ उनके लिए पड़ोस में शिकार नहीं करती है।

''क्या तुम ठीक हो?'' प्रियंका ने मुझसे पूछा। बाकी सभी फोटो का विश्लेषण करने में व्यस्त थे।

''हाँ, क्यों?''

''नहीं। बस मैं थोड़ी ज्यादा प्रतिक्रिया की उम्मीद में थी। हम एक-दूसरे को चार सालों से जानते हैं, इस डेस्क पर मौजूद किसी भी अन्य व्यक्ति से ज्यादा।''

राधिका, ईशा और व्रूम फोटो पर से नजरें हटाकर हमें देखने के लिए मुड़ गए।

''प्रतिक्रिया?''

मैंने कहा, ''अच्छा है।''

''केवल इतना ही?'' प्रियंका ने कहा। उसकी मुसकराहट अब गायब थी।

''क्या?'' मैंने कहा, मैं सिस्टम ठीक करवाने में व्यस्त हूँ।'

सभी ने मुझे घूरना जारी रखा।

''ठीक है।'' मैंने कहा, ''ओ.के., प्रियंका। यह बहुत बढ़िया खबर है। मैं तुम्हारे लिए बहुत खुश हूँ। ओ.के.!''

''तुम कुछ अच्छा भी बोल सकते थे।' प्रियंका ने कहा, 'चलो छोड़ो, मैं अभी आती हूँ।' वह बुदबुदाई और जल्दी से लेडीज रूम की ओर चली गई।

''क्या हुआ? सब मुझे क्यों घूर रहे हो?'' मैंने कहा तो सभी ने अपनी नज़रें हटा लीं।

सिस्टमवाला आखिरकार टेबल के नीचे से बाहर आया।

''फिक्स हो गया?'' मैंने पूछा।

''मुझे सिग्नल चेक करने का उपकरण चाहिए।'' उसने अपने माथे से पसीना पोंछते हुए कहा, ''समस्या बाहर से हो सकती है। ठेकेदार पूरे गुड़गाँव को खोद रहे हैं। किसी बेवकूफ ठेकेदार ने हमारी लाइनों पर खुदाई कर दी होगी। मेरे वापस आने तक जरा रुक जाएँ। अपने मैनेजर को भी यहाँ पर बुला लें।'' उसने कहा और चला गया।

मैंने बक्शी को बुलाने के लिए फोन उठाया। लाइन व्यस्त है। मैंने उसकी डेस्क पर एक ध्वनि संदेश छोड़ दिया।

प्रियंका रेस्टरूम से लौटी। मैंने गौर किया कि उसने अपना चेहरा धोया था। उसकी नाक पर अभी भी पानी की एक बूँद थी।

''लगता है, यह आसान रात है। मैं उम्मीद करती हूँ कि यह कभी फिक्स न

हो।'' राधिका ने तेज-तेज बुनते हुए कहा।

''अगर फोन काम नहीं करते हैं तो कॉल सेंटर की नौकरी से बेहतर कुछ नहीं है।'' प्रियंका ने मिठाई का डिब्बा बंद करते हुए कहा।

''तो हमें और बताओ कि वह कैसा है?'' ईशा ने कहा।

''कौन, गणेश?'' प्रियंका ने पूछा।

''उसका नाम गणेश है? अच्छा।'' ईशा ने कहा और अपना मोबाइल फोन चालू कर लिया। सभी ने ऐसा ही किया और बहुत सारे मोबाइल चालू होने की टोन ने कमरे को भर दिया। आमतौर पर एजेंट ''बे'' में मोबाइल फोन इस्तेमाल नहीं कर सकते। लेकिन अभी यह करना ठीक था, क्योंकि सिस्टम बंद पड़ा था।

मैंने शेफाली से दो SMS प्राप्त किए थे—एक मुझे गुड नाइट कहते हुए और दूसरा मुझे शुभ और प्यारी रात कहने के लिए। मैं सकुचाते हुए कुछ कहना चाहता था।

''क्या गणेश को बात करना पसंद है? कभी-कभी सॉफ्टवेयर वाले बहुत शांत होते हैं।'' राधिका ने कहा।

''अरे हाँ, वह बहुत बोलता है। हो सकता है, उसका अभी फोन आ जाए, क्योंकि मेरा फोन चालू है।'' प्रियंका ने कहा और मुसकरा दी। ''हम अभी एक-दूसरे को जान रहे हैं, इसलिए कोई भी बातचीत अच्छी ही है।''

''तुम बहुत खुश लग रही हो।'' ईशा ने कहा। उसका ''बहुत'' चार सेंकड तक चला।

''मैं खुश हूँ। मैं देखती हूँ कि राधिका एक नए परिवार के बारे में क्या बताती है। गणेश की माँ आज घर आई थीं और मुझे सोने की एक चेन दी। वह मुझसे गले मिल रही थीं और मुझे चूम रही थीं।''

''बहुत गँवारू लगता है।'' यह सब व्रूम ने कहा।

''चुप रहो, व्रूम।' ईशा बोली, 'ओह प्रियंका, तुम बहुत भाग्यशाली हो!''

व्रूम ने भाँप लिया कि मैं इस बातचीत पर खुशी से उछल नहीं रहा था।

''सिगरेट?'' उसने पूछा।

मैंने घड़ी को देखा, 11:30 बज रहे थे। हमारे धूम्रपान करने का रोज का समय हो गया था। किसी भी स्थिति में मैं गणेश के शौक जानने की बजाय अपने फेफड़ों को जलाना ज्यादा पसंद करता।

8

व्रूम और मैं कॉल सेंटर पार्किंग की जगह पर गए। व्रूम अपनी बाइक के पास झुका और एक माचिस से दो सिगरेट जलाईं। मैंने उसकी लंबी और पतली काया को देखा। अगर वह इतना पतला न होता तो आप कह सकते हैं कि वह एक घोड़ा है। फिर भी, उसके लड़के जैसे चेहरे पर सिगरेट अजीब लगती।

उसने पहले से ही जली हुई एक सिगरेट मुझे दी। मैंने एक कश खींचा और उसे ठंडी रात की हवा में छोड़ दिया।

हम एक मिनट के लिए चुप रहे। मैं उसके लिए व्रूम का आभारी था। एक चीज लड़कों को पता होती है कि कब अपना मुँह बंद रखना चाहिए।

व्रूम आखिरकार एक तटस्थ बात से शुरू हुआ, ''यार, मुझे एक ब्रेक चाहिए। अच्छी बात है कि मैं अगले वीकेंड पर मनाली जाऊँगा।''

''वाह! मनाली वाकई अच्छी जगह हैं।'' मैंने कहा।

''मैं अपने स्कूल के दोस्तों के साथ जा रहा हूँ। हम शायद बाइक पर जाएँगे।''

''बाइक? क्या तुम पागल हो गए हो। तुम वहाँ जमकर मर जाओगे।''

''दो शब्द : चमड़े के जैकेट। अच्छा तुम वहाँ कब गए?''

''पिछले साल। हालाँकि हम बस में गए थे।'' मैंने कहा।

''कौन-कौन गया था?'' व्रूम ने राख फेंकने के लिए जगह ढूँढ़ते हुए कहा। उसे कोई भी जगह नहीं मिली। वह पार्किंग के कोने में गया और पेड़ की दो विशाल पत्तियाँ तोड़ीं। हमने अपनी सिगरेट को कामचलाऊ ऐश-ट्रे पर ठोंका।

''प्रियंका और मैं।'' मैंने कहा और चुप हो गया।

व्रूम ने दस सेकंड के लिए कोई प्रतिक्रिया नहीं की।

''मजा आया?'' उसने कहा।

''हाँ, बहुत मजा आया था। केवल बस की सवारी के दर्द के अलावा।'' मैंने कहा।

''क्यों, क्या हुआ?''

''हमने ISBT से सुबह चार बजे बस पकड़ी थी। प्रियंका अच्छे मूड में थी,

इसलिए उसने जोर दिया कि हम एक साधारण धीमी बस पकड़ें और तेज चलनेवाली डीलक्स नहीं। वह धीरे-धीरे सुंदर दृश्यों का भी आनंद लेना चाहती थी।''

''और तब?''

''तब क्या? जैसे ही बस हाइवे तक पहुँची, वह मेरे कंधे पर सिर रखकर सो गई। मेरे कंधे दुखने लगे और मेरा शरीर सूज गया। लेकिन इस कष्टकायी सफर के अलावा सबकुछ बहुत मजेदार रहा।''

''वह एक एक भोली लड़की है।'' व्रूम ने एक कश भरते हुए कहा, धुएँ के छल्ले के पीछे उसका चेहरा मुसकराता हुआ दिखाई दिया।

''सो तो है। तुम्हें उसे उस समय देखना चाहिए था। वह मालाएँ पहनती थी और वह सब भारतीय चीजें। फिर वह ट्रक डाइवरों के साथ बैठ जाती और चाय पीती।''

''वाऊ! अब प्रियंका के बारे में ऐसी कल्पना नहीं कर सकता।'' व्रूम ने कहा।

''विश्वास करो, उस लड़की का एक जंगली रूप भी है।'' मैंने कहा और उसका चेहरा मेरी आँखों के सामने आते ही मैं रुक गया। ''चलो छोड़ो, अब तो वह सब इतिहास है। लड़कियाँ बदल जाती हैं''।

''तुम शर्त लगा लो। अब वह पूरी जम चुकी है।''

मैंने सिर हिला दिया। मैं अब प्रियंका के बारे में कोई बात नहीं करना चाहता। कम-से-कम मेरे शरीर का एक हिस्सा तो। बाकी के हिस्से तो हमेशा उसके बारे में बात करना चाहते थे।

''NRI पृष्ठभूमि, माइक्रोसॉफ्ट और सबकुछ। बुरा नहीं है।'' व्रूम ने पीना जारी रखा और दूसरी सिगरेट जला दी। मैंने आँखों से उसको घूरा।

''क्या?'' उसने कहा, ''मेरी रोजमर्रा की जिंदगी में शामिल है। पाँच में से यह केवल तीसरी है।'' उसने धुएँ का बादल बाहर फेंकते हुए कहा।

''यह थोड़ा जल्दी है, है न?'' मैंने कहा।

''क्या? सिगरेट? मुझे आज इसकी जरूरत है।''

''वह नहीं, प्रियंका की शादी। क्या तुम्हें नहीं लगता कि वह जल्दी में फैसला कर रही है?''

''जल्दी! अरे यार, रोज-रोज ऐसे जोड़ीदार नहीं मिलते। वह माइक्रोसॉफ्ट में है। वह MS groom 1.1 डीलक्स एडिशन है।''

''माइक्रोसॉफ्ट से क्या मतलब? अच्छी नौकरी है?''

''यार मैं निश्चित रूप से कह सकता हूँ कि उसे साल भर के एक लाख के आस-पास तो मिल ही जाते होंगे।''

''वह क्या है? एक लाख यू.एस. डॉलर प्रतिवर्ष।''

व्रूम ने सिर हिला दिया। मैं एक लाख यू.एस. डॉलर को रुपयों में बदलने की कोशिश कर रहा था और उसे बारह से भाग देकर मासिक पगार निकाल रहा था।

उसमें बहुत सारे शून्य थे और मेरे दिमाग में बहुत जटिल हिसाब था। कुछ सेकंडों के लिए मैंने अपने दिमाग पर जोर डाला।

"रुपया में हिसाब लगाना बंद करो।" व्रूम ने कहा और मुसकरा दिया।

"मैं कोई हिसाब नहीं लगा रहा।"

"प्रियंका को एक जोड़ीदार मिल गया है। मैं तुमको बता रहा हूँ।" व्रूम ने दोहराया।

वह रुककर मुझे देखने लगा। उसकी आँखें पिल्ले जैसी नम, भूरी और देखने में भली लग रही थीं। अब मुझे समझ में आया कि लड़कियाँ उसके आस-पास झुंड बनाए क्यों रहती थीं। उसकी आँखों की वजह से।

"मैं तुमसे एक सवाल करने जा रहा हूँ। क्या तुम ईमानदारी से जवाब दोगे?" व्रूम ने पूछा।

"बिलकुल।"

"क्या तुम दुःखी हो कि उसकी शादी हो रही है? मैं जानता हूँ, अभी भी तुम्हारे मन में उसके लिए जगह है।"

"नहीं," मैंने कहा और हँसने लगा। "मुझे यह बहुत अजीब लग रहा है, पर मैं यह नहीं कहूँगा कि मैं दुःखी हूँ। वह कुछ ज्यादा बड़ा शब्द हो जाएगा। ऐसा नहीं है कि हम अभी भी मिल रहे हैं। या ऐसा ही कुछ नहीं यार, मैं दुःखी नहीं हूँ।"

व्रूम ने इंतजार किया, जबकि मैं बढ़-चढ़कर हँसता रहा। जब मैंने हँसना बंद किया तो उसने कहा, "ठीक है, मुझे मूर्ख मत बनाओ। तुम्हारे री-प्रपोजल की योजना का क्या हुआ?"

मैं चुप रहा।

"ठीक है, यार। तुम मुझे बता सकते हो।"

मैंने गहरी साँस ली, "हाँ, बिलकुल, मैं अभी भी उसके बारे में महसूस करता हूँ। लेकिन वे केवल अवशेष भावनाएँ हैं।"

"अवशेष...क्या?"

"अवशेष अंगों की तरह। उनका कोई काम या महत्त्व नहीं होता। लेकिन वे तुम्हें अपेंडिक्स का दर्द दे सकते हैं। प्रियंका के लिए मेरी भावनाएँ भी उसी तरह हैं। मुझे आगे बढ़ जाना चाहिए था, पर निश्चित रूप से ऐसा हुआ नहीं। इस दौरान मि. NRI आते हैं और पीछे से मुझे किक कर देते हैं।" मैंने कहा।

"उससे बात करो। अब यह मत कहना कि तुम नहीं करनेवाले।" व्रूम ने कहा और धुएँ के दो छल्ले उड़ाए।

"मैं इसे जल्दी ही वास्तविक रूप में लाने की कोशिश कर रहा था। मैंने सोचा, हम वेबसाइट यूजर मैनुअल जमा कर देंगे और बोस्टन से मुझे मेरे प्रमोशन की स्वीकृति आसानी से मिल जाती। मुझे क्या पता था कि आज रात को मिल्क केक बँट

जाएगा? वैसे वह कैसा था? मैंने तो उसे छुआ भी नहीं।''

''मिल्क केक तो बढ़िया था। कभी भी नाराज मत हुआ करो जब खाने की बाजी लगी हो, यार। चलो, फेंको उसे। सुनो, तुम्हारे पास अभी भी कुछ समय है। उसने केवल ''हाँ'' कही है।''

''मुझे भी ऐसी उम्मीद है। लेकिन टीम लीडर बनने के बाद भी मि. माइक्रोसॉफ्ट से स्पर्धा करना मुश्किल है।'' मैंने कहा।

हम चंद और पलों के लिए चुप रहे। व्रूम ने फिर बात शुरू की।

''हाँ यार, लड़कियाँ नीति-कुशल होती हैं। वे प्यार, मुहब्बत और सबकुछ के बारे में बात करेंगी, लेकिन जब समझौते की बात आती है तो वे सबसे मोटा आसामी चुनती हैं।'' उसने पत्ती की ऐश-ट्रे को गुच्छा बनाकर कटोरे समान बनाते हुए कहा।

''मैं सोचता हूँ, मैं केवल मोटा हो सकता हूँ, मोटा आसामी नहीं।'' मैंने कहा।

''हाँ, तुम्हें मोटा और ताजा होने की जरूरत है। लड़कियों को अपनी जरूरत पता है। इसलिए तुम्हें इतना उदास नहीं होना चाहिए। हम अच्छे हसबैंड मटेरियल नहीं हैं, इस बात को स्वीकार कर लो।''

''थैंक्स व्रूम, इससे मेरा दिन सुखद बन गया।'' मैंने कहा। हालाँकि मैं व्रूम से पूरी तरह सहमत था। यह विकास था। शायद प्रकृति को डिंपलवाले गालों के, सॉफ्टवेयर, मिनी गणेश बच्चे चाहिए थे। वे उदास, किसी काम के नहीं, जूनियर श्याम से ज्यादा उपयोगी थे समाज के लिए।

''और जो भी हो, हमेशा लड़कियों को ही चुनने का अधिकार मिलता है। आदमी प्रस्ताव रखते हैं और औरत या तो प्रस्ताव स्वीकार कर लेती हैं या अधिकतर मामलों में मना कर देती हैं।''

यह सही है। लड़कियाँ लड़कों को इस तरह मना कर देती हैं मानो यह उनका जन्मसिद्ध अधिकार हो। उन्हें इस बात का कोई अंदाजा नहीं होता है कि हमें कितना दुःख पहुँचता है। मैंने कहीं पढ़ा था (या शायद डिस्कवरी चैनल पर देखा होगा) कि इसका कारण यह है कि किसी भी जाति की मादा को बहुत मेहनत से बच्चों को पालना पड़ता है, इसलिए वह अपने जोड़ीदार बहुत सावधानी से चुनती है। इस दौरान, आदमी आस-पास नाचते रहते हैं, नकदी खर्च करते हैं, उन्हें हँसाते हैं, बेवकूफी भरी कविताएँ लिखते हैं, उन्हें जीतने के लिए कुछ भी। केवल एक ही प्रजाति है, जिसमें यह सब उलटा है, समुद्री घोड़े की। मादा की बजाय, नर समुद्री घोड़ा बच्चों को धारण करता है, वह समुद्री घोड़ियों के अंडों को अपनी थैली में उठाता है। बताओ क्या? समुद्री घोड़याँ हमेशा नर से टकराती रहती हैं। जबकि नर अपनी नाक सिकोड़ते हैं और सबसे सुंदर मादा को चुन लेते हैं। काश, मैं एक दरियाई घोड़ा होता। पीठ की थैली पर दो अंडों का बोझ उठाना कितना मुश्किल होता है!

व्रूम ने मेरे विचारों में खलल डाला।

''पर कौन जानता है। प्रियंका दूसरी लड़कियों की तरह नहीं है या शायद है भी। जैसी भी हो, हार मत मानो यार। उसे वापस पाने की कोशिश करो।'' व्रूम ने कहा और प्रोत्साहन में मेरे कंधों को ठोंका।

''वापसी की बात करते हुए क्या अब हमें वापस ''बे'' में नहीं जाना चाहिए?'' मैंने घड़ी को देखते हुए कहा। रात के 11:45 हो रहे थे।

पार्किंग की जगह से लौटते हुए हम वेस्टर्न कंप्यूटर्स की प्रमुख ''बे'' से गुजरे। मुख्य समूह एक शोरगुल-युक्त विद्यालय जैसा लग रहा था, बस बच्चे आपस में बात नहीं कर रहे थे, बल्कि ग्राहकों से मॉनीटर समस्या, वायरस, अजीबोगरीब गलतियों के संदेश ऐसा कुछ नहीं था, जिसमें कनेक्शंस आपकी मदद न कर सके।

''फिर भी व्यस्त दिख रहा है।'' मैंने कहा।

''बिलकुल भी नहीं। लोगों ने मुझसे कहा है कि कॉल ट्रैफिक चालीस प्रतिशत तक कम हो गया है। मुझे लगता है, वह बहुत सारे स्टाफ की छुट्टी कर देंगे, इससे भी बुरी बात, सभी लोगों की छुट्टी कर देंगे और ग्राहक को बंगलौर केंद्र में शिफ्ट कर देंगे।''

''बंगलौर? वहाँ क्या होगा?'' मैंने कहा।

''वे बुरी तरह से प्रबंधित इस पागलखाने को बंद कर देंगे और क्या? यही होता है, जब बक्शी जैसे लोग अपना आधा समय दूसरे मैनेजरों के साथ राजनीति में बिता देते हैं।'' व्रूम ने कहा।

उसने एक सुंदर-सी लड़की की तरफ इशारा किया।

''बंद करो।'' मैंने उस सुंदर लड़की का आधे सेकंड तक अध्ययन करने के बाद कहा। ''क्या तुम सच कह रहे हो? यहाँ पर हजारों नौकरियों का क्या होगा?''

''जैसे उनको परवाह है। तुम्हें लगता है, बक्शी को परवाह है?'' व्रूम ने अपने पतले कंधों को उचकाते हुए कहा।

''निम्न स्तर की चीजें भी जिंदगी में होती हैं। वह आज रात भी हो सकती है।'' जैसे ही हम WASG में पहुँचे व्रूम ने कहा।

#9

सिस्टमवाला फिर टेबल के नीचे था।

"अभी तक कोई कॉल नहीं। वह सीनियर इंजीनियर को बुला चुका है।" प्रियंका ने कहा।

"यह एक बाहरी गड़बड़ी है। कुछ केबल्स क्षतिग्रस्त हो चुकी हैं। मैं सोचता हूँ, गुड़गाँव में बहुत से निर्माण हो रहे हैं।" सिस्टमवाले ने टेबल के नीचे से निकलते हुए कहा।

"बक्शी जानता है?" मैंने कहा।

"मैं नहीं जानती।" प्रियंका ने कहा।

व्रूम और मैं अपनी जगह पर बैठ गए।

"यह ज्यादा बुरा नहीं है। अच्छा ब्रेक है।" ईशा ने अपने नाखूनों को अजीब से आकार के नेलकटर में डालते हुए कहा।

प्रियंका का सेलफोन सभी को चौंकाते हुए बजना आरंभ हुआ।

"तुम्हें इतनी रात में कौन कॉल कर रहा है?" राधिका ने अपने स्कार्फ को बुनते हुए कहा।

"लंबी दूरी का, मुझे लगता है।" प्रियंका ने कहा और मुसकरा दी।

"ओह!" ईशा किसी ऊँचे महल पर दो साल के बच्चे की तरह चिल्लाई। लंबी दूरी के फोन कॉल में क्या खास बात है? मैंने सोचा।

"हैलो गणेश, मैंने अभी-अभी अपना फोन चालू किया है।" प्रियंका ने कहा। "मैं विश्वास नहीं कर सकती कि तुमने इतनी जल्दी कॉल करोगे।"

मैं गणेश की प्रतिक्रिया नहीं सुन सकता था। भगवान् का शुक्र है।

"पंद्रह बार? मैं विश्वास नहीं कर सकती, तुमने मेरा नंबर पंद्रह बार मिलाया। मुझे बहुत खेद है।" प्रियंका ने खुशी से पागलपन दिखाते हुए कहा।

"हाँ, मैं काम पर हूँ। पर आज यहाँ बहुत उथल-पुथल है। सिस्टम बंद पड़े हैं। हैलो! ऐसा कैसे कि तुम थैंक्सगिविंग पर भी काम कर रहे हो? ओह, भारतीय कितने अच्छे हैं कि अपने आपको काम के लिए प्रस्तुत करते हैं...हैलो!' प्रियंका ने कहा।

"क्या हुआ?" ईशा ने पूछा।

"यहाँ पर मुश्किल से ही कोई नेटवर्क चल पाता है।" प्रियंका ने फोन को हिलाते हुए कहा, मानो इससे बेहतर सुनाई देगा। मेरी इच्छा हुई कि मैं उसे हिला दूँ।

"हम बेसमेंट में हैं। इस "ब्लेक होल" में कुछ भी प्रवेश नहीं करता।" व्रूम ने कहा। वह इंटरनेट को सर्फ कर रहा था और फॉर्मूला-1 की वेबसाइट पर था।

"लैंडलाइन।" ईशा ने हमारी डेस्क पर पड़े अतिरिक्त फोन की तरफ इशारा करते हुए कहा। कनेक्शंस में हर टीम के पास आवश्यक इस्तेमाल के लिए अपनी डेस्क पर एक अतिरिक्त स्वतंत्र लैंडलाइन था। "उसे लैंडलाइन पर कॉल करने को कहो।"

"यहाँ?" प्रियंका ने मेरी ओर अनुमति के लिए देखते हुए मुझसे पूछा।

आमतौर पर यह सोचा भी नहीं जा सकता था; पर हमारे सिस्टम बंद पड़े थे, इसलिए ऐसा हो सकता था। फिर मैं एक नए जोड़े को अपना इश्क शुरू करने से रोककर एक नितांत हारा हुआ व्यक्ति नहीं दिखना चाहता था।

मैंने सिर हिला दिया और अपनी कंप्यूटर स्क्रीन पर डूबा होने का नाटक करने लगा। एडहॉक टीम लीडर होने के नाते मेरे पास कुछ अधिकार थे। मैं किसी भी व्यक्तिगत कॉल को स्वीकृति दे सकता था। मैं अपना हैडसेट लगाकर किसी को भी, किसी भी लाइन पर सुन सकता था। तो भी, मैं स्वतंत्र अत्यावश्यक फोन नहीं सुन सकता था, तब तक नहीं जब तक मैं टेबल के नीचे जाकर उसका संपर्क न जोड़ दूँ।

"लैंड लाइन का संपर्क जोड़ दो।" एक हलकी सी आवाज मेरे दिमाग में गूँजी।

"नहीं, यह गलत है।" मैंने कहा और मन-ही-मन खुद को फटकारा।

मैं फिर भी एक तरफ की बातचीत सुन सकता था।

"हैलो गणेश, लैंडलाइन पर कॉल कर लो! हाँ 22463463 और दिल्ली के लिए 011; कॉल दस मिनट के बाद लगाना, हमारा बॉस जल्दी ही चक्कर लगाने आएगा।""मैं जानती हूँ, दस मिनट छह सौ सेकंड होते हैं, मुझे विश्वास है कि तुम इतनी देर रह लोगे।" वह अनियंत्रित रूप से हँसने लगी और फोन रख दिया। जब औरतें बिना रुके हँसती हैं तो वे दिखावा करती हैं। मैं प्रियंका से नफरत करता हूँ।

"उसकी आवाज कितनी मीठी है!" ईशा ने आखिरी शब्द को अपनी आम लंबाई से पाँच गुना तक खींचते हुए कहा।

"अब बहुत हो गया, मैं बक्शी को बुलाने जा रहा हूँ। हमें सिस्टम जोड़ने की जरूरत है।" मैंने कहा और खड़ा हो गया। मैं सिस्टम वाले का अब टेबल के नीचे और अधिक बैठना सहन नहीं कर सकता था। इससे भी ज्यादा मैं छह सौ सेकंड तुम्हारे बिना जिंदा रहनेवाली कहानियाँ नहीं सह सकता था।

मैं बक्शी के ऑफिस की ओर जा रहा था, जब मैंने उसे अपनी ओर आते देखा।

"एजेंट सैम, तुम अपनी मेज पर क्यों नहीं हो?" बक्शी ने पूछा।

''मैं आप ही को ढूँढ़ रहा था, सर।'' मैंने कहा।

''मैं तो पूरा तुम्हारा ही हूँ।'' बक्शी कहकर मुसकरा दिया। उसने पास आकर मेरे कंधे के आस-पास अपना हाथ रख दिया। मुझे नफरत होती है, जब वह ऐसा करता है।

बक्शी और मैं WASG लौट आए। सभी ने बक्शी के भारी कदमों की आहट सुनी। राधिका ने अपना बुनाई का सामान टेबल के नीचे छुपा दिया। ईशा ने अपना नेलकटर बैग में डाल दिया। व्रूम ने अपनी स्क्रीन पर एक खाली Ms Word का दस्तावेज खोल दिया।

सिस्टमवाला टेबल के नीचे से बाहर आया और उसने IT डिपार्टमेंट के प्रमुख अपने बॉस को बुलाया।

''ऐसा लगता है कि यहाँ पर कुछ तकनीकी गड़बड़ है।'' बक्शी ने कहा और सिस्टमवाले ने अपना सिर हिला दिया।

IT का प्रमुख जल्दी ही आ गया। उसने और सिस्टमवाले ने तथाकथित अंग्रेजी में वार्त्तालाप किया। जब बातचीत खत्म हो गई, तब IT के प्रमुख ने कुछ समझ में न आनेवाली तकनीकी जानकारी बताई। मैं केवल इतना ही समझ पाया कि सिस्टम क्षतिग्रस्त है। WASG की 80 प्रतिशत क्षमता नष्ट हो चुकी है और बची हुई 20 प्रतिशत क्षमता से सक्रिय भार को उठाना मुश्किल था।

''हूँ।'' बक्शी ने अपना बायाँ हाथ ठोड़ी पर घिसते हुए कहा; ''हूँ, वाकई बुरी बात है, है न?''

''तो अब आप हमसे क्या चाहते हैं?'' IT प्रमुख ने पूछा। सभी की आँखें बक्शी की ओर मुड़ गईं। इस परिस्थिति से बक्शी को नफरत थी—कोई फैसला लेना या कोई कार्य करना।

''हूँ।'' बक्शी ने कहा और अपने घुटने मोड़ लिये। ''वास्तव में हमें एक सुनियोजित योजना की जरूरत है।''

''हम आज रात WASG के सिस्टम्म को बंद कर सकते हैं। वेस्टर्न कंप्यूटर का मुख्य समूह तो अच्छा काम कर रहा है।'' जूनियर IT वाले ने सलाह दी।

''लेकिन WASG ने अपनी सारी क्षमता नहीं खोई है। अगर हम समूह को बंद कर देते हैं तो बोस्टन को अच्छा नहीं लगेगा।'' IT प्रमुख ने बोस्टन में वेस्टर्न कंप्यूटर्स और अप्लायंसेस के मुख्य कार्यालय को इंगित करते हुए कहा।

''हूँ।'' बक्शी ने फिर कहा और अपनी पसीने भरी हथेली को मेरी डेस्क पर रखा। ''इस समय बोस्टन को नाराज करना ठीक नहीं। कनेक्शंस पर हम पहले ही फिसलन भरे रास्ते पर हैं। हमें ज्यादा सक्रिय बनने की कोशिश करनी चाहिए।''

व्रूम बक्शी की बकवास पर अपनी ही-ही रोक नहीं पाया। उसने अलग देखा और अपने दाँत भींच लिये।

"सर, क्या मैं एक सलाह दे सकता हूँ?" मैंने कहा। हालाँकि मुझे अपना मुँह बंद रखना चाहिए था।

"क्या?" बक्शी ने पूछा।

"हम बंगलौर की मदद ले सकते हैं।" मैंने वेस्टर्न कंप्यूटर्स और एप्लायंसेस के भारत में दूसरे कॉल सेंटर की ओर इशारा करते हुए कहा।

"बंगलौर?" बक्शी और IT प्रमुख ने एक साथ कहा।

"हाँ सर। आज थैंक्सगिविंग है और कॉल वॉल्यूम मंद है, इसलिए बंगलौर में भी मंदी होगी। यदि हम अपने अधिकतर कॉल वहाँ पर बढ़ा दें तो उनके लिए ज्यादा व्यस्तता हो जाएगी। लेकिन उन पर फिर भी अधिक बोझ नहीं होगा। इस दौरान हम यहाँ पर सीमित प्रवाह को देख सकते हैं।" मैंने कहा।

"बात में दम है। हम कुछ घंटों के लिए प्रवाह को आसानी से मोड़ सकते हैं। हम सुबह तक यहाँ सिस्टम को जोड़ सकते है।" जूनियर IT वाले ने कहा।

"यह ठीक है।" मैंने कहा, "और अमेरिका में लोग अपना थैंक्सगिविंग डिनर जल्द ही शुरू करने वाले हैं, इसलिए कॉल प्रबलता और भी गिर जाएगी।"

मेज पर सभी लोगों ने मेरी ओर देखा और हामी भर दी। चुपचाप तो वह आज रात की सहज शिफ्ट को लेकर रोमांचित थे, फिर भी बक्शी एक गहरी सोच में डूबा हुआ था।

"सर, आपने सुना, श्याम ने क्या कहा। बंगलौर से पूछ लेते हैं। यही हमारा एकमात्र रास्ता है।" प्रियंका ने कहा।

बक्शी चुप रहा और चंद और पलों के लिए सोचने लगा। मैं जानना चाहता हूँ कि इन क्षणों में वह वास्तव में क्या सोचता है।

"देखो, बात यह है कि", बक्शी ने कहा और फिर रुका, "क्या हम यहाँ पर सेब फलों की तुलना संतरों से नहीं कर रहे?"

"क्या?" व्रूम ने बक्शी को तिरस्कारपूर्ण दृष्टि से देखते हुए कहा।

मैं आश्चर्यचकित था कि बक्शी किस बारे में बात कर रहा था। क्या मैं सेब फल था? क्या दिल्ली संतरा था? बंगलौर कौन सा फल था?

"मेरे पास एक आइडिया है, हम बंगलौर का इस्तेमाल क्यों नहीं करते हैं?" बक्शी ने कहा और अपनी उँगलियाँ चटकाईं।

"पर यही तो श्याम···" जूनियर IT वाले ने बोलना शुरू किया, लेकिन बक्शी ने उसे रोक दिया। बेचारा जूनियर IT वाला। उसे बक्शी की आदतों के बारे में पता नहीं है।

"देखो, सुनने में यह अजीब लगता है; लेकिन कभी-कभी थोड़ा हटकर सोचना पड़ता है।" बक्शी ने कहा और खुद की प्रशंसा में सिर ठोंका।

''हाँ सर।'' मैंने कहा, ''यह एक अच्छा आइडिया है। अब सबकुछ सुलझ गय है।''

''अच्छा।'' IT वाले ने कंप्यूटर मीनू को खोलते हुए कहा। बक्शी के चेहरे पर एक दंभी मुसकराहट थी।

IT वालों ने जाने से पहले बताया था कि WASG में कॉल प्रबलता बहुत ही कम होगी, शायद बीस कॉल प्रति घंटे से भी कम। हम बहुत खुश थे, लेकिन बक्शी के सामने निष्क्रिय बने रहे।

''देखो, समस्या हल हो गई।'' बक्शी ने कहा और अपने हाथ फैला दिए।

''हम किस्मतवाले हैं, सर।'' प्रियंका ने कहा।

हमने सोचा, बक्शी चला जाएगा, लेकिन उसकी कुछ अलग ही योजना थी।

''श्याम, जैसाकि तुम आज रात कम व्यस्त हो, क्या तुम मेरी कुछ जरूरी दस्तावेजों में मदद कर सकते हो? तुम्हें पता है, इससे तुम्हें और भी उभरने का मौका मिलेगा।'

''क्या काम है, सर?'' मैंने अपनी रात को कुरबान करने के खयाल से दुःखी होते हुए कहा।

''मासिक आँकड़ों के पत्रों की ये दस प्रतियाँ हैं। मैंने अभी हाल ही में छपवाई हैं।'' बक्शी ने अपने दाएँ हाथ में कुछ दस्तावेज पकड़ते हुए कहा, ''किसी कारणवश पत्र क्रम में नहीं आए। यह शुरू के दस पेज हैं, फिर पेज दो और ऐसे ही। क्या इसे जमाने में मदद कर सकते हो?''

''आपने उन्हें जमाया नहीं। जब आप छापते हैं, तब यह विकल्प चुन सकते हैं।'' व्रूम ने कहा।

''तुम जमाने का विकल्प चुन सकते हो?'' बक्शी ने ऐसे पूछा जैसे हमने उसे दिमाग बदलने का विकल्प बताया हो।

''हाँ'', व्रूम ने कहा और अपने दराज से कुछ चुइंगम निकाल लीं। एक टुकड़ा उसने मुँह में रख लिया। जो भी हो, एक कॉपी लेने के बाद बचे हुए को फोटोकॉपी करना ज्यादा सरल है। स्टेपल किए हुए भी आती है।

''मुझे अपने तकनीकी ज्ञान को ताजा करने की जरूरत है। तकनीक कितनी जल्दी बदल जाती है।'' बक्शी ने कहा, ''लेकिन श्याम, क्या तुम इस बार उन्हें जमाने और स्टेपल करने में मदद कर सकते हो?'

''बिलकुल।'' मैंने कहा। जैसे मेरे पास कोई और विकल्प भी था। बक्शी ने अपने पत्र मेरी मेज पर पटके और कमरे से बाहर चला गया।

प्रियंका ने खुले मुँह से मेरी ओर देखा।

''क्या?'' मैंने कहा।

''मैं विश्वास नहीं कर सकती।'' उसने अपना सिर हिला दिया। ''तुम उसे

अपने साथ ऐसा क्यों करने देते हो?''

''जाने दो प्रियंका, श्याम को अकेला छोड़ दो। उसकी जिंदगी बक्शी चलाता है।'' व्रूम ने कहा।

''बिलकुल ठीक। क्योंकि वह उसे ऐसा करने देता है। लोग अपने लिए खड़े क्यों नहीं हो सकते?''

मुझे नहीं पता कि मैं खुद के लिए खड़ा क्यों नहीं हो सकता; लेकिन निश्चित रूप से प्रियंका के आडंबरपूर्ण प्रश्नों का जवाब नहीं दे सकता। वह बात को समझती नहीं है और फिर चिल्ला-चिल्लाकर हमसे पूछती है।''

मैंने उसकी उपेक्षा करने की कोशिश की। तो भी उसके शब्दों ने मुझे प्रभावित किया। पेजों पर एकाग्र होना मुश्किल होता जा रहा था। पहले समूह को इकट्ठा किया और उन्हें स्टेपल करने ही जा रहा था, जब व्रूम ने कहा, ''अभी वह बक्शी से पंगा नहीं ले सकता। इस समय नहीं प्रियंका, वह लोगों को निकालने के पक्ष में है।''

''हाँ, थैंक्स, व्रूम। क्या कोई वास्तविकता समझ सकता है? मुझे जीविका कमानी है। सिएटल में कोई मि. माइक्रोसॉफ्ट पावर पॉइंट मेरा इंतजार नहीं कर रहा है।'' मैंने कहा और स्टेपलर को जोर से दबाया। मैं चूक गया और स्टेपल पिन मेरी उँगली में छेद कर गई।

''आऊ!'' मैं इतनी जोर से चिल्लाया कि मिलिटरी अंकल भी अपनी मेज से हिल गए।

''क्या हुआ?'' प्रियंका ने पूछा और खड़ी हो गई।

मैंने खून की बूँदें बताने के लिए अपनी उँगली उठाई। एक-दो बूँदें बक्शी के दस्तावेजों पर भी गिर गईं।

लड़कियाँ एक के बाद एक ''इयू''स'' चिल्लाईं।

''कोई बात नहीं, यार। इस नौकरी में अपनी जिंदगी का खून देना पड़ता है।'' व्रूम ने कहा। ''क्या मेरे उलटी करने से पहले कोई इसको बैंडेज दे सकता है?''

''मेरे पास बैंडेज है।'' ईशा ने कहा और सभी लड़कियाँ मेरे आस-पास आ गईं। औरतों को चोट ठीक करना बहुत अच्छा लगता है, जब तक कि वे ज्यादा बुरी न हो।

''यह बहुत खराब हैं।'' ईशा ने अपने बैग से बैंडेज निकालते हुए कहा। उसके पास ऐसी पचास और हैं।

''कुछ भी नहीं है। केवल हलका-सा कट है।'' मैंने कहते हुए दाँत भींच लिये, क्योंकि वह बहुत ज्यादा दर्द कर रहा था।

प्रियंका ने अपने बैग से कुछ टिशू पेपर निकाले। उसने मेरी उँगली पकड़ी और उसके आस-पास का खून साफ कर दिया।

''आऊच!'' मैं चिल्लाया।

''ओह, स्टेपल पिन यहाँ पर है।'' उसने कहा, ''हमें एक चिमटी की जरूरत

है। चिमटी है किसी के पास?'

ईशा के हैंडबेग में चिमटी थी, जो मुझे लगता है वह अपनी भौंहों के बाल निकालने के लिए इस्तेमाल करती है। लड़कियों के हैंडबेग में इतना सामान होता है कि वे अंटार्कटिका में भी जीवित रह सकती हैं।

प्रियंका ने चिमटी उठाई और सर्जन जैसी एकाग्रता से मेरी उँगली पर काम करने लगी।

''यहाँ पर है।'' उसने खून से सने स्टेपल पिन को बाहर खींचते हुए कहा। मैं कसम खाकर कहता हूँ कि तब से मुझे स्टेपल से डर लगने लगा है। आप इसे स्टेपफोबिया कह सकते हैं।

प्रियंका ने मेरी उँगली पोंछी और उसके ऊपर बैंडेज लगा दिया। अब बिना किसी खूनी दृश्य और मजे के सभी अपनी सीट पर वापस लौट गए। मैं फिर पत्र जमाने के काम पर लग गया। मुझे लगता है, शायद मेरी योग्यता बिना दिमाग की मेहनत में ही थी।

ईशा और राधिका बक्शी के बारे में बातें करने लगीं।

''उसे कुछ भी आइडिया नहीं था जो IT वाला कह रहा था।'' राधिका ने कहा।

''हाँ, पर क्या तुमने उसका चेहरा देखा था?'' ईशा ने कहा, ''वह ऐसा लग रहा था मानो कोई CBI खोज कर रहा है।''

मैंने प्रियंका को देखा। CBI शब्दों ने मेरी याद फिर से ताजा कर दी। भले ही मैं बक्शी के पत्र जमा रहा था, पर मेरा मन पंडारा मार्ग की ओर चला गया।

10

प्रियंका के साथ मेरी पिछली डेट्स–II

हैवमोर रेस्टोरेंट, पंडारा मार्ग
इस रात से नौ महीने पहले।

''श्याम!'' प्रियंका ने मुझे धक्का देते हुए कहा, ''यह जगह ऐसे काम करने के लिए नहीं है। यह पंडारा मार्ग है।''

''क्या सचमुच?'' मैंने दूर हटने से मना करते हुए कहा। हम एक कोने की मेज पर बैठे थे। एक नक्काशीदार लकड़ी के टुकड़े ने हमें आधा छुपा रखा था।

''पंडारा मार्ग पर क्या गलत है?'' मैंने उसको चूमना जारी रखते हुए कहा।

''यह एक पारिवारिक जगह है।'' उसने कहा। उसने मेरे चेहरे पर अपनी हथेली फैला दी और इस बार दृढ़ता से मुझे पीछे धकेल दिया।

''तो ऐसे ही काम करने से परिवार बनते हैं।''

''बहुत मजाकिया हो। जो भी हो, तुमने यह जगह चुनी। मैं उम्मीद करती हूँ कि खाना उतना ही अच्छा है जितना तुमने कहा था।''

''दिल्ली में सबसे बढ़िया है।'' मैंने कहा। हम हैवमोर रेस्टोरेंट पर आए थे, पंडारा मार्ग के आधे दर्जन महँगे, लेकिन बढ़िया रेस्टोरेंटों में से एक में। संग्रहालय के बाद हम कृत्रिम नभोमंडल में गए थे। (अंधकारपूर्ण खाली थिएटर की रूमानी संभावना उसकी मस्ती थी, मैं स्वीकार करता हूँ)। नैचुरल हिस्ट्री संग्रहालय, डॉल संग्रहालय और विज्ञान संग्रहालय। प्रियंका के अनुसार संग्रहालयों में अच्छा एकांत, सुंदर बगीचे और सस्ते कैंटीन मिल जाते हैं।

हम बहुत से संग्रहालय घूम चुके थे। ''दाल के एक सौ तीस!'' प्रियंका ने मीनू खोलकर अचंभे में कहा। उसकी सुरमा लगी आँखें चौड़ी हो गईं और नथने फिर फड़कने लगे। उसका चेहरा एक आश्चर्यजनक कार्टून जैसा लग रहा था। यह विषम स्थिति थी, जबकि वेटर हमारा ऑर्डर लेने के लिए हमारी टेबल पर पहले से ही

मौजूद था।

"जल्दी ऑर्डर करो, ठीक है?" मैंने हड़बड़ी में कहा।

प्रियंका ने ऑर्डर देने में पाँच मिनट और लगा दिए। वह इस तरह से तय करती है। पहला कदम : कीमत के अनुसार, मीनू पर सभी डिशों को छाँट लो। दूसरा कदम : सस्तेवालों को फिर से कैलोरी के आधार पर छाँट दो।

"एक नान, बिना मक्खन के, पीली दाल।" उसने कहा और मैंने उसे घूरकर देखा।

"ठीक है। पीली नहीं, काली दाल।" उसने कहा, "और…"

"और एक शाही पनीर।" मैंने कहा।

"तुम हमेशा एक ही चीज ऑर्डर करते हो, काली दाल और शाही पनीर।" उसने मुँह बना लिया।

"हाँ, वही लड़की, वही खाना। जब आपके पास सबसे बढ़िया है तो फिर प्रयोग क्यों करें।" मैंने कहा।

"तुम बहुत अच्छे हो।" उसने कहा। उसकी मुसकराहट से उसकी आँखें चमक उठीं। उसने मेरे गालों को पिंच किया और टेबल से उठाकर मसालायुक्त एक प्याज मेरे मुँह में डाल दिया। रूमानी नहीं था, लेकिन फिर भी मुझे अच्छा लगा।

उसने अपना हाथ एकदम हटा लिया जब उसने हमारी बगलवाली टेबल पर एक परिवार को जाते देखा। परिवार में एक युवा जोड़ा था। उनकी दो छोटी बेटियाँ थीं और एक वृद्ध औरत। बेटियाँ जुड़वाँ थीं, शायद चार साल कीं।

पूरे परिवार के चेहरे उदास थे और कोई भी एक-दूसरे से एक भी शब्द नहीं बोल रहा था। मुझे आश्चर्य हो रहा था कि वे बाहर क्यों आए, जबकि बिना पैसे दिए घर पर भी वे चिढ़ सकते थे।

"जो भी हो," प्रियंका ने कहा, "क्या खबर है?"

"कुछ खास नहीं, व्रूम और मैं ट्रबल-शूटिंग वेबसाइट में व्यस्त हैं।"

"बढ़िया, कैसा काम चल रहा है?"

"एकदम बढ़िया। हालाँकि सुंदर कुछ भी नहीं है। सबसे अच्छी वेबसाइट साधारण ही है। व्रूम ने मानसिक तौर पर विकृत लोगों की साइट का भी निरीक्षण किया। उसने कहा कि यदि हम इस तरह की वेबसाइट का प्रारूप अपना सके तो अमेरिकी इसे जरूर इस्तेमाल कर पाएँगे।"

"वे इतने गूँगे तो नहीं हैं।" प्रियंका हँस पड़ी। "अमेरिकियों ने ही कंप्यूटर का आविष्कार किया है, याद है?"

वेटर हमारा खाना लेकर आ गया।

"हाँ, अमेरिका में दस स्मार्ट लोग हैं। बाकी के हमें रात को कॉल करते हैं।" मैंने नान का टुकड़ा तोड़कर उसे दाल में डुबोते हुए कहा।

"मैं मानती हूँ, वे लोग जो हमें कॉल करते हैं, काफी मोटे हैं। मैं ऐसी हूँ, पता लगाओ उनका पॉवर बटन कहाँ है, हैलो!" वह बोली।

उसने खाने का बहुत कम हिस्सा प्लेट पर रखा।

"अच्छे से खाओ।" मैंने कहा, "ईशा की तरह हर समय डाइटिंग करना बंद करो।"

"मुझे इतनी भूख नहीं है।" उसने कहा, फिर भी मैंने जबरदस्ती उसकी प्लेट में इनसान के लायक खाना रख दिया था।

"अच्छा, क्या मैंने तुम्हें ईशा के बारे में बताया? किसी से कहना मत। उसकी आवाज धीमी होती गई और उसकी भौंहें नृत्य करने लगीं। मैंने अपना सिर हिला दिया।

"तुम्हें गपशप करना बहुत पसंद है। क्या तुम्हें नहीं? तुम्हारा नाम मिस गपशप FM 99.5 होना चाहिए।" मैंने कहा।

"मैं कभी गपशप नहीं करती।" उसने फोर्क मेरी तरफ गंभीरतापूर्वक लहराते हुए कहा, "हे भगवान्, यहाँ का खाना कितना अच्छा है।"

मेरी छाती गर्व से इस कदर फूल गई मानो मैंने पूरी रात डिश बनाने में खर्च कर दी हो।

"बिलकुल, तुम्हें गपशप करना बहुत पसंद है। जब भी कोई यह बात कहता है, किसी से कहना मत, तो मेरे अनुसार वह एक रस भरी गपशप ही होती है।" मैंने कहा।

प्रियंका शरमा गई और उसकी नाक का कोना टमाटर जैसा लाल हो गया। वह बहुत ही ज्यादा सुंदर लग रही थी। मैं उसे उसी समय चूम लेता, लेकिन वह चिड़चिड़ा परिवार, जो हमारी बगल में बैठा था, वह धीरे-धीरे बहस कर रहा था। मैं उनके इस उदास वातावरण को बिगाड़ना नहीं चाहता था।

"ठीक है तो शायद मैं गपशप करती हूँ, लेकिन थोड़ा-बहुत।" प्रियंका ने मृदुल भाषा में कहा, लेकिन मैंने कहीं पढ़ा था कि गपशप आपके लिए अच्छी होती है।"

"क्या सचमुच?" मैंने मजाक उड़ाया।

"हाँ, यह एक संकेत है कि आप लोगों में रुचि लेते हैं और उनकी परवाह करते हैं।"

"यह अच्छा बहाना है।" मैं अपनी चम्मच से उसकी ओर इशारा करके हँस पड़ा। 'चलो, जो भी हो, ईशा के बारे में क्या मुझे पता है कि व्रूम उसके पीछे पागल है। पर क्या वह उसे पसंद करती है?"

"नहीं श्याम। यह पुरानी खबर है। उसने व्रूम के प्रपोजल को पहले ही अस्वीकार कर दिया था। नई खबर है कि उसने फेमिना मिस इंडिया प्रतियोगिता के लिए कोशिश की थी। पिछले सप्ताह उसे एक अस्वीकृति पत्र मिला, क्योंकि वह आवश्यक

रूप से लंबी नहीं थी। उसकी ऊँचाई पाँच-पाँच और कम-से-कम पाँच-छह होना जरूरी है। राधिका ने उसे बाथरूम में रोते हुए देखा था।''

''ओह वाह, मिस इंडिया!''

''छोड़ो भी, वह इतनी सुंदर नहीं है। उसे अपना यह मॉडलिंग का काम छोड़ देना चाहिए। भगवान्, लेकिन वह कितनी पतली है। ओ.के., अब मैं और नहीं खा रही।'' उसने अपनी प्लेट दूर खिसकाते हुए कहा।

''बेवकूफ, खा लो। तुम खुश होना चाहती हो या पतली?'' मैंने प्लेट को फिर उसकी तरफ धकेलते हुए कहा।

''पतली।''

''चुप हो जाओ। ढंग से खाओ। रेस्टोरेंट का नाम ही तुमको कुछ कह रहा है और ईशा के बारे में तो बहुत बुरा लगा कि मिस इंडियावाला काम नहीं बना। तो भी कोशिश करना बुरी बात नहीं है।'' मैंने कहा।

''हाँ, वह रो रही थी। उसको दुःख हुआ। आखिर, वह अपनी माता-पिता की मरजी के खिलाफ दिल्ली आई है। अकेले संघर्ष करना आसान नहीं है।'' उसने कहा।

मैंने सिर हिला दिया।

हमने भोजन समाप्त किया और वेटर हमारी प्लेटें हटाने के लिए जिन्न की तरह हाजिर हो गया।

''कुछ मीठा?'' मैंने कहा।

''बिलकुल नहीं, मेरा पेट पूरा भरा हुआ है।'' प्रियंका ने कहा और अपने गले पर हाथ रखकर बताया कि वह कितनी भरी हुई थी। कभी-कभी वह थोड़ा नाटकबाज हो जाती है, बिलकुल अपनी माँ की तरह। हालाँकि मुझमें उसे ऐसा कहने की हिम्मत नहीं है।

''ठीक है, एक कुल्फी लाना।'' मैंने वेटर से कहा।

''नहीं, गुलाब-जामुन मँगवाओ।'' उसने कहा।

''हूँ! मैंने सोचा, तुम्हें नहीं चाहिए था। ठीक है, एक गुलाब जामुन प्लीज।''

वेटर फिर से अपनी जादुई बोतल में गया।

''तुम्हारी माँ कैसी हैं?'' मैंने पूछा।

''वैसी ही। पिछले सप्ताह के शो के बाद अभी तक कोई रोने का काम नहीं हुआ है, तो यह खुद ही अपने आप में उत्सव मनाने का कारण है। पर मैं आधा गुलाब-जामुन लूँगी।''

''और पिछले सप्ताह क्या हुआ?''

''पिछले सप्ताह? ओ हाँ, मेरे चाचा लोग डिनर के लिए आए थे। तो ऐसी कल्पना करो : डिनर खत्म होता है और हम सब डाइनिंग टेबल पर बटर स्कॉच

आइसक्रीम खा रहे हैं। एक चाचा ने बताया कि मेरी चचेरी बहन एक डॉक्टर से ब्याह करने वाली है, हार्ट सर्जन या कुछ ऐसा ही।'' प्रियंका ने कहा।

वेटर आया और हमें गुलाब-जामुन दे गया। मैंने थोड़ा सा चखा।

''आऊच, सावधानी से, यह गरम है।'' मैंने फूँक मारते हुए कहा।

''चलो बताओ, फिर क्या हुआ?''

''तो मैं अपनी आइसक्रीम खा रही हूँ और मेरी माँ मुझ पर चिल्ला रह। हैं-प्रियंका, निश्चय कर लो कि तुम किसी अच्छी तरह बसे हुए व्यक्ति से ही शादी करोगी।'' आखिरी वाक्य कृत्रिम उच्च स्वर में कहा गया।

''मैं जल्दी ही टीम लीडर बननेवाला हूँ।'' मैंने कहा और उसे गुलाब-जामुन का टुकड़ा खिलाया।

''शांत हो जाओ, श्याम।'' प्रियंका ने एक टुकड़ा खाते हुए और मेरी भुजा को पुचकारते हुए कहा, ''इस बात का तुमसे कोई लेना-देना नहीं है। बात यह है कि कैसे वह सबके सामने मुझ पर झपटती हैं। जैसे मैं औरों की तरह आइसक्रीम क्यों नहीं ले सकती। मुझे ही हमेशा कुछ सुनाया क्यों जाता है। मेरा छोटा भाई, वह अपना पूरा मुँह भर लेता है और कोई उसे कुछ नहीं कहता।''

मैं हँस दिया और बिल के लिए इशारा किया।

''तो फिर तुमने क्या किया?'' मैंने पूछा।

''कुछ नहीं। मैंने अपनी चम्मच प्लेट पर जोर से पटकी और कमरे से बाहर आ गई।''

''अच्छा ड्रामा है, तुम भी कम नहीं हो।'' मैंने कहा।

''बताओ, उसके बाद उन्होंने सबसे क्या कहा। इतना पालन-पोषण करने के बाद और इतना प्यार करने के बाद मुझे यही मिलता है। उसे परवाह नहीं है। जब वह पैदा हुई तब मैं दर्द से लगभग मर गई, लेकिन उसे परवाह नहीं है।''

प्रियंका ने अपनी माँ की नकल इतने उल्लेखनीय रूप से की कि मैं जोर से हँसा। बिल आया और मेरी भौंहें कुछ क्षण के लिए ऊपर उठ गईं, जैसे ही मैंने चार सौ तिरसठ रुपए दिए।

हम जाने के लिए उठे और चिड़चिड़े परिवार की आवाज हमारे कानों में पड़ी।

''क्या करना है? जिस दिन से यह औरत हमारे घर में आई है, हमारे परिवार के तो भाग्य ही फूट गए हैं।'' वृद्ध औरत कह रही थी।

''आगरा के लड़कीवाले एक पूरा क्लीनिक खोलने का प्रस्ताव दे रहे थे। मुझे यह नहीं पता कि तब हमारा दिमाग कहाँ था।''

बहू की आँखों में आँसू थे। उसने खाने को छुआ भी नहीं था। आदमी रूखेपन से खा रहा था।

''अब उसको देखो, वहाँ छोटा सा मुँह बनाकर बैठी है। जाओ, भाड़ में जाओ।

पहले तो तुम साथ में कुछ नहीं लाईं, अब तुमने दोनों लड़कियाँ मुझ पर श्राप की तरह थोप दी हैं।'' सास ने कहा।

मैंने दोनों छोटी लड़कियों को देखा। उनकी एक जैसी चोटियों में गुलाबी रिबन थे। लड़कियों ने अपनी माँ का एक-एक हाथ पकड़ रखा था। वे डरी हुई लग रही थीं।

प्रियंका उनको घूर रही थी। मैंने गौर किया कि उन्होंने कुल्फी मँगवाई है और मैं सोच रहा था कि मैं भी ऐसा ही करूँ और अपनी जली हुई जीभ को थोड़ी राहत पहुँचाऊँ।

''अब कुछ कहो भी, बुत बनकर बैठी हो।'' सास ने बहू के कंधों को हिलाते हुए कहा।

''वह कुछ कहती क्यों नहीं?'' प्रियंका ने मेरे कान में कहा।

''क्योंकि वह नहीं कह सकती।'' मैंने कहा, ''जब तुम्हारा मालिक खराब हो तो तुम कुछ नहीं कह सकते।''

''इन दोनों श्रापों को कौन भुगतेगा? अब कुछ कहो।'' सास ने कहा।

बहू की आँखों से तेज-तेज आँसू बहने लगे।

''मैं कुछ कहती हूँ।'' प्रियंका ने सास की तरफ मुँह करके चिल्लाते हुए कहा।

वह चिड़चिड़ा परिवार हमें देखने के लिए मुड़ा। शर्मिंदगी से बचने के लिए मैं एक गहरे गड्ढे को ढूँढ़ रहा था।

''तुम कौन हो?'' उसके पति ने भोजन के दौरान शायद अपने पहले शब्द कहे।

''हम उसकी चिंता बाद में कर लेंगे।'' प्रियंका ने कहा, 'लेकिन तुम कौन सी बला हो, मुझे लगता है, उसके पति?''

''हूँ! हाँ, मैं हूँ। यह परिवार का आपसी मामला है।'' उसने कहा।

''क्या सचमुच? तुम इसे एक परिवार कहते हो? मुझे तो कोई परिवार नहीं लगता।'' प्रियंका ने कहा, 'मैंने तो एक बूढ़ी लड़ाकू औरत को देखा और एक गिरे हुए व्यक्ति को, जो इन लड़कियों को दुःख दे रहा है। क्या तुम्हें शर्म नहीं आती ? क्या इसलिए तुमने उससे शादी की है?''

''देखो, आज की लड़कियों को देखो! बात करने का सलीका नहीं है–उसे देखो, आँखें हीरोइन जैसी बना रखी हैं।''

''जवान लड़कियों को बात करने और व्यवहार करने का सलीका है। तुम जैसी बूढ़ी औरतों को सिखाने की जरूरत नहीं है। यह तुम्हारी पोतियाँ हैं और तुम इन्हें श्राप कह रही हो?'' प्रियंका ने कहा। उसकी नाक पहले से भी ज्यादा लाल और सुंदर लग रही थी। मैं उस नाक का चित्र उतारना चाहता था।

''तुम कौन हो, मैडम? तुम्हारा यहाँ क्या काम है?'' पति ने इस बार दृढ़ आवाज में कहा।

‘‘मैं तुम्हें बताती हूँ कि मैं कौन हूँ।’’ प्रियंका ने कहा और अपना हैंडबैग टटोला। उसने अपना कॉल सेंटर का पहचान-पत्र निकाला और उसे एक नैनो सेकंड के लिए दिखाया–‘‘प्रियंका सिन्हा, CBI वूमन सेल।’’

‘‘क्या?’’ पति ने घबराहट के साथ कहा।

‘‘तुम्हारी कार का नंबर क्या है?’’ प्रियंका ने रूखी आवाज में पूछा।

‘‘क्या? क्यों?’’ चिंतित होकर पति ने पूछा।

‘‘या मैं बाहर जाकर चेक करूँ।’’ उसने कहा और टेबल पर पड़ी चाबियों को देखा। ‘‘सेंट्रो, है ना?’’

‘‘DGI 463, क्यों?’’ पति ने पूछा।

प्रियंका ने अपना मोबाइल निकाला और एक नंबर लगाने का बहाना करने लगी। ‘‘हैलो! हाँ सिन्हा, प्लीज DGI 463 के रिकॉर्ड का निरीक्षण करना, हाँ…सेंट्रो… थैंक्स’’।

‘‘मैडम, यह क्या कर रही हैं?’’ पति ने काँपती आवाज में पूछा।

‘‘तीन साल। औरतों को शोषित करने पर तीन साल तक की सजा दिलवा सकती हूँ। जल्द मुकदमा, कोई अपील नहीं।’’ प्रियंका ने कहा और सास को घूरा।

उस बूढ़ी औरत ने दोनों जुड़वाँ पोतियों में से एक को खींचकर अपनी गोद में बिठा लिया।

‘‘क्या? मैडम यह केवल एक प-प-प पारिवारिक मामला है और…’’ पति हकलाते हुए बोला।

‘‘परिवार मत कहो।’’ प्रियंका ने ऊँची आवाज में कहा।

‘‘मैडम,’’ सास इतने मीठे स्वर में बोली जैसे किसी ने उसके स्वर-तंत्रों को गुलाब-जामुन में भिगो दिया हो। ‘हम यहाँ पर केवल खाना खाने आए हैं। देखो, मैं तो इससे पकवाती भी नहीं हूँ, हमने अभी लिया…’’

‘‘चुप हो जाओ। अब हमारे पास तुम्हारा रिकॉर्ड है। हम ध्यान रखेंगे। अगर तुमने कुछ गड़बड़ की तो तुम्हारा बेटा और तुम जेल में बहुत बार खाना साथ में खाओगे।’’

‘‘माफ करना मैडम!’’ पति ने हाथ जोड़कर कहा। उसने बिल माँगा और नकद के लिए जेब टटोली। एक मिनट के अंदर वे पैसे देकर चले गए।

मैंने खुले मुँह से प्रियंका को देखा।

‘‘कुछ बोलो’’ उसने कहा, ‘‘चलो चलते हैं।’’

“CBI?” मैंने कहा।

‘‘चलो चलें।’’

हम क्वालिस में बैठ गए, जो मैंने कॉल सेंटर के ड्राइवर से उधार ली थी।

‘‘बूढ़ी खूँसट!’’ प्रियंका बोली।

मैं कार चलाने लगा। पाँच मिनट के बाद प्रियंका मेरी ओर मुखातिब हुई, "ठीक है, तुम्हें जो भी कहना है, अब कह सकते हो।"

"मैं तुमसे प्यार करता हूँ।" मैंने कहा।

"क्या? यह अभी क्यों?"

"क्योंकि मुझे बहुत अच्छा लगता है, जब तुम अपनी बात पर डटकर खड़ी हो जाती हो। और CBI इंस्पेक्टर बनने का भयंकर काम करती हो। मुझे अच्छा लगता है, जब तुम सस्ती डिशें मँगवाती हो; क्योंकि बिल मुझे भरना होता है। मुझे तुम्हारी आँखों के सुरमे से प्यार है। मुझे प्यार है तुम्हारी आँखों की चमक से, जब तुम्हारे पास मेरे लिए कोई गपशप होती है। मुझे प्यार है जब तुम कहती हो कि तुम्हें मिठाई नहीं चाहिए और फिर मुझे मेरी मिटाई बदलने को कहती हो, ताकि आधी ले सको। मुझे तुम्हारी माँ से संबंधित कहानियों से प्यार है। मुझे प्यार है कि तुम मुझमें विश्वास रखती हो और मेरे कैरियर को लेकर धैर्यवान हो। सचमुच तुम जानती हो, प्रियंका?" मैंने कहा।

"क्या?"

"मैं भले ही हार्ट का सर्जन नहीं हूँ, लेकिन जो एक छोटा सा दिल मेरे पास है, वह मैंने तुमको दे दिया है।"

प्रियंका जोर से हँस पड़ी और अपने चेहरे पर हाथ रख लिया, 'सॉरी", उसने अपना सिर हिलाते हुए अभी तक हँसते हुए कहा।

"माफ करना, तुम इतना अच्छा बोल रहे थे, केवल दिल के सर्जन की पंक्ति के अलावा।"

"तुम जानती हो क्या," मैंने कहा और स्टीयरिंग से अपना एक हाथ हटाकर उसकी नाक पकड़ते हुए कहा, "उन्हें तुम्हें रूमानी पंक्तियों का कत्ल करने के लिए जेल में डाल देना चाहिए।"

#11

"मैं विश्वास नहीं कर सकती।" राधिका ने कहा और अपना मोबाइल फोन मेज पर फेंक दिया—मेरे पंडारा मार्ग के सपने को तोड़ते हुए।

सभी उसे देखने के लिए मुड़े। उसने अपना चेहरा ढक लिया अपने हाथों से और दो गहरी साँसें लीं।

"बताओ न।" ईशा ने कहा।

"अनुज का है। कभी-कभी वह इतना नासमझ बन जाता है।" उसने कहा और अपना फोन ईशा को दिखाया। स्क्रीन पर एक SMS था।

"क्या है यह?" प्रियंका ने कहा।

"पढ़ो उसे।" राधिका ने माइग्रेन रोधी दवाइयों के लिए बैग टटोलते हुए कहा। "ओह, मेरे पास केवल एक ही गोली बची है।"

"सचमुच, ठीक है?" ईशा ने कहा और मेसेज पढ़ने लगी।

"बड़ों का आदर करो। ऐसा ही व्यवहार करो जैसा कि एक बहू को करना चाहिए, गुड नाइट।"

"मैंने क्या गलत किया? मैं जल्दी में थी, केवल इतना ही।" राधिका अपने आप से बुदबुदाई और अपनी गोली को पानी के घूँट के साथ निगल लिया।

ईशा ने उसके कंधे पर हाथ रखा।

"क्या हुआ?" ईशा ने कोमलता से पूछा। लड़कियाँ यह सब कितनी अच्छी तरह से कर लेती हैं। कुछ पलों पहले वह गणेश के बारे में उत्तेजित होकर चिल्ला रही थी। अब अनुज के बारे में चिंता करते हुए कानाफूसी कर रही थी।

"अनुज एक टूर पर कोलकाता में है। उसने घर फोन लगाया और मेरी सास ने उससे कहा—जब मैंने राधिका को बादाम को और बारीक पीसने के लिए कहा तो वह मुँह बनाने लगी।" क्या तुम विश्वास कर सकते हो? मैं क्वालिस पकड़ने के लिए दौड़ रही थी और फिर भी उनका दूध बनाया।" राधिका ने कहा और अपना माथा दबाने लगी।

"क्या माँ-बेटा इसी बारे में बात करते रहते हैं?" प्रियंका ने कहा।

राधिका ने जारी रखा, ''और फिर उन्होंने कहा—मैं बूढ़ी हूँ, अगर टुकड़े ज्यादा बड़े होंगे तो वे मेरे गले में फँस जाएँगे। शायद राधिका मुझे मारने की कोशिश कर रही है।'' वह इतना बुरा कैसे कह सकती हैं?''

''और तुम फिर भी उसके लिए स्कार्फ बुन रही हो?'' व्रूम ने सलाइयों की ओर इशारा करते हुए कहा।

''विश्वास करो, एक बहू बनना मॉडल बनने से ज्यादा मुश्किल है।'' राधिका ने कहा। गोली अपना असर दिखाने लगी थी। उसका चेहरा फिर से शांत हो गया। ''चलो, मेरी बोरिंग जिंदगी को छोड़ो। क्या चल रहा है? गणेश जल्दी कॉल कर रहा है या नहीं?''

''क्या तुम ठीक हो?'' ईशा ने राधिका के बाजू पकड़ते हुए कहा।

''हाँ, मैं ठीक हूँ। माफ करना दोस्तो, मैंने जरा ज्यादा प्रतिक्रिया कर दी। अनुज और मेरे बीच बस जरा-सी गलत बातचीत हो गई।''

''ऐसा लगता है कि तुम्हारी सास को मेलोड्रामा बहुत पसंद है। उन्हें मेरी माँ से मिलना चाहिए।'' प्रियंका ने कहा।

''सचमुच?'' राधिका ने कहा।

''ओ हाँ! वह मेलोड्रामा की मिस यूनीवर्स हैं। हर सप्ताह में कम-से-कम एक दिन हम साथ में रोते हैं। हालाँकि आज वह नौवें आसमान पर हैं।'' प्रियंका ने कहा। उसने टेलीफोन अपने पास खींच लिया।

मेरा ध्यान मेरी स्क्रीन पर चमकते कॉल ने परिवर्तित कर दिया।

''मैं इसे अटेंड कर लूँगा।'' मैंने अपना हाथ उठाते हुए कहा, ''वेस्टर्न अप्लायंसेस, सैम बोल रहा हूँ। मैं आपकी कैसे मदद कर सकता हूँ?''

उस रात का यह मेरे अजीब कॉलों में से एक था। कॉलर वर्जिनिया से था और उसे अपना फ्रिज डीफ्रोस्ट करने में दिक्कत आ रही थी। मुझे कारण बताने में चार लंबे मिनट लग गए। लगता था कि कॉलर कोई बड़ा व्यक्ति था, जो अमेरिकी मोटे व्यक्ति को कहते हैं। इसलिए उसकी मोटी उँगलियाँ फ्रिज के कंपार्टमेंट के छोटे-से बटन को घुमाने में असमर्थ थीं, जिससे डिफ्रोस्ट तंत्र सक्रिय हो जाता। मैंने सलाह दी कि वह कोई पेचकस या चाकू इस्तेमाल करे। किसमत से इस समाधान ने सात प्रयासों के बाद सफलता पाई।

''वेस्टर्न एप्लायंसेस पर कॉल करने के लिए धन्यवाद, सर।'' मैंने कहा और कॉल खत्म कर दिया।

''और विनम्र एजेंट सैम, और विनम्र बनो।'' मैंने बक्शी की आवाज सुनी और उसकी भारी साँसों को अपनी गरदन पर महसूस किया।

''सर, आप फिर?'' मैंने कहा और पीछे मुड़ गया।

बक्शी का चेहरा हमेशा की तरह चमक रहा था। इतना तैलीय कि शायद हर

रात वह अपने तकिए से फिसल जाता होगा।

''माफ करना, मैं कुछ भूल गया था।'' उसने कहा, 'क्या तुम लोगों ने वेस्टर्न कंप्यूटर्स वेबसाइट मैनुअल तैयार कर लिया? मैं अंततः प्रोजेक्ट रिपोर्ट बोस्टन भेज रहा हूँ।''

''हाँ सर, व्रूम और मैंने उसे कल ही खत्म कर लिया।'' मैंने कहा और अपने दराज से एक प्रति निकाल ली।

''हुम्म!'' बक्शी ने कवर पेज का निरीक्षण करते हुए कहा।

यूसर मैनुअल और प्रोजेक्ट जानकारी कनेक्शंस, दिल्ली द्वारा निर्मित
श्याम मेहरा और वरुण मल्होत्रा (सैम मर्सी और विक्टर मेल)

''क्या तुम्हारे पास सॉफ्ट कॉपी है, जो तुम मुझे ई-मेल कर सकते हो?'' बक्शी ने कहा, ''बोस्टन को यह अत्यावश्यक रूप से चाहिए।''

''हाँ सर।'' व्रूम ने अपने कंप्यूटर की ओर इशारा करते हुए कहा।

''मेरे पास यहाँ स्टोर है। मैं आपको भेज दूँगा।''

''हाँ और श्याम, तुमने प्रतियाँ दे दीं।''

''हाँ सर।'' मैंने कहा और दस प्रतियाँ दे दीं।

''बढ़िया। मैंने तुममें शक्ति भर दी और तुमने मुझे परिणाम दे दिया। वास्तव में मेरे पास एक और दस्तावेज है, बोर्ड मीटिंग का आमंत्रण। क्या तुम मदद करोगे?''

''मुझे क्या करना है?'' श्याम ने पूछा।

''यह एक प्रति है।'' बक्शी ने कहा और मुझे पाँच पेजों का एक दस्तावेज दिया। ''इस बार मैंने ज्यादा नहीं छापे। क्या तुम मेरे लिए दस फोटोकॉपी कर दोगे प्लीज? मेरी सेक्रेटरी आज छुट्टी पर है।''

''सर...बिलकुल सर, केवल फोटोकॉपी, ठीक?''

बक्शी ने सिर हिला दिया।

''सर,'' व्रूम ने पूछा, 'बोर्ड मीटिंग किसलिए है?''

''कुछ नहीं। केवल रोज के प्रबंधन मामले।'' बक्शी ने कहा।

''क्या लोगों को निकाला जा रहा है?'' व्रूम के स्पष्ट प्रश्न ने सभी का ध्यान उधर खींच लिया।

''अर-र-र...'' बक्शी ने कहा, ''हमेशा की तरह शब्द कहने में असमर्थ, जब भी कोई अर्थपूर्ण चीज पूछी जाती है।''

''वेस्टर्न कंप्यूटर्स प्रमुख ''बे'' में ऐसी अफवाहें हैं। हम केवल इतना जानना चाहते हैं कि क्या हम सुरक्षित रहेंगे या नहीं?'' व्रूम ने पूछा।

''वेस्टर्न एप्लायंसेस प्रभावित नहीं होगा, ठीक?'' ईशा ने कहा।

बक्शी ने एक गहरी साँस ली और कहा, 'मैं ज्यादा कुछ नहीं कह सकता। मैं केवल इतना ही कह सकता हूँ कि हम दबाव में चल रहे हैं कि अपने आपको सही साइज में करें।''

''सही साइज में?'' राधिका ने उलझन में पूछा।

''इसका मतलब है लोगों को निकाला जा रहा है, ठीक?'' व्रूम ने कहा। ''सही साइज में करने का कोई और मतलब नहीं होता है।''

बक्शी ने जवाब नहीं दिया।

''सर, हमें नए ग्राहक बनाने के लिए हमारी विक्रय शक्ति को और बढ़ाना होगा। लोगों को निकालना कोई समाधान नहीं है।'' व्रूम ने अपने मापदंडों से ज्यादा साहस के साथ कहा।

बक्शी के चेहरे पर एक भद्‌दी मुसकराहट थी, जब वह व्रूम की ओर मुड़ा। उसने व्रूम के कंधों पर अपना हाथ रखा। ''मुझे तुम्हारा उत्साह पसंद है मि. विक्टर।'' उसने कहा, 'लेकिन एक श्रेष्ठ समाधान के साथ उभरना चाहिए। यह इतना सहज नहीं है।''

''लेकिन सर, हमें ज्यादा मिल सकते हैं...'' व्रूम कह ही रहा था, जब बक्शी ने उसके कंधे को दो बार थपथपाया और चला गया।

दुबारा बोलने से पहले व्रूम यह निश्‍चित कर लेना चाहता था कि बक्शी कमरे से बाहर चला गया है।

''यह पागलपन है। बक्शी ने इस जगह को अव्यवस्थित किया है और निर्दोष एजेंटों को नौकरी से निकाल रहे हैं।'' उसने लगभग चिल्लाते हुए कहा।

''शांत रहो।'' मैंने कहा और पेजों को जमाने लगा।

''हाँ, शांत रहो। जैसे मि. फोटाकॉपी यहाँ पर सब कामों में सहमत हो जाते हैं।'' प्रियंका ने कहा।

''माफ करना।'' मैंने ऊपर देखते हुए कहा, ''क्या तुम मेरे बारे में बात कर रही हो?''

प्रियंका चुप रही। मैं अंदर से उत्तेजित हो गया और केवल प्रतिक्रिया देनी पड़ी।

''तुम्हारी समस्या क्या है? मैं यहाँ आता हूँ, महीने के पंद्रह हजार कमाता हूँ और घर चला जाता हूँ। यह निगलनेवाली बात है कि लोगों को निकाला जा रहा है और मैं अपनी नौकरी बचाने के लिए पूरी कोशिश कर रहा हूँ। पूरी तरह से मैं अपनी परिस्थिति को स्वीकार करता हूँ। और व्रूम, इससे पहले कि मैं भूल जाऊँ, क्या तुम बक्शी को यूजर मैनुअल ई-मेल कर दोगे?''

''मैं कर रहा हूँ।'' व्रूम ने माउस को क्लिक करते हुए कहा।

''हालाँकि जो भी यहाँ हो रहा है, गलत है।''

''चिंता मत करो। हमने वेबसाइट बना ली है। हमें तो सुरक्षित रहना चाहिए।''

मैंने कहा।

"मैं भी यही उम्मीद करता हूँ। अरे, यह तो बहुत बुरी बात हो जाएगी। अगर मुझे महीने के पंद्रह हजार खोने पड़ते हैं। अगर मुझे सप्ताह में तीन बार पिज्जा खाने को नहीं मिलेगा तो मैं मर जाऊँगा।" व्रूम ने कहा।

"तुम इतनी बार पिज्जा खाते हो!" ईशा ने कहा।

"क्या यह नुकसानदायक नहीं है?" राधिका ने पूछा। SMS विवाद के बावजूद वह स्कार्फ बुनने में लग गई थी। बुनने की आदतें मुश्किल से ही जाती हैं, मैंने सोचा।

"कभी नहीं। पिज्जा तो एक संतुलित आहार है। उसकी अंतर्वस्तु देखो–पपड़ी में अनाज, पनीर में दूध, प्रोटीन, सब्जी और सबसे ऊपर मांस। उसमें सभी खाद्य समूह आ जाते हैं। मैंने इंटरनेट पर पढ़ा था–पिज्जा तुम्हारे लिए लाभदायक है।"

"तुम और तुम्हारा इंटरनेट।" ईशा ने कहा। यह सच था। व्रूम को अपनी सभी जानकारी इंटरनेट से ही मिलती थीं। बाइक, नौकरियाँ, राजनीति, डेटिंग टिप्स और जैसा कि मैंने अभी-अभी जाना था, पिज्जा-पोषण भी।

"पिज्जा स्वास्थ्यप्रद नहीं होता। अगर मैं ज्यादा खा लूँ तो मेरा वजन बहुत जल्दी बढ़ जाता है।" प्रियंका ने कहा, "खासकर मेरी जीवन-शैली की वजह से। मुझे व्यायाम करने का समय ही नहीं मिलता है। इसके अलावा मैं केवल बंद जगह पर काम करती हूँ।"

प्रियंका के आखिरी दो शब्दों ने मेरे दिल की धड़कन को बढ़ा दिया। "बंद जगह" का मेरे लिए केवल एक ही मतलब है–32nd माइलस्टोन डिस्को पर वह रात।

12

प्रियंका के साथ मेरी पिछली डेट्स–III

32nd माइलस्टोन, गुड़गाँव हाइवे,
इस रात से सात महीने पहले।

मुझे इसे सचमुच एक डेट नहीं कहना चाहिए, क्योंकि इस बार हमारे साथ व्रूम और ईशा भी थे और यह सामूहिक था। मैं पहले से ही कामकाजी लोगों के साथ बाहर जाने के बारे में प्रियंका से बहस कर चुका था, लेकिन उसने मुझसे कहा कि मुझे इतना असामाजिक नहीं होना चाहिए। व्रूम ने 32nd माइलस्टोन का चयन किया और लड़कियाँ भी मान गईं, क्योंकि डिस्क पर कोई डोअर बिच नहीं थी। प्रियंका के अनुसार, ''डोअर बिच'' वह मेजबान लड़की है, जो डिस्को के बाहर खड़ी रहती है। वह अंदर घुसनेवाली हर लड़की का निरीक्षण करती है और अगर आपकी कमर 24 इंच से ज्यादा है या फिर आपने किसी आइटम नंबर की ड्रेस नहीं पहनी है तो डोअर बिच आपको ऐसे घूरेगी जैसे आप पचास साल की आंटी हों।

''सचमुच? मैंने इन डोअर बिच को पहले कभी नहीं देखा।'' मैंने बार में कहा, जब हम स्टूल पर बैठे थे।

''यह लड़कियों की बात है। वह तुम्हें छूकर देखती हैं कि तुम सही फिगर की हो कि नहीं।''

''वह तुम क्यों परवाह करती हो ? तुम शानदार हो।'' मैंने कहा। वह मुसकराई और मेरे गालों को दबाया।

''मानसिक चोचलापन? लड़कियाँ और उनकी कूटनीतिक भाषा छोड़ो, कोई ड्रिंक लेगा?'' व्रूम ने कहा।

''लॉग आइलैंड आइस टी प्लीज? ईशा ने कहा और मैंने गौर किया कि वह मेकअप के साथ कितनी आकर्षक लग रही थी। उसने एक कसा हुआ काला टॉप पहना था और काली पैंट। उसकी पैंट इतनी कसी हुई थी कि ईशा को उतारते समय उसे लपेटना पड़ता होगा।

''लॉग आइलैंड। जल्दी ही नशे में आना चाहती हो क्या?'' मैंने कहा।

''छोड़ो भी। टेंशन कम करने की आवश्यकता है। पिछले महीने मॉडलिंग एजेंसियों के चक्कर लगाते-लगाते मैं पागल हो गई। इसके अलावा मुझे पिछले सप्ताह के एक हजार कॉलों को भी साफ करना है।'' ईशा ने कहा।

''यह ठीक है मेरे पास बारह सौ कॉल।'' व्रूम ने कहा, 'चलो, हम सभी लोग आइलैंड पीते हैं।''

''मेरे लिए वोडका लाना प्लीज।'' प्रियंका ने कहा। उसने ऊँट के रंग की पैंट और पिस्ते जैसे हरे रंग की कुरती पहनी थी। मैंने यह कुरती उसके पिछले जन्मदिन पर दी थी। उसने केवल थोड़ा सा आई-लाइनर लगा रखा था और हलकी सी लिपस्टिक। मुझे ईशा के एशियन पेंट काम से यह बेहतर लगा।

''मॉडलिंग असाइनमेंट में कुछ बात बनी?'' मैंने ईशा से ऐसे ही पूछा।

''कुछ खास नहीं। मैं एक टैलेंट एजेंट से जरूर मिली थी। उसने कहा था कि वह कुछ डिजानरों और फैशन शो निर्माताओं को मेरे बारे में बताएगा।'' मुझे उन जगहों पर जाना है। ईशा ने अपनी नाभि को ढकने के लिए अपना टॉप नीचे खींचा।

व्रूम ड्रिंक लेने के लिए बारवाले के पास गया। मैंने डिस्क को अच्छी तरह से देखा। जगह के दो स्तर थे–बीच में डांस-फ्लोर और पहले फ्लोर पर लाउंज बार। बैकग्राउंड में ''दिल चाहता है'' का रीमिक्स बज रहा था। चूँकि वह शनिवार की रात थी, इसलिए डिस्क पर तीन सौ से ज्यादा ग्राहक मौजूद थे। वे सभी अमीर थे या कम-से-कम उनके अमीर दोस्त थे, जो एक कॉकटेल पर तीन सौ से ज्यादा की ड्रिंक्स का खर्चा वहन कर सकते थे। हमारा बजट एक हजार रुपए प्रति व्यक्ति था–कॉल सेंटर पर बहुत व्यस्त गरमी का समय निकालने के लिए एक पार्टी।

मैंने डांस-फ्लोर पर छड़ी जैसी पतली कुछ मॉडलों को देखा। उनके पेट एकदम चपटे थे। अगर वे कोई गोली निगलतीं तो अंदर जाते समय शायद उसकी रेखा तुम्हें नजर आ जाती। ईशा भी कुछ ऐसी ही दिखती है, लेकिन थोड़ी ठिगनी है बस।

''चेक कर लो। उसे भूख बिलकुल नहीं लगती होगी। मैं इस पर शर्त लगा सकती हूँ।'' प्रियंका ने एक पीली सी दिखती मॉडल की ओर इशारा किया। उसने एक टॉप पहना था, जो कि बिना बाँहों का या गले या कॉलर का था। मैं सोचता हूँ कि लड़कियाँ इसे ऑफ शोल्डर कहती हैं। भौतिकी को खुली चुनौती देते हुए वह फिसला नहीं था, हालाँकि अधिकतर आदमी धैर्यपूर्वक उसका इंतजार कर रहे थे।

यह पीली सी दिखनेवाली मॉडल पूरी नग्न पीठ की नुमाइश करते हुए मुड़ी।

''वाऊ! काश, मैं इतनी पतली होती। पर हे भगवान्! देखो, इसने क्या पहन रखा है!'' ईशा ने कहा।

''मैं विश्वास नहीं कर सकती कि इसने ब्रा नहीं पहन रखी, पूरी तरह से चपटी

होगी।'' प्रियंका ने कहा।

''हाँ।'' ईशा और प्रियंका मेरी तरफ मुड़ीं।

''मैं बोर हो गया हूँ। क्या तुम बातचीत का ऐसा विषय चुन सकती हो, जिसमें मैं भी शामिल हो सकूँ?'' मैंने गुजारिश करी। मैंने व्रूम को ढूँढ़ा। उसने ड्रिंक्स ले ली थी और मदद के लिए हमें हाथ देकर बुला रहा था।

''मैं जाती हूँ।'' ईशा ने कहा और व्रूम के पास चली गई। आखिरकार मुझे शांति मिली, प्रियंका और मैं अकेले ही थे।

''तो,'' उसने आगे बढ़कर मेरे होंठों को छूते हुए कहा, 'हमारी लड़कियों वाली बातों से तुम्हें अकेलापन लग रहा था?''

''अच्छा, तो यह एक डेट होनी थी, मैं तुम्हारे साथ जबरदस्ती के कारण आया। बहुत समय से मैं तुम्हारे साथ अकेला नहीं रहा हूँ।''

''मैंने तुम्हें बताया था, व्रूम ने मुझसे पूछा और मैं असामाजिक नहीं होना चाहती थी।'' प्रियंका ने मेरे बालों को बिखेरते हुए कहा।

''पर हम थोड़ा टहलने के लिए चलते हैं। मैं भी तुम्हारे साथ अकेली होना चाहती हूँ, तुम्हें पता है?''

''चलो, प्लीज, जल्दी चलते हैं।''

''बिलकुल, लेकिन वे यहाँ आ गए हैं।'' प्रियंका ने व्रूम और ईशा के आते ही कहा। व्रूम ने हमारी ड्रिंक्स हमें दीं। हमने चीयर्स कहा और खुश दिखने की कोशिश करने लगे, जैसा सभी डिस्क में हमेशा करते हैं।

''वेबसाइट के लिए बधाई, दोस्तो। मैंने सुना है कि वह अच्छी है।'' ईशा ने एक घूँट लेते हुए कहा।

''वेबसाइट तो बहुत अच्छी है।'' व्रूम ने कहा, ''ग्राहकों को यह बहुत अच्छी लगी। अब और नंबर मिलाने का झंझट नहीं। यह बहुत आसान है। चम्मच में डालकर खानेवाले उन अमेरिकियों के लिए एकदम उपयुक्त।''

''तो मि. श्याम की अब आखिरकार पदोन्नति हो रही है।'' प्रियंका ने कहा। मैंने गौर किया कि उसने मात्र दो घूँटों में एक-तिहाई ड्रिंक खत्म कर ली।

''अब मि. श्याम की पदोन्नति दूसरी कहानी है।'' व्रूम ने कहा, 'शायद मि. श्याम इसे खुद ही कहना पसंद करेंगे।''

''प्लीज यार, फिर कभी।'' मैंने कह दिया, भले ही प्रियंका भी मेरी ओर आशा भरी निगाहों से देख रही थी।

''ठीक है, बक्शी ने कहा कि वह व्यक्तियों को निकालने के लिए बोस्टन में बात कर रहा है। पर इसमें थोड़ा समय लगेगा।''

''तुम उसे सख्ती से क्यों नहीं बोल देते?'' प्रियंका बोली।

''कैसे? तुम अपने मालिक से सख्त कैसे हो सकते हो?'' मैंने चिल्लाकर

चिढ़ते हुए कहा।

''शांत हो जाओ यार।'' व्रूम ने कहा, 'यह पार्टी की रात है।'' एक बड़े शोरगुल ने हमारी बातचीत में विघ्न डाला। हमने डांस-फ्लोर पर हलचल देखी और DJ ने संगीत बंद कर दिया।

''क्या हुआ?'' व्रूम ने कहा, जैसे ही हम सब डांस-फ्लोर की ओर गए।

फ्लोर पर लड़ाई छिड़ गई थी। नशे में धुत दोस्तों के गैंग ने सोचा कि किसी ने उनके साथ की किसी लड़की के साथ बदतमीजी की। उन्होंने एक व्यक्ति पर इलजाम लगाया और उसका कॉलर पकड़ लिया। तुरंत ही मि. आरोपी का गैंग भी उसे बचाने के लिए गया। शाब्दिक बहस के लिए तो डांस-फ्लोर पर पहले से ही काफी शोरगुल था, लोग केवल मुक्कों और लातों से ही बात कर रहे थे। जब किसी ने एक व्यक्ति को डांस-फ्लोर पर पटक दिया तो संगीत बंद हो गया। और भी कई एक-दूसरे के ऊपर चढ़े हुए थे। बाउंसरों ने आखिरकार एक-दूसरे को समझाया और शांति स्थापित की। अतत: उस घायल व्यक्ति को ले जाने के लिए एक स्ट्रेचर लाया गया।

''यार, काश यह लड़ाई थोड़ी और लंबी चलती।'' व्रूम ने कहा। यह सत्य है। एक डिस्को पर सुंदर लोगों को देखने से भी ज्यादा बेहतर एकमात्र चीज है– एक लड़ाई को देखना। लड़ाई का मतलब है कि पार्टी पूरे शबाब पर है।''

पाँच मिनट के बाद संगीत फिर से बजने लगा और फ्लोर पर एक बार फिर मदहोश गर्ल्स ब्रिगेड का कब्जा था।

''अमीर बापों की औलादें, जिनके पास बहुत पैसा होता है, उनके साथ यही होता है।'' व्रूम ने कहा।

''चलो व्रूम! मैंने सोचा, तुमने ही कहा था कि पैसा अच्छा है। इसी तरह से हम अमेरिकियों को हरा सकते हैं। ठीक?'' प्रियंका ने ऐसे विश्वास से कहा, जो लॉग आइलैंड आइस्ड टी को सात मिनटों में पूरी खत्म करने के बाद आता है।

''हाँ, क्या पैसा तुम्हारे मोबाइल फोन, पिज्जा और डिस्को के लिए भुगतान नहीं करता?'' मैंने पूछा।

''हाँ, लेकिन अंतर यह है कि मैंने इसे कमाया है। ये अमीरजादे, इनको क्या पता कि पैसे कमाना कितना मुश्किल है!'' व्रूम ने कहा और अपना गिलास उठा लिया। ''यह ड्रिंक तीन सौ की है। इसे कमाने में मुझे लगभग पूरी रात दो सौ चिड़चिड़े अमेरिकियों को अपने कान में चिल्लाते हुए सहना पड़ता है, तब मुझे यह ड्रिंक मिलती है, जो केवल बर्फ के टुकड़ों से भरी हुई है। ये बच्चे इन बातों नहीं समझ सकते।''

''ओह, अब मुझे इसे पीते समय बहुत शर्मिंदगी महसूस हो रही है।'' प्रियंका ने कहा।

''छोड़ो भी, तुम्हें अच्छे-खासे रुपए मिलते हैं। जर्नलिस्ट ट्रेनी के आठ हजार

रुपयों से कहीं ज्यादा, जिन्हें तुम बनाते हो।'' मैंने कहा।

''हाँ,'' व्रूम ने बड़ा सा एक सौ बीस रुपयों का घूँट लेते हुए कहा, ''हमें अच्छे रुपए मिलते हैं, पंद्रह हजार रुपए महीना। अरे! यह लगभग बारह डॉलर प्रतिदिन है। वाऊ! मैं एक दिन में इतना ही कमाता हूँ जितना कि अमेरिका में एक बर्गरवाला लड़का दो घंटों में कमा लेता है। मेरी कॉलेज डिग्री के हिसाब से खराब नहीं है। बिलकुल भी खराब नहीं। एक पत्रकार के तौर पर मैं जितना कमा लेता था, उससे लगभग दुगुना।'' उसने अपने खाली गिलास को धक्का देकर टेबल के एक कोने में खिसका दिया।

एक मिनट के लिए सभी चुप हो गए। व्रूम का गुस्सा एकदम असहनीय है।

''इतना उदास होना बंद करो। चलो, चलकर डांस करते हैं।'' ईशा ने कहा और व्रूम के हाथ पर झूलने लगी।

''नहीं।'' व्रूम ने कहा।

''एक गाने के लिए आ जाओ।'' ईशा ने कहा और अपने स्टूल से खड़ी हो गई।

''ठीक है, लेकिन अगर कोई तुमको छेड़ता है तो मैं झगड़े में नहीं पड़ूँगा।'' व्रूम ने कहा।

''चिंता मत करो। कोई नहीं छेड़ेगा। यहाँ पर और भी सुंदर लड़कियाँ हैं।'' ईशा ने कहा।

''मैं ऐसा नहीं सोचता। फिर भी चलो, चलते हैं।'' व्रूम ने कहा और वे डांस-फ्लोर पर चले गए। शशशशरारारारा गाना चल रहा था, जो ईशा का प्रिय था।

प्रियंका और मैंने अपनी सीट पर से ही उन्हें नाचते हुए देखा।

''अब थोड़ा टहलने के लिए चलें?'' प्रियंका ने कुछ मिनटों के बाद कहा।

''बिलकुल।'' मैंने कहा। हमने हाथ पकड़े और 32nd माइलस्टोन से बाहर आ गए। दरवाजे पर खड़े बाउंसर ने हमारी हथेलियों पर ठप्पा लगा दिया, ताकि हम डिस्को में वापस प्रवेश कर सकें। हम पार्किंग की जगह पर गए, क्योंकि वहाँ पर संगीत मधुर था। मेरे कानों को संगीत इतना अच्छा कभी नहीं लगा।

''यहाँ कितनी शांति है!'' प्रियंका ने कहा, ''मुझे पसंद नहीं, जब व्रूम इतना गुस्सा करता है। उसे अपने गुस्से को काबू करने की जरूरत है। उसके मन में उत्तेजना चलती रहती है।''

''वह उलझा हुआ नौजवान है। चिंता मत करो, जिंदगी के थपेड़े उसे सही आकार दे देंगे। मुझे लगता है कि कभी-कभी कनेक्शंस में आने के लिए वह पछताता है। इसके अलावा अपने माता-पिता के अलग होने की बात को भी उसने स्वीकार नहीं किया है। जब-तब यह बात उसे चुभती है।''

''फिर भी, उसे अपने आप पर पकड़ मजबूत करनी चाहिए। शायद एक स्थायी गर्लफ्रेंड मिले, वह शायद उसे राहत पहुँचाने में मदद कर सके।''

‘‘मुझे लगता है, वह ईशा को पसंद करता है।’’ मैंने कहा।

‘‘मुझे नहीं लगता है कि ईशा भी रुचि लेती है। वह मॉडलिंग योजना पर ज्यादा केंद्रित है।’’

हम क्वालिस में पहुँचे। मैंने सिगरेट का पैकेट निकालने के लिए दरवाजा खोला।

‘‘मेरे पास सिगरेट नहीं।’’ उसने कहा और सिगरेट का पैकेट मुझसे छीन लिया।

‘‘देखो, शायद एक स्थायी गर्लफ्रेंड रखने का विचार इतना अच्छा नहीं है।’’ मैंने कहा।

‘‘सचमुच? तो मि. श्याम के मन में दूसरे विचार आ रहे हैं?’’ उसने अपना सिर मोड़ते हुए कहा।

‘‘नहीं।’’ मैंने कहा और फिर से क्वालिस को खोला।

मैंने एक बोतल निकाली।

‘‘यह क्या है?’’ उसने पूछा।

‘‘कुछ बकार्डी हम साथ रखते हैं। एक ड्रिंक के लिए तीन सौ, इस पूरी बोतल की कीमत।’’

‘‘बढ़िया! तुम लोग बहुत स्मार्ट हो।’’ प्रियंका ने कहा और मेरा गाल खींच दिया। फिर उसने बोतल से एक घूँट पिया।

‘‘ध्यान से। केवल इसलिए नशा मत करो कि यह मुफ्त में मिली है।’’

‘‘विश्वास करो। इसकी जरूरत होती है, अगर आपको पालनेवाला मानसिक रूप से थोड़ा विकृत है तो।’’

‘‘अब क्या हुआ?’’

‘‘कुछ नहीं। मैं आज उनके बारे में बात नहीं करना चाहती। चलो, एक शाट करते हैं।’’ बोतल के ढक्कन ने एक कप का काम किया और दूसरे कप के लिए मैंने सिगरेट पैकेट का ऊपरी हिस्सा तोड़ लिया। हम दोनों ने बकार्डी डाली और जैसे ही हमने अपना पहला शाट लिया, मेरे होंठों से मेरे शरीर में गरमी आ गई।

‘‘मुझे बक्शी के बारे में की गई टिप्पणी पर अफसोस है।’’ मैंने कहा और सोचने लगा कि हमें दूसरा शाट अभी करना चाहिए या बाद में।

‘‘मैं कभी-कभी निकृष्ट बन जाती हूँ। पर तुम्हारे लिए हमेशा सही रहती हूँ। मैं एक प्यार करनेवाली लड़की हूँ। है न?’’ उसने नशे में धुत होकर कहा।

‘‘तुम बस अच्छी हो।’’ मैंने उसकी नम आँखों में देखते हुए कहा। उसकी नाक थोड़ी सी सिकुड़ गई थी और मैं इसे हमेशा देखता ही रहता।

‘‘तो!’’ उसने कहा।

‘‘तो क्या?’’ मैंने उसकी नाक से सम्मोहित होकर कहा।

‘‘तुम मुझे ऐसे क्यों देख रहे हो?’’ उसने कहा और मुसकरा दी।

''ऐसे कैसे?''

''इधर आनेवाली नजरों से। मुझे तुम्हारी आँखों में शरारत दिख रही है मिस्टर!'' उसने मजाक में मेरे दोनों हाथों को पकड़ते हुए कहा।

''कोई शरारत नहीं है, केवल तुम्हारी कल्पना है।'' मैंने कहा।

''हम देख लेंगे।'' उसने कहा और पास आ गई। हम गले मिले और उसने मेरे गले को चूमा।

''क्या तुम मुझसे प्यार करते हो?'' उसने पूछा। उसकी आवाज गंभीर थी।

'इस ग्रह पर किसी भी अन्य से ज्यादा।'' मैंने उसके बालों को पुचकारते हुए कहा।

''तुम्हें लगता है कि दूसरों का ध्यान रखनेवाली लड़की हूँ?'' उसने कहा। उसकी आवाज से पता लग रहा था कि वह रोने वाली है।

''तुम हमेशा मुझसे ऐसा क्यों पूछती रहती हो?'' मैंने कहा।

''मेरी माँ आज हमारे पारिवारिक एल्बम को देख रही थीं। वह मेरी एक फोटो पर रुक गईं, जब मैं तीन साल की थी। मैं एक तीन पहिएवाली साइकिल पर बैठी हूँ और मेरी माँ मुझे पीछे से धक्का दे रही हैं। उन्होंने वह फोटो देखी और जानते हो, उन्होंने क्या कहा?''

''क्या?''

''उन्होंने कहा कि जब मैं तीन साल की थी तो बहुत प्यारी थी।''

''तुम अभी भी प्यारी हो।'' मैंने कहा और उसकी नाक को एक बटन की तरह दबा दिया।

''और उन्होंने मुझसे कहा, उस समय मैं दूसरों को बहुत प्यार करती और उनकी बहुत परवाह करती थी। अब मैं बिलकुल भी प्यार नहीं करती। वह सोचती हैं कि मैं इतनी हृदयविहीन कैसे बन गई।'' प्रियंका ने कहा और रो पड़ी।

मैंने उसे कसकर पकड़ लिया और महसूस किया कि उसका शरीर काँप रहा है। मैंने बहुत सोचा कि मैं क्या कहूँ। लड़कों को कभी समझ में नहीं आता कि ऐसे भावुक पलों में क्या कहें और हमेशा आखिरी में बेवकूफी भरी बात ही बोलते हैं।

''तुम्हारी माँ सनकी हैं।''

''मेरी माँ के बारे में कुछ मत कहो। मैं उनसे प्यार करती हूँ। क्या तुम पाँच मिनट मेरी बात सुन सकते हो?'' प्रियंका ने कहा।

''बिलकुल। माफ करना⋯।'' मैंने कहा और वैसे ही उसका रोना और तेज हो गया। मैंने अगले पाँच मिनट तक चुप रहने की कसम खा ली। मैं समय काटने के लिए अपनी साँसें गिनने लगा। मेरा औसत एक मिनट में सोलह का है। अस्सी साँसों का मतलब होगा कि मैंने उसकी बात पाँच मिनट तक सुन ली है।

''हम हमेशा ऐसे नहीं थे। मेरी माँ और मैं बहुत गहरी दोस्त थीं। मैं सोचती हूँ

कि कक्षा आठवीं तक। फिर जैसे-जैसे मैं बड़ी होती गई, वह पागल होती गई।'' उसने कहा।

मैंने सोचा कि उससे कहूँ कि तुम्हीं ने मुझसे कहा था कि तुम्हारी माँ को सनकी न कहूँ। तो भी मैंने अपने आपसे वादा किया था कि मैं चुप रहूँगा।

''मेरे और मेरे भाई के लिए उनके नियम अलग-अलग हैं। यह बात मुझे परेशान करने लगी। वह हर चीज पर टिप्पणी करतीं, जो मैं पहनती, जहाँ भी मैं जाती; जबकि मेरा भाई''वह उसे कभी कुछ नहीं कहतीं। मैंने यह बात उन्हें समझाने की कोशिश की, लेकिन वह और ज्यादा चिड़चिड़ी हो गईं और जब तक मैं कॉलेज पहुँची, मैं उनसे दूर होने का इंतजार नहीं कर सकती थी।''

''हूँ-हूँ।'' मैंने अंदाजा लगाते हुए कहा कि मेरा लगभग आधा समय बीत चुका होगा।

''पूरे कॉलेज के दौरान मैंने उनकी उपेक्षा की और वही किया, जो मैं चाहती थी। वास्तव में यह सारा किस्सा वहीं से पैदा हुआ है।

''पर एक स्तर पर मुझे इतनी शर्मिंदगी लगी, मैंने कॉलेज के बाद उनसे दुबारा जुड़ने की कोशिश की। पर उन्हें हर चीज में समस्या थी—मेरी सोच, मेरे दोस्त, मेरे बॉयफ्रेंड।'' आखिरी शब्द ने मेरा ध्यान खींच लिया। मुझे बोलना पड़ा, हालाँकि केवल सत्तावन साँसें ही निकली थीं।

''माफ करना, लेकिन क्या तुमने बॉयफ्रेंड कहा?''

''हाँ। उन्हें पता है कि मैं तुम्हारे साथ हूँ। और उनके मन में मेरे लिए यह बात है कि मैं किसी जमे-जमाए व्यक्ति को ढूँढ़ूँ।''

''जमे-जमाए?'' यह शब्द मेरे दिमाग में कई बार गूँजा। जो भी हो, इसका मतलब क्या है? केवल कोई अमीर, जिसे महीने के अंत में निर्धारित नकदी प्रवाह मिलता है। बस माता-पिता इसे इस तरह से नहीं कहते, क्योंकि फिर वह ऐसा लगता है जैसे वह अपनी बेटी का सौदा सबसे ज्यादा बोली लगानेवाले के साथ कर रहे हैं। लेकिन एक तरीके से कर रहे होते हैं। वह प्यार, भावनाओं या ऐसी ही बातों को महत्त्व नहीं देते।

''मुझे पैसा दिखाओ और मेरी बेटी को जिंदगी भर के लिए अपने पास रखो।'' एक व्यवस्थित शादी में यही व्यवस्था होती है।

''तुम किस बारे में सोच रहे हो?'' उसने पूछा।

''तुम्हारी माँ के अनुसार मैं हारा हुआ हूँ। है न?'' मैंने कहा।

''मैंने ऐसा नहीं कहा।''

''जब भी हम बातचीत करते हैं, क्या तुम बक्शी और मेरी पदोन्नति का मुद्दा नहीं उठा लेतीं?'' मैंने दूर हटते हुए कहा।

''तुम इतनी सफाई क्यों देने लग जाते हो? जो भी हो, अगर बक्शी तुम्हारी

पदोन्नति नहीं करता तो तुम दूसरी नौकरी ढूँढ़ सकते हो।''

''मैं नौकरियाँ ढूँढ़-ढूँढ़कर थक गया हूँ। वहाँ कुछ भी अच्छा नहीं है। और मैं अस्वीकृतियों से थक गया हूँ। इसके अलावा दूसरे कॉल सेंटर में जाने में फायदा क्या है?''

''मुझे फिर से एक कनिष्ठ अधिकारी के तौर पर शुरुआत करनी होगी। तुम्हारे बिना, मेरे दोस्तों के बिना। और मैं तुम्हें बता देना चाहता हूँ कि मैं भले ही टीम लीडर नहीं हूँ, पर मैं खुश हूँ। क्या तुम्हें यह एहसास है? और ड्रामे की महारानी माँ से कह देना कि मेरे सामने आकर मेरे मुँह पर कहें कि मैं हारा हुआ हूँ। और वह तुम्हें किसी भी बकवास जमे-जमाए वार्षिक आय कमाने वाले के साथ भेज सकती हैं। मैं जो हूँ, मैं हूँ।'' मैंने कहा और मेरा चेहरा लाल, शलजम जैसा लाल हो गया।

''श्याम, प्लीज समझने की कोशिश करो।?''

''क्या समझूँ? तुम्हारी माँ को? नहीं, मैं नहीं समझ सकता। और तुम्हें भी मुझ पर शंका है कि कहीं-न-कहीं तुम अपनी माँ से सहमत हो। जैसे मैं इस हारे हुए के साथ क्या कर रही हूँ।'' मैंने कहा।

''बकवास करना बंद करो!'' प्रियंका चिल्लाई, ''मैंने तुमसे प्यार किया है और इस हारे हुए शब्द को इस्तेमाल करना बंद करो।'' उसने कहा और उसके आँसू बहने लगे।

खिड़की पर दो छोटी खटखटाहटों ने हमारी बातचीत को भंग कर दिया। वह व्रूम था। ईशा उसके पास खड़ी थी।

''हैलो! मैंने सोचा, हम साथ में आए थे। तुम प्यार के पंछियों को कोई अलग नहीं कर सकता, हूँ!'' उसने कहा।

13

लैंडलाइन टेलीफोन की जोरदार घंटी ने मुझे 32nd माइलस्टोन से वापस बुला लिया। प्रियंका ने झपटकर फोन उठाया। ''हाय गणेश!'' उसने कहा। उसका खींचा हुआ स्वर काफी दिखावटी था, अगर आप मुझसे पूछें तो। लेकिन कौन मेरी राय की परवाह करता है।

मैं सोच रहा था कि उसकी आवाज कैसी होगी।

''टेबल के नीचे घुसो, फोन जोड़ दो श्याम।'' एक आवाज ने मुझसे कहा।

मैंने इस खतरनाक विचार के लिए अपने आपको उसी क्षण फटकारा।

''मुझे पता था कि तुम होगे। इस अत्यावश्यक लाइन पर और कोई फोन नहीं लगाता।'' प्रियंका ने कहा और अपनी उँगलियाँ अपने बालों में घुमाईं। किसी लड़के से बात करते समय औरतों का अपने बालों को सँवारना एक औरत के घमंड का इशारा होता है। मैंने इसे एक बार डिस्कवरी चैनल पर देखा था।

''हाँ।'' प्रियंका चंद सेकंडों के बाद बोली, 'मुझे कारें पसंद हैं। तुम कौन-सी खरीदने की सोच रहे हो? लेक्सस?''

''लेक्सस! यह लेक्सस खरीद रहा है!'' व्रूम चिल्लाया, तेजी से मुझे समझाने के लिए कि यह एक महँगी कार थी।

''उससे पूछो कौन सा मॉडल, प्लीज पूछो जरा।'' व्रूम ने कहा और प्रियंका ने चौंककर उसे देखा। उसने व्रूम की तरफ अपना सिर हिला दिया।

''उन्हें बात करने दो, व्रूम। कार मॉडलों से भी ज्यादा बेहतर बाते हैं उनके पास।'' ईशा बोली।

''कौन सा रंग? छोड़ो भी, यह तुम्हारी कार है। मैं तुम्हारे लिए कैसे तय कर सकती हूँ?'' प्रियंका ने कहा। उसकी उँगलियाँ घुँघराली टेलीफोन तारों से खेलने लगीं। अगले पाँच मिनट तक गणेश ने ही ज्यादा बातचीत की और प्रियंका अल्प भाषा में 'हाँ'' या उसके जैसे ही बोलती रही।

''फोन की तार मिलाओ'' वाली आवाज मेरे दिमाग में गूँजती रही। मुझे इसलिए अपने आप से नफरत हो गई, लेकिन मुझे पता था कि मैं ऐसा करूँगा। मैं सोचता रहा

कि प्रियंका मेज पर से कब हटेगी।

"नहीं गणेश, ठीक है, तुम मीटिंग के लिए जाओ।" प्रियंका ने कॉल समाप्त करते हुए कहा।

"मैं यहीं पर हूँ। मुझे बाद में कॉल कर लेना।" मुझे लगा मि. माइक्रोसॉफ्ट वाकई कुछ काम करते हैं।

"व्रूम, क्या लेक्सस अच्छी कार है?" प्रियंका ने कहा।

व्रूम पहले से ही नेट पर लेक्सस के चित्रों को सर्फ कर रहा था। उसने अपना मॉनीटर प्रियंका की तरफ मोड़ा। "इसे देखो, लेक्सस सबसे बढ़िया कारों में से एक है। यह आदमी बहुत अमीर होगा।"

प्रियंका ने व्रूम की स्क्रीन को कुछ सेकंडों के लिए देखा और फिर लड़कियों की तरफ मुड़ी, "वह चाहता है कि रंग का चयन मैं करूँ। तुम विश्वास कर सकती हो? मुझे नहीं लगता, मुझे करना चाहिए।" उसने कहा।

व्रूम ने अपने आपको घूमनेवाली कुरसी मैं धक्का देते हुए कहा, "काला या सिल्वर चुनना। पुरातन रंगों जितना अच्छा कुछ भी नहीं। पर मैं तुम्हारे लिए कुछ और भी रंग देख लेता हूँ।" उसने कहा, "और उससे कह देना कार के अंदर का हिस्सा गहरे चमड़े रंग का होना चाहिए।"

इस दौरान मेरे अंदर का हिस्सा जल रहा था। मुझे उलटी जैसी आ रही थी। मैं सोच रहा था कि मैं फोन कब टेप करूँ। यह पूरी तरह से अनुचित था और प्रियंका एवं बाकी लड़कियाँ अगर उन्हें पता चलता तो शायद मुझे मार डालतीं। पर मुझे यह करना ही था। यह कष्ट में आनंद उड़ाने जैसा था, पर मैं सुनना चाहता था कि वह गधा किस तरह से मेरी छूट चुकी गर्लफ्रेंड को महँगी कारों का लालच देकर उससे प्रणय-निवेदन कर रहा था।

मैंने स्टेज जमाने की कोशिश की, इसलिए मुझे टेबल के नीचे जाने का कुछ बहाना चाहिए था। "पिछले दस मिनटों से कोई कॉल क्यों नहीं आया?" मैंने कहा। "मुझे चेक करना चाहिए कि सभी संयोजन सही हैं या नहीं।"

"जाने दो।" ईशा ने कहा, "मुझे ब्रेक अच्छा लग रहा है।"

"हाँ, मुझे भी।" राधिका ने कहा, 'कनेक्शन सब ठीक हैं। बंगलौर अति उत्साही है और सारे कॉल उठा रहा है।"

"बाऊ!" प्रियंका ने ईशा से कहा। यह टॉयलेट साथ-साथ जाकर गुपचुप बातचीत करने के लिए लड़कियों का कोड वर्ड था।

"बिलकुल।" ईशा ने गपशप की आवश्यकता को महसूस किया और अपनी कुरसी से उठ गई।

"मैं भी आऊँगी।" राधिका ने कहा और खड़ी हो गई। वह मेरी तरफ मुड़ी। 'टीम लीडर, लड़कियों को एक बायो ब्रेक चाहिए।"

''तुम सभी जा रही हो?'' मैंने अनिच्छुक होने का बहाना करते हुए कहा, पर अंदर-ही-अंदर रोमांचित था। यह मेरा मौका था। चलो ठीक है, क्योंकि अभी ज्यादा कुछ हो नहीं रहा।

जैसे ही लड़कियाँ आँखों से ओझल हुई, मैं टेबल के नीचे घुस गया।

''तुम क्या कर रहे हो?'' व्रूम ने कहा।

''कुछ नहीं, मुझे नहीं लगता कि कनेक्शंस ठीक हैं।'' मैंने कहा।

''और तुम कनेक्शंस के बारे में क्या जानते हो?'' व्रूम ने पूछा। वह टेबल के नीचे देखने के लिए झुका।

''ईमानदारी से बताओ कि तुम क्या कर रहे हो?''

मैंने उसे फोन टेप करने के अपने अनियंत्रित आवेग के बारे में बताया। व्रूम ने मुझे डाँटा, लेकिन फिर चुनौती से उत्साहित होकर टेबल के नीचे मेरे पास आ गया।

''मुझे विश्वास नहीं हो रहा कि मैं इस काम में तुम्हारी मदद कर रहा हूँ। लड़कियों को पता चल गया तो वे हमें मार डालेंगी।'' व्रूम ने कहा।

''उन्हें भनक भी नहीं लगेगी।'' मैंने कहा और तार जोड़ दिए।

''देखो, यह लगभग हो चुका है।''

व्रूम ने लैंडलाइन उठाया और हमने इंतजाम को चेक कर लिया। मैं अपने कंप्यूटर में एक ऑप्शन चुन सकता था और अपने हैडसेट के जरिए लैंडलाइन को सुन सकता था। मि. माइक्रोसॉफ्ट अब मेरी मुट्ठी में थे।

''तुम ऐसा क्यों कर रहे हो?'' व्रूम ने पूछा।

''मुझे नहीं पता। मुझसे मत पूछो।''

''और लड़कियों को इतना समय क्यों लग रहा है?''

''तुम उन्हें जानते हो, टॉयलेट में अपनी लड़कियोंवाली बातें कर रही होंगी।''

''और तुम सुनना नहीं चाहते, वे क्या कह रही हैं? मैं निश्चित रूप से कह सकता हूँ कि वे वहाँ मि. माइक्रोसॉफ्ट के बारे में ही चर्चा कर रही हैं।''

''अरे, नहीं।'' मैंने कहा, यह सोचते हुए कि मैं क्या खो रहा हूँ। 'अच्छा, हम छिपकर सुनेंगे कैसे?''

''आदमियों के टॉयलेट के कोनेवाले स्टॉल से।'' व्रूम ने कहा, 'उसकी एक दीवार गर्ल्स टॉयलेट से सटी हुई है। अगर तुम अपना कान दीवार से जमकर सटाओगे तो तुम उन्हें सुन सकते हो।''

''सचमुच!'' मैंने खुश होते हुए कहा।

व्रूम ने सिर हिला दिया।

''वह बहुत गलत होगा, एक स्टॉल के जरिए चुपचाप सुनना।'' मैंने कहा।

''हाँ, होगा।''

''लेकिन कौन परवाह करता है। चलो, चलते हैं।'' मैंने कहा, फिर व्रूम और मैं

अपनी कुरसियों से कूद पड़े।

ब्रूम और मैं धीरे से घुसे और WASG के आदमियों की टॉयलेट के कोने वाले स्टॉल के दरवाजे बंद कर दिए। हमने दीवार से अपने कान जमकर सटाए। मैं राधिका की आवाज सुन सकता था।

''हाँ, वह सुनने में तो अच्छा आदमी लगता है।'' वह कह रही थी।

''पर मुझे उसे रंग नहीं बताना चाहिए न? यह उसकी कार है और यह इतनी महँगी है। लेकिन तुम जानती हो, उसने क्या कहा?'' प्रियंका बोली।

''क्या।'' राधिका ने पूछा।

''उसने कहा, यह हमारी कार है और फिर उसने कहा, तुम मेरी जिंदगी में रंग लेकर आई हो, इसलिए तुम ही कार का रंग चुनो।''

''ओहो, वह बहुत रूमानी बातें करता है।''

''यह भेड़ियों जैसी लाइन है। मेरे जीवन के रंग, मेरे गधे।'' मैंने ब्रूम से कहा।

''शश''बेवकूफ वे हमें सुन लेंगी। चुप रहो।'' ब्रूम ने कहते हुए अपना हाथ मेरे मुँह पर रख दिया।

''जो भी हो, अनुज कैसा है?'' प्रियंका ने कहा। मैं उसकी चूड़ियों की खनखनाहट को सुन सकता था। शायद वह अपने बालों को सँवार रही थी।

''अनुज ठीक है।'' राधिका ने कहा, ''वह कोलकाता में डीलर कॉन्फ्रेंस में है। मुझे लगता है, वह देर रात तक जाग रहा होगा, क्योंकि कुछ डीलर्स को पीने को कम मिलेगा।''

''सेल्स की नौकरी भी मुश्किल है।'' ईशा ने कहा

''माफ करना, पर मुझे बदलना है''आऊच।''

ब्रूम ने अपने कंधों को उचकाया।

''ईशा, तुम्हारा जख्म इतने दिनों से भरा नहीं है। केवल बैंडेड काफी नहीं है।'' प्रियंका ने कहा। मैंने अंदाजा लगाया कि ईशा अपनी अंतर्जंघिका की बैंडेड को बदल रही थी।

''नहीं, मैं ठीक हूँ। यह लैक्मे फैशन वीक से पहले ठीक हो जाए।'' ईशा ने कहा।

''चलो चलते हैं लड़कियो, लगभग 1:00 बज रहा है।'' राधिका ने कहा, ''नहीं तो लड़के चिढ़ेंगे।''

''लड़के हमेशा चिढ़ते हैं, जैसे लड़कों का तो कभी सिगरेट ब्रेक होता ही नहीं है।'' ईशा ने कहा।

''पर आज वे कुछ ज्यादा ही चिढ़ रहे हैं। कम-से-कम कोई तो।'' राधिका ने कहा।

ब्रूम ने उँगली से मेरी तरफ इशारा किया। हाँ, लड़कियाँ मेरे बारे में बात कर रही थीं।

मैंने होंठ काटकर गुस्सा जाहिर किया।

"तुम्हें लगता है कि श्याम को यह खबर अच्छी नहीं लगी।" प्रियंका ने कहा। उसकी आवाज धीमी पड़ती गई, चूँकि वे टॉयलेट के बाहर आने लगी थीं।

"तुम बताओ। हमसे बेहतर तुम उसे जानती हो।" ईशा ने कहा।

"काश, मैं अब उसे जानती। मुझे नहीं पता वह कभी-कभी इतनी चिड़चिड़ और कभी-कभी इतनी बचकानी हरकतें क्यों करता है?" प्रियंका ने टॉयलेट से बाहर आते हुए कहा।

"बचकाना? मैं! मैं बचकाना हूँ?" मैंने स्टॉल में ऊपर-नीचे कूदते हुए व्रूम से कहा, "क्या बकवास है। मि. माइक्रोसॉफ्ट मीठी-मीठी बातें करता है तो वह प्यारा और रूमानी है। मैं कुछ नहीं कहता तो मैं बचकाना हूँ!' मैंने स्टॉल के दरवाजे पर मुक्का मारा।

"श्याम, बच्चों जैसी हरकतें मत करो।" व्रूम ने कहा।

हम स्टॉल से बाहर आ गए। जैसे ही मैंने बक्शी को सिंक के पास देखा, मैं एक कदम पीछे हट गया।

बक्शी ने काँच में से हम दोनों को देख लिया। उसका जबड़ा खुल गया, जैसे ही वह हमारी तरफ मुड़ा।

"हैलो सर!' व्रूम ने कहा और सिंक पर उसके पास गया, 'सर, जैसा आप सोच रहे हैं वैसा नहीं है।' मैंने स्टॉल की तरफ इशारा करते हुए कहा।

"मैं कुछ नहीं सोच रहा हूँ। अपनी व्यक्तिगत जिंदगी में तुम जो कुछ भी करो, वह तुम पर है। लेकिन तुम अपनी डेस्क पर क्यों नहीं हो?" बक्शी ने कहा।

"सर, हमने सिर्फ एक छोटा सा ब्रेक लिया था। आज कॉल ट्रैफिक बहुत मंद है।' मैंने कहा।

"क्या तुमने अपना ब्रेक किया? लड़कियाँ भी "बे" से गायब हैं?" बक्शी ने कहा। उसका चेहरा चमकदार गुलाबी रंग से चमकदार लाल रंग में परिवर्तित हो रहा था।

"सचमुच। लड़कियाँ कहाँ गईं?" व्रूम ने कहा।

बक्शी हमसे अलग मुड़ा और पेशाबखाने के स्टॉलों में गया। मैं उसके पासवाले स्टॉल में गया।

"क्या तुमने टॉयलेट इस्तेमाल नहीं की?" बक्शी ने पूछा।

"सर," मैं कहते हुए हिचकिचाया, "सर, वह अलग था व्रूम के साथ।"

"प्लीज। मैं जानना नहीं चाहता।" बक्शी ने कहा।

"सर नहीं।" मैंने कहा।

अब यह कुछ ऐसा है जिससे औरतों को कभी रूबरू नहीं होना पड़ता। आप अपने मालिक के साथ टॉयलेट में खड़े हैं। और वह झाँक रहा है, दुनिया की सबसे

भद्दी स्थितियों में से एक है। तुम्हें क्या करना चाहिए? उसे अकेला छोड़ दो या फिर उसके साथ खड़े होकर उसका मनोरंजन करो? क्या पूछना सही है कि वह अपना काम कर रहा है या नहीं?

"सर, आप यह रेस्टरूम आज कैसे इस्तेमाल कर रहे हैं?" मैंने कहा, क्योंकि मैंने पहले उसे कभी वहाँ नहीं देखा था।

"इसलिए नहीं आया था। मैं हमेशा एक्जीक्यूटिव टॉयलेट का ही इस्तेमाल करता हूँ।" बक्शी ने मुझसे स्वयं के उच्च पद पर जोर देते हुए कहा।

"हाँ, सर!" मैंने कहा और सिर हिला दिया। मैंने उसकी विशाल-हृदय चेष्टा का आभार माना कि वह हमारी 'बे' में झाँक रहा है। लेकिन वह यहाँ क्यों था?

"जो भी हो, मैं तुम्हारी डेस्क पर ईशा का एक कोरियर रखने आया था।"

"कोरियर?" व्रूम ने सिंक पर से कहा, "इस समय?"

"मैंने उसकी मेज पर पार्सल रख दिया है। उसे बता देना।" बक्शी ने कहा और चला गया।

"और श्याम, क्या तुम वाइस एजेंटों को टीम मीटिंग के लिए मेरे ऑफिस में आने को कह सकते हो? थोड़ी देर से, 2:30 बजे तक, ठीक है।" बक्शी ने कहा।

"क्या बात है, सर?" व्रूम ने पूछा।

"कुछ नहीं। मैं साधनों को केवल कुछ प्रासंगिक जानकारी बाँटना चाहता हूँ। चलो, क्या मैं तुमसे वेबसाइट के बार में कुछ प्रश्न पूछ सकता हूँ? तुम उसे अच्छी तरह से जानते हो, ठीक!"

"हाँ सर, उसके अधिकतर प्रश्न यूजर मैनुअल के FAQ हिस्से में हल किए गए हैं जो हमने आपके पास भेजी है।" व्रूम ने कहा।

"FAQ?"

"फ्रिक्वेंटली आस्क्ड क्वेश्चंस।"

"अच्छा। बोस्टन के कुछ सवाल होंगे। उनके जवाब देने के लिए मैं तुम्हीं स्मार्ट लोगों के भरोसे रहूँगा। उदाहरण के लिए, तुम अपनी साइट को नए कंप्यूटर मॉडलों के लिए अपडेट कैसे करोगे?"

"यह बहुत सरल है, सर।" कोई भी सिस्टम को समझकर वेबसाइट के बैक-एंड को परिवर्तित कर सकता है और मॉडल के अनुसार प्रश्नों को बदल सकता है।" व्रूम ने कहा।

बक्शी ने हमसे कुछ सवाल और पूछे। जो मुझे या व्रूम को जवाब देने में सरल थे, खासकर इसलिए कि हमने लिखकर पूरी वेबसाइट बनाई थी।

"अच्छा, अच्छा। मैं तुम्हारे ज्ञान से प्रभावित हूँ। जो भी हो, यूजर मैनुअल के लिए धन्यवाद। मैंने यह पहले ही बोस्टन भेज दी है।" बक्शी ने हाथ सुखाते हुए कहा। छींटे मुझ पर पड़ने से बचने के लिए मैं दूर हट गया।

''आपने कर दिया?'' हम दोनों एक-साथ बोल पड़े, ''सर, यदि आप हमको ई-मेल पर एक प्रति भेज देते...।''

''हम भी सर्कल में रहना चाहते हैं।'' व्रूम ने कहा। अच्छी बात, वह बक्शी के ही शब्दांश उसी पर इस्तेमाल कर रहा था।

''ओह, मैंने नहीं! मैं माफी चाहता हूँ। मैं ई-मेल में अच्छा नहीं हूँ। मैं तुम्हें फॉरवर्ड कर दूँगा। पर अब तुम लोग अब ''बे'' में पहुँचो, ठीक है?''

''बिलकुल, सर!'' मैंने कहा।

''और क्या तुमने वह तदर्थ काम खत्म कर लिया जो मैंने तुम्हें दिया था?'' बक्शी ने कहा।

''क्या सर?'' मैंने कहा और फिर याद किया कि वह बोर्ड मीटिंग आमंत्रण की फोटोकॉपी की बात कर रहा था। ''लगभग हो गया है, सर, मैं आपको भेज दूँगा।''

बक्शी ने सिर हिला दिया और हमें रेस्टरूम में छोड़कर चला गया। मुझे बहुत अजीब लगा कि बक्शी ने वेबसाइट प्रस्ताववाले ई-मेल पर हमें कॉपी नहीं भेजी है। तो भी, मैं आश्चर्यचकित नहीं हुआ।

''क्या वह मंदबुद्धि है? लोगों को ई-मेल पर कॉपी भी नहीं कर सकता?'' व्रूम ने कहा।

''शांत हो जाओ, यार। चलो, ''बे'' में वापस चलते हैं।'' मैंने कहा।

14

हम पुरुषों के कमरे से लौटे। कॉलों का प्रवाह फिर से WASG पर शुरू हो गया था। राधिका एक कॉलर को समझा रही थी कि वैक्यूम क्लीनर को कैसे खोलना है। प्रियंका एक महिला को अपने डिशवॉशर में गरम बरतन नहीं डालने की सलाह दे रही थी। ईशा ने एक बूढ़े आदमी को अपने ओवन को पहले गरम करना सिखाया और साथ ही उसकी टेलीफोन की यह टिप्पणी, ''तुम्हारी आवाज बहुत सेक्सी है'' को चकमा देकर बच निकली।

मेरी स्क्रीन पर एक नया कॉल आया।

''मैं इसको पहचानता हूँ। क्या मैं इसका कॉल ले सकता हूँ?'' व्रूम ने कहा।

''यह कौन है?'' मैंने अपनी भौंहों को ऊपर उठाते हुए कहा।

''विलियम फॉक्स नाम है इसका, सुनना चाहते हो तो सुन लो।'' व्रूम ने कहा।

मैंने अपने कंप्यूटर पर ऑप्शन चुन लिया।

''गुड आफ्टरनून, वेस्टर्न एप्लायंसेस विक्टर बोल रहा हूँ। आज मैं आपकी क्या मदद कर सकता हूँ, मि. फॉक्स?'' व्रूम ने कहा।

''तुम गधे, मुझ जैसे स्मार्ट की मदद करोगे!'' फोनवाले आदमी ने कहा। उसकी आवाज बेहद अशिष्ट थी, भारी दक्षिण अमेरिकी उच्चारणवाली। उसकी आवाज ऐसी लग रही थी जैसे वह तीस-चालीस साल का हो। मैं अंदाजा लगा सकता था कि वह नशे में था।

''कौन है।'' मैं बुदबुदाया। लेकिन व्रूम ने मुझे चुप रहने को कहा।

''सर, क्या मैं सुनिश्चित कर सकता हूँ कि मैं मि. विलियम फॉक्स से ही बात कर रहा हूँ?''

''शर्त लगा लो, तुम कर रहे हो। तुम सोचते हो कि तुम मेरा नाम जानते हो तो इसलिए मुझे खराब वैक्यूम क्लीनर बेच दिया।''

''सर, आपके वैक्यूम क्लीनर में क्या समस्या है? यह तो VX-100 है!''

''वह कोई धूल नहीं खींचता। बिलकुल नहीं।''

''सर, क्या आपको याद है कि आपने पिछली बार कचरे की थैलियों को कब

बदला था?'' व्रूम ने कहा।

''बकवास, जैसे मुझे याद है कि मैंने कचरे की थैलियों को कब बदला था। यह एक खराब मशीन है, बेवकूफ गधे!''

व्रूम ने तीन गहरी साँसें लीं। उसने ऐसी परिस्थिति में समझाई गई पंक्ति को याद किया। ''सर, मैं आपसे विनती करता हूँ कि आप ऐसी भाषा का इस्तेमाल न करें।''

''क्या सचमुच? तब अपने बकवास वैक्यूम क्लीनर को ठीक करो।''

''व्रूम ने दोबारा बोलने से पहले अपने फोन के बटन को दबाया।

''भाड़ में जाओ!'' उसने कहा।

''तुम क्या कर रहे हो?'' मैंने डरते हुए कहा।

''केवल अभिव्यक्त कर रहा हूँ, चिंता मत करो, इसकी आवाज बंद है।''

व्रूम भद्दी तरह से मुसकराया। ''अब फिर से नॉर्मल।'' उसने फिर से बटन दबाया और अपनी बोली को शांत रखने की पूरी कोशिश करते हुए कहा, ''सर, आपको कचरे की थैलियों को बदल देना चाहिए, जब वे पूरी भर जाएँ।''

''मैं किससे बात कर रहा हूँ?'' फोन की आवाज उत्तेजित हो गई।

''विक्टर, सर!''

''मुझे अपना बकवास नाम बताओ। तुम भारत के कोई हो, है न?''

''सर, मैं आपको अपना स्थान नहीं बता सकता।''

''तुम भारत से हो। बताओ मुझे लड़के!

''हाँ सर, मैं भारत से हूँ।'' व्रूम ने हार मान ली।

''तो तुमने यह नौकरी पाने के लिए क्या किया? नाभिक भौतिकी में कोई बकवास डिग्री?''

''सर, क्या आपको क्लीनर के साथ मेरी किसी मदद की जरूरत है या नहीं?'' व्रूम ने पूछा।

''जल्दी बेटा, मुझे जवाब दो। मुझे तुम्हारी मदद नहीं चाहिए।''

''हाँ, मैं कचरा थैलियों को बदल दूँगा। लेकिन तुम लोगों का क्या? तुम अपने धूल भरे देश को कब बदलोगे?''

''माफ करना सर, लेकिन मैं चाहता हूँ कि आप इस तरह से बोलना बंद करें।'' व्रूम ने कहा।

''ओह सचमुच, अब मुझे एक काला लड़का बताएगा कि मुझे क्या करना है।'' विलियम फॉक्स की आवाज तुरंत रुक गई, क्योंकि मैंने कॉल काट दिया।

व्रूम कुछ सेकंडों के लिए शांत हो गया। उसका पूरा शरीर काँप रहा था और वह गहरी साँसें ले रहा था। फिर उसने अपनी कोहनियों को टेबल पर टिकाया और अपने चेहरे को अपने हाथों से ढक लिया।

''तुम्हें इन लोगों से बात नहीं करनी है। तुम्हें पता है।'' मैंने व्रूम से कहा।

लड़कियों ने अपने कॉल से ही हमें देखा।

"व्रूम, मैं तुमसे बात कर रहा हूँ।" मैंने कहा।

उसने अपना चेहरा उठाया और धीरे से मुझे देखने के लिए मुड़ा, फिर उसने टेबल पर जोर से मुक्का मारा। "गधा", वह चिल्लाया और टेबल के नीचे लात दे मारी।

"फिर…" प्रियंका ने कहा, 'मेरा कॉल अभी-अभी कट गया।"

व्रूम की लात ने पावर तारों को, हमारी सभी कॉलों को असंयोजित करते हुए हटा दिया। मैं तारों को चेक करना चाहता था, लेकिन उससे पहले मुझे व्रूम को चेक करना था। व्रूम खड़ा हो गया और उसकी छह फीट की काया हम सबसे ऊपर खड़ी थी।

"यारो, दो चीजें हैं जो मैं सहन नहीं कर सकता।" उसने कहा और हमें दो उँगलियाँ दिखाईं, "जातिभेद करनेवाले और अमेरिकी।" प्रियंका हँसने लगी।

"इसमें हँसने जैसा क्या है?" मैंने कहा।

'क्योंकि उसमें एक विरोधाभास है। जातिभेदियों को पसंद नहीं करता और अमेरिकियों को सहन नहीं कर सकता।' प्रियंका ने कहा।

'क्यों?" व्रूम ने प्रियंका की उपेक्षा करते हुए कहा, 'कुछ मोटे निस्तेज अमेरिकी हम पर हावी क्यों होते हैं? क्या तुम्हें पता है, क्यों?"

किसी ने भी जवाब नहीं दिया।

व्रूम ने बताना जारी रखा, "मैं तुम्हें बताता हूँ, क्यों। इसलिए नहीं कि वह हमसे स्मार्ट हैं। इसलिए भी नहीं कि वह हमसे बेहतर हैं। परंतु इसलिए कि उनका देश अमीर है और हमारा गरीब। यही असली कारण है। क्योंकि वे हारे हुए व्यक्ति, जिन्होंने इस देश को पिछले पचास सालों से चलाया है, ने भारत को धरती पर सबसे गरीब देश बनाने के अलावा और कुछ नहीं किया है। महान् कार्य, धन्यवाद, प्यारे महान् गधे नेताओ!'

"प्रतिक्रिया देना बंद करो, व्रूम। कुछ पागल लोग फोन करते हैं और…।" राधिका ने कहा।

"कंजूस अमेरिकी।" मैंने कहा और उसे पानी की एक बोतल दे दी। "देखो, तुमने अपना पूरा सिस्टम ही तोड़ डाला है।" मैंने उसकी खाली स्क्रीन की ओर इशारा किया।

"किसी ने अमेरिकियों को जोर से किक किया है। अब कोई फोन नहीं लगाएगा।" प्रियंका ने अपनी आँखें मटकाते हुए कहा।

"मुझे एक बार देखने दो।" मैंने कहा और टेबल के पास गया। मैं आपातकालीन फोन को टेप करनेवाली तारों को लेकर अधिक चिंतित था। हालाँकि वे सही-सलामत थीं।

"श्याम, रुको।" ईशा ने कहा, "हमें कॉल्स नहीं उठाने का बहाना मिल गया है। उसे कुछ समय तक ऐसा ही रहने दो।"

सभी उससे सहमत थे। हमने सिस्टम्स को बीस मिनट के बाद बुलाने का निर्णय लिया।

"बक्शी यहाँ क्यों आया था? मैंने उसे पुरुषों के टॉयलेट से आते हुए देखा था।" प्रियंका ने कहा।

"ईशा के लिए एक कूरियर देने आया था।" मैंने कहा, "और उसने कहा कि प्रात: 2:30 पर एक टीम मीटिंग है। अरे यार, मुझे टीम मीटिंग आमंत्रण के लिए फोटोकॉपियाँ निकालनी हैं।"

मैंने बक्शी के कागजों को फिर से समेटा।

"कैसा कूरियर?" ईशा ने कहा, "यह?"

उसने एक ब्राउन पैकेट उठाया, जो कि उसके कंप्यूटर के पास पड़ा था।

"शायद!" व्रूम ने कहा, "हालाँकि कौन सा कूरियर इस समय चीजें देता है?"

ईशा ने वह पैकेट खोला। उसमें सौ रुपयों के नोटों के दो बंडल निकले। एक बंडल पर छोटे पीले रंग का चिपका हुआ कोई संदेश था। उसने उसे पढ़ा और उसका चेहरा पीला पड़ गया।

"वाह, कोई अमीर बन रहा है।" व्रूम ने कहा।

"बुरे नहीं हैं। पैसे किसलिए हैं ?" राधिका ने कहा।

"कुछ नहीं, सिर्फ एक दोस्त ने मुझसे जो रुपए उधार लिये थे, वे लौटा दिए।" ईशा ने कहा।

उसने वह पैकेट अपनी मेज की दराज में फेंका और अपना मोबाइल फोन ले गई। उसका चेहरा तनावपूर्ण था, जैसे वह इस विवाद में उलझी थी कि वह कॉल लगाए या नहीं। मैंने अपनी पेपर-शीट्स फोटोकॉपी कमरे में ले जाने के लिए उठाई।

"मदद करोगे?" मैंने व्रूम को पुकारा।

"नहीं, धन्यवाद। मैं जिन व्यक्तियों के साथ काम करता था, वे राष्ट्रीय टी.वी. रिपोर्टर बन रहे हैं, पर मुझे देखो। हारे हुए से फोन सुनता हूँ और हारे हुए कामों में मुझसे मदद माँगी जाती है।" व्रूम ने कहा और मुझसे दूर देखने लगा।

#15

मैंने सप्लाई रूम में फोटोकॉपी मशीन चालू की और बक्शी के काम को फीडर पर रखा। मैंने बस अभी एजेंडा दस्तावेज पर "स्टार्ट" बटन शुरू ही किया था, जब मशीन कर्कश चरचराहट के साथ कराह उठी और रुक गई। स्क्रीन पर बड़े मोटे अक्षरों में लिखा हुआ आया–"**पेपर जैमः ट्रे 2**"।

हमारे सप्लाई रूम का कोपियर कोई मशीन नहीं है। वह एक व्यक्ति है। एक मानसिक तौर पर आत्मा और जिंदगी की तरह चिड़चिड़ा मनोभाव रखनेवाला। जब भी हम दो पेजों से ज्यादा कॉपी कर लेते हैं, पेपर जैम हो जाता है। उसके बाद मशीन तुम्हारा मजाक उड़ाती है। वह आपको व्यवस्थित निर्देश देती है कि जैसे उसे कैसे हटाया जाए–कवर खोलो, ट्रे निकालो, लीवर खींचो!" अब अगर उसे इतना कुछ पता है तो खुद क्यों नहीं कर लेती?

"बकवास!" पेपर ट्रे को झुककर खोलते वक्त मैं अपने आप से बुदबुदाया। मैंने लीवर को मोड़ा और जो भी पेपर सामने था, उसे खींच लिया।

मैं खड़ा हो गया और फीडर ट्रे के दस्तावेजों को फिर जमाया। मैंने फिर से "स्टार्ट" दबाया। मुझे पता नहीं था कि बक्शी के दस्तावेजों के साथ मेरा खुद का आई.डी. कार्ड भी वहाँ टिका हुआ था। जैसे ही मशीन शुरू हुई, उसने कागजों के साथ मेरा आई.डी. भी खींच लिया। आई.डी. ने मेरे पट्टे को खींचा, जो गले के आस-पास कस गया।

"...आ..." मैंने कहा और मेरा गला जाम होने लगा। आई.डी. मशीन के अंदर चली गई और पट्टा मेरे गले से और कसकर बँधने लगा। मैं जोर से चिल्लाया और आई.डी. को खींचा। लेकिन मशीन में ज्यादा शक्ति थी। मैं जान रहा था कि वह मुझे मारना चाहती थी। शायद मेरी निधन सूचना के लिए मेरी आई.डी. की प्रति बना रही थी। मैं मशीन को जोर-जोर से मारने लगा।

व्रूम दौड़ते हुए कमरे में आया। "क्या..." वह उलझन में दिखाई पड़ा। उसने पूरे कमरे में A4 पेपर को, एक चिल्लाती हुई फोटोकॉपी मशीन और मुझे फोटोकॉपी के

ऊपर पड़े हुए, निराशाजनक रूप में पट्टे को खींचते हुए देखा।

"कुछ करो।" मैंने दबी आवाज में कहा।

"जैसे क्या?"' उसने कहा और मशीन को देखने के लिए झुका।

स्क्रीन पर कवितामयी शब्द आ रहे थे–"पेपर जैम।" मेरा आई.डी. का पट्टा सीधा मशीन में घुस गया था।

व्रूम ने सप्लाई रूम में नजर दौड़ाई और कैंची देखी।

"क्या मैं काट दूँ? उसने कहा और मेरी ओर देखकर मुसकराया।

"मैं सचमुच चाहता हूँ कि दूसरे भी इसे देखें।"

"चुप रहो"और काटो।" मैंने कहा।

स्नैप। एक ही कट में मेरी साँस वापस आ गई।

"ओ.के., ठीक है?" व्रूम ने सप्लाई ट्रे में कैंची को वापस फेंकते हुए कहा।

मैंने अपने गले को मसलते हुए सिर हिला दिया और घर्र-घर्र करता हुआ साँस लेने लगा। मैंने अपना सिर फोटोकॉपी मशीन के गरम आरामदायक काँच पर टिकाया। मैंने शायद ज्यादा जोर से टिका दिया होगा या फिर शायद मेरा सिर भारी होगा। मैंने "क्रैक" की आवाज सुनी।

"क्या यार?" व्रूम ने कहा, "तुमने काँच तोड़ दिया।"

"क्या?" मैंने सिर ऊपर उठाते हुए कहा।

"उठो!" व्रूम ने कहा और मुझे मशीन से अलग खींचा। "आज तुम्हें क्या हो गया है, यार? आज तुम्हारा दिन खराब है?"

"क्या पता?" मैंने बक्शी के दस्तावेजों को इकट्ठा करते हुए कहा, "मुझसे कोई भी काम नहीं होता। इस सड़ी सी नौकरी को भी ढंग से नहीं कर सकता। मैं लगभग मर गया था। क्या तुम हेड लाइन की कल्पना कर सकते हो–"कोपियर ने आदमी का सिर काटा। पेपरों की फोटोकॉपी की"'।"

व्रूम हँसा और मेरे कंधों पर अपनी भुजाएँ रखीं।

"चिंता मत करो यार। और माफी चाहता हूँ।"

"किसलिए।" मैंने कहा, "जिंदगी के पिछले छब्बीस सालों में मुझसे कभी किसी ने माफी नही माँगी।'

"मुझे माफ करना, मैंने अशिष्टता से बात की और आकर तुम्हारी मदद भी नहीं की। पहले कॉल सेंटर बंद होने की अफवाहें, फिर एन.डी.टी.वी पर बोंटू और बक्शी ने हमें कॉपी करे बिना ही दस्तावेज भेज दिए। फिर, कोई पागल कॉलर मुझे फोन पर गालियाँ देता है। कभी-कभी दिमाग खराब हो जाता है।"

"तुम्हारा दिमाग किससे खराब होता है?" लेकिन कोई भी बटन दबाने पर स्क्रीन पर उलटे-सीधे संदेश आ रहे थे। मैंने एक बटन दबाया। तुरंत उसने काँच में खुद ही एक दरार को खोज लिया और अपने आप बंद हो गई। मैंने सोचा, उसने

आत्महत्या कर ली।

''जिंदगी से।'' व्रूम ने सप्लाई रूम के एक स्टूल पर बैठते हुए कहा।

''जिंदगी दिमाग खराब कर देती है। तुम्हें लगता है कि व्रूम पूर्णत: खुश है। अच्छी तनख्वाह, अच्छे दोस्त, जिंदगी एक पार्टी है; लेकिन एकदम, एक ही क्षण में सबकुछ टूट जाता है जैसे फोटोकॉपी मशीन का यह बेवकूफ काँच।''

मुझे व्रूम का जिंदगी का काँच सिद्धांत पूरी तरह से समझ नहीं आया, लेकिन उसका चेहरा बता रहा था, वह दु:खी था। मैं उस आदमी को खुश करना चाहता था जिसने अभी-अभी मेरी जान बचाई थी।

''व्रूम, व्रूम! जानते हो, तुम्हारी समस्या क्या है?''

''क्या?''

''तुम्हारी जिंदगी में सच्चा प्यार नहीं है। तुम्हें प्यार करना है, प्यार में होना है और प्यार में टिके रहना है। प्यार की कमी का तुम सामना कर रहे हो।'' मैंने दृढ़ता से कहा, मैं कुछ ऐसे कह रहा था, जैसे मुझे सब पता हो।

''तुम्हें ऐसा लगता है?'' व्रूम ने कहा, ''मेरी गर्लफ्रेंड्स थी और मैं बहुत जल्द नई बनानेवाला हूँ। तुम्हें पता है?''

''ऐसी लड़कियाँ नहीं। कोई ऐसी, जिसकी तुम सचमुच परवाह करते हो और मुझे लगता है कि सबको पता है, वह कौन है।''

''ईशा!'' उसने कहा।

मैं चुप रहा।

''ईशा को कोई रुचि नहीं है। मैंने उससे पूछा था। उसके पास उसकी मॉडलिंग है और कहा कि मेरे पास किसी रिश्ते को निभाने का समय भी नहीं है। इसके अलावा उसे मेरे साथ और भी समस्या है।'' व्रूम ने कहा।

''कैसी समस्या?'' मैंने कहा।

''वह कहती है कि मैं नहीं जानता कि प्यार क्या होता है। मुझे लड़कियों से ज्यादा फिक्र कार और बाइक की रहती है।''

मैं हँसने लगा।

''तुम्हें है।''

''यह बहुत बेमेल तुलना है। यह औरतों से यह पूछने के समान है कि उन्हें किसकी ज्यादा परवाह है—अच्छे जूते की या आदमी की? यह कोई आसान जवाब नहीं है।'

''सचमुच, तो हमारी तुलना जूते-चप्पल से है?''

''विश्वास करो। औरतें सेक्सी जूतों के लिए आदमियों की उपेक्षा कर सकती हैं। पर चलो, काम की बात करें, ईशा।''

''क्या तुम्हें लगता है कि तुम उससे प्यार करते हो?'' मैंने कहा

''कह नहीं सकता। पर मैंने उसके लिए अब एक साल से भी ज्यादा तक कुछ महसूस किया है।''

''पर तुमने पिछले साल और भी लड़कियों के साथ डेट की?''

''वे लड़कियाँ कभी महत्त्वपूर्ण नहीं थीं। वे उन टी.वी. चैनलों के समान हैं, जो तुम मुख्य कार्यक्रम देखते समय बीच-बीच में लगाते रहते हो। तुम उस कर्ली-वर्ली के साथ हो, लेकिन अभी भी तुम्हारे मन में प्रियंका के लिए जगह हैं।'' व्रूम ने कहा।

इस कथन ने मुझे चौंका दिया।

''शेफाली मेरे आगे बढ़ने के लिए है।'' मैंने कहा।

''फेंको, आगे बढ़ने को। वह लड़की तुम्हें औरतों से हमेशा के लिए दूर कर सकती है। शायद फिर तुम फिर प्रियंका को भूल पाओगे।'' व्रूम ने कहा।

''विषय मत बदलो। हम तुम्हारे बारे में बात कर रहे हैं। मैं सोचता हूँ कि तुम्हें ईशा से फिर एक असल रिश्ते की बात करनी चाहिए।''

व्रूम ने मुझे चंद पलों के लिए देखा। ''क्या तुम मेरी मदद करोगे?'' उसने पूछा।

''मैं? तुम तो लड़कियों के मामले में निपुण हो।'' मैंने कहा।

''यह लड़की अलग है। बाजी ज्यादा की है। जब मैं उससे बात करूँ तो क्या तुम पास में रह सकते हो? केवल हमारी बातचीत सुनना। शायद हम बाद में इसका विश्लेषण करें।''

''ठीक है। तो चलो, अभी करते हैं।''

''अभी?''

''क्यों नहीं? हमारे पास समय है। बाद में कॉल्स शुरू हो जाएँगी और हम फिर व्यस्त हो जाएँगे। प्रबंधन हमें नौकरी से निकाल देगा। जल्दी काम करें तो बेहतर होगा, ठीक?'' मैंने कहा।

''ठीक है। हम यह सब कहाँ करें?'' व्रूम ने सोचने के लिए अपने माथे पर हाथ रखा। ''डाइनिंग रूम में?''

डाइनिंग रूम में दम था। मैं पास में हो सकता था, लेकिन अप्रत्यक्ष रूप में।

16

“सबकुछ ठीक है? मुझे शोर सुनाई दिया।'' ईशा ने कहा, जैसे हम सप्लाई रूम से लौट रहे थे। वह अपनी कुरसी पर पीछे होकर बैठ गई। उसका टॉप थोड़ा सा ऊपर हो गया और नाभि की अँगूठी टिमटिमा उठी।

“फोटोकॉपी मशीन बंद हो गई। कोई स्नैक्स के लिए चल रहा है?'' मैंने पूछा।

“हाँ, चलो चलते हैं। मुझे थोड़ा टहलना है। चलो प्रियंका!'' ईशा ने कहा और प्रियंका को ऊपरी भुजा से खींचने की कोशिश करने लगी।

“नहीं, मैं यहीं रुकूँगी।'' प्रियंका ने कहा और मुसकरा दी।'' गणेश शायद कॉल करे।

गरम उबलता हुआ सीसा मेरे सिर के रास्ते घुसा और मेरे पैरों की उँगलियों से बाहर निकल गया। आगे बढ़ने की कोशिश करो, मैंने अपने आपको याद दिलाया। उसी समय मेरे मन में तीव्र इच्छा हुई कि लैंडलाइन उठाकर उसके पचास टुकड़े कर दूँ।

राधिका उठ ही रही थी कि मैंने उसे रोक दिया।

“वैसे राधिका, क्या तुम यहीं रुक सकती हो? अगर बक्शी अभी निकलता है तो कम-से-कम उसे डेस्क पर कुछ लोग तो दिखेंगे।'' मैंने कहा।

राधिका दुविधा में बैठ गई और हम कमरे से बाहर आ गए।

कनेक्शंस की डाइनिंग रेस्टोरेंट और कॉलेज की होस्टल मेस का मिश्रण है। ग्रेनाइट टेबलों की तीन लंबी कतारें हैं, जिसके दोनों तरफ बैठा जा सकता है। कुरसियाँ मखमली हैं; उन्हें काठी डिजाइनर का रूप देने के लिए उनके ऊपरी भाग को काले चमड़े से सुसज्जित किया गया है। हर तीन फीट पर टेबल पर एक कलश पड़ा था। प्रबंधन ने हाल ही में उस जगह को नए हॉल में परिवर्तित किया था, जब एक से अधिक परामर्शी फर्मों ने सलाह दी कि चमकदार डाइनिंग रूम कर्मचारियों की प्रेरणा के लिए अच्छा रहेगा। मुझसे पूछो तो बेहद सस्ता विकल्प यह रहेगा कि बक्शी को निकाल दिया जाए।

व्रूम ने एक पनीर सैंडविच और चिप्स (हम भारतीय खाना नहीं परोसते, वही

प्रेरणा के कारणों की वजह से) अपनी ट्रे में ली और एक टेबल पर बैठ गया। ईशा ने केवल सोडा पानी लिया और व्रूम के सम्मुख बैठ गई। मुझे लगता है, वह तीन दिन में एक बार खाती है। मैंने एक बड़ा सा चॉकलेट केक का टुकड़ा लिया। मुझे नहीं लेना चाहिए था, लेकिन दोस्त की मदद करने की वजह से मैंने अपने आपको इस इनाम का पात्र समझा।

मैं पास की टेबल पर बैठा, अपना फोन लिया और झूठ-मूठ के SMS टाइप करने लग गया।

"श्याम हमारे साथ क्यों नहीं बैठ रहा है?" ईशा ने अपनी सीट पर से मुझे देखते हुए व्रूम से कहा।

"प्राइवेट SMS।" व्रूम ने कहा। ईशा ने अपनी नजरें घुमाईं और सिर हिला दिया।

"वास्तव में ईशा, मैं तुमसे कुछ कहना चाहता हूँ।" व्रूम ने प्लेट में चिप्स पर उँगलियाँ चलाते हुए कहा। मैं अपना आधा केक पहले ही खत्म कर चुका था। शायद मैं अपनी पिछली जिंदगी में खाने का दुश्मन सुअर था।

"हाँ?" ईशा ने शब्द को खींचते हुए। उसकी भौंहें शंका में ऊपर चढ़ गईं। अदृश्य स्त्री-एंटीने बाहर आ चुके थे और सावधान रहने की सलाह दे रहे थे।

"किस बारे में।"

"ईशा!" व्रूम ने अपनी आवाज साफ करते हुए कहा, "मैं अभी तुम्हारे बारे में ही सोच रहा था।"

"सचमुच।" उसने आस-पास यह देखते हुए कहा कि कहीं मैं सुन तो नहीं रहा था। वास्तव में मैं सुन रहा था, लेकिन मैंने और कोशिश से अपने चेहरे की मुद्रा ऐसी बना ली कि मैं अपने केक पर ज्यादा केंद्रित हूँ। उसने देखा और मैं खुशी से उसकी सप्ताह भर की कैलोरी की खपत को कुछ सेकंडों में खा रहा था।

"हाँ, सचमुच ईशा। मैं बहुत सारी लड़कियों से मिला हूँ, लेकिन कोई भी तुम जैसी नहीं है।"

वह हँस दी और गुलदस्ते से एक फूल निकालकर उसकी पत्तियों को तोड़ने लगी।

"हाँ।" व्रूम ने बात जारी रखी, "मैं सोचता हूँ कि भटकने की बजाय मैं एक असली रिश्ता बनाऊँ। इसलिए मैं तुमसे फिर पूछ रहा हूँ—क्या तुम मेरे साथ रहोगी?"

ईशा कुछ मिनटों के लिए खामोश थी। 'तुम मुझसे क्या कहने की उम्मीद रखते हो?"

"मुझे नहीं पता। हाँ, कैसा रहेगा?"

"सचमुच, पर दुर्भाग्य से यह शब्द मेरे मन में नहीं आया।" ईशा ने गंभीर मुद्रा में कहा।

"क्यों?" व्रूम ने कहा। मैं कह सकता था, उसने सोचा कि सबकुछ पहले ही

खत्म हो चुका है। उसने एक बार मुझसे कहा था कि अगर एक लड़की इशारा करे कि उसे रुचि नहीं है तो फिर हार मानने और छोड़ने का समय आ गया है। फिर मनाने का खेल मत खेलो।

"मैं तुमसे पहले भी कह चुकी हूँ। मुझे मेरे मॉडलिंग कैरियर पर ध्यान देना है। मैं एक बॉयफ्रेंड बनाने की विलासिता का खर्चा नहीं उठा सकती।" उसने एकदम रूखे स्वर में कहा।

"तुम्हें क्या हो गया है, ईशा? क्या तुम्हें किसी के सहारे की जरूरत नहीं है?" व्रूम ने कहा।

"यह ठीक है, पिछले साल तीन नई गर्लफ्रेंड्स के साथ मैं निश्चित रूप से मान सकती हूँ कि तुम हमेशा मेरी मदद के लिए तैयार रहोगे?" ईशा ने कहा।

"दूसरी लड़कियाँ केवल मस्ती के लिए थीं। उनका कोई मतलब नहीं था। वे पिज्जा या पिक्चर या कुछ इसी तरह से थीं। वे चैनल सर्फिंग हैं, तुम ज्यादा गंभीर हो।" व्रूम ने कहा।

"तो मैं कौन सा गंभीर चैनल हूँ। BBC?" ईशा ने कहा।

"मैं तुम्हें एक साल से ज्यादा से जानता हूँ। हमने अनेक रातें साथ में बिताई हैं।"

मैंने सोचा, व्रूम का आखिरी वाक्य बहुत अजीब था, लेकिन ईशा उस पर गौर नहीं कर पाई, क्योंकि वह पहले से ही विचारमग्न थी।

"चलो, छोड़ो व्रूम!" ईशा ने कहा और फूल को दुबारा गुलदस्ते में रख दिया। उसकी आवाज टूट रही थी, हालाँकि वह अभी तक रो नहीं रही थी।

"क्या तुम ठीक हो?" व्रूम ने कहा और उसका हाथ पकड़ने के लिए अपना हाथ बढ़ा दिया। उसने हलचल को भाँप लिया और उसका हाथ अपने तक पहुँचने के नैनो सेकंड पहले अपना हाथ खींच लिया।

"सचमुच नहीं।" ईशा ने कहा।

"मैंने सोचा, हम दोस्त थे। मैं इसे केवल अगले स्तर तक ले जाना चाहता था।" व्रूम ने कहा।

'प्लीज चुप हो जाओ।" ईशा ने कहा और अपने हाथों से अपनी आँखें ढक लीं। 'तुमने यह बात कहने के लिए सबसे बुरा समय चुना।"

"क्या गड़बड़ है, ईशा? क्या मैं मदद कर सकता हूँ?" व्रूम ने कहा, उसकी आवाज प्यार की घबराहट से ज्यादा चिंतित लग रही थी।

उसने व्यग्रता से सिर हिला दिया।

मैं जानता था कि व्रूम बुरी तरह से हार चुका था। इस लड़की को कोई रुचि नहीं थी और आज रात कुछ अजीब से मूड में थी। मैंने अपना एक हजार कैलोरी का चॉकलेट केक खत्म किया और पानी पीने के लिए काउंटर तक गया। जब तक मैं लौटा, वे डाइनिंग रूम से जा चुके थे।

17

अपने मुँह में चॉकलेट केक का स्वाद लिये मैं WASG ''बे'' में पहुँचा। मैं अपनी डेस्क पर बैठ गया और बेमतलब की वेबसाइट सर्फ करने लगा। राधिका प्रियंका को दिल्ली में दुलहनों की पोशाक के लिए सर्वोत्तम दुकानों के बारे में सलाह दे रही थी। ईशा और व्रूम चुप थे। मेरा चॉकलेट केक खाने का दोष मेरे सिस्टम की खराबी को सूचित न करने के दोष से मिल गया। जब दोष जुड़ जाते हैं तो वे कई गुना बढ़ जाते हैं। मैंने आखिरकार आईटी को अपनी डेस्क जमाने के लिए बुलाया। वे व्यस्त थे, लेकिन दस मिनट में आने का वादा किया।

खाली लैंडलाइन की घंटी ने हम सभी को चौंका दिया।

''गणेश!'' प्रियंका ने फोन की तरफ झपटते हुए कहा। मैंने अपना चेहरा शांत बनाए रखा, जब कि मैं कॉल को सुनने के लिए विकल्प चुन रहा था।

''मॉम!'' प्रियंका ने कहा, ''आप सो क्यों नहीं रही हैं? आपको यह नंबर किसने दिया?''

''क्या सोना? कोई आज जरा-सा भी नहीं सोया है। उसकी माँ ने उत्तेजित आवाज में कहा। मैं उनसे कभी नहीं मिला था। तो भी प्रियंका की कहानियों से मुझे लगता था कि मैं उन्हें अच्छी तरह जानता हूँ।

टेप की गई लाइन बहुत स्पष्ट थी। उसकी माँ बहुत खुश लग रही थी।

प्रियंका की माँ ने उसे समझाया कि कैसे गणेश ने उन्हें फोन लगाया और यह अत्यावश्यक लाइन नंबर दिया। भारत में गणेश का परिवार भी सोया नहीं था; वे लोग प्रियंका के माता-पिता को एक घंटे में कम-से-कम एक बार फोन लगा रहे थे। गणेश ने प्रियंका के परिवार से कहा कि वह दुनिया की सबसे ऊँचाई पर है। मैंने अंदाजा लगाया कि इस उदास व्यक्ति के पास और दूसरी जिंदगी नहीं है।

''मैं आज बहुत खुश हूँ। देखो, भगवान् ने कैसे हमारे दरवाजे पर एक उचित व्यक्ति को भेज दिया है। मैं तुम्हारे लिए ही चिंता किया करती थी।'' प्रियंका की माँ ने कहा।

''वह सब तो ठीक है, मॉम, पर बात क्या है?'' प्रियंका ने कहा।

''मैं कुछ ही घंटों में घर पर आ जाऊँगी। आपने यहाँ कॉल कैसे किया?''

''ऐसे ही, क्या एक माँ अपनी बेटी को कॉल नहीं कर सकती है?'' प्रियंका की माँ ने कहा, 'क्या एक माँ'' उसकी आदर्श पंक्तियों में बेमेल है।

''नहीं मॉम, मैं केवल आश्चर्य कर रही थी। जो भी हो, गणेश और मैंने आज कई बार बातें की हैं।

''और?''

''और क्या?''

''क्या उसने तुम्हें अपनी योजनाओं के बारे में बताया?''

''कैसी योजनाएँ?''

''वह अगले महीने भारत आ रहा है। उसने यहाँ लड़कियों को देखने के बारे में सोचा था। लेकिन अब जबकि उसने लड़की का चुनाव कर लिया है तो वह इसी यात्रा में शादी भी कर लेना चाहता है।'' प्रियंका की मॉम ने कहा। उसकी आवाज उत्तेजना के मारे साँस रहित हो रही थी।

''क्या?'' प्रियंका ने कहा, 'अगले महीने?'' और चकित मुद्रा से हम सभी को देखा। सभी ने उलझन भरी नजरें लौटाईं, क्योंकि उन्हें नहीं पता कि क्या चल रहा था। मैंने भी उलझन में होने का बहाना किया।

''मॉम नहीं।'' प्रियंका चिल्लाई, ''मैं एक महीने में शादी कैसे कर सकती हूँ? यह पाँच सप्ताह से भी कम है।''

''ओह, तुम्हें उसकी चिंता करने की जरूरत नहीं। सबकुछ व्यवस्थित करने के लिए मैं हूँ न। तुम इंतजार करो और देखो, मैं इसे एक शानदार विवाह बनाने के लिए दिन-रात मेहनत करूँगी।''

''मॉम, मैं पार्टी के इंतजाम के बारे में चिंतित नहीं हूँ। मुझे शादी करने से पहले तैयार होना है। मैं गणेश को मुश्किल से ही जानती हूँ।'' प्रियंका ने अपनी उँगलियों को घबराहट से फोन की तारों में घुमाते हुए कहा।

''हूँ। बिलकुल तुम इसके लिए तैयार हो। जब दोनों परिवारों ने रिश्ता तय कर दिया है, दूल्हा और दुलहन खुश हैं तो देर किस बात की? और लड़का बार-बार नहीं आ सकता। आखिरकार वह एक महत्त्वपूर्ण पद पर है।''

हाँ, ठीक है, मैंने सोचा। वह शायद उन हजारों भारतीयों में से एक है, जो माइक्रोसॉफ्ट के लिए काम कर रहे हैं। पर उसके ससुरालवालों के लिए वह खुद बिल गेट्स ही है।

''मॉम, प्लीज मैं अगले महीने नहीं कर सकती। सॉरी, पर नहीं...'' प्रियंका ने कहा, ''और अब मुझे फोन रखना होगा।''

''क्या मतलब है तुम्हारा 'नहीं'' से? तुम हमेशा मुझसे असहमत क्यों रहती हो, आखिर क्यों?''

''मॉम, इस बात का आपकी असहमति से क्या लेना-देना है? माफ करना, मैं किसी ऐसे व्यक्ति से शादी नहीं कर सकती जिसे मैं केवल पाँच सप्ताहों से ही जानती हूँ।''

प्रियंका की माँ कुछ पल के लिए चुप हो गई। मैंने सोचा कि वह बदला लेगी; लेकिन फिर मैंने देखा कि वह चुप्पी शब्दों से प्रभावी काम कर रही थी। उसे पता है कि भावनाओं का खंजर सीधा प्रियंका के गले पर चला रही थी।

''मॉम, आप कहाँ हैं?'' प्रियंका ने दस सेकंडों के बाद कहा।

''हाँ, मैं अभी भी फोन पर हूँ। जल्दी ही मर जाऊँगी, पर अभी हूँ।''

''मॉम, अब जाने भी दो।''

''गलती से भी कभी मुझे खुश मत कर देना।'' प्रियंका की माँ ने कहा। क्या खतरनाक पंक्ति है, मैंने सोचा। मैं तो लगभग वाह-वाह कर रहा था।

प्रियंका ने गुस्से में अपना हाथ ऊपर उछाला। उसने व्रूम के कंप्यूटर के पास पड़ी स्ट्रेस गेंद को उठा लिया और उसे जोर से दबाया। मैंने हैडसेट को अपने कानों के और नजदीक कर लिया, क्योंकि प्रियंका की आवाज धीमी पड़ने लगी थी।

''मॉम, प्लीज। ऐसा मत करो।''

''तुम जानती हो, मैंने आज एक घंटे तक प्रार्थना की। प्रार्थना की कि तुम खुश रहो हमेशा।'' प्रियंका की माँ कहते-कहते आँसुओं में टूट पड़ी। बहस में जो भी पहले रोना शुरू कर देता है उसे फायदा मिलता है।

''मॉम, तमाशा खड़ा मत करो। मैं काम पर हूँ। तुम मुझसे क्या चाहती हो? मैंने उस लड़के के लिए हाँ कर दी है। अब सब क्यों मुझे धक्का दे रहे हैं?''

''क्या गणेश अच्छा नहीं है? समस्या क्या है?'' उसकी माँ ने ऐसे मार्मिक स्वर में कहा, जिससे बॉलीवुड के किसी भी हीरो की माँ शर्मिंदा हो जाती।

''मॉम, मैंने यह नहीं कहा कि वह अच्छा नहीं है या कोई समस्या है। मुझे केवल समय चाहिए।''

''कहीं तुम भटक तो नहीं गई हो? कॉल सेंटर के उस निकम्मे लड़के से अब भी बात करती हो, उसका क्या नाम है—श्याम!'' जब मैंने अपना नाम सुना तो मैं उछल पड़ा।

''नहीं मॉम, वह अफेयर खत्म हो गया है। मैंने आपसे कितनी बार कहा है। मैंने गणेश के लिए हाँ कर दी है, ठीक है न?''

''तो तुम अगले महीने के लिए हाँ क्यों नहीं कर सकतीं—सब की खुशी के लिए? क्या एक माँ अपनी बेटी से इतनी सी भी भीख नहीं माँग सकती?''

यह हुई न बात—''क्या एक माँ...'' इस रात के लिए दूसरी बार।

प्रियंका ने अपने आपको शांत करने के लिए आँखें बंद कर लीं। वह धीरे से बोली, ''मैं इस पर विचार कर सकती हूँ?''

''बिलकुल। इसके बारे में सोचो। लेकिन हम सभी के बारे में भी सोचना, केवल अपने बारे में नहीं।''

''ठीक है, मैं सोचूँगी। केवल...केवल मुझे समय दीजिए।'' प्रियंका ने फोन रख दिया और चुप हो गई। लड़कियों ने जानकारी के बारे में पूछा।

उसने आस-पास देखा और स्ट्रेस बॉल को अपने मॉनीटर पर फेंका।

''क्या तुम विश्वास कर सकते हो? वह चाहती हैं कि मैं अगले महीने ही शादी कर लूँ। अगले महीने, प्रियंका ने कहा और खड़ी हो गई। 'उन्होंने मुझे पच्चीस साल तक पाला और अब मुझसे पीछा छुड़ाने के लिए पच्चीस दिनों का भी ज्यादा इंतजार नहीं कर सकती। क्या मैं इतनी बड़ी बोझ हूँ?''

प्रियंका ने अपनी बातचीत ईशा और राधिका को सुनाई। व्रूम ने बक्शी के ई-मेल के लिए अपना कंप्यूटर चेक किया।

''यह बात इतना मायने नहीं रखती है, ठीक है? तुम्हें उससे शादी तो करनी ही है। फिर इतना लटकाओ क्यों?'' राधिका ने प्रियंका से कहा।

''हाँ, तुम्हें लेक्सस चलाने को भी जल्दी मिलेगी।'' व्रूम ने अपनी स्क्रीन से ऊपर देखे बिना कहा। फेंको व्रूम। मैंने अपनी आँख के कोने से उसे घूरकर देखा।

''मैं क्या पहनूँगी?'' ईशा ने कहा। उसका उदास चेहरा नई घोषणा के साथ खिलखिला उठा। उसे तैयार होने का मौका दो और वह आस-पास मरते हुए लोगों को भी छोड़ देगी। ''यह बहुत छोटी सी सूचना है।'' उसने कहना जारी रखा, ''मुझे हर उत्सव के लिए एक नई ड्रेस चाहिए।''

''अपने डिजाइनर दोस्तों से कुछ ड्रेसें उधार ले लो।'' व्रूम ने व्यंग्यात्मक लहजे में कहा।

ईशा का चेहरा फिर लटक गया। केवल मैंने ही देखा, लेकिन उसकी आँखें गीली हो गईं। उसने अपने पर्स से टिशू पेपर निकाला। उसने लिपस्टिक सही करने का बहाना किया और चुपचाप अपने आँसू पोंछ लिये।

''मैं इसके लिए इतनी तैयार नहीं हूँ। एक महीने में मैं किसी की पत्नी बन जाऊँगी। हे भगवान्, छोटे बच्चे मुझे आंटी कहेंगे।'' प्रियंका ने कहा।

सभी ने प्रियंका के चार सप्ताह में शादी करने के परिणामों पर चर्चा की। उनमें से अधिकतर को यही लगा कि जल्दी शादी करना इतनी बड़ी बात नहीं है, अगर उसने जोड़ीदार का चुनाव कर लिया है तो। बिलकुल, ज्यादातर लोगों ने मेरे बारे में भी कुछ नहीं सोचा।

चर्चाओं के बीच में ही सिस्टमवाला हमारी डेस्क पर फिर आया।

''क्या हुआ है यहाँ?'' उसने टेबल के नीचे से कहा, ''ऐसा लगता है जैसे किसी ने तार अलग-अलग खींच दिए हों।''

''मुझे नहीं पता।'' मैंने कहा, ''देखो, शायद फिर से ट्रैफिक मिलना शुरू हो जाए।''

प्रियंका की माँ और उसके शब्द ''निकम्मा कॉल सेंटरवाला लड़का'' मेरे मन में बार-बार गूँज रहे थे। मैंने उस समय को याद किया जब प्रियंका ने मेरे बारे में अपनी माँ के विचार बताए थे। यह बहुत पहले की बात नहीं है। यह मोचा कैफे हमारी आखिरी डेट्स में से एक थी।

18

प्रियंका के साथ मेरी पिछली डेट्स–IV

मोचा कैफे, ग्रेटर कैलाश-I
इस रात से पाँच महीने पहले।

हमने एक ही शर्त पर मिलने का वादा किया–हम लड़ेंगे नहीं, कोई दोषारोपण नहीं, कोई तानेबाजी नहीं और कोई आलोचनात्मक टिप्पणी नहीं। वह फिर लेट हो गई थी। मैं मीनू के साथ व्यर्थ समय नष्ट कर रहा था, जैसे मैं अपने आस-पास देख रहा था। मोचा की सजावट मध्य-पूर्वी काल की तर्ज पर थी–हुक्कों, वेलबेट कुशन और सभी दूर रंग-बिरंगे काँच के बल्बों के साथ। अधिकतर टेबलों पर लड़के-लड़कियों के जोड़े थे। उलझी हुई उँगलियों के साथ, सचमुच प्यार में लड़के जो भी कहते, लड़कियाँ उस पर हँसतीं। लड़कों ने मीनू के सबसे महँगे आइटम मँगवाएँ। कुछ क्षणों में उनकी आँखें मिलतीं और हँसी फूट पड़ती। यह अच्छा था, जैसे खुश रहने के लिए उन्हें केवल एक-दूसरे की जरूरत थी। किसी रिश्ते के शुरुआती दौर के बेवकूफी दिखावे : क्या वे मजेदार नहीं हैं?

मेरी जिंदगी तो कहीं भी नहीं है। शुरुआत करने के लिए मेरी गर्लफ्रेंड, अगर अब भी उसे ऐसा बुला सकते थे, लेट थी। इसके अलावा मैं भाँप सकता था कि वह मुझे छोड़ने का इरादा रखती है। प्रियंका और मैंने अपनी पिछली दस कॉलों मे से आठ कॉल एक-दूसरे के फोन को उठाकर खत्म कर दीं।

मैं दिन भर सोया नहीं था, जो अधिकतर लोगों के लिए बड़ी बात नहीं है; पर यह मानते हुए कि मैं रात भर काम करता हूँ, मुझे बहुत अच्छा महसूस नहीं हो रहा था। मेरी नौकरी कहीं भी आगे नहीं बढ़ रही थी और बक्शी मेरे खून की आखिरी बूँद को झोंकने के लिए तैयार था। शायद वह सही था–शायद मुझमें युद्धनीतिक दृष्टि और प्रबंधन गुणों का अभाव था और जो चीजें अच्छा जीवन जीने के लिए जरूरी थीं। शायद प्रियंका की माँ भी ठीक कहती थी–उसकी बेटी हारे हुए व्यक्ति के साथ चिपकी थी।

जब वह अंदर आई तो इन्हीं विचारों ने मुझे घेरा हुआ था। उसने अपने बाल कटवाए थे। उसके कमर तक के लंबे बाल अब कंधों से केवल कुछ ही इंच नीचे रह गए थे। मैं उसे लंबे बालों में पसंद करता था, पर उसने कभी मेरी बात नहीं सुनी। मैंने तुम्हें बताया न, मेरे अंदर किसी को प्रभावित करनेवाले नेतृत्व के गुणों की कमी है। जो भी हो, उसके बाल अभी भी अच्छे लग रहे थे। उसने सफेद लिनेन का टॉप पहना था और बहुत सारी सिलटी कोरों वाला स्कर्ट उसने चाँदी का एक पतला हार पहना था और उसमें लटकता हुआ दुनिया का सबसे छोटा हीरे का पेंडेंट। मैंने चिढ़ते हुए अपनी घड़ी की ओर देखा।

''माफ करना, श्याम।'' उसने अपना बड़ा सा भूरा बैग टेबल पर रखते हुए कहा, ''उस गधे हेअर ड्रेसर ने बहुत समय ले लिया। मैंने उससे कहा था कि मुझे जल्दी जाना है।''

''कोई बड़ी बात नहीं है। एक हेअरकट मुझसे ज्यादा जरूरी है।'' मैंने बिना किसी भावना के कहा।

''मैंने सोचा, हमने कहा था–कोई तानेबाजी नहीं।'' उसने कहा, ''और मैंने माफी माँगी।''

''ठीक है। आधे घंटे के लिए एक माफी पर्याप्त है। सचमुच, जाओ, दो घंटे का फैशियल भी करवा लो। तुम वापस आकर चार बार माफी माँग लेना।''

''श्याम, प्लीज। मुझे पता है, मैं लेट हूँ। हमने न लड़ने का वादा किया था। शनिवार एकमात्र दिन है, जब मुझे बाल कटवाने का समय मिलता है।''

''मैंने तुमसे कहा था कि अपने बाल लंबे ही रहने देना।'' मैंने कहा।

''मैंने लंबे समय तक मैंने रखे। पर उन्हें सँभालना बहुत ही मुश्किल है। श्याम, मुझे माफ करना, लेकिन कभी–कभी तुम्हें समझना चाहिए। मेरे बाल दुनिया के सबसे बेकार बाल थे और मैं उनके साथ कुछ भी नहीं कर सकती थी। उन्हें तेल लगाने में एक घंटा लग जाता था। दिल्ली की गरमी में यह बहुत गरम लगता था।''

''जो भी हो,'' मैंने मीनू की तरफ देखते हुए बोर होकर कहा, ''तुम क्या लोगी?''

''बस, मुझे मेरा श्याम अच्छे मूड में चाहिए।'' उसने कहा और मेरा हाथ पकड़ लिया। हालाँकि हमने उँगलियाँ नहीं उलझाईं।

''मेरा श्याम। मुझे लगा कि मैं अभी भी महत्त्वपूर्ण हूँ!'' लड़कियों को निश्चित रूप से मीठी बातें करना आता है।

''हम...म...।'' मैंने कहा और गहरी साँस ली। अगर वह शांति स्थापित करने की कोशिश कर रही थी तो मुझे भी कुछ थोड़ा–बहुत तो करना था।

'' यहाँ के खास मैगी नूडल्स खा सकते हैं।''

''मैगी? तुम इतनी दूर केवल मैगी खाने के लिए आए हो?'' उसने कहा और

मुझसे मीनू ले लिया। "और इसे देखो, मैगी के नब्बे रुपए!" उसने आखिरी बात को इतनी जोर से कहा कि टेबल पर और कुछ वेटरों, जो हमारे पास खड़े थे, ने सुन लिया।

"प्रियंका, अब हम कमाते हैं। हम इसका खर्च उठा सकते हैं।" मैंने कहा।

"चॉकलेट ब्राउनी और आइसक्रीम मँगवाओ।" उसने कहा। कम-से-कम कुछ ऐसा जो तुम्हें घर पर नहीं मिलता है।"

"मैंने सोचा कि तुमने ऐसा कहा, जो भी मैं चाहूँगा तुम वह लोगी।" मैंने कहा।

"हाँ, पर मैगी?" उसने कहा और टालम-टोलीवाला चेहरा बनाया। उसके नथने एक सेकंड के लिए सिकुड़ गए। मैंने यह चेहरा पहले देखा था और मुसकराने के अलावा मैं कुछ नहीं कर सकता था। मैंने ब्राउनी मँगाकर अपना समय बचा लिया।

वेटर चॉकलेट ब्राउनी लेकर आया और प्रियंका के सामने रख दिया। आधा लीटर चॉकलेट सॉस वेनिला आइसक्रीम से टपक रही थी, जो अस्थिर रूप से एक बडे चॉकलेट केक के टुकड़े के ऊपर रखी हुई थी। यह प्लेट पर परोसा हुआ हार्ट-अटैक था। प्रियंका के पास दो चम्मचें थीं और उसने डिश मेरी तरफ खिसका दी।

"मुझे देखो, गाय के जैसे खाए जा रही हूँ।" उसने कहा।

"क्या तुम्हारी माँ के साथ तुम्हारी सुलह हो गई?" मैंने कहा।

प्रियंका ने अपने चॉकलेट लाइनवाले होंठों को टिशू से साफ किया। मुझे उसी समय उसे चूमने की इच्छा हुई। फिर भी मैं हिचकिचाया। जब आप प्यार में हिचकिचाते हो तब आपको पता है कि कुछ गलत होता है।

"मैं और मेरी मॉम!" उसने कहा "बुद्धिसंगत और संतुलित बातचीत करने में असमर्थ है। मैंने उससे बात करने की कोशिश की, तुम्हारे बारे में और मेरी आगे पढ़ने की योजना के बारे में। यह एक आम बातचीत लगती है, ठीक है?"

"क्या हुआ।"

"हम सात मिनटों में रो रहे थे। क्या तुम मान सकते हो?"

"तुम्हारी माँ के साथ, मैं मान सकता हूँ। उन्होंने वैसे कहा क्या?"

"तुम जानना नहीं चाहते।"

"पर मुझे जानना है।" मैंने जोर डाला।

"उन्होंने कहा कि तुम्हें उन्होंने कभी पसंद ही नहीं किया; क्योंकि तुम बसे हुए और व्यवस्थित नहीं हो और क्योंकि जिस दिन से मैंने तुम्हारे साथ डेट करना शुरू किया, मैं बदल गई हूँ व अस्नेही और रूखी हो गई हूँ।"

"अस्नेही? क्या?" मैं चिल्लाया। मेरा चेहरा लाल हो गया, "मैंने तुम्हें कैसे बदल दिया?"

दूसरी टिप्पणी ने मुझे पतले टुकड़ों में काट डाला। सही है कि मुझे "बसे हुए

नहीं'' वाली टिप्पणी से भी नफरत थी। लेकिन उसमें कुछ सच्चाई थी। हालाँकि वह मुझे प्रियंका को एक रूखे व्यक्ति में बदलने का इलजाम कैसे लगा सकती हैं?

उसने कुछ नहीं कहा। उसका चेहरा नरम पड़ गया और मुझे छोटी-छोटी सुबकियाँ सुनाई देने लगीं। यह बहुत अन्यायपूर्ण थी। यह मैं था जिसकी बेइज्जती हो रही थी। मैं था जिसे रोना चाहिए था। तो भी मैंने सोचा कि केवल लड़कियाँ ही डेट्स पर रोती हुई अच्छी लगती हैं।

''सुनो प्रियंका, तुम्हारी माँ मानसिक...'' मैंने कहा

''नहीं, वह नहीं हैं। यह तुम्हारी वजह से नहीं है, लेकिन मैं बदल गई हूँ। शायद अपनी उम्र की वजह से—और वह दुविधा में पड़कर तुम्हें इसका कारण समझती हैं। हम बहुत निकट हुआ करते थे और अब उसे कुछ भी पसंद नहीं, जो मैं करती हूँ।'' उसने कहा और पूरी तरह रोने लगी। कैफे में सभी ने यही सोचा होगा कि मैंने अपनी गर्लफ्रेंड को धोखा दिया है और मैं उसे छोड़ रहा हूँ या कुछ और। मुझे पासवाली लड़कियों की कुछ ''तुम भद्दे आदमी हो'' वाली नजरें महसूस हुईं।

''चुप हो जाओ, प्रियंका, वह क्या चाहती हैं? और मुझे ईमानदारी से बताओ कि तुम क्या चाहती हो?'' मैंने कहा।

प्रियंका ने अपना सिर हिलाया और चुप रही।

कभी-कभी औरतों से कुछ बुलवाना आतंकवादियों से सवाल पूछने से भी ज्यादा मुश्किल होता है।

''प्लीज, मुझसे बात करो।'' मैंने ब्राउनी को देखते हुए कहा। आइसक्रीम पिघलकर पूरी घालमेल बन गई थी।

आखिरकार उसने कहा, ''वह चाहती हैं कि मैं उनके प्रति अपना प्यार जाहिर करूँ। वह चाहती हैं कि मैं उनको खुश करूँ और जिसको भी वह मेरे लिए चुनती हैं, उससे शादी कर लूँ।''

''और तुम क्या चाहती हो?'' मैंने कहा।

''मुझे नहीं पता।'' उसने कहा।

क्या बकवास है? मैंने सोचा। चार साल के साथ में मुझे केवल यह मिला है—''मुझे नहीं पता।''

''तुम मुझे छोड़ना चाहती हो, है न? मैं बस तुम्हारे परिवार के हिसाब से अच्छा नहीं हूँ।''

''ऐसी बात नहीं है, श्याम। उन्होंने मेरे डैड से शादी की, जो केवल एक सरकारी कर्मचारी थे, पर इसलिए कि वे एक सभ्य इनसान थे। लेकिन उनकी बहनों ने और अच्छी योग्यतावाले लड़कों से शादी करने का इंतजार किया और आज वे ज्यादा अमीर हैं। मेरे प्रति उनकी चिंता इस बात को लेकर है। वह मेरी माँ हैं। ऐसा नहीं है कि उन्हें पता न हो कि मेरे लिए क्या अच्छा है। मुझे कोई ऐसा व्यक्ति चाहिए

जो अपने कैरियर में भी अच्छा कर रहा हो।''

''तो केवल तुम्हारी माँ ही हमारे रिश्ते में तनाव का कारण नहीं हैं, तुम भी हो।''

''एक रिश्ता केवल एक ही कारण से नहीं लड़खड़ाता, बहुत सारी बातें होती हैं। तुम फीडबैक लेते ही नहीं हो। तुम अविवेकी हो। तुम मेरी महत्त्वाकांक्षाओं को नहीं समझते। क्या मैं हमेशा तुम्हें अपने कैरियर पर केंद्रित होने के लिए नहीं कहती?''

''भाड़ में जाओ! ठीक है।'' मैंने कहा।

मेरी तेज आवाज ने पास की टेबलों का ध्यान आकर्षित किया। मोचा की सारी लड़कियों ने मान लिया होगा कि मैं दुनिया का सबसे बुरा नर-सुअर था।

उसके आँसू फिर लौट आए थे। फिर भी उसने लोगों को हमारी तरफ देखते हुए महसूस किया और अपने आपको सँभाला। टिशू से थोड़ा-बहुत पोंछा और वह फिर पहले जैसी हो गई।

''श्याम, तुम्हारे यही मनोभाव हैं। घर पर मेरी माँ नहीं समझतीं और यहाँ पर तुम। तुम ऐसे क्यों हो गए हो? तुम बदल गए हो श्याम। तुम वही व्यक्ति नहीं हो, जिससे मैं पहली बार मिली थी।'' उसने नियंत्रित, पर शांत आवाज में कहा।

''मुझे कुछ नहीं हुआ है। तुम्हें ही मुझमें रोज नई गलतियाँ दिखती हैं। मेरा मालिक खराब है पर मैं फिर भी अपनी जिंदगी को सँभालने की कोशिश कर रहा हूँ। पहले तो तुम ट्रक ड्राइवरों के ढाबे पर खा लेती थीं। अब तुम्हें NRI हार्ट सर्जन गुजारा करने के लिए चाहिए।'' हमने दो सेकंड के लिए एक-दूसरे को देखा।

''ठीक है, यह मेरी गलती है। तुम यही सिद्ध करना चाहते हो न? मैं उलझी हुई स्वार्थी, नीच हूँ, ठीक है?'' उसने कहा।

मैंने उसे देखा। मैं विश्वास नहीं कर पा रहा था कि मैंने उसे और उसके सिकुड़े हुए नथनों को चार सालों तक प्यार किया था और अब बिना लड़े चार वाक्य भी बोलना मुश्किल था।

मैंने गहरी साँस ली। मैंने सोचा था कि कोई विवाद, दोषारोपण और तानेबाजी नहीं होगी। पर हमने यह सब कर डाला।

''मैं तुम्हारी बहुत चिंता करती हूँ।'' उसने कहा और मेरा हाथ पकड़ लिया।

''मैं भी।'' मैंने कहा, ''पर मैं सोचता हूँ कि जिंदगी में दूसरी चीजों की भी हमें चिंता करनी चाहिए।''

हमने बिल पूछा और मौसम, ट्रैफिक व कैफे की सजावट के बारे में ऐसे ही बातचीत की। हम बहुत बोल रहे थे, लेकिन परस्पर बातचीत बिलकुल नहीं कर रहे थे।

''अगर तुम खाली हो तो शाम को मुझे फोन कर लेना।'' मैंने बिल देते हुए

कहा और जाने के लिए उठ गया।

बात यहाँ तक आ गई थी, हमें फोन लगाने के लिए भी एक-दूसरे को बोलना पड़ रहा था। पहले जागते हुए एक भी घंटा एक-दूसरे को फोन लगाए बिना या SMS करे बिना नहीं गुजरता था।

''ठीक है, मैं तुम्हें SMS कर दूँगी।'' उसने कहा। दूसरे से बातचीत करने से सरल SMS करना था। हम जरा सा गले मिले, वास्तव में एक-दूसरे को छुए बिना। चूमने का तो सवाल ही नहीं था।

''बिलकुल।'' मैंने कहा, ''तुम्हारा SMS मिलना अच्छा लगता है।''

ताना। यार, क्या मैं कभी नहीं सीखूँगा?

19

मोचा कैफे और उसकी रंगीन अरेबियन लाइट मेरे मन से धूमिल हो गई, जैसे ही मैं WASG की ट्यूब लाइट से प्रकाशित अंदरूनी हिस्से में पहुँचा। मैंने समय देखा, सुबह के 2:00 बजे के लगभग समय था। मैं जरा टहलने के लिए उठा। मैं नहीं जानता था कि ज्यादा निराशाजनक क्या था—प्रियंका की माँ के बारे में सोचना या लड़कियों को प्रियंका की शादी के बारे में बात करते सुनना। मैं कमरे के उस कोने में गया जहाँ मिलिटरी अंकल बैठे थे। हमने एक-दूसरे की तरफ सिर हिलाया। मैंने उनकी स्क्रीन को देखा और जानवरों के चित्र देखे—चिंपांजी, बारहसिंघे, शेर और हिरन।

''क्या वे सब आपके ग्राहक हैं?'' मैंने कहा और अपने ही चुटकुले पर हँस दिया।

मिलिटरी अंकल भी जवाब में मुसकराए। वह अपने यदा-कदा दिखनेवाले अच्छे मूड में थे।

''ये सभी चित्र मैंने चिड़ियाघर पर खींचे थे। मैंने इन्हें अपने पोते को भेजने के लिए स्कैन किए हैं।'' बक्शी और उनमें अलौकिक समानता थी।

'हाँ, मैं इसे ई-मेल के जरिए अपने बेटे को भेज रहा हूँ। पर मुझे दिक्कत हो रही है, क्योंकि हमारे ई-मेल के साथ चार मेगाबाइट से ज्यादा नहीं जोड़ा जा सकता।''

मैंने अंकल की मदद करने की सोची, केवल ''बे'' में जाने से बचने के लिए, जब तक सिस्टम के आदमी ने उसे ठीक करके जोड़ न दिया हो।

''हुम्म'' ये बड़ी फाइलें हैं।'' मैंने उनके माउस पर हाथ रखते हुए कहा। ''मैं उन्हें जिप कर सकता था, हालाँकि उससे चित्र ज्यादा छोटा नहीं होगा। दूसरा तरीका है चित्रों का रिजॉल्यूशन कम कर देना। या फिर, आप कुछ जानवर छोड़ सकते हैं।''

मिलिटरी अंकल उच्च रिजॉल्यूशन ही रखना चाहते थे। हमने हिरण और हिप्पो को छोड़ने के बारे में सोचा, क्योंकि वे जानवर उनके पोते को प्रिय नहीं थे।

''बहुत-बहुत धन्यवाद श्याम!'' मिलिटरी अंकल ने कहा, जब सफलतापूर्वक

मैंने ई-मेल को भेज दिया। मैंने उनके चेहरे को देखा। उनके चेहरे पर सच्चा आभार था। यह मानना मुश्किल था कि उन्हें इसलिए निकाला गया, क्योंकि वह अपनी बहू के ऊपर रोब जमाते थे, राधा ने मुझसे एक बार ऐसी गपशप की थी।

"आपका स्वागत है!" मैंने कहा। मैंने देखा कि व्रूम मुझे पास आने का इशारा कर रहा है। यह उम्मीद करते हुए कि प्रियंका की शादी की चर्चा खत्म हो चुकी होगी, मैं डेस्क पर लौटा।

"बक्शी ने प्रस्ताव की एक प्रति भेजी है।" व्रूम ने कहा।

मैं अपनी मेज पर बैठा और अपना इन-बॉक्स खोला। बक्शी का एक मैसेज था।

"कॉल पुनः शुरू नहीं हुए थे; सिस्टम का आदमी वापस डिपार्टमेंट में नई तारें लेने गया।"

"चलो, देखते हैं, उसने किन लोगों को संदेश पहुँचाया है?" व्रूम की आवाज में उत्साह था।

मैंने वास्तविक प्राप्तकर्ताओं को देखने के लिए मेल खोला। यह बोस्टन के वेस्टर्न कंप्यूटर्स एंड अप्लायंसेस के ही लोग थे-सेल्स मैनेजर, आई.टी. मैनेजर, ऑपरेशन हेड और कई अन्य। बक्शी ने अपने ग्राहकों को पूरी निर्देशिका भेजी थी।

"उसने सबको कॉपी किया है, बोस्टन में वरिष्ठ प्रबंधकों को "TO" क्षेत्र में और फिर भारत के वरिष्ठ प्रबंधक को "CC" क्षेत्र में।" मैंने कहा।

"और फिर भी किसी तरह से वह हमें कॉपी करना भूल गया। बक्शी महान!" व्रूम ने कहा।

मैंने उसके छोटे से मेल को पढ़ा-

"प्यारे सभी,

"संलग्न है बहुत ज्यादा इंतजार करवानेवाली ग्राहक सेवा की यूजर मैनुअल, जिसने वेस्टर्न अप्लायंसेस पर ग्राहक सेवा के अर्थ बदल दिए हैं। मैंने आज ही इसे खोला। मैं इसके बारे में ज्यादा तब चर्चा करूँगा, जब बोस्टन में होऊँगा।"

मैंने चुपचाप सीटी बजा दी।

"बोस्टन! वह गधा बोस्टन कैसे जा रहा है!" व्रूम ने कहा।

लड़कियों ने हमारी बात सुनी।

"तुम लोग किस बारे में बात करे रहे हो?" प्रियंका ने पूछा।

"बक्शी के बोस्टन जाने के बारे में।" व्रूम ने कहा, "क्या तुम में से कोई लड़की साथ जाना चाहेगी!"

"क्या?" ईशा ने कहा, 'वह बोस्टन किसलिए जा रहा है?"

"हमारी वेबसाइट के बारे में बात करने के लिए। अपने लिए एक ट्रिप प्राप्त कर ली होगी।" मैंने कहा।

"यह क्या बकवास चल रही है। एक तरफ तो पैसे बचाने के लिए हमें नौकरी

से हटाया जा रहा है और दूसरी तरफ बेवकूफों को यू.एस. भेजने के लिए पैसा है।'' ब्रूम ने कहा और स्ट्रेस बॉल, जो टेबल पर रखी थी, फेंक दी। वह पेन-स्टैंड पर गिरी और उसमें रखी चीजें गिर गईं।

''ध्यान से।'' ईशा ने चिढ़ते हुए कहा, क्योंकि कुछ पेन उसकी तरफ लुढ़क गए। उसके हाथ में उसका मोबाइल फोन था, शायद अभी भी किसी को कॉल करने की कोशिश कर रही थी।

''पागलपन। कनेक्शंस में यही कुछ है। बोस्टन''।'' प्रियंका ने कहते हुए सिर हिला दिया। वह इंटरनेट को सर्फ कर रही थी। मैं सोच रहा था, वह कौन सी साइट देख रही होगी—शादी की पोशाकें, यू.एस. की जिंदगी या फिर लेक्सस की आधिकारिक वेबसाइट।

मैं बक्शी का मैसेज बंद करने ही वाला था, जब ब्रूम ने मुझे रोक दिया।

''दस्तावेज को खोलो। ब्रूम ने कहा, ''जरा उस फाइल को खोलो, जो उसने भेजी है।''

''यह वही फाइल है, जो हमने उसे भेजी थी। वह यूजर मैनुअल।'' मैंने कहा।

''क्या तुमने उसे खोला?''

''नहीं, क्या जरूरत है।''

''जरा खोलो'', उसने इतनी जोर से कहा कि ईशा हमें देखने लगी। मैं सोच रहा था कि वह इतनी रात को किसको कॉल कर रही होगी; लेकिन ब्रूम की आवाज मुझ पर चिढ़ रही थी।

मैंने फाइल खोली, तो हमारी यूजर मैनुअल ही थी।

''देखो, यह वही है।'' मैंने कहा और नीचे तक स्क्रोल कर दिया, जैसे ही पहले पेज के नीचे पहुँचा, मेरा मुँह खुला-का-खुला रह गया, आधा तो डर के मारे और आधा कुछ खास गालियाँ देने की सहज तैयारी में।

वेस्टर्न कंप्यूटर्स ट्रबलशूटिंग वेबसाइट
प्रोजेक्ट डिटेल्स एंड यूजर मैनुअल
डेवलप्ड बाय कनेक्शंस, दिल्ली
सुभाष बक्शी मैनेजर, कनेक्शंस

''यह वही है।'' ब्रूम ने कहा और जो पेन उसने टेबल पर इकट्ठे किए थे, वे फेंक दिए। एक ईशा की गोदी में पड़ा, जो इस समय तक उस नंबर को बीस बार मिला चुकी थी। उसने ब्रूम को गुस्से में देखा और पेन फिर उसकी ओर फेंक दिया। उसने ध्यान नहीं दिया, क्योंकि उसकी आँखें मेरी स्क्रीन पर थीं।

''इसमें कहा गया है कि यह सुभाष बक्शी की है।'' ब्रूम ने मेरे मॉनीटर पर जोर

से उँगली मारते हुए कहा, 'देखो इसको मि. मंदबुद्धि, जो कंप्यूटर और पियानो में फर्क नहीं जानता, उसने यह वेबसाइट बनाई है और यह मैनुअल भी। बकवास।''

व्रूम ने टेबल पर मुक्का मारा। गुस्से में उसने टेबल को जोर से धक्का दिया। सभी पेन फर्श पर गिर गए।

''तुम्हारे साथ क्या समस्या है?'' ईशा ने कहा और पेनों की बौछार से बचने के लिए अपनी कुरसी खींच ली। कनेक्शन मिलने के लिए, निराशाजनक रूप से फोन हिलाते हुए वह उठ गई और कॉन्फ्रेंस रूम में चली गई।

''उसने हमारे काम को अपना काम बता दिया। श्याम, क्या तुम्हें समझ में आ रहा है?'' उसने कहा और मेरे कंधों को जोर से हिलाया।

मैं तो स्तब्ध था, जैसे मैंने अपने पहले पेज को देखा या कहना चाहिए बक्शी के मैनुअल को। इस बार बक्शी ने श्रेय चुराने में अपने आपको भी पीछे छोड़ दिया। मेरा सिर चकराने लगा और साँस लेने के लिए भी संघर्ष करना पड़ रहा था।

''यह सब बकवास है! इस मैनुअल पर अकेले छह महीने का काम।'' मैंने कहा और फाइल बंद कर दी। ''मैंने कभी नहीं सोचा था कि वह इतना गिर जाएगा।''

''और?'' व्रूम ने कहा।

''और क्या? मुझे सचमुच नहीं पता कि क्या करूँ। मैं चकित हूँ। इसके अलावा यह भी डर है कि वह हमें निकाल देगा।'' मैंने कहा।

''निकाल देगा!'' व्रूम ने कहा और खड़ा हो गया।

''हमने इस पर छह महीनों तक काम किया है, यार। और तुम्हें केवल इतना ही कहना है कि हम कुछ नहीं कर सकते; क्योंकि वह हमें निकाल देगा? यह हारा हुआ बकवास बक्शी तुम्हें हारे हुए में बदल रहा है। मि. श्याम, तुम एक माउस पैड में बदल रहे हो, लोग तुम पर रोज लुढ़कते हैं। प्रियंका, उससे कहो कि कुछ कहे। बक्शी के ऑफिस जाओ और उसका कॉलर पकड़ लो।''

प्रियंका ने हमें देखा और उस रात दूसरी बार हमारी नजरें मिलीं। उसकी वही नजर थी, वह निगाह जिसने पहले मुझे तुच्छ महसूस किया था। जैसे मुझ पर चिल्लाने का भी क्या फायदा।

उसने अपना सिर हिलाया और एक रूखी मुसकराहट बिखेरी। इस रूखी मुसकराहट को दिल से पहचानता था। जैसे उसे पता था कि यह सब होने वाला है। मेरी इच्छा हुई कि उसे कॉलर पकड़ के हिला दूँ। ऐसी नजरों से देखना बहुत सरल है, जब आपके इंतजार में लेक्सस खड़ी हो, मैं कहना चाहता था। पर मैंने कुछ नहीं कहा। बक्शी की हरकत ने मेरा दिल दुखाया था। यह केवल छह महीनों की मेहनत मात्र नहीं थी, यह भी था कि मेरी पदोन्नति के अवसर रुक गए हैं। इसका मतलब था प्रियंका भी जा रही है, पर फिलहाल मेरे आस-पास के लोग चाहते थे कि मैं अपना गुस्सा जाहिर करूँ। अगर आप दर्द दिखाते हैं तो लोग आपको कमजोर समझते हैं। वे

हमेशा आपको मजबूत देखना चाहते हैं, मतलब अत्यधिक गुस्से में। शायद मुझमें यह चीज नहीं है, इसलिए मैं टीम लीडर नहीं हूँ। इसलिए ऑफिस में मेरे लिए कोई लड़की मिठाई नहीं बाँटती।

"क्या तुम वहाँ हो, मि. श्याम?" व्रूम ने कहा। "चलो हमें सभी लोगों को ई-मेल भेजना चाहिए कि क्या चल रहा है।"

"जरा शांत हो जाओ, व्रूम। हीरो जैसे काम करने की कोई जरूरत नहीं।" मैंने कहा।

"क्या सचमुच? तो हम किसकी तरह काम करें? हारे हुए की तरह? श्याम, तुम तो उसमें निपुण होगे।" व्रूम ने कहा। गुस्से की भावना ने मेरा गला बंद कर दिया। "जरा मुँह बंद करो और बैठ जाओ।" मैंने कहा, "तुम क्या करना चाहते हो? गोरों को एक और ई-मेल भेजना? और उन्हें यह बताना कि यहाँ अंदर-ही-अंदर लड़ाई चल रही है? और वे किसका विश्वास करेंगे, जो उनसे मिलने बोस्टन जा रहा है या कोई निराश एजेंट, जो दावा करता है कि सब काम उसने किया?"

"वास्तविकता में आओ मि. वरुण। तुम्हें निकाल दिया जाएगा और कुछ नहीं। बक्शी मैनेजमेंट करता है, हाँ वह करता है। लेकिन केवल अपने कैरियर के लिए, हमारे लिए नहीं।" मैं विवाद में इतना लीन हो गया था कि मैंने राधिका को भी नहीं देखा। वह पानी की बोतल लिये मेरे पास खड़ी थी।

"धन्यवाद।" मैंने कहा और कुछ घूँट पीए।

"अच्छा लग रहा है?" राधिका ने कहा।

मैंने और कुछ कहने के लिए मना करते हुए अपना हाथ ऊपर उठाया। मैं इस बारे में और बात नहीं करना चाहता। यह हमारे और बक्शी के बीच में है। मैं कुछ ऐसे लोगों की राय लेना नहीं चाहता था, जिनकी जिंदगी एक बहुत बड़ी पार्टी है। हाँ, मेरा बॉस खराब है। अधिकतर बॉस ऐसे होते हैं। यह कोई बड़ी बात नहीं है।" मैंने कहा और बैठ गया।

मैंने व्रूम को घूरा। वह भी नीचे बैठ गया।

व्रूम ने नोट पैड खोला। और 2x2 का मैट्रिक्स बनाया।

"यह क्या बकवास है?" मैंने कहा।

"मुझे लगता है कि मैं बक्शी समझ गया हूँ। मुझे एक चित्र की मदद से समझाने दो।" व्रूम बोला।

"मेरे साथ मत उलझो। मुझे कोई चित्र नहीं देखना।" मैंने कहा

"केवल मेरी बात सुन लो।" व्रूम ने मैट्रिक्स को इंगित करते हुए कहा।

क्षैतिज अक्ष पर उसने पास-पास के डिब्बों में "अच्छा" और "बुरा" लिखा। खड़े अक्ष पर उसने 'होशियार" और 'मूर्ख" लिखा।

"बक्शी जैसे लोगों के बारे में मेरा यह सिद्धांत है।" व्रूम ने अपने पेन से

मैट्रिक्स की ओर इशारा करते हुए कहा। दो दृष्टिकोणों पर आधारित दुनिया में चार तरह के बॉस होते हैं।

1. वे कितने होशियार या मूर्ख हैं।

2. वे अच्छे हैं या खराब। बहुत अच्छी किस्मत से ही आपको ऐसा बॉस मिलता है जो होशियार और अच्छा इनसान भी हो। तो भी बक्शी सबसे आम और खतरनाक किस्म का है। वह मूर्ख है, हम सभी को पता है; पर उससे भी ज्यादा वह दुष्ट है।'' व्रूम ने मैट्रिक्स के प्रासंगिक चतुर्थांश में पेन ठोंकते हुए कहा।

''मूर्ख, दुष्ट!'' मेरी आवाज गूँजी।

''हाँ, हमने उसे कम महत्त्व दिया। वह तो बहुत डरावना है। वह एक अंधे साँप की तरह है; तुम्हें उसके लिए अफसोस होता है, लेकिन वह अभी भी जहरीला है। तुम देख सकते हो, वह मूर्ख है, इसलिए कॉल सेंटर इतना अव्यवस्थित है। पर वह दुष्ट भी है, इसलिए वह खुद की बजाय हमें फेंकेगा।''

मैंने अपना सिर हिला दिया।

''भूल जाओ। भाग्य ने मेरे साथ खेल खेला है। मैं क्या कह सकता हूँ।'' मैंने कहा और हँसने लगा।

राधिका ने मेरी डेस्क से बोतल ले ली।

''तुम्हारी चर्चा में विघ्न डालने के लिए सॉरी, लेकिन मैं उम्मीद करती हूँ कि जब तुमने कहा कि कुछ लोगों की जिंदगी कोई पार्टी नहीं है, मेरे दोस्त, यह सचमुच मेरे लिए नहीं है''।

''यह तुम्हारे बारे में नहीं था, राधिका!'' श्याम स्पष्ट रूप से मेरी बात कर रहा था।'' प्रियंका ने राधिका को टोका।

''ओह, भूल जाओ।'' मैंने कहा और खड़ा हो गया। मैं डेस्क से हट गया, केवल इन शिकायती लोगों से बचने के लिए। जैसे ही मैं हटा, मैंने व्रूम के शब्द सुने, ''बस, मुझे केवल एक बार इस बक्शी की खुशी हटाने का मौका मिल जाता तो मैं अपने आपको दुनिया का सबसे भाग्यशाली व्यक्ति समझता।''

20

मैं WASG डेस्क से दूर चला गया। मेरा मन अभी भी उलझन में था। मेरी इच्छा हुई कि बक्शी के छोटे-छोटे टुकड़े कर दूँ और दिल्ली की गलियों के हर कुत्ते को खिला दूँ। मैं कॉन्फ्रेंस रूम में पहुचा। दरवाजा बंद था। मैंने दरवाजा खटखटाया और कुछ पलों के लिए इंतजार किया। अंदर सबकुछ शांत दिख रहा था।

''ईशा!'' मैंने कहा और दरवाजा खोलने के लिए नॉब घुमाया।

ईशा कॉन्फ्रेंस रूम की कुरसी पर बैठी थी। उसका सीधा पैर मुड़ा हुआ था और दूसरी कुरसी पर टिका हुआ था। वह अपनी जाँघ की चोट को देख रही थी।

उसके हाथ में खून से सना बॉक्स कटर था। मैंने टेबल पर रखी इस्तेमाल की गई बैंडेड देखीं। उसकी जाँघ के जख्म से ताजा खून निकल रहा था।

''क्या तुम ठीक हो?'' मैंने उसके पास जाते हुए पूछा।

ईशा ने भावशून्य मुद्रा में मुझे देखा।

''ओह, हाय श्याम!'' उसने शांत आवाज में कहा।

''तुम यहाँ क्या कर रही हो? सब तुम्हें ढूँढ़ रहे हैं।''

''क्यों? मुझे कोई क्यों ढूँढ़ेगा?''

''कोई खास कारण नहीं, पर तुम यहाँ क्या कर रही हो? और तुम्हारे जख्म से खून निकल रहा है। तुम्हें कुछ लोशन या बैंडेड चाहिए?'' मैंने कहा और दूसरी ओर देखने लगा। खून के दृश्य से मुझे उलटी-सी आने लगती है। मुझे समझ नहीं आता कि डॉक्टर रोज कैसे काम कर लेते हैं।

''नहीं श्याम, मुझे यह ऐसे ही अच्छी लगती है। लोशन से इसमें दर्द होना बंद हो जाएगा।'' ईशा ने कहा।

''क्या?'' मैंने पूछा, ''क्या तुम दर्द खत्म करना नहीं चाहती हो?''

''नहीं।'' ईशा ने उदासी से मुसकराते हुए कहा। उसने बॉक्स कटर से जख्म की ओर इशारा किया। 'यह दर्द मेरे मन को असली दर्द से दूर ले जाता है। तुम्हें पता है, असली दर्द क्या है, श्याम?''

मुझे कुछ भी अंदाजा नहीं था कि यह लड़की क्या कह रही है। पर यह मैं जानता था कि अगर उसने जल्दी से जख्म को ढका नहीं तो मैं अभी-अभी खाया हुआ चॉकलेट केक बाहर निकाल दूँगा।

"सुनो, मैं सप्लाई रूम से फर्स्ट ऐड बॉक्स लेकर आता हूँ।"

"तुमने मेरे सवाल का जवाब नहीं दिया। असली दर्द क्या है, श्याम?"

"मुझे नहीं पता क्या है?" मैंने चिंतित होकर दूर हटते हुए कहा, क्योंकि उसके चिकने पैर से खून की ताजा बूँदें लुढ़क रही थीं।

"असली दर्द मानसिक दर्द है।" ईशा ने कहा।

"ठीक है।" मैंने होशियार बनते हुए कहा। मैं उसके पास एक कुरसी पर बैठ गया।

"तुमने कभी मानसिक दर्द महसूस किया है, श्याम?"

"मुझे नहीं पता। अगर कुछ हुआ हो तो मैं इतना गहरा नहीं हूँ। मुझे बहुत सारी चीजें महसूस नहीं होतीं।" मैंने कहा।

"सभी को दर्द महसूस होता है, क्योंकि सभी की जिदंगी में एक अँधेरा पक्ष होता है।"

"अँधेरा पक्ष?"

"हाँ, अँधेरा पक्ष–कुछ ऐसा जो तुम अपने बारे में पसंद नहीं करते, कुछ ऐसी चीज, जो तुम्हें गुस्सा दिलाती हैं या जिनसे तुम डरते हो। क्या तुम्हारा भी एक अँधेरा पक्ष है, श्याम?"

"ओह, चलो वहाँ तक नहीं जाते। मेरे तो बहुत सारे हैं–जैसे आधा दर्जन अँधेरे पक्ष। मैं अँधेरे पक्षोंवाला षटकोण हूँ।" मैंने कहा।

"कभी अपने आप पर शर्मिंदगी महसूस की है, श्याम? वास्तविक, कठोर दर्दनाक?" उसने कमजोर आवाज में कहा।

"क्या हुआ, ईशा?" मैंने आखिरकार एक ऐसी स्थिति ढूँढ़ते हुए कहा, जिससे मैं उसका चेहरा देख सकता था। लेकिन उसके जख्म को देखने से बच सकता था।

"अगर मैं तुम्हें बताऊँ तो तुम वादा कर सकते हो कि मुझे परखोगे नहीं।"

"बिलकुल।" मैंने कहा, जो भी हो, मैं बहुत कठोर परखनेवाला हूँ।"

"मैं किसी के साथ सोई थी", उसने कहा और गहरी साँस ली। "एक मॉडलिंग कॉण्ट्रेक्ट हासिल करने के लिए।"

"क्या?" मैंने कहा, क्योंकि मुझे यह समझने में समय लगा कि "सोने" का क्या मतलब था। इसका मतलब बहुत ही स्पष्ट था।

"हाँ, मेरे एजेंट ने कहा कि यह आदमी काम का था। मुझे एक बड़े फैशन शो में एक ब्रेक मिलने के लिए केवल उसके साथ एक बार सोना था। किसी ने मेरे साथ

जबरदस्ती नहीं की। मैंने ही यह मार्ग चुना। पर तभी से मुझे बहुत भारी पछतावा हो रहा है। और यह दर्द बहुत भयानक है। मेरे पैर की चोट तो एक गुदगुदी है। हर क्षण मैं सोचती थी कि यह बीत जाएगा। पर यह नहीं बीता।'' उसने कहा और अपनी जाँघ के पास बॉक्स कटर ले गई। वह जख्म के आस-पास की चमड़ी को कुरेदने लगी।

''रुक जाओ ईशा, तुम क्या कर रही हो?'' मैंने कहा और उससे बॉक्स कटर छीन लिया।

''क्या तुम पागल हो गई हो? तुम्हें टिटनेस या गैंग्रीन या दूसरी भयानक बीमारी, जो वे टी.वी. में विज्ञापनों में दिखाते हैं, हो जाएगी।''

''यह तो भी ठीक है। तुम्हें बताती हूँ कि खतरनाक क्या है। तुम्हारा खुद का खराब दिमाग, तुम्हारे अंदर वह दिखावटी आवाज, जो तुम्हें कहती है कि तुम मॉडल बन सकती हो। तुम्हें पता है, उस आदमी ने बाद में क्या कहा?''

''कौन से आदमी ने?'' मैंने बॉक्स कटर को टेबल के दूसरी तरफ रखते हुए कहा।

''जिसके साथ मैं सोई थी—चालीस साल का डिजाइनर। उसने बाद में मेरे एजेंट से कहा कि मैं रैंप मॉडल बनने के लिए काफी ठिगनी हूँ।'' ईशा ने गुस्से और उदासी से भरे ऊँचे स्वर में कहा, ''जैसे कि उस बास्टर्ड को यह तब पता नहीं था जब वह मेरे साथ सोया था।'' वह रोने लगी।

मैं नहीं जानता, ज्यादा बुरा क्या होता है—एक चिल्लाती हुई लड़की या रोती हुई। मैं दोनों को सँभालना नहीं जानता। मैंने अपने हाथ ईशा के कंधों पर रख दिए, अगर उसे जरूरत होती तो मैं गले मिलने के लिए भी तैयार था।

''और वह हरामी बाद में मुआवजे के तौर पर मुझे कुछ रुपए भेजता है।'' उसने सुबकते हुए कहा, ''और मेरा एजेंट मुझसे कहता है कि यह जिंदगी का हिस्सा है। सचमुच, यह जीवन का हिस्सा है—ईशा का हिस्सा, हारी हुई मॉडल की बकवास जिंदगी का। मुझे मेरा बॉक्स कटर दे दो, श्याम।'' उसने अपना हाथ फैलाते हुए कहा।

''नहीं, मैं नहीं दूँगा। सुनो, मैं वाकई नहीं जानता कि इस स्थिति में क्या करना चाहिए। लेकिन शांति से काम लो।'' मैंने कहा। यह सही था। किसी ने मुझसे कभी भी सेक्स की माँग नहीं की थी, इसलिए माँगे हुए सेक्स के बाद दोषी महसूस करना एक पूर्णतया अपरिचित बात थी।

''मैं अपने आपसे नफरत करती हूँ श्याम, अपने चेहरे से भी और उस बेवकूफ शीशे से भी, जो मुझे यह चेहरा दिखाता है। मैं अपने आपसे नफरत करती हूँ, ऐसे लोगों पर भरोसा करने के कारण, जिन्होंने कहा कि मैं एक मॉडल बन सकती हूँ। क्या मैं अपना चेहरा बदलवा सकती हूँ?''

मुझे किसी प्लास्टिक सर्जन के बारे में पता नहीं था, जो सुंदर लड़कियों को

कुरूप बनाने में विशेषज्ञ था। इसलिए मैं चुप रहा। वह नब्बे सेकंडों के बाद चुप हो गई, लगभग वह समय जब कोई भी लड़की रोना बंद कर देगी, यदि उस पर ध्यान न दिया जाए। उसने अपने बैग से एक टिशू पेपर निकाला और अपनी आँखों को पोंछा।

''क्या अब हम चलें? वे लोग इंतजार कर रहे होंगे।'' मैंने कहा। उसने खड़े होने के लिए मेरा हाथ पकड़ा।

''मेरी बात सुनने के लिए धन्यवाद।'' ईशा ने कहा। केवल औरतें ही सोचती हैं कि कोई आपकी बात सुने तो उसे धन्यवाद दो।

21

जब ईशा और मैं ''बे'' में आए तो प्रियंका की शादी की ही चर्चा चल रही थी, जो मुझे बिलकुल पसंद नहीं थी।

ईशा चुपचाप बैठ गई।

''तुम कहाँ थीं?'' प्रियंका ने पूछा।

''यहीं पर, केवल एक प्राइवेट कॉल करना था।'' ईशा ने कहा।

''मैं राधिका से सास के टिप्स ले रही हूँ।'' प्रियंका ने कहा।

''मैं उस बारे में ज्यादा नहीं सोच रही। वह अच्छी हैं, लेकिन कौन जानता है कि बाद में कैसी हो जाएँगी।''

''जाने दो, तुम्हें बदले में कितना कुछ मिल रहा है।''

''गणेश इतना अच्छा इनसान है।'' राधिका ने कहा।

''जो भी हो, लेक्सस के लिए तो मैं तीन-तीन सासों से निपट लूँगा। लाओ तो सही यार!'' व्रूम ने कहा।

राधिका और प्रियंका हँसने लगीं।

''मैं तुम्हें मिस करूँगी, व्रूम!'' प्रियंका ने हँसते हुए कहा, ''मैं सचमुच मिस करूँगी।''

''तुम और किसे मिस करोगी?'' व्रूम ने कहा और हम सब चुप हो गए।

प्रियका अपनी सीट पर हिली। व्रूम ने उसे सही मौके पर पकड़ा और वह मेरा नाम लेना नहीं चाहती थी, मुझे पता था।

''ओहो! मैं तुम सबको मिस करूँगी।'' उसने कहा, जब वह चाहती है, वह कूटनीतिज्ञों की महारानी बन जाती है। उसे लगता है कि अपने बोरिंग जवाबों से वह दुनिया को बेवकूफ बना सकती है।

''जो भी हो।'' व्रूम ने कहा।

''फिर भी, तीन सासों की इच्छा मत करो, व्रूम। यह तीन बक्शियों को माँगने जैसा है। कम-से-कम औरतों के लिए तो।'' राधिका ने कहा।

''तो तुम्हारी सास दुष्ट है?'' व्रूम ने कहा।

''मैंने ऐसा कभी नहीं कहा कि वह खराब हैं। पर उन्होंने अनुज से ऐसी बातें कीं। वह क्या सोचेगा?''

''कुछ नहीं, वह ऐसा कुछ नहीं सोचेगा। वह जानता है कि तुम्हें पाकर वह कितना किस्मतवाला है!'' प्रियंका ने दृढ़ता से कहा।

''वह कभी बहुत कठोर होता है। मेरी माँ नहीं हैं, देखा जाए तो¨।''

''अरे, वहाँ तक मत जाओ। मैं किसी भी माँ के साथ अच्छे ढंग से निभा सकती हूँ, सिवाय अपनी स्वयं की माँ के पागलपन ने तो कैसी भी सास से निपटने के लिए तैयार कर दिया है।'' प्रियंका ने कहा और डेस्क पर रूखी हँसी हँसने लगी। मैं नहीं हँसा, क्योंकि प्रियंका की माँ के बारे में कुछ भी मजाकिया नहीं है। उसके जैसे भावनात्मक चालबाजों को जेल में डालकर दिन भर रसदार टी.वी. सीरियल दिखाने चाहिए।''

''अनुज तो ठीक होगा? है न? मुझे बताओ न दोस्तो, वह मुझसे नफरत तो नहीं करेगा?'' राधिका ने कहा।

''नहीं।'' प्रियंका ने उठकर राधिका के पास जाकर कहा।

''वह तुमसे प्यार करता है और एकदम ठीक होगा।''

''तुम उसे आजमाना चाहती हो कि वह ठीक है या नहीं।'' व्रूम ने कहा, 'मेरे पास एक आइडिया है।''

''क्या?'' राधिका ने पूछा।

मैंने व्रूम को देखा–अनुज और राधिका के बारे में आखिर वह क्या करेगा?

''चलो, रेडियो जॉकी खेलते हैं।'' व्रूम ने कहा, ''यह सचमुच मजेदार है।''

''रेडियो जॉकी क्या है? राधिका उलझन में पड़ गई।

''देखो, मैं अनुज को कॉल करता हूँ और बहाना करता हूँ कि उसने एक इनाम जीता है। गुलाबों का एक बड़ा सा गुलदस्ता और स्विस चॉकलेटों का एक डब्बा, जो वह जिससे भी प्यार करता है उसे भेज सकता है, भारत में कहीं भी, एक प्यार भरे संदेश के साथ। तब तुम सब सुनोगे कि वह तुम्हारे लिए कौन सी प्यारी पंक्तियाँ बोलता है।''

''छोड़ो भी, वह कभी यह काम नहीं करेगा।'' प्रियंका ने कहा, ''तुम्हारी आवाज RJ जैसी नहीं लगेगी।''

''विश्वास करो। मैं एक कॉल सेंटर एजेंट हूँ। मैं एक अच्छा RJ बन सकता हूँ।'' व्रूम ने कहा।

मैं यह जानने के लिए उत्सुक था कि व्रूम RJ की तरह नाटक कैसे करेगा।

''ठीक है।'' व्रूम ने तैयार होते हुए कहा, ''इस शो का समय हो गया है, दोस्तो। सभी लाइन पाँच पकड़ लो। और कोई आवाज नहीं, माउथपीस से दूर साँस लो, ओ. के.?''

हमने लाइन पाँच पकड़ी और राधिका ने उसे नंबर दिया। व्रूम ने अनुज का मोबाइल नंबर मिलाया।

हमने ईअरपीस अपने कान से सटा लिये। टेलीफोन पाँच बार बजा।

''वह सो रहा है।'' प्रियंका बुदबुदाई।

''शशशश!'' व्रूम ने कहा और किसी ने फोन उठाया।

''हैलो!'' अनुज ने सोती हुई आवाज में कहा।

''हैलो, मेरे दोस्त, क्या यह 98101-46301 है?'' व्रूम ने बहुत ही खुशमिजाज रेडियो जॉकी की आवाज में कहा।

''हाँ, कौन है?'' अनुज ने कहा।

''यह आज की रात का आपका किस्मतवाला कॉल है। यह रेडियो सिटी 98.5 FM से RJ मैक्स बोल रहा है और तुमने मेरे दोस्त, एक इनाम जीता है।''

''रेडियो सिटी! क्या तुम मुझे कुछ बेचने की कोशिश कर रहे हो?'' अनुज ने कहा। मैंने सोचा, एक सेल्समैन होने के कारण वह कुछ सशंकित था।

''नहीं, मेरे दोस्त। मैं कुछ बेच नहीं रहा। कोई क्रेडिट कार्ड नहीं, कोई बीमा योजना नहीं, कोई फोन योजना नहीं। मैं केवल आपको हमारे प्रायोजक इंटरफ्लोरा की तरफ से एक छोटा सा इनाम देने जा रहा हूँ और अगर आप चाहते हैं तो एक गाना भी बता सकते हैं। लोग इन दिनों मुझ पर बहुत संदेह करते हैं।'' व्रूम ने कहा।

''माफ करना, मैं निश्चित नहीं हूँ।'' अनुज ने कहा

''मेरा नाम मैक्स है। तुम्हारा नाम क्या है?'' व्रूम ने कहा।

''अनुज।''

''तुमसे बात करके अच्छा लगा, अनुज। अभी तुम कहाँ पर हो?''

''कोलकाता।''

''ओह, मिठाइयों की भूमि, बढ़िया। अनुज, आपको भारत में किसी को भी एक दर्जन गुलाब अपने संदेश के साथ भेजने का मौका मिलता है। यह सेवा आपको इंटरफ्लोरा द्वारा प्रदान की जाती है। दुनिया की सबसे बड़ी फूल भेजनेवाली कंपनियों में से एक।'' व्रूम ऐक्टर था, मुझे मानना पड़ेगा।

''और मुझे कुछ भी भुगतान नहीं करना पड़ेगा? धन्यवाद इंटरफ्लोरा!'' अनुज ने उचित आभार के साथ कहा।

हम सभी के मुँह कसकर बंद थे और हमारे हैडसेट के माउथपीस हमारे हाथों से ढके थे।

''नहीं, मेरे दोस्त। कुछ भी भुगतान नहीं। तो क्या आप अपने खास व्यक्ति का नाम और पता बताने के लिए तैयार हैं?''

'हाँ, बिलकुल। मैं इसे अपनी गर्लफ्रेंड पायल को भेजना चाहूँगा।''

मुझे लगा, हमारे नीचे से जमीन हिल गई। मैंने व्रूम के चेहरे को देखा।

उसका जबड़ा खुला रह गया। उसने उलझन में अपना हाथ हिला दिया।

'पायल!'' व्रूम ने कहा। उसकी आवाज साधारण स्तर तक गिर गई–एक अतिसक्रिय RJ से कम उल्लासपूर्ण।

''हाँ, वह मेरी गर्लफ्रेंड है। वह दिल्ली में रहती है। वह एक आधुनिक किस्म की लड़की है, इसलिए गुलदस्ते को आकर्षक बनाना।'' अनुज ने कहा।

राधिका अब और चुप नहीं रह सकी।

''पायल! क्या कहा तुमने अभी, अनुज? तुम्हारी गर्लफ्रेंड पायल?'' राधिका ने कहा।

''यह कौन है? ...राधिका...?''

''हाँ, राधिका, तुम्हारी बकवास बीवी राधिका!''

''यहाँ क्या चल रहा है? यह मैक्स कौन है, हे मैक्स!'' अनुज ने कहा।

मैंने सोचा कि मैक्स अभी–अभी मर गया। व्रूम ने अपना सिर आश्चर्य पकड़ लिया। ''तुम पायल को क्या संदेश भेजने जा रहे थे?''

''राधिका, नहीं सुनो, यह शरारत है मैक्स! मैक्स!''

''कोई मैक्स नहीं है। व्रूम है!'' व्रूम ने स्पष्ट आवाज में कहा।

''तुम बास्टर्ड!'' अनुज ने कहा, इससे पहले कि राधिका खड़े होकर लाइन काटती। वह स्तब्ध होकर अपनी कुरसी पर फिर बैठ गई। कुछ सेकंडों के बाद वह रोने लगी।

व्रूम ने राधिका को देखा। ''राधिका, मुझे माफ कर दो।'' उसने कहा।

राधिका ने जवाब नहीं दिया। वह केवल रोती और रोती रही। बीच-बीच में वह अपने अधबुने स्वेटर को उठाकर आँसू पोंछ रही थी। मुझे किसी ने बताया था कि राधिका कभी वह स्कार्फ खत्म नहीं कर सकेगी।

ईशा ने राधिका का हाथ कसकर पकड़ लिया। शायद आँसू का कीड़ा हाथ से गुजर रहा था, क्योंकि ईशा भी रोना शुरू हो गई थी। प्रियंका गई और पानी लेकर वापस आ गई। राधिका ने एक गिलास जितने आँसू निकाले और एक गिलास पानी पी गई।

''इसे सहजता से लो। शायद यह एक गलतफहमी है।'' प्रियंका ने कहा। उसने ईशा को देखा और उलझन में पड़ गई कि ईशा पायल के लिए इतनी दुःखी क्यों थी। मैंने सोचा कि ईशा का असली दर्द वापस आ गया था।

राधिका ने अपने सिरदर्द की गोलियाँ खोजने के लिए बैग को टटोला। उसे केवल एक खाली खोखा ही मिला। उसने कुछ गालियाँ निकालीं और उन्हें एक ओर फेंक दिया।

''राधिका!'' प्रियंका ने कहा।

''मुझे कुछ मिनटों के लिए अकेला छोड़ दो।'' राधिका ने कहा।

"क्या हुआ?" प्रियंका ने ईशा को देखते हुए कहा। उन्होंने नजरों का आदान-प्रदान किया। ईशा ने प्रियंका को स्त्री टेलीपैथी नेटवर्क से टॉयलेट आने को कहा।

प्रियंका ने राधिका का कंधा थपथपाया और लड़कियाँ खड़ी हो गईं।

"अब तुम लड़कियाँ कहाँ जा रही हो?" व्रूम ने कहा।

"मैंने यह परिस्थिति पैदा की है। क्या तुम यहाँ बात नहीं कर सकती?"

"हमारे पास हमारी प्राइवेट बातें चर्चा करने के लिए हैं।" प्रियंका ने व्रूम से दृढ़तापूर्वक कहा और डेस्क से चली गई।

'क्या हुआ? ईशा की क्या बात है?" लड़कियों के नजरों से ओझल होते ही व्रूम ने मुझसे पूछा।

"कुछ नहीं।" मैंने कहा।

"चलो, मुझे बताओ, उसने तुम्हें कॉन्फ्रेंस रूम में जरूर बताया होगा।"

"मैं तुम्हें नहीं बता सकता।" मैंने कहा और स्क्रीन को देखा। मैंने विषय बदलने की कोशिश की।

"क्या तुम सोचते हो कि बक्शी हमसे टीम मीटिंग के लिए तैयार रहने की उम्मीद करता है?"

"मुझे लगता है कि ईशा उदास है, क्योंकि उसे मुझे न कहने का पछतावा हो रहा है।" व्रूम ने कहा।

"नहीं।"

"यदि नहीं तो फिर क्या बात है?" व्रूम ने मुझे उलझन भरी दृष्टि से देखते हुए कहा।

मैंने अपने कंधों को उचकाया।

"ठीक है। मैं पुरानीवाली तकनीक ही इस्तेमाल करूँगा। मैं पता लगाने के लिए टॉयलेट जा रहा हूँ।" व्रूम ने कहा।

"नहीं व्रूम, नहीं।" मैंने कहा। मैंने उसकी शर्ट पकड़ने की कोशिश की, लेकिन उसने खींच ली और पुरुषों के कमरे में चला गया।

मैं उसके पीछे नहीं गया। मुझे उसकी चिंता नहीं थी, अगर वह पकड़ा जाता। मैं सोचता था कि उसे पता होना चाहिए कि उनके प्यार की रुचि कहाँ तक थी। मैंने सिस्टम को बुलवाया और उन्हें कहा कि कॉल पुनः शुरू नहीं हुई हैं। अधिकतम पाँच मिनट में उन्होंने नई केबल के साथ मेरी डेस्क पर आने का वादा किया। मैंने अंदाजा लगाया कि सिस्टम वाले व्यस्त थे। कंप्यूटर को आदमी की मदद के लिए बनाया है; पर काफी कंप्यूटरों को आदमी की मदद की जरूरत होती है।

मैंने कमरे में टहलने का फैसला लिया। मैं मिलिटरी अंकल के स्टेशन के पास से गुजरा और उन्हें अपनी डेस्क पर झुका हुआ पाया। यह उनके हिसाब से अजीब था। मैं उनके पास गया। उनका सिर डेस्क पर टिका हुआ था।

''सबकुछ ठीक है!'' मैंने कहा। इस रात काफी गड़बड़ियाँ हो चुकी थीं। मैंने उनका चेहरा देखा। उनकी झुर्रियाँ ज्यादा स्पष्ट दिख रही थीं, उन्हें अधिक बूढ़ा दिखलाते हुए।

''मैंने जो मेल भेजा, मेरे बेटे ने उसका जवाब दिया है।'' उन्होंने कहा।

''मुझे लगता है कि फाइल कुछ ज्यादा बड़ी थी।''

मिलिटरी अंकल ने अपना सिर हिलाया और वापस डेस्क पर रख लिया। उनकी स्क्रीन के मैसेज ने मेरा ध्यान खींचा। यह उनके बेटे का ई-मेल था-

''डैड, आपने मेरी जिंदगी को काफी अस्त-व्यस्त किया है। अब मेरे मेल बॉक्स को अव्यवस्थित करना बंद कीजिए। मुझे नहीं पता कि मेरे मन में क्या आया, जो मैंने आपके और अपने बेटे के बीच संपर्क की अनुमति दे दी। मैं आपकी छाया भी उस पर नहीं पड़ने देना चाहता। प्लीज, दूर रहिए और उसे और ई-मेल मत भेजिए। शाब्दिक या अन्य किसी भी तरह से हमें आपका संपर्क नहीं चाहिए।''

''यह कुछ भी नहीं है।'' अंकल ने अपनी स्क्रीन की सारी विंडोज बंद करते हुए कहा, 'मुझे फिर से काम पर लग जाना चाहिए। क्या हुआ? तुम्हारा सिस्टम फिर बंद पड़ा है?''

''आज रात बहुत कुछ गड़बड़ हो गया है, केवल सिस्टम ही नहीं।'' मैंने कहा और अपनी सीट पर लौट आया।

22

"क्या तुम्हें पता था?" व्रूम ने टॉयलेट से लौटते हुए मुझसे कहा।

"क्या?" मैंने कहा।

"ईशा की बड़ी बुरी कहानी।"

"मैं इसकी चर्चा करना नहीं चाहूँगा। यह उसका निजी मामला है।"

"कोई आश्चर्य नहीं कि वह मेरे साथ आना नहीं चाहती। उसे कूद-फाँदकर रैंप तक पहुँचने की जरूरत है, क्यों नहीं?"

"अपनी जबान को लगाम दो!" मैंने कहा, 'और लड़कियाँ कहाँ हैं?"

"जल्दी ही वापस आ रही हैं। जब मैं लौटा तो तुम्हारी लल्ली राधिका को सांत्वना दे रही थी।"

"प्रियंका मेरी लल्ली नहीं है, व्रूम। क्या तुम अपना मुँह बंद रखोगे?" मैंने कहा।

"ठीक है, मैं कर लूँगा। एक अच्छा कॉल सेटर एजेंट यही करता है, ठीक है न? उसके आस-पास बकवास चीजें होती रहती हैं और वह केवल मुसकराकर कहता है, मैं आपकी मदद कैसे कर सकता हूँ? जैसे जिस लड़की की मैं चिंता करता हूँ, कोई उसके साथ सो गया, पर सही है, ठीक? मेरे पास अगला गूँगा ग्राहक पहुँचा दो।"

"लड़कियाँ आ रही हैं।" मैंने उन्हें आते देख व्रूम से कहा।

"बहाना करना कि तुम्हें ईशा के बारे में कुछ नहीं पता।"

डेस्क शांत थे, जैसे ही लड़कियों ने अपनी सीट ली। व्रूम कुछ कहने जा रहा था, लेकिन मैंने उसे चुप रहने का इशारा किया। सिस्टमवाला आखिरकार आ गया नई किक-प्रूफ तारें लेकर और उसने हमारे सिस्टम को पुनः स्थापित किया। जैसे ही कॉल फिर से आना शुरू हुए, मुझे राहत मिली। अमेरिकियों की ओवन और फ्रिज की समस्याएँ सुलझाना हमारी जिंदगी की समस्याएँ सुलझाने से ज्यादा सरल है।

मैंने प्रियंका की तरफ एक बार देखा, वह एक कॉलर के साथ व्यस्त थी। "मेरी लल्ली" मैं व्रूम की टिप्पणी पर खुद ही मुसकराया। वह अब मेरी लल्ली नहीं रही

थी। वह एक अमीर, सफल आदमी से शादी करने वाली थी, जिसे मुझ जैसे हारे हुए व्यक्ति से कोई प्रतियोगिता नहीं करनी थी। बक्शी द्वारा वेबसाइट के बारे में धोखा देने के बाद तो निश्चित रूप से नहीं, मैंने सोचा। पर क्या मैंने हार मान ली? क्या मैं अभी भी उसके लिए कुछ भी महसूस करता था? मैंने इन अप्रासंगिक प्रश्नों पर अपना सिर हिला दिया। अगर मेरे मन में अभी भी उसके प्रति भावनाएँ हैं तो वे क्या महत्त्व रखती हैं। मुझमें उसे प्राप्त करने की पात्रता नहीं है और मुझे वह वापस नहीं मिल रही। यही सच्चाई थी और सच्चाई कड़वी होती है।

ईशा टॉयलेट से लौटने के बाद भी काफी शांत थी। प्रियंका उसे खुश करने की कोशिश कर रही थी।

"सगाई के लिए एक घेरेदार लहँगा लेना। पर तुम शादी में क्या पहनोगी? एक साड़ी?" प्रियंका ने फोन कॉल्स के बीच में से ही पूछा।

"मेरी नाभि की अँगूठी दिखाई देगी।" ईशा ने कहा।

मैं औरतों के शांत हो जाने की योग्यता पर अचंभित हूँ। बस उन्हें दस मिनट तक बात करना, गले मिलना और रोना भर होता है—और तब वे जिंदगी की किसी भी समस्या का सामना कर सकती हैं। ईशा का असली दर्द काफी बेहतर था, फिर अभी वह उसे भूल गई थी, जब वह प्रियंका के "बड़े दिन" के लिए अपनी पोशाक योजना पर चर्चा कर रही थी।

"ज्यादा कुछ मत करना।" प्रियंका ने कहा, "मैं अपनी माँ से कहूँगी कि मुझे एक साधारण-सी साड़ी चाहिए। वह बिलकुल सनक जाएगी। अरे राधिका, क्या तुम ठीक हो?" प्रियंका ने राधिका को अपने सिर को मसलते हुए देखकर कहा।

"मैं ठीक हो जाऊँगी। बस माइग्रेन की दवाई खत्म हो गई है।" राधिका ने कहा और एक कॉल उठा लिया, 'वेस्टर्न अप्लायंसेस रेजिना बोल रही हूँ। मैं आपकी क्या मदद कर सकती हूँ?"

लैंडलाइन टेलीफोन की घंटी ने सभी का ध्यान खींच लिया।

"यह मेरा कॉल है। यार, मुझे पता है कि सिस्टम चालू है, पर क्या मैं यह कॉल उठा सकती हूँ?" प्रियंका ने कहा।

"बिलकुल। आज कॉल प्रवाह बहुत धीमा है।" व्रूम ने कहा। लैंडलाइन की घंटी ने बजना जारी रखा।

प्रियंका का हाथ टेलीफोन तक पहुँचा। मैंने बातचीत सुनने के लिए अपनी स्क्रीन पर एक विकल्प पुनः लिया।

"वैसे गहरा नीला माइका भी एक अच्छा रंग है।" व्रूम ने प्रियंका का रिसीवर उठाते हुए कहा।

"क्या?" प्रियंका ने कहा।

"मैंने लेक्सस की वेबसाइट देखी थी। गहरा नीला माइका उनका सर्वोत्तम रंग

है।'' मैंने व्रूम को घृणित नजरों से देखा।

''कम-से-कम मैं तो यही सोचता हूँ।'' व्रूम ने मेरी ओर देखा तो उसकी आवाज धीमी हो गई।

''हैलो मेरे आकर्षण का केंद्र।'' गणेश की खिलखिलाती आवाज मेरे और प्रियंका के फोन तक पहुँची।

''हाय गणेश!'' प्रियंका ने गंभीरता से कहा।

''क्या हुआ, प्रिया? तुम गंभीर लग रही हो।'' गणेश ने कहा।

प्रियंका को नफरत होती है, जब लोग उसका नाम छोटा करके, बोलते हैं। इस मंदबुद्धि को यह बात पता नहीं थी।

''कुछ नहीं। केवल एक बेकार दिन''सॉरी रात। और प्लीज मुझे प्रियंका कहो।'' उसने कहा।

''अच्छा, मेरा तो यहाँ दिन बहुत शानदार गुजर रहा है। ऑफिस में हर कोई मेरे लिए इतना उत्साहित है। वे बार-बार मुझसे पूछ रहे हैं कि तारीख कब है? हनीमून कहाँ है?''

''हाँ गणेश, तारीख के बारे में,'' प्रियंका ने कहा, ''मेरी मॉम ने अभी-अभी फोन लगाया था।''

''उन्होंने लगा दिया। ओह नहीं, मैंने सोचा, यह अच्छी खबर मैं तुम्हें खुद ही दूँगा।''

''अच्छी खबर क्या है?''

''कि मैं अगले महीने भारत आ रहा हूँ। तभी हम शादी कर लेंगे। क्या कहती हो, वहीं से सीधा हनीमून? लोग कहते हैं कि बहामास बेहद खूबसूरत है। पर हमेशा से मेरी इच्छा पेरिस जाने की ही इच्छा रही है; क्योंकि पेरिस से ज्यादा रूमानी जगह क्या हो सकती है?''

''गणेश!'' प्रियंका ने थोड़ी उत्तेजित आवाज में कहा।

''क्या?''

''क्या मैं कुछ कह सकती हूँ?''

''बिलकुल, पर पहले मुझे बताओ, पेरिस या बहामास?''

''गणेश!''

''प्लीज बताओ न, तुम कहाँ जाना चाहोगी?''

''पेरिस, अब क्या मैं कुछ कह सकती हूँ?'' प्रियंका ने कहा।

ईशा और राधिका ने भौंहें ऊपर चढ़ा लीं, जब उन्होंने ''पेरिस'' शब्द सुना। यह अंदाजा लगाना मुश्किल नहीं था कि हनीमून योजना प्रगति पर है।

''तुम क्या कहना चाहती हो?'' गणेश ने कहा।

''क्या तुम नहीं सोचते कि यह थोड़ा जल्दी हो रहा है?''

‘‘क्या?’’

‘‘हमारी शादी। हमने एक-दूसरे से केवल एक सप्ताह ही बात की है। मुझे पता है कि हमने काफी बात कर ली, पर फिर भी…।’’

‘‘तुमने मुझे हाँ कह दी है, ठीक?’’ गणेश ने कहा।

‘‘हाँ, लेकिन…’’

‘‘तब इंतजार क्यों? मुझे यहाँ ज्यादा छुट्टियाँ नहीं मिलतीं। और यह मानते हुए कि जिंदगी का हर क्षण मैं तुम्हारे बारे में सोचते हुए गुजार रहा हूँ, मैं यहाँ तुम्हें जल्दी-से-जल्दी लाना चाहता हूँ।’’

‘‘पर यह शादी है, गणेश। कोई छुट्टियाँ नहीं। हमें इसके लिए तैयार होने के लिए एक-दूसरे को समय देना है।’’ प्रियंका ने अपनी उँगली से बालों की लटों को घुमाते हुए कहा। जब हम साथ थे तो मुझे उसके बालों से खेलना बहुत पसंद था।

‘‘पर,’’ गणेश ने कहा, ‘‘तुमने अपनी माँ से बात कर ली है? तुमने सुना, वह अगले महीने हमारी शादी से कितनी खुश हैं। मेरा परिवार भी उत्साहित है। शादी एक पारिवारिक उत्सव भी है, ठीक है न?’’

‘‘मुझे पता है। सुनो, शायद आज यह मेरी अच्छी रात नहीं है। यह रात निकल जाने दो।’’

‘‘बिलकुल। पर क्या तुमने कोई रंग सोचा?’’

‘‘किसलिए? कार के लिए?’’

‘‘हाँ, मैं कल रुपए जमा करने जा रहा हूँ, ताकि जब तुम आओ, कार यहाँ पर हो, यह मानते हुए कि तुम अगले महीने के लिए हाँ कर रही हो।’’

‘‘मैं कह नहीं सकती। रुको, मैंने सुना है, गहरा नीला माइका अच्छा रंग है।’’

‘‘सचमुच? मुझे काला पसंद है।’’ गणेश ने कहा।

‘‘तब फिर काला ले लो। मुझे…’’ प्रियंका ने कहा।

‘‘नहीं, गहरा नीला माइका ही ठीक है। मुझे वह रंग पसंद है। मैं डीलर से कह दूँगा कि यह मेरी पत्नी की पसंद है।’’

‘‘मेरी पत्नी’’ इन शब्दों ने मुझे अंदर से कड़कड़ा दिया, जैसे कोई मैक्डॉनल्ड पर फ्रेंच फ्रॉय को भूनता है। मैंने कुछ सेकंडों के लिए अपनी आँखें बंद कर लीं।

मैं किसी और आदमी को प्रियंका के बारे में ऐसा बोलते हुए सहन नहीं कर सकता।

‘‘अरे गणेश, यहाँ पर रात के 2:25 बज रहे हैं। मुझे 2:30 ए.एम. पर बॉस के साथ एक मीटिंग के लिए तैयारी करनी है। क्या हम बाद में बात कर सकते है?’’ प्रियंका ने कहा।

‘‘बिलकुल। शायद मैं आज काम से जल्दी निपट जाऊँ। शायद पूल के लिए नई टाइलें देख लूँगा। पर मैं घर पहुचूँगा तो तुम्हें फोन लगाऊँगा, ओ.के.?’’

''पूल?'' प्रियंका ने प्रलोभन सुनते हुए कहा।

''हाँ, हमारे घर में एक छोटा सा स्वीमिंग पूल है।''

''हमारे घर? तुम्हारा मतलब है, तुम्हारा एक निजी पूल है!''

''बिलकुल, तुम तैरना जानती हो?''

''मैंने अपनी जिंदगी में कभी पूल के अंदर पैर नहीं रखा।'' प्रियंका ने कहा।

''चलो, मैं तुम्हें सिखा सकता हूँ। मैं निश्चित रूप से कह सकता हूँ कि पूल के अंदर और भी अच्छा लगेगा।''

फ्रेंच फ्रॉइज ज्यादा भुन जाने से काला कठ कोयला बन गई थी।

''बाय गणेश!'' प्रियंका ने मुसकराकर अपना सिर हिलाया।

''तुम सब एक जैसे ही हो।'' उसने फोन रख दिए।

''क्या हुआ?'' ईशा ने अपना नाखून काटते हुए कहा।

''कुछ नहीं, वही सब। पहले बताओ, तुम ठीक हो?'' प्रियंका ने कहा।

''मैं ठीक हूँ। प्लीज मुझे भुलाए रखो, मैंने पेरिस सुना।''

''हाँ, हनीमून की जगह और अगले महीने शादी करने का ज्यादा दबाव। मैं करना नहीं चाहती, लेकिन शायद मुझे करनी पड़े।''

''हाँ, अगर इसका मतलब देर की बजाय जल्दी पेरिस जाना हो तो।'' ईशा ने हमें देखते हुए कहा, ''ठीक है दोस्तो?''

''बिलकुल'' व्रूम ने कहा, ''तुम क्या सोचते हो, श्याम?''

बेवकूफ, गधा! मुझे व्रूम से नफरत है।

''मैं?'' मैंने कहा जैसे ही सबने मुझे देखना जारी रखा। ईशा मुझे बिना रुके पाँच सेकंड तक देखती रही। मैं चिड़चिड़ा नहीं दिखना चाहता था। (या 'बचकाना'' आज रात के लिए मेरा नया उपनाम) इसलिए मैंने प्रतिक्रिया दी।

''बिलकुल, इसे जल्दी ही करो। फिर पेरिस या बहामास या चाहे जहाँ जाओ।''

शिट्! यह शब्द मेरे मुँह से निकलते ही मैंने अपने आपको लात मारी। प्रियंका ने मुझे सुना और देखने लगी। उसने देर तक सोचा। उसकी नाक सिकुड़ गई।

''तुमने अभी क्या कहा, श्याम?'' प्रियंका ने सीधा मुझे देखते हुए धीरे से कहा। इस बार उसके नथने फड़फड़ाने लगे।

''कुछ नहीं।'' मैंने आँखें मिलाने से कतराते हुए कहा।

''मैंने केवल कहा कि शादी करो और जल्दी पेरिस जाओ।''

''नहीं, तुमने बहामास भी कहा। तुम्हें कैसे पता कि गणेश ने बहामास का जिक्र किया था?'' प्रियंका ने पूछा।

मैं चुप रहा।

''जवाब दो मुझे, श्याम? गणेश ने बहामास की सलाह भी दी थी, लेकिन मैंने तुम लोगों को नहीं बताई। तुम्हें कैसे पता कि उसने वह भी कहा था?''

"मुझे कुछ नहीं पता। मैंने केवल ऐसे ही कह दिया।" मैंने उसे मनाते हुए कहा, लेकिन मेरी काँपती आवाज मुझे झूठा साबित कर रही थी।

"क्या तुम···मेरी बातचीत सुन रहे थे? श्याम, क्या तुमने फोन के साथ छेड़छाड़ की?" प्रियंका ने कहा और खड़ी हो गई। उसने लैंडलाइन फोन उठाया और टेबल के नीचे देखा, फिर तारों को पकड़ा। एक छोटी सी तार मेरी सीट तक खिंची चली आई। डैम, सब पता चल गया, मैंने सोचा।

"श्याम!" प्रियंका अपनी ऊँची आवाज में चिल्लाई और लैंडलाइन उपकरण को जोर से टेबल पर पटका।

"हाँ।" मैंने जितनी शांति से हो सकता था, कहा।

"मैं विश्वास नहीं कर सकती कि तुम इतनी गिरी हुई हरकत भी कर सकते हो। यह अशिष्टता की हद है!" उसने कहा।

कम-से-कम मैंने किसी चीज में ऊँचाई तो हासिल की, मैंने सोचा।

राधिका और ईशा ने मुझे देखा। परिस्थिति से अनभिज्ञ होने का बहाना करते हुए मैंने अपने हाथ ऊपर उठा दिए। व्रूम खड़ा हो गया और प्रियंका के पास गया। उसने अपना हाथ प्रियंका के कंधे पर रखा, "छोड़ो भी प्रियंका, जाने दो। आज हम सभी की रात खराब है।"

"चुप रहो। यह पागलपन है।" उसने कहा और मेरी ओर मुड़ी।

"तुम मेरे व्यक्तिगत कॉल कैसे सुन सकते हो? मैं इसकी शिकायत करके तुम्हें नौकरी से निकलवा सकती हूँ।"

"तो ऐसा करो न।" मैंने कहा, "तुम किस बात का इंतजार कर रही हो? मुझे निकलवा दो। जो भी चाहो, करो।"

व्रूम ने प्रियंका को देखा और फिर मुझे। यह समझकर कि वह मदद करने के लिए ज्यादा कुछ नहीं कर सकता, वह अपनी सीट पर लौट गया।

ईशा ने प्रियंका का हाथ पकड़कर उसे फिर बैठा दिया।

"क्या?" प्रियंका ने कहा। उसकी आवाज में गुस्सा और दुःख के आँसू साफ दिख रहे थे। 'क्या हम अपने सहकर्मियों से इतनी सी शिष्टता की आशा भी नहीं कर सकते?"

मुझे लगता है, मैं अब केवल एक सहकर्मी था। इस पर भी एक अशिष्ट सहकर्मी।

"कुछ कहो।" प्रियंका ने मुझसे कहा।

मैं चुप रहा और जोड़ी गई तारों को फिर तोड़ दिया। मैंने उसे निकाली गई तार दिखाई और फिर टेबल पर फेंक दिया। हमारी नजरें मिलीं। भले ही हम चुप थे, हमारी आँखें बोल रही थीं।

मेरी आँखों ने उससे कहा, "तुम मुझे शर्मिंदा क्यों कर रही हो?"

उसकी आँखों ने कहा, ''तुम ऐसा क्यों कर रहे हो, श्याम?''

मैं सोचता हूँ कि आँखों की बातें, शब्दों की बातों से ज्यादा प्रभावी हैं। यदा-कदा इनसानों को मुँह बंद करके अपनी आँखों को ही बोलने देना चाहिए; पर प्रियंका चुप होने के मूड में नहीं थी।

''क्यों श्याम, क्यों? तुम ऐसी बचकानी और नासमझीवाली हरकतें क्यों करते हो? मैंने सोचा कि हम सुखपूर्वक रहेंगे। हम कुछ बातों और शर्तों पर सहमत हुए थे, क्या नहीं?''

मैं अपनी बातों और शर्तों की चर्चा सभी के सामने नहीं करना चाहता था। मैं उसे चुप कराकर बदले में खुद चिल्लाना चाहता था। जो भी हो, मैं ही गलत था। जैसे एक कार ड्राइवर साइकिलवाले को टक्कर मार देता है। मेरे पास चुप रहने के अलावा और कोई विकल्प नहीं था। मुझे बचकानेपन के लिए सब भुगतना पड़ा।

''हमने कहा था कि हम साथ में काम करना जारी रख सकते हैं और यह कि भले ही हमारा रिश्ता खत्म हो गया है, हमें अपनी दोस्ती खत्म नहीं करनी है। पर यह?'' उसने कहा और टेबल पर पड़ी तार उठा ली। फिर उसने वापस उसे फेंक दिया।

''सॉरी!'' मैंने कहा या शायद फुसफुसाया।

''क्या?'' उसने कहा।

''सॉरी!'' मैंने कहा। इस बार ऊँची और स्पष्ट आवाज में। मुझे नफरत होती है, जब वह मुझे शर्मिंदा करने के लिए ऐसा करती है। अगर तुमने माफी सुन ली है तो उसे स्वीकार कर लो।

''मेरे ऊपर एक बहुत बड़ा एहसान कर दो। मेरी जिंदगी से दूर रहो। क्या तुम ··?'' प्रियंका ने ताने भरी आवाज में कहा, जो उसने मुझसे ही सीखी था।

मैंने उसको देखा और सिर हिला दिया। मेरी इच्छा हुई कि गणेश और उसे गहरी नीली माइका रंग की लेक्सस में डालकर, लैंडलाइन की तार में लपेटकर गणेश के नए पूल में डुबो दूँ।

व्रूम हँसा, भले ही वह अपने माउस पर क्लिक करता रहा। ईशा और राधिका के चेहरे पर भी मुसकान फूट पड़ी।

''इसमें हँसनेवाली बात क्या है?'' प्रियंका ने कहा। उसका चेहरा अभी भी लाल था।

''ठीक है, प्रियंका, जाने दो। तुम इसे मजाक समझ सकती हो।'' व्रूम ने कहा।

''तुम्हारे मजाक में···!'' प्रियंका ने कहना चाहा, पर रुक गई, ''वह मेरे लिए जरा भी मजाकिया नहीं है।''

''2:30 बज गए हैं दोस्तो।'' ईशा ने कहा और ताली बजाई।

''बक्शी के दफ्तर जाने का समय हो गया है।'' जाने से पहले प्रियंका और मैंने

एक-दूसरे को आखिरी बार देखा।

"क्या मिलिटरी अंकल की भी जरूरत है?" ईशा ने कहा

"नहीं, केवल वाइस एजेंट।" मैंने कहा। मैंने कमरे के कोने में मिलिटरी अंकल को देखा। मैं देख सकता था कि वह चैट हेल्पलाइन पर व्यस्त थे।

"चलो, चलते हैं राधिका।" व्रूम ने कहा।

"तुम्हें लगता है कि वह उससे प्यार करता है? या फिर यह केवल सेक्स है? कुछ अच्छा जंगली सेक्स, जो वे आपस में बाँटते हैं?" राधिका ने कहा।

"तुम ठीक हो, राधिका?" मैंने कहा।

"हाँ, मैं ठीक हूँ। मैं वास्तव में आश्चर्यचकित हूँ कि मैं ठीक हूँ। वास्तव में मुझे लगता है कि मुझे तो सदमे में होना चाहिए। या फिर शायद किसी ने भी मुझे इस स्थिति के लिए उचित प्रतिक्रिया नहीं सिखाई। मेरा पति मुझे धोखा दे रहा है। मुझे क्या करना चाहिए? चीखूँ? रोऊँ? क्या करुँ?"

"अभी के लिए कुछ नहीं। हमें सिर्फ बक्शी की मीटिंग में भाग लेना है।" व्रूम ने कहा जैसे ही हम बक्शी के कमरे की तरफ मुड़े।

अभी मेरा दिमाग प्रियंका के शब्दों में उलझा हुआ था, "हमारी कुछ बातें व शर्तें थीं।" जैसे हमारा अलग होना कोई व्यापार का ठेका था। हमारी पिछली डेट का हर क्षण मेरे मन के सामने उसी तरह आ गया जैसे ही हम बक्शी के ऑफिस जाने लगे। हम पिज्जा हट गए थे और तभी से पिज्जा मुझे अच्छे नहीं लगे।

#23

प्रियंका के साथ मेरी पिछली डेट्स–V

पिज्जा हट, सहारा मॉल गुड़गाँव,
इस रात से चार महीने पहले।

उस दिन वह समय पर आ गई थी। आखिरकार वह किसी उद्‌देश्य से आई थी। यह एक डेट नहीं थी–हम औपचारिक रूप से अलग होने के लिए मिल रहे थे। वास्तव में हमारे रिश्ते में टूटने लायक अब और कुछ नहीं बचा था। फिर भी, मैंने हाँ कर दी थी, यदि केवल उसका चेहरा भर देखने के लिए, जैसा उसने मुझसे कहा था, वह इस बात पर भी चर्चा करना चाहती थी कि हमें एक–दूसरे के साथ कैसे व्यवहार करना और आगे बढ़ना है। जब ऐसे शब्द इस्तेमाल होने लग जाते हैं तो समझो कि रिश्ता मर चुका है।

हमने पिज्जा हट इसलिए चुना, क्योंकि यह अच्छा और सुविधाजनक है। अलग होने के लिए स्थान आस–पास के माहौल से ज्यादा महत्त्व रखता है। वह सहारा मॉल में खरीदारी करने आई थी, जहाँ पर सरकारी अवकाश के दिन आधी दिल्ली उमड़ती है।

''हाय!'' उसने कहा और घड़ी को देखा। ''वाऊ! देखो, आज समय पर आ गई हूँ। तुम कैसे हो?'' उसने अपनी शर्ट का कॉलर पकड़ा।

''मैं विश्वास नहीं कर सकती कि जुलाई में इतनी गरमी है।''

प्रियंका ऐसी चुप्पी बरदाश्त नहीं कर सकती थी; वह चुप्पी को खत्म करने के लिए कुछ भी कर सकती थी। *कट द बुलशिट,* मुझे कहना था, पर कह न सका।

''यह दिल्ली है और तुम क्या उम्मीद करती हो?'' मैंने कहा।

''मेरा सोचना है कि अधिकतर लोग मॉलों में बस एयर–कंडीशनिंग के लिए आते हैं।''

''क्या हम अपना काम जल्दी निपटा सकते हैं?'' मैंने उसे रोकते हुए कहा।

''हूँ।'' उसने मेरी आवाज से चकित होते हुए कहा।

वेटर आया और उसने हमारा ऑर्डर ले लिया। मैंने दो अलग-अलग छोटे चीज और मशरूम पिज्जा मँगवाए। मैं उसके साथ एक बड़ा पिज्जा नहीं बाँटना चाहता था, भले ही प्रति वर्ग इंच पिज्जा के आधार पर बड़ावाला काफी सस्ता था।

''मैं इन अलग होनेवाली बातों में ज्यादा कुशल नहीं हूँ, तो इसे ज्यादा खींचते नहीं हैं।'' मैंने कहा, ''हम किसी मकसद से मिल रहे हैं। तो अब क्या? क्या अलग होने की कोई बात है, जो मुझे कहनी पड़ेगी?''

उसने मुझे दो सेकंड तक घूरा। मैंने उसकी नाक को नहीं देखा। उसकी नाक पर मैंने हमेशा अपना हक महसूस किया है।

''मैंने सिर्फ सोचा कि हम इसे खुशी-खुशी भी कर सकते थे। हम अभी भी दोस्त बने रह सकते हैं, ठीक?'' उसने कहा।

इन औरतों की अजीब फितरत है, जो हमेशा दोस्त बनी रहना चाहती हैं। वे एक बॉयफ्रेंड और नो-फ्रेंड के बीच दो टूक फैसला क्यों नहीं कर सकतीं?

''मैं ऐसा नहीं सोचता। हम दोनों के ही काफी दोस्त हैं।''

''देखो, मुझे तुम्हारी यही बात अच्छी नहीं लगती। तुम्हारे बात करने का, लहजा।'' उसने कहा।

''मैंने सोचा कि हमने तय किया था कि एक-दूसरे की गलतियों की चर्चा नहीं करेंगे। मैं यहाँ अलग होने के लिए आया हूँ, न कि दोस्त बनाने या अपने व्यवहार का निरीक्षण करने।''

टेबल पर पिज्जा के आने तक वह चुप रही। मैं एक टुकड़ा खाने लगा।

''शायद तुम भूल रहे हो कि हम साथ में काम करते हैं। इससे यह थोड़ा ज्यादा जटिल बन रहा है।'' प्रियंका ने कहा।

''कैसे?''

''जैसे अगर हमारे बीच तनाव है तो इससे काम पर ध्यान केंद्रित करने में मुश्किल होगी—हमें भी और दूसरों को भी।'' उसने कहा।

''तो तुम क्या कहना चाहती हो? मैं पहले ही अलग हो चुका हूँ। क्या अब मैं इस्तीफा भी दे दूँ?'' मैंने कहा

''मैंने ऐसा नहीं कहा। जो भी हो, मैं यहाँ नौ महीनों के लिए और हूँ। अगले साल तक मेरे पास बी.एड. करने के लिए काफी पैसा हो जाएगा। इसलिए स्थिति अपने आप ठीक हो जाएगी। लेकिन यदि हम कुछ बातें और शर्तें मान लें तो—जैसे हम आपस में दोस्ती बनाए रख सकते हैं।''

''मैं दोस्त बने रहने के लिए अपने आपसे जबरदस्ती नहीं कर सकता।'' मैंने उसे टोका, ''रिश्तों के प्रति मेरी सोच अलग है। माफ कर देना, यदि यह तुम्हारे लिए व्यावहारिक नहीं है तो, पर मैं नकल नहीं कर सकता।''

''मैं तुम्हें नकल करने के लिए नहीं कह रही हूँ।'' उसने कहा।

"अच्छा। अब तुम उस स्तर पर नहीं हो कि तुम मुझे बताओ कि क्या करना है। चलो, अब इसे खत्म करें। हमें क्या कहना है? मैं हम दोनों के अलग होने की घोषणा करता हूँ? तब हम कहते हैं, मैं करता हूँ, मैं करता हूँ।"

मैंने अपनी प्लेट अलग धकेल दी। मेरी भूख पूरी तरह से मर चुकी थी। मेरी इच्छा थी कि पिज्जा को कमरे के कोने में फेंक दूँ।

"क्या, कुछ कहो?" मैंने उसके दस सेकंड तक चुप रहने के बाद कहा।

"मुझे नहीं पता, क्या कहूँ!" उसने टूटती आवाज में कहा, "सचमुच, अपने निकम्मे, बिना बसे हुए बॉयफ्रेंड के लिए आखिरी मिनट का प्रवचन नहीं, इन अतिरिक्त क्षणों में कोई उच्च नैतिक बात नहीं? अरे प्रियंका, हारे हुए को थप्पड़ मारने का मौका मत खोओ।"

उसने अपना बैग उठाया और खड़ी हो गई। उसने सौ रुपए का नोट निकाला और टेबल पर रख दिया–पिज्जा के लिए उसका योगदान।

"ठीक है।" वह फिर चुप हो जाती है।

"एक बार फिर मुझे ही चुभन हो रही है।" मैं इतनी जोर से बुदबुदाया कि वह सुन ले।

"श्याम!" उसने अपने कंधे पर अपना बैग लटकाते हुए कहा।

"हाँ!" मैंने कहा।

"तुम्हें पता है, तुम हमेशा कहते हो कि तुम किसी काम में अच्छे नहीं हो? मैं नहीं सोचती कि यह सही है। क्योंकि ऐसी कोई चीज है, जिसमें तुम बहुत अच्छे हो!" उसने कहा।

"क्या!" मैंने कहा। शायद आखिरी मिनट में कुछ प्रशंसा कर वह मुझे बेहतर महसूस करवाना चाहती थी, मैंने सोचा।

"तुम लोगों का दिल दुखाने में बहुत अच्छे हो। बस लगे रहो।"

इसी के साथ मेरी भूतपूर्व गर्लफ्रेंड मुड़ी और चली गई।

24

हम 2:30 ए.एम. पर बक्शी के ऑफिस पहुँचे। एक बेडरूम फ्लैट के आकार का, शायद यह दुनिया का सबसे अनुत्पादक ऑफिस है। उसकी डेस्क, जिस पर शेखी बघारता हुआ एक फ्लैट स्क्रीन का पी.सी. रखा है, एक कोने में है। डेस्क के पीछे मैनेजमेंट कौशल की किताबों से भरी पुस्तकों की अलमारियाँ हैं जिनकी मोटाई अत्यधिक है। उनमें से कुछ तो इतनी भारी हैं कि आप उन्हें एक हथियार की तरह इस्तेमाल कर सकते हैं। पिछली ''बे'' बैठकों के दौरान एक किताब उठाकर बक्शी के सिर पर मारने का खयाल अकसर मेरे मन में आया था। मैं सोचता हूँ, किसी गोरी के साथ समय बिताने की अपेक्षा अपने बॉस को मारना भारतीय लोगों की परम इच्छा होती है।

कमरे के दूसरे कोने में एक कॉन्फ्रेंस टेबल है और छह कुरसियाँ हैं। दूसरे दफ्तरों से बहुपार्टी कॉल करने के लिए टेबल के बीच में एक स्पीकर फोन है।

जब हम उसके कमरे में पहुँचे तब बक्शी अपने दफ्तर में नहीं था।

''कहाँ है यार वह?'' व्रूम ने कहा।

''शायद टॉयलेट में है? मैंने कहा।

''एक्जीक्यूटिव टॉयलेट, वहाँ एक अलग ही तरह का एहसास होता है।'' व्रूम ने कहा और मैंने स्वीकृति में सिर हिला दिया।

हम बक्शी की कॉन्फ्रेंस टेबल के आस-पास बैठे। हम सभी बैठक के लिए नोटबुक लाए थे। हमने वास्तव में कभी उनका इस्तेमाल नहीं किया, पर बैठक में खुली हुई नोटबुक के साथ बैठना जरूरी लगता है।

''वह कहाँ है?'' प्रियंका ने कहा।

''मुझे नहीं पता। कौन परवाह करता है?'' व्रूम ने कहा और खड़ा हो गया। अरे श्याम, बक्शी का कंप्यूटर चेक करना चाहते हो?'' उसने बक्शी की डेस्क तक जाते हुए कहा।

''क्या?'' मैंने कहा, 'क्या तुम सनक गए हो? वह किसी भी समय आ जाएगा। तुम इतनी जल्दी क्या देख सकते हो?''

"केवल मजे के लिए। तुम्हें पता है कि बक्शी कैसी वेबसाइट देखता है?" व्रूम ने कहा और बक्शी के की-बोर्ड तक पहुँचने के लिए झुक गया। उसने इंटरनेट एक्सप्लोरर खोला और देखी गई वेबसाइटों का इतिहास जानने के लिए Ctrl+H दबाया।

"तुम पागल हो गए हो? तुम मुश्किल में फँस जाओगे।" मैंने कहा।

"वापस आ जाओ, व्रूम।" ईशा ने कहा।

"ठीक है, मैंने एक प्रिंटआउट निकाला है।" व्रूम ने कहा और कमरे में बक्शी के प्रिंटर की तरफ लपका। वह प्रिंट आउट निकालकर लाया और फटाफट कॉन्फ्रेंस टेबल की तरफ आ गया।

"क्या तुम बेवकूफ हो?" मैंने कहा।

"ठीक है दोस्तो, इसे देखो। व्रूम ने A4 साइज शीट को अपने सामने पकड़ते हुए कहा। timesofindia.com, rediff.com और फिर हमारे पास हैं, हारवर्ड बिजनेस रिव्यू वेबसाइट, बोस्टन वेदर वेबसाइट, बोस्टन प्लेसेस टू सी, बोस्टन रियल एस्टेट..."

"उसे बोस्टन में क्या दिलचस्पी है?" ईशा ने कहा।

"वह जल्दी ही वहाँ पर व्यापार के सिलसिले में जा रहा है।" राधिका ने उसे याद दिलाया।

"और दूसरी कौन सी वेबसाइट है?" मैंने कहा।

"और भी हैं। यही तो मैं ढूँढ़ रहा था। awesomeindia.com, भारतीय लड़कियों की सबसे अश्लील साइट, adultfriendfinder.com, एक वैयक्तिक सेक्स साइट, cabaretlounge.com, बोस्टन में एक स्ट्रिप क्लब, porn-inspector.com...हैलो इस डिपार्टमेंट में लिस्ट बढ़ रही है।

"उसे बोस्टन में क्या दिलचस्पी है?" मैंने ईशा के शब्दों को दोहराया।

"कौन जानता है?" व्रूम ने कहा और हँस दिया। "यार, इसे देखो, वियाग्रा की आधिकारिक वेबसाइट छह घंटे पहले देखी गई।"

"मैं कोशिश करके उससे बोस्टन के बारे में पूछूँगी।" प्रियंका ने कहा।

हमने बक्शी के कदमों की आहट सुनी और व्रूम ने जल्दी से शीट मोड़ ली। हम चुप हो गए और नोटबुक में नए खाली पेज निकाल लिये।

बक्शी ने तेज कदमों से दफ्तर में प्रवेश किया।

"सॉरी टीम! मुझे कुछ मैनेजमेंट मामलों के लिए मुख्य कंप्यूटर शाखा के टीम लीडरों से मिलना पड़ा। तो आज रात सब कैसा काम कर रहे हैं?" बक्शी ने अपनी कॉन्फ्रेंस टेबल पर आखिरी सीट लेते हुए कहा।

किसी ने प्रतिक्रिया नहीं दी। मैंने सिर हिलाकर यह बताना चाहा कि मैं ठीक चल रहा था, लेकिन बक्शी मुझे नहीं देख रहा था।

"टीम, मैंने आज आपको कुछ परिवर्तनों के बारे में बताने के लिए यहाँ बुलाया है, जो कनेक्शंस पर हो सकते हैं। हमें लोगों को कम करने की जरूरत है।"

"तो लोगों को निकाला जा रहा है। यह अफवाह नहीं थी!" व्रूम ने कहा।

राधिका का चेहरा पीला पड़ गया। प्रियंका और ईशा भी चकित मुद्रा में थीं।

"हम कभी लोगों को निकालना नहीं चाहते, मि. विक्टर। पर कभी-कभी हमें यह काम करना पड़ता है।"

"क्यों? जब दूसरी और कई चीजें की जा सकती हैं, तब हम लोगों को क्यों निकाल रहे हैं?" व्रूम ने कहा।

"हमने सावधानीपूर्वक सभी संभावित विकल्प देख लिये हैं।" बक्शी ने कहा और एक पेन ले लिया। सभी घबराकर पीछे हो गए। आखिरी चीज, जिसकी हमें जरूरत थी, वह था बक्शी का आरेख।

"मूल्य घटाना ही एकमात्र विकल्प है।" बक्शी ने कहा और कुछ बनाने लगा। जो भी हो, पेन नहीं चला। उसने उसे चलाने के लिए हिलाया। एक बॉल पेन के साथ ऐसा करना व्यर्थ है। पेन ने सहयोग देने से मना कर दिया, शायद बक्शी की गालियों से खीझकर।

मैं अपना खुद का पेन देने जा रहा था, लेकिन ईशा जो मेरे पास बैठी थी उसने भाँप लिया और मेरी कुहनी को जल्दी खींचकर मुझे रोक दिया। बक्शी ने हमें लेक्चर देना जारी रखा। वह छह मिनट (या छियानबे साँस) तक बिना रुके बोला। उसने बहुत सारी प्रबंधन दर्शनशास्त्र विचारों की शालाओं और अन्य कई जटिल मुद्दों के बारे में बात की, जिनके बारे में मैं कुछ नहीं जानता। उसका कहना यह था कि हमें कंपनी को और कार्य-कुशल बनाना है। उसके पास यह कहने का कुशल तरीका नहीं था, बस।

व्रूम ने मुझसे वादा किया था, वह बक्शी से आज रात वेबसाइट का जिक्र नहीं करेगा, तब तक नहीं जब तक परिवर्तन खत्म नहीं हो जाते। फिर भी, इस बात ने उसे बक्शी को आड़े हाथों लेने से नहीं रोका।

"सर, लेकिन मूल्य घटाना निरर्थक है। अगर बिक्री में वृद्धि नहीं होती है तो हमें ज्यादा ग्राहकों की जरूरत है। बिना रुके नौकरियाँ घटाने की जरूरत नहीं है, जब तक कि कंपनी बचे ही नहीं।" व्रूम ने बक्शी का भाषण खत्म होने के बाद कहा। मैं सोचता हूँ, व्रूम के अंदर कहीं कट्टर आशावादी विचार था जो सचमुच सोचता था कि बक्शी उसकी बात मान लेगा।

"हमने हर विकल्प के बारे में सोचा है," बक्शी ने कहा, "सेल्स टीम बहुत महँगी है।"

"सर, हम एक सेल्स टीम बना सकते हैं। हमारे हजारों एजेंट हैं। मुझे विश्वास है कि उनमें से कुछ तो बिक्री में अच्छे होंगे। हम ग्राहकों से रोज बात करते हैं तो हमें

पता है कि वे क्या चाहते हैं।''

''पर हमारे ग्राहक यू.एस. में हैं, हमें वहाँ बेचना है। तो क्या हम कुछ एजेंटों को यू.एस. अपना ग्राहक-आधार बढ़ाने की कोशिश करने के लिए क्यों नहीं भेज सकते? क्यों नहीं दोस्तो?'' व्रूम ने कहा और हमें देखा, जैसे हम स्वीकृति में जोर से अपना सिर हिला देंगे।

मैं ही एकमात्र था, जो सुन रहा था, पर चुप रहा।

राधिका अपने पैड पर टेढ़े-मेढ़े अक्षर बना रही थी, एक आकृति बना रही थी, जो कुछ इस प्रकार थी–

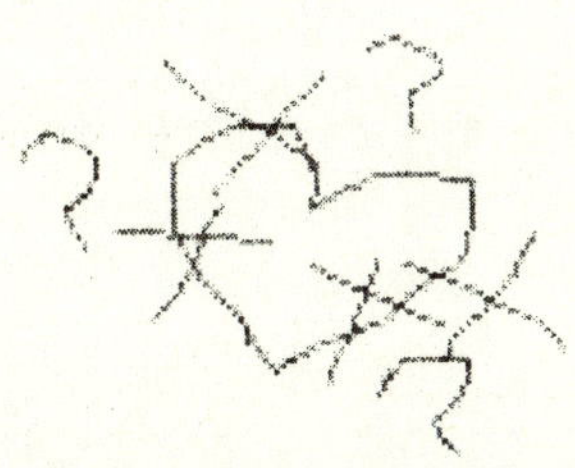

प्रियंका अपने नोटपैड पर संख्याओं की टेबल बना रही है। मैंने सोचा कि वह अपनी शादी का दिन निकालने के लिए एक कैलेंडर बना रही है। मेरी इच्छा हुई कि उसकी नोटबुक के टुकड़े-टुकड़े कर दूँ। ईशा अपने नोटपैड में पेन की नोक घुसा रही थी, ताकि वह दूसरी तरफ से बाहर आ जाए।

''यू.एस. में एजेंट भेज दो, उन्हें बोस्टन ले जाओ!'' बक्शी ने कहा और हँसने लगा।

''अच्छा, उनमें से कुछ तो कम-से-कम कोशिश के तौर पर। उनमें से कुछ बहुत होशियार हैं। कौन जानता है, उन्हें वह एक ग्राहक मिल जाए, जो सौ नौकरियाँ बचा ले? ठीक श्याम?'' व्रूम ने कहा।

''हूँ!'' मैंने अपना नाम सुनकर चौंकते हुए कहा।

''मि. विक्टर, एक फीडबैक मैनेजर होने के नाते मैं तुम्हारे इनपुट की तारीफ करता हूँ। जो भी हो, मैं नहीं सोचता कि यह इतना अच्छा आइडिया है।'' बक्शी ने कहा, ''क्यों नहीं?'' व्रूम ने एक माध्यमिक विद्यालय के बच्चे जैसे भोलेपन से कहा।

''क्योंकि अगर यह इतना अच्छा आइडिया होता तो कोई-न-कोई इसके बारे में पहले से ही सोच लेता। उदाहरण के लिए, मैंने ऐसा क्यों नहीं सोचा?'' बक्शी ने कहा।

''हूँ!'' व्रूम ने विस्मित होते हुए कहा। मैं यह सब पहले सुन चुका था, इसलिए मुझे कुछ नहीं हुआ। बक्शी के शरीर की प्रत्येक लाल, सफेद और काली रक्त कणिका को मैं पहचानता था।

''क्या योजना है सर, हमें कब पता चलेगा कि किसको निकाला। मेरा मतलब

राइट साइज किया गया है?'' मैंने कहा।

''जल्दी ही हम लिस्ट को आखिरी रूप दे रहे हैं। हम तुम्हें इस सुबह या कल रात तक बता देंगे।'' बक्शी ने कहा। उसके चेहरे पर शांति दिख रही थी, क्योंकि मैंने उसे चुनौती नहीं दी थी।

''कितने लोग अपनी नौकरी खो देंगे। सर, कितने प्रतिशत?'' राधिका ने कहा। उसके मीटिंग में ये पहले शब्द थे।

''अब तक तीस से चालीस सोचा जा रहा है।'' बक्शी ने अभ्यासित शांत आवाज में कहा, जैसे वह बाहर का तापमान बता रहा हो।

''यह तो बहुत सारे लोग होंगे।'' व्रूम ने कहा, जैसे यह बहुत जटिल गणना थी।

''कॉरपोरेट जिंदगी ऐसी ही होती है, मेरे दोस्त!'' बक्शी ने कहा और खड़ा हो गया, यह इशारा करते हुए कि बैठक खत्म हो गई थी। ''तुम्हें पता है, वे क्या कहते हैं। यहाँ पर जंगल है, मुझे नहीं पता कि ऐसा किसने कहा; लेकिन जब मैंने बक्शी को देखा, मैंने पहचाना कि इस जंगल में मसखरे भी हैं।

लड़कियों ने तुरंत अपनी नोटबुक उठाई और खड़ी हो गईं। व्रूम वहाँ कुछ देर तक बैठा रहा। उसने बक्शी द्वारा देखी गई वेबसाइटवाला प्रिंटआउट मोड़ा और उसे अपनी जेब में डाला।

''थैंक यू, सर!'' ईशा ने कहा।

''यू आर वेलकम। जैसा कि तुम लोग जानते हो, मैं हमेशा मिलनसार मैनेजर हूँ। यहाँ या बोस्टन, तुम मुझे कभी भी मिल सकते हो।''

हम दरवाजे पर थे, जब प्रियंका ने एक सवाल पूछा, ''सर, क्या आप बोस्टन जा रहे हैं?''

बक्शी वापस अपनी डेस्क पर था। वह टेलीफोन उठा चुका था, पर रुक गया, जब उसने प्रियंका का सवाल सुना।

''ओ हाँ, मुझे तुम्हें उसके बारे में बताना चाहिए। ऐसा नहीं है कि यह बहुत जरूरी है। मेरा ट्रांसफर जल्दी ही बोस्टन हो रहा है। शायद एकाध महीने में।''

''बोस्टन में ट्रांसफर!'' व्रूम, राधिका, ईशा, प्रियंका और मैं एक साथ बोल पड़े।

''हाँ, तुम देखो। मैं अपनी तारीफ खुद नहीं करना चाहता। पर लगता है कि उन्होंने कंपनी के वैल्यू आडिशन चक्र में मेरे योगदान को पहचान लिया है।'' उसके चमकदार चेहरे पर एक दंभी मुसकराहट उभर आई। मेरी इच्छा हुई कि पूरी किताबों की अलमारी उस पर उलट दूँ।

''पर और जानकारी बाद में आएगी। जो भी हो, यदि तुम बुरा न मानो तो मैं एक कॉल कर लूँ। यदि हमारे पास और खबर आती है तो मैं तुम्हें बताता रहूँगा।''

बक्शी ने जाते समय दरवाजा बंद कर देने का इशारा किया। जैसे ही मैंने दरवाजा बंद किया, मुझे लगा कि किसी ने मेरे चेहरे पर थप्पड़ जड़ दिया हो। धीमी चाल में हम उसके ऑफिस से निकल आए।

25

बक्शी के साथ हमारी बैठक के बाद हम WASG पहुँचे। कॉल्स स्क्रीन पर चमकती रहीं, लेकिन किसी ने उन्हें नहीं उठाया। मैं अपनी सीट पर बैठ गया और अपना ई-मेल खोल लिया। मैं कुछ पढ़ नहीं सका, क्योंकि मेरे दिमाग में सिस्टम ओवरलोड हो रहा था।

मैंने समय देखा, 2:45 हो रहे थे।

व्रूम अपनी डेस्क पर बैठ गया और कुछ सुनाई न देनेवाली गालियाँ बुदबुदाने लगा। उसने अपने कंप्यूटर पर कनेक्शंस का आंतरिक वेब-पेज खोला। उसमें यू.एस. का नक्शा था। उसने एक पेन पकड़ा और यू.एस. के पूर्वी तट पर एक बिंदु पर टोका।

''यह है बोस्टन।'' उसने कहा और पेन के आस-पास कसकर मुट्ठी बाँध ली। ''हमारा बॉस यहीं होगा जब हम सड़क पर नौकरियाँ तलाश रहे होंगे।''

सब चुप रहे।

''क्या मैं पूछ सकता हूँ कि सब इतने खामोश क्यों हैं?'' व्रूम ने कहा।

''मुझे लगता है कि अब हमें कुछ कॉल उठाने चाहिए।'' मैंने कहा और टेलीफोन के कंट्रोल को टटोलने लगा।

''जैसे हमें करना चाहिए।'' व्रूम ने कहा और मॉनीटर पर जोर से अपना पेन मार दिया। एक तेज आवाज ने डेस्क पर सभी को चौंका दिया। टूटे हुए काँच पर नौ इंच चौड़ी, मकड़ी के जाले जैसी एक आकृति व्रूम के मॉनीटर पर बन गई। बाकी की उसकी स्क्रीन काम करती रही, मानो कुछ हुआ ही न हो।

''क्या हुआ?'' लड़कियों ने कहा और सब व्रूम के कंप्यूटर के आस-पास आ गईं।

''डैम इट!'' व्रूम ने कहा और अपना पेन जोर से नीचे पटका।

उसके दो टुकड़े हो गए। कुछ लोग रोने लग जाते हैं, जब वे दुःखी होते हैं। कुछ अपने आस-पास जो कुछ भी होता है उसे तोड़ डालते हैं।

''ओह नहीं। मॉनीटर तो पूरा गया।'' ईशा ने कहा और अपना हाथ व्रूम के कंधे पर रख दिया–'क्या तुम ठीक हो?''

“मुझे छूने की कोशिश मत करना, तुम कुलटा...” ब्रूम ने कहा और उसका हाथ दूर धकेल दिया।

“क्या?” ईशा ने कहा, ‘तुमने अभी-अभी क्या कहा?”

“कुछ नहीं! मुझे जरा अकेला छोड़ दो, ठीक है! जाओ, जाकर अपनी नौकरियों के बारे में प्रार्थना करो या जो भी। साली धोखा देने चली है।” ब्रूम ने कहा और अपनी कुरसी ईशा से दूर खींच ली।

कुछ सेकंडों के लिए लड़कियाँ वहाँ स्तब्ध होकर खड़ी रहीं। फिर धीरे से अपनी सीट पर वापस चली गईं।

“उसके साथ क्या हुआ?” प्रियंका ने ईशा से कानाफूसी करते हुए पूछा, जो हमें सुनाई दे रहा था।

“मैंने तुमसे कहा था कि उसने फिर से प्रपोज किया था। शायद वह मेरी न को ठीक ढंग से नहीं ले रहा।” ईशा ने प्रियंका से कहा।

“ओह, सचमुच!” ब्रूम चिल्लाया और खड़ा हो गया, “तुम्हें लगता है कि यह प्रपोजल के बारे में है, जैसे मुझे तुम्हारी हरकतों के बारे में पता नहीं है। यहाँ पर सभी को पता है—श्याम, राधिका और प्रियंका को। तुमने सोचा कि मुझे पता नहीं लगेगा? काश, मुझे एक कुलटा से शादी का प्रस्ताव रखने के पहले यह पता होता, जो आदमियों के लिए मरती है। मुझे खीझ होने लगी है।”

ईशा ने दशहत से हम सभी को देखा। उसकी आँखों में आँसू आ गए। वह काँपने लगी और राधिका ने नीचे बैठने में उसकी मदद की। खड़े होकर रोने से बैठकर रोना ज्यादा अच्छा है।

प्रियंका ब्रूम की सीट तक गई। उसने उसे घूरा, उसका चेहरा लाल था। थप्पड़। उसने ब्रूम के चेहरे पर एक जोरदार थप्पड़ मारा।

“सीख लो, औरत से कैसे बात करते हैं। तुमने एक और भद्दी बात की अच्छा नहीं होगा, समझे!” प्रियंका ने कहा।

ब्रूम ने प्रियंका को घूरा, उसका हाथ उसके गाल पर। वह इतना अचंभे में था कि बदला लेने के लिए सोच नहीं सकता था। मैंने अपने आपको उन दोनों के बीच में छुपा लिया। ‘दोस्तो क्या हम यहाँ कुछ शांति ला सकते हैं।” मैंने कहा, “चीजें पहले से ही काफी बिगड़ी हुई हैं, प्लीज नीचे बैठे जाएँ और कुछ काम कर लें।”

“मैं काम नहीं कर सकती। मुझे नहीं पता कि अगले कुछ घंटों में यह नौकरी मेरे पास होगी या नहीं।” प्रियंका ने कहा और अपनी सीट पर वापस चली गई। उसने ब्रूम को घूरना जारी रखा।

“कम-से-कम बैठ जाओ।” मैंने कहा।

“मैं चाहती हूँ कि वह ईशा से माफी माँगे। उस बेवकूफ को देखना चाहिए कि वह क्या कह रहा है।” प्रियंका ने कहा।

राधिका उसे सांत्वना देने की कोशिश कर रही थी और ईशा ने रोना जारी रखा।

''तुम्हें नौकरी की क्या परवाह? तुम्हारी तो शादी हो रही है।''

''औरतों के लिए बहुत सरल होता है।'' व्रूम ने कहा।

''क्या? अब तुम मेरे साथ शुरू मत हो जाओ।'' प्रियंका ने कहा। वह अपनी सीट तक पहुँच गई थी, पर बैठने के लिए तैयार नहीं थी।

''तुम्हें लगता है, यह सरल है?'' उसने ईशा और राधिका की ओर इशारा करते हुए कहा।

व्रूम चुप रहा और नीचे देखता रहा।

''राधिका को पता लगा कि उसका पति उसे धोखा दे रहा है। वह भी तब जब वह दिन-रात उसके और उसके परिवार के लिए काम करती रहती है। और ईशा को मॉडलिंग कॉण्ट्रेक्ट नहीं मिलता जब तक वह स्वार्थी आदमियों के साथ सोती नहीं है। पर वह मॉनीटर नहीं तोड़ती है और गालियाँ नहीं देती, व्रूम। क्योंकि हम शोर नहीं मचाते, इसका मतलब यह नहीं है कि सब आसान है।'' उसने इतनी जोर से कहा कि आप इसे शोर मचाना कह सकते हैं।

''क्या हम दो मिनट के लिए चुप हो सकते हैं? कॉल मत लो, पर कम-से-कम चुप रहो।'' मैंने प्रार्थना की।

राधिका ने ईशा को पानी का गिलास दिया। उसने रोना बंद कर दिया। प्रियंका नीचे बैठ गई और अपने हाथ से बनाया हुआ कलेंडर खोल लिया। व्रूम अपनी डेस्क पर बिखरे हुए काँच के टुकड़े देखकर चुप हो गया।

इस एकांत ने मुझे बक्शी की बैठक के बारे में सोचने का मौका दिया। अगर मैंने अपनी नौकरी खो दी तो मैं क्या करूँगा? फिर से एजेंट बन जाऊँगा? शायद टीम लीडर बनने के बारे में भूल ही जाऊँगा।

''मुझे माफ कर दो।'' व्रूम बुदबुदाया।

''क्या?'' ईशा ने कहा।

''मैं माफी चाहता हूँ, ईशा!'' व्रूम ने अपना गला साफ करते हुए कहा, ''मैंने गंदी और दिल दुखानेवाली बातें कहीं। मैं खुद बहुत परेशान था। प्लीज मुझे माफ कर दो।''

''ठीक है, व्रूम। इसलिए तकलीफ होती है, क्योंकि उसमें थोड़ी-बहुत सच्चाई है।'' ईशा ने रूखी मुसकराहट के साथ कहा।

''मैं वह भद्दी चीजें खुद को कहना चाहता था, क्योंकि...'' व्रूम ने कहा और टेबल पर दो मुक्के उसी समय जमाए।

''क्योंकि असली धोखेबाज तो मैं हूँ, तुम नहीं।''

''क्या?'' मैंने कहा।

''हाँ, इस तनख्वाह ने मुझे बाँधकर रखा है।'' व्रूम ने कहा और टेलीफोन

हैडसेट उठा लिया। ''अमेरिकी इससे मुझ पर एक रात में ही सौ बार दबाव डालते हैं और रोब जमाते हैं। बक्शी मैनेजमेंट सिद्धांतों से मुझ पर रोब जमाता है। पीठ पीछे छुरा घोंपता है और हमें निकालने की धमकी देता है। और मजेदार बात यह है कि मैं उन्हें ऐसा करने देता हूँ। पैसे के लिए, सुरक्षा के लिए–मैं ऐसा होने देता हूँ। आओ, मुझ पर थोड़ा और रोब जमाओ।'' व्रूम ने कहा और हैडसेट को टेबल पर फेंक दिया।

''क्या तुम्हें पानी चाहिए?'' राधिका ने कहा और उसे पानी का गिलास थमा दिया।

व्रूम ने गिलास उठाया और एक घूँट में पूरा पानी पी गया। मैं सोच रहा था कि कहीं खाली गिलास जमीन पर पटककर उसके टुकड़े-टुकड़े न कर दे। सौभाग्य से उसने उसे केवल टेबल पर जोर से रखा।

''थैंक्स!'' व्रूम ने कहा, ''मुझे इसकी जरूरत थी। वास्तव में मुझे एक ब्रेक चाहिए। नहीं तो मैं पागल हो जाऊँगा। मैं इसे अभी झेल नहीं सकता।''

''मुझे भी ब्रेक की जरूरत है।'' प्रियंका ने कहा, 'ठीक है, व्रूम, शिफ्ट खत्म होने में केवल कुछ ही घंटे बचे हैं।''

''नहीं, मुझे अभी ब्रेक चाहिए। मैं ड्राइव पर जाना चाहता हूँ। चलो, सभी ड्राइव पर चलते हैं। मैं क्वालिस लाता हूँ।'' व्रूम ने कहा और खड़ा हो गया।

''अभी? तीन बजने वाले हैं।'' मैंने कहा।

''हाँ, अभी। कॉलों के बारे में कोई हमें क्या देता है? तुम्हारे पास काम भी नहीं होगा। खड़े हो जाओ।''

''अगर कोई जा रहा है तो प्लीज मेरे लिए चौबीस घंटे खुले रखनेवाले केमिस्ट से कोई गोली ला देगा?'' राधिका ने कहा।

''नहीं, हम सभी जा रहे हैं।'' व्रूम ने कहा, 'खड़े हो जाओ, श्याम। अगर तुम आओगे तो ही सभी आएँगे!''

''ठीक है, मैं भी आऊँगी। सिर्फ कुछ ताजा हवा के लिए।'' प्रियंका ने कहा।

मैंने उनकी तरफ देखा। हर कोई अपनी तकलीफों से बाहर आना चाहता था। कुछ क्षणों के लिए ही सही, मैं बक्शी, गणेश और कनेक्शंस से दूर जाना चाहता था।

''ठीक है, हम जा सकते हैं। पर हमें जल्दी वापस आना होगा।'' मैंने कहा।

''हम कहाँ जा रहे हैं?'' ईशा ने कहा, 'मैंने सुना है कि नया लाउंज बार बेड नजदीक ही है।''

''बिलकुल नहीं, हम केवल एक ड्राइव के लिए जा रहे हैं।'' मैंने कहा, लेकिन व्रूम ने मुझे टोक दिया।

''बढ़िया आइडिया है, हम बेड जा रहे हैं। बहुत मस्त जगह है।''

''मुझे सोने के लिए असली बेड की जरूरत है।'' राधिका ने कहा और अपनी बाँहें फैला लीं।

हम सभी उठ गए। शक से बचने के लिए हमने एक-एक करके बाहर निकलने का फैसला किया।

"उठिए, मिलिटरी अंकल।" व्रूम ने उनकी डेस्क पर जाकर कहा।

"हूँ!" अंकल ने उठते हुए कहा। आम तौर पर वह व्रूम को डाँट देते, लेकिन मुझे लगता है कि वह अपने बेटे के ई-मेल के कारण एक सहज प्रतिक्रिया देने के लिए बहुत दुखी थे।

"हम सभी ड्राइव के लिए जा रहे हैं। दूसरे आपको सबकुछ बता देंगे। मैं क्वालिस लाता हूँ।" व्रूम ने कहा और अंकल का मॉनीटर बंद कर दिया।

26

ठीक 3:00 बजे हम मुख्य प्रवेश द्वार के बाहर थे। एक सफेद क्वालिस आई और हमारे पास रुकी।

''अंदर चलो।'' व्रूम ने दरवाजा खोलते हुए कहा।

''इतनी ठंड है।'' तुमने इतनी देर क्यों लगाई?'' ईशा ने आगे चढ़ते हुए कहा।

''कभी गहरी नींद में सोए हुए ड्राइवर को दूसरी क्वालिस में डालकर देखना।'' व्रूम ने कहा।

राधिका, प्रियंका और मैं बीच में बैठे। मिलिटरी अंकल ने अपने आप पीछे बैठना पसंद किया। वह कुछ स्तब्ध लग रहे थे, शायद हम सभी।

कनेक्शंस से बाहर निकलते समय व्रूम कार्यकारी पार्किंग की जगह से निकला। हमने बक्शी की मितसुबिशि लांसर देखी।

''बक्शी की कार बहुत मस्त है!'' ईशा ने कहा

''कंपनी ने दी है।'' प्रियंका ने गहरी साँस ली।

व्रूम क्वालिस को थोड़ा आगे ले गया और लांसर के पास रुक गया। उसने क्वालिस की हेडलाइट चालू कर दी। बक्शी की कार तेजी से चमकने लगी।

''क्या मैं एक सवाल पूछ सकता हूँ? लोगों को कुचल देने की क्या सजा है?'' व्रूम ने कहा।

''माफ करना!'' मैंने कहा।

''क्या हो, अगर यह क्वालिस बक्शी के ऊपर चढ़ा दें? हम ऐसा कर सकते हैं, जब वह सुबह अपनी कार लेने आएगा। कितने साल की जेल हो सकती है?'' व्रूम ने कहा। यह एक फालतू बातचीत थी, लेकिन प्रियंका ने उसे आगे बढ़ा दिया।

''इस पर निर्भर करता है कि कानून उसे कैसे देखता है। अगर वे इसे दुर्घटना के रूप में देखते हैं, कि आत्महत्या या मर्डर, तो लगभग दो साल।'' उसने कहा।

व्रूम ने कार को फिर स्टार्ट किया और बाहर के गेट की तरफ मोड़ लिया।

''दो साल बहुत ज्यादा नहीं हैं क्या? हम इसे छहों के बीच में बाँट सकते हैं? चार महीने प्रत्येक?'' व्रूम ने कहा।

''मुझे नहीं पता। किसी वकील से पूछो।'' प्रियंका ने अपने कंधों को उचकाते हुए कहा।

''इस धरती से बक्शी का पीछा छुड़ाने के लिए चार महीने तो कोई बड़ी बात नहीं है।'' ईशा ने अपने होंठों पर आ गई बालों की लट को फूँक मारी।

''केवल सोलह वीकेंडों का त्याग, सप्ताह के बाकी दिन तो जेल की तरह ही हैं।'' व्रूम ने कहा, 'क्या कहते हो, कर दें?''

अब तक हम कॉल सेंटर को छोड़कर आगे बढ़ गए थे और हाइवे पर थे। कुछ ट्रकों के अलावा पूरी सड़क खाली थी। भारत में एक अरब लोग हैं, लेकिन रात को उनमें से निन्यानबे प्रतिशत गहरी नींद में सोए रहते हैं, तब यह भूमि केवल कुछ गिने-चुने लोगों की रहती है। ट्रक ड्राइवरों, नाइट शिफ्ट में काम करनेवाले डॉक्टर, होटल स्टॉफ और कॉल सेंटर एजेंट। हम रात्रिचर देश और सड़कों पर राज करते हैं। व्रूम ने क्वालिस की रफ्तार 80 कि.मी. प्रति घंटे की कर दी।

''मुझे शंका है कि हम सजा को बाँट सकते हैं। पूरी बात ड्राइवर पर आ जाती है।'' प्रियंका ने और भी बेवकूफी भरे बक्शी के कत्ल के विषय में कहा, ''साथ में अगर उन्हें पता चला जाता है कि यह जानबूझकर किया गया है तो दस साल और गिन लो।''

''हम''' अब दस साल तो पूरी अलग ही बात है। क्या कहते हो श्याम, फिर भी बक्शी से पीछा छुड़ाने के लिए इतना बुरा नहीं है?''

''ओ.के., बहुत बेवकूफी हो गई।'' मैंने कहा, ''मैंने सोचा कि तुम हमें ड्रिंक के लिए ले जा रहे हो।''

''मैं बस''' '' व्रूम ने कहा, स्टीयरिंग से एक हाथ उठाते हुए।

''चुप रहो और चलो, मुझे एक ड्रिंक चाहिए।'' मैंने कहा।

''प्लीज पहले केमिस्ट। क्या हम दवाई की दुकान पर रुक सकते हैं।'' राधिका ने अपने सिर को सहलाते हुए कहा।

हमने बक्शी को खत्म करने की बात बंद कर दी। हालाँकि अगर मुझे कानून मुफ्त में एक कत्ल करने की अनुमति देता तो सूची में सबसे ऊपर कौन आएगा। नहीं, रुको। मैं अपनी पुरानी गर्लफ्रेंड की माँग को भूल रहा हूँ। मुझे वाकई समझ में नहीं आएगा कि पहले किस को खत्म करूँ, यही सच है। शायद कानून मुझे एक खास मामला समझकर दो कत्लों की अनुमति दे दे।

व्रूम ने दाईं ओर एक सड़क की तरफ मोड़ लिया, जो 24 घंटे खुली रहने वाली केमिस्ट दुकान तक ले जाती थी।

राधिका इंतजार करती हुई चुप थी। मुझे लगता है, उसके आधे दिमाग में पायल थी, दूसरे आधे में माइग्रेन।

''यहाँ पर!'' ईशा ने कहा, जैसे ही हमने नियान रेड क्रॉस को देखा।

"विश्वास करो। मैं इस जगह को पहचानता हूँ।" व्रूम ने कहा और क्वालिस की रफ्तार सौ तक कर ली।

"यार, सड़कों और लड़कियों की रात में कुछ और ही बात है।"

"बहुत हो गया।" प्रियंका ने कहा।

"माफ करना, रोक नहीं सका।" व्रूम ने कहा और हँस दिया।

व्रूम ने क्वालिस को केमिस्ट के पास पार्क कर दिया। एक निद्रालु लड़का, सत्रह साल से ज्यादा का नहीं होगा। काउंटर पर था, वहीं पर जिसने मेडिकल की प्रवेश परीक्षा की कुछ किताबें पढ़ी थीं; एक मक्खीमार बुकमार्क का काम कर रहा था। वह बोर लग रहा था और हमें देखकर कृतज्ञ था, शायद व्यापार से ज्यादा साथ की वजह से।

व्रूम और राधिका क्वालिस से बाहर निकले। मैं भी अपने पैरों को फैलाने के लिए बाहर निकला।

राधिका जल्दी से लड़के के पास पहुँची।

"तुम्हें क्या चाहिए, राधिका? सैरिडोन?" व्रूम ने हमारे काउंटर पर पहुँचते ही कहा।

"नहीं।" उसने अपना सिर हिला दिया। लड़के की तरफ मुड़ते हुए उसने कहा, "तीन स्ट्रिप्स कलुओक्सेटाइन और पाँच स्ट्रिप्स सरट्रालाइन व पैरोक्सेटाइन की। जल्दी देना प्लीज।" उसने चिंता में काउंटर को ठोंकना शुरू कर दिया, उसकी लाल चूड़ियाँ थोड़ी सी बजीं।

लड़के ने राधिका को घूरकर देखा। फिर वह मुड़ा और शेल्फ में खोजने लगा।

दवाइयों की बदबू से बचने के लिए व्रूम और मैं कुछ कदम पीछे हट गए। व्रूम ने एक सिगरेट जलाई और हमने कश लिये।

लड़का दवाइयों के साथ लौटा और उन्हें काउंटर पर रख दिया। राधिका ने उन्हें उठाना चाहा, लेकिन लड़के ने अपना दायाँ हाथ दवाइयों के ढेर पर रख दिया और उससे दूर खींच लिया। "ये काफी तेज दवाइयाँ हैं, मैडम।"

"क्या आपके पास डॉक्टर की परची है?" उसने पूछा।

"सुबह के तीन बजे हैं।" राधिका ने चिढ़ी हुई आवाज में कहा, "काम पर मेरी दवाइयाँ खत्म हो गईं। मैं परची कहाँ से लेकर आऊँ?"

"माफ करना मैडम। कभी-कभी जवान लोग डिस्को पर जाने से पहले अजीब सी दवाइयाँ लेने आ जाते हैं।"

"मुझे देखो," राधिका ने अपने चेहरे को इंगित करते हुए कहा, "क्या मैं तुम्हें किशोरी दिखती हूँ, जो पार्टी के मूड में हो?"

नहीं, राधिका बिलकुल भी पार्टी के मूडवाली किशोरी नहीं लग रही थी। मुझे तो वह बीमार लग रही थी, अपनी आँखों के आस-पास काले धब्बे के साथ। मेरी

इच्छा थी कि लड़का जल्दी ही उसे वे दवाइयाँ दे दे।

"फिर भी ये बहुत तेज दवाइयाँ हैं, मैडम।"

"आपको यह सब किसलिए चाहिए? मेरा मतलब है, आपकी समस्या क्या है?"

"भाड़ में जाओ तुम!" राधिका ने कहा और काँच के काउंटर पर मुट्ठी जोर से मारी। काँच हिल गया, लेकिन टूटा नहीं। फिर भी राधिका की दो लाल चूड़ियाँ टूटकर अनगिनत टुकड़ों में तब्दील हो गईं। चमकीले काँच के टूटे हुए टुकड़े काउंटर पर बिखर गए।

इस आवाज से लड़का डर गया; वह दो कदम पीछे हो गया। व्रूम ने अपनी सिगरेट फेंकी और हम भी उसके पास काउंटर पर आ गए।

"माफ करना, मैडम।" लड़के ने कहा।

"भाड़ में जाओ तुम! तुम जानना चाहते हो कि मेरी समस्या क्या है? तुम पिद्दी, तुम जानना चाहते हो, मेरी समस्या क्या है?"

"क्या हुआ राधिका, सबकुछ ठीक तो है।" व्रूम ने कहा।

"यह गधा जानना चाहता है कि मेरी समस्या क्या है!" राधिका ने अपनी उँगलियों से उस लड़के की तरफ इशारा करते हुए कहा, "यह है कौन? यह मेरे बारे में जानता क्या है?"

"शांत हो जाओ, राधिका।" मैंने कहा, पर शायद उसने मुझे सुना भी नहीं। यह मेरी जिंदगी की कहानी है—आधी बातें मैं जो कहता हूँ, वे अनसुनी ही चली जाती हैं।

"वह सही और गलत के बारे में क्या जानता है?"

"मेरे साथ सब गलत हुआ है, मंदबुद्धि मेरा पति किसी कुतिया के साथ रंगरलियाँ मना रहा है, जबकि मैं बाहर पिसती रहती हूँ। अब खुश?" राधिका ने कहा। उसका चेहरा उसकी टूटी हुई चूड़ियों से ज्यादा लाल था। उसने कुछ सेकंडों के लिए अपने सिर पर हाथ रखा। फिर उसने अपना हाथ सिर से हटा लिया और दवाइयाँ पकड़ लीं। काउंटर पर खड़े लड़के ने इस बार विरोध नहीं किया।

"पानी। क्या मुझे पानी मिल सकता है?" राधिका ने कहा।

लड़का दुकान के अंदर दौड़ा और पानी के गिलास के साथ लौटा।

राधिका ने अपने नए पैकेट से कुछ गोलियाँ निकालीं—एक, दो, तीन। मुझे लगता है, वह तीनों एक साथ निगल गई। माइग्रेन का कुछ असर होगा, मैंने सोचा।

"चार सौ तिरसठ रुपए मैडम। लड़के ने डर से काँपती आवाज में कहा।

"मैं जिंदा हूँ इसी चीज के कारण। मुझे यह जिंदा रहने के लिए जरूरी है, न कि पार्टी के लिए।" राधिका ने कहा।

उसने दवाइयों का भुगतान किया और वापस क्वालिस में आ गई। व्रूम और मैं उससे कुछ कदम पीछे आए।

“यह क्या दवाई है?” मैंने कहा।

“मुझे क्या पता? मैं डॉक्टर नहीं हूँ।” व्रूम ने कहा।

“तुम्हें पक्का पता है कि उसके पास इन गोलियों का आदेश है?” मैंने कहा।

“पूछ लो उससे, अगर तुम में हिम्मत है तो।” व्रूम ने कहा।

“बिलकुल नहीं। चलो, जल्दी से लाउंज बार चलते हैं।”

“सबकुछ ठीक तो है?” ईशा ने कहा जैसे ही हम क्वालिस में चढ़े। “हमें झगड़ने की आवाजें आ रही थीं।”

“कुछ नहीं। बक्शी के हिसाब से केवल कुछ बातचीत हो रही थी। पर चलो, वह सब बेड में डाल देते हैं।” व्रूम ने कहा और क्वालिस को घुमा लिया।

राधिका ने दवाइयाँ अपने बैग में रखीं। उसका चेहरा पहले से काफी शांत था, क्योंकि तीनों गोलियों ने काम करना शुरू कर दिया था।

व्रूम क्वालिस को एक सौ दस की रफ्तार तक ले गया, वह अधिकतम रफ्तार जहाँ तक इंजिन दया की भीख माँगे बिना जा सकता है।

“धीमे चलाओ, व्रूम!” ईशा ने कहा।

“धीमे और व्रूम एक ही वाक्य में इस्तेमाल मत करो।” व्रूम ने कहा।

“डायलॉग” मैंने कहा, ‘क्या हमें ताली बजानी चाहिए?”

एक हाथी की तरह भूसे से भरा ट्रक हमारे पास से गुजरा। हमारी हेडलाइट से टाट की बोरियाँ अँधेरे में चमकती हुई लग रही थीं।

“देखो, वह ट्रक भी हमसे तेज जा रहा था। मैं एक सुरक्षित ड्राइवर हूँ।” व्रूम ने कहा।

“माफ कर देना दोस्तो।” राधिका ने कहा, उसकी आवाज पहले जैसी हो रही थी, चूँकि ड्रग्स ने अपना असर दिखाना शुरू कर दिया था। ‘वहाँ तमाशा खड़ा करने के लिए माफी चाहती हूँ।”

“तुमने क्या खरीदा, राधिका? केमिस्टवाला इतना उपद्रव क्यों मचा रहा था?” मैंने अपनी उत्सुकता को नियंत्रित करने में असमर्थ होकर पूछ लिया।

“उदासी प्रतिरोधक। केमिस्ट सवाल करते हैं, क्योंकि वे निर्देशात्मक ड्रग्स हैं। पर अधिकतर समय वे परवाह नहीं करते।”

“वाऊ!, वूम ने कहा, “तुम्हारा मतलब “हैप्पी ड्रग्स” जैसे प्रोजेक वगैरह?”

“हाँ” कलुओक्सेटाइन एक प्रोजेक है, बस वह भारतीय रूपांतरण है, इसलिए काफी सस्ता है।”

“हम सभी की तरह।” व्रूम ने कहा और अपने ही मजाक पर हँसने लगा।

“पर इसे मेडिकल निरीक्षण के बिना लेना खतरनाक हो सकता है।” प्रियंका ने कहा, ‘पर क्या यह आदी नहीं बना सकता है?”

“यह वैध है। इसके बिना मैं जिंदा नहीं रह सकती और हाँ, यह तुम्हारे लिए

बहुत हानिकारक है। लेकिन मेरी जिंदगी का सामना करने से तो फिर भी बेहतर है।'' राधिका ने कहा।

''छोड़ दो इन्हें राधिका, ये तुम्हें नुकसान पहुँचा सकती हैं।'' मिलिटरी अंकल ने हमारी ड्राइव पर पहले शब्द कहे।

''मैं परेशान थी, मिलिटरी अंकल। पर कभी-कभी ज्यादा दवाएँ चाहिए होती हैं। क्या हम सभी किसी अन्य विषय पर बात करेंगे? बेड कितनी दूर है?''

''बस, यहाँ से दो किलोमीटर है। नब्बे सेकंड, अगर मैं ड्राइव कर रहा हूँ तो, श्याम करेगा तो कुछ ज्यादा।'' व्रूम ने बिना हमारी ओर देखते हुए कहा। मैंने उसकी टिप्पणी की अवहेलना की, क्योंकि मैं चाहता था कि वह अपनी नजर सड़क पर रखे। कुछ मतवाले ट्रकवाले पीछे छूटते गए, जिन्हें व्रूम धोखा देते हुए आगे निकलता गया।

''मैंने सुना है कि बेड सचमुच बहुत दंभी है।'' प्रियंका ने कहा, ''मैंने तो बिलकुल बेढंगे कपड़े पहने हैं।'' उसने अपनी सलवार-कमीज ठीक की। उसके गहरे हरे शिफॉन के दुपट्टे पर मैंने चमकदार स्टोन-वर्क की किनारी पर गौर किया।

''तुम ठीक लग रही हो।'' ईशा ने उसे पुनः आश्वासन दिया।

''शिफान लुक अच्छा है। चिंता तो मुझे करनी चाहिए।''

''चिंता मत करो, ईशा। नाभि में अँगूठी पहननेवाले व्यक्ति को डिस्को में प्रवेश से रोका नहीं जा सकता।'' व्रूम ने कहा।

''ठीक है, अगर तुम लड़कियाँ भी संदेह में हो तो वे निश्चित रूप से मुझ जैसी बोरिंग घरेलू औरत को अंदर नहीं घुसने देंगे।'' राधिका ने कहा।

''चिंता मत करो। जब तक हम नकद खर्च करने के लिए तैयार हैं, हमारा स्वागत होगा। इसके अलावा बेड का DJ Jas मेरा स्कूल का दोस्त है।'' व्रूम ने कहा।

''तुम्हारे स्कूल के सभी दोस्त ऐसी ही अजीब नौकरियों में हैं।'' मैंने कहा।

''यही तो समस्या है। उन सभी के बाप अमीर हैं। मुझे उनकी जीवन-शैली अपनाने के लिए ज्यादा मेहनत करनी पड़ती है। बस यदि मेरा अमीर बाप मुझे छोड़ता नहीं।'' व्रूम ने कहा, ''जो भी हो दोस्तो, स्वागत है बेड पर और सौजन्य से आपके विनीत ड्राइवर, अभी केवल 3:23 बजे हैं।''

उसने एक निशान पर हेडलाइट चमकाई। उस पर लिखा था—बेड लाउंज एंड बार'' आपकी निजी जगह।

''ओह नो, पता नहीं चला कि हम पहुँच भी गए हैं।'' ईशा ने कहा। उसने अपने पर्स से एक काँच निकाला और अपने होंठों को देखा। औरतें कैसे काम चलाती होंगी, जब दर्पण का आविष्कार नहीं हुआ था?

''मेरे बाल कैसे हैं? क्या वे हमेशा की तरह भद्दे दिख रहे हैं?'' प्रियंका ने राधिका से कहा।

मैंने उसके लंबे घुँघराले बालों को देखा। प्रियंका हमेशा कहती थी कि उसके

बाल दुनिया में सबसे बेकार हैं और वह इनमें कुछ भी नहीं कर सकती थी। मुझे यह कभी समझ में नहीं आया था, क्योंकि मैं उसके बालों को पसंद करता था, वास्तव में प्यार करता था। मुझे उनमें हमेशा उँगलियाँ घुमाने की इच्छा होती, जैसा कि मैं सौ बार पहले भी कर चुका था। पर मैं नहीं कर सकता था, क्योंकि अब कुछ ही हफ्तों में मेरी जगह गणेश नाम का कोई ऐसा करने वाला है। मैकडॉनल्ड की फ्रेंच फ्राँई का तेल अब मेरे अंदर खौलने लगा था। पता नहीं मैकडॉनल्ड पर कौन सा तेल इस्तेमाल करते हैं? बहुत बुरी तरह जलता है।

''तुम्हारे बाल बढ़िया हैं, जो भी हो, अंदर अँधेरा होगा, चलो चलते हैं।'' राधिका ने कहा, ''चलिए मिलिटरी अंकल, हम अंदर जा रहे हैं।''

27

हम व्रूम के पीछे-पीछे एक बड़े से काले दरवाजे तक गए, जो कि बेड का प्रवेश द्वार था। दरवाजा इस तरह से पेंट था कि वह दीवार से मेल खा रहा थ। एक बहुत मंदबुद्धि बाउंसर और एक कुपोषित औरत बगल में खड़ी थी।

''क्या आप यहाँ के सदस्य हैं, सर?'' उस कुपोषित औरत ने व्रूम को संबोधित करते हुए कहा। वह हॉस्टेस थी (या डोअर-बिच, प्रियंका के अनुसार) और काली पोशाक पहने थी। वह लगभग पाँच फीट चार इंच की थी, पर काफी लंबी लग रही थी—अपनी काया और एक कोक बोतल जितनी एड़ियों के कारण।

''नहीं, हम केवल एक ड्रिंक लेने के लिए आए हैं।'' व्रूम ने कहा और अपना क्रेडिट कार्ड निकाला, ''यहाँ तुम इससे काम चला सकती हो।''

''मैं माफी चाहती हूँ, सर, आज रात केवल सदस्यों के लिए है।'' उसने कहा। उस मंदबुद्धि बाऊंसर ने हमें कोरी, बावली नजर से देखा। बक्शी की तरह, वह भी मानवता की अमानव जाति से संबंध रखता था।

''सदस्य कैसे बना जाता है?'' मैंने पूछा।

''तुम्हें एक फॉर्म भरना होगा और पचास हजार रुपए वार्षिक सदस्यता फीस देनी होगी।'' हॉस्टेस ने कहा, मानो वह छोटी-मोटी रकम माँग रही हो।

''क्या? पचास हजार इस बेकार-सी जगह के लिए?'' प्रियंका ने कहा और अपनी उँगली से दरवाजे की तरफ इशारा किया। उसने अपने दुपट्टे को उलटा कर लिया यानी छोरों को सामने की तरफ, ज्यादा मॉर्डन दिखने के लिए।

''तब मैं सलाह दूँगी कि कहीं और चले जाओ।'' हॉस्टेस ने कहा। उसने प्रियंका की तरफ घृणा से देखा। यहाँ डिस्को पर पूरे कपड़े पहनी लड़की के लिए आना मना है।

''मुझे इस तरह से मत देखना तुम।'' प्रियंका ने कहा।

''शांत हो जाओ, प्रियंका।'' व्रूम ने कहा और बाउंसर की तरफ मुड़ा।

''क्या बात है, यार? DJ Jas अंदर है? मैं उसे जानता हूँ।''

''हूँ...क्या...'' बाउंसर ने शांत घबराई मुद्रा में कहा। महीनों से उससे पूछा गया

यह अब तक का सबसे चुनौतीपूर्ण प्रश्न था।

"तुम Jas को जानते हो?" हॉस्टेस ने कहा। अब उसकी आवाज में गरमी थी।

"सात साल तक मेरा स्कूली दोस्त रहा है। उससे कहो, व्रूम आया है।" व्रूम ने कहा।

"तुमने मुझे पहले क्यों नहीं बताया, व्रूम?" हॉस्टेस ने कहा और व्रूम को एक दिखावटी मुसकराहट दी। वह वेल्वेट रस्सियाँ हटाने के लिए झुकी। उसके धड़ का ऊपरी हिस्सा दिख रहा था। अगर उसकी कोई हड्डी टूटे तो उसे एक्स-रे की जरूरत नहीं पड़ेगी।

"क्या अब हम अंदर जा सकते हैं?" ईशा ने हॉस्टेस से बोर होते हुए पूछा।

"हाँ व्रूम, अगली बार अपने दोस्तों से बेड के लिए तैयार होकर आने के लिए कहना।" हॉस्टेस ने कहा और प्रियंका व राधिका को अर्थपूर्ण दृष्टि से देखा।

"मैं उसका छोटा सा गला ऐसे ही मरोड़ सकती हूँ। एक ऐंठन और वह मुरगी की हड्डी की तरह टूट जाएगा।" प्रियंका ने कहा।

जैसे ही हम अंदर गए, बाउंसर व्रूम और मेरी तरफ लपका। मुझे आखिरकार समझ में आ गया कि वह वहाँ क्यों था। हमारे बाद वह प्रियंका की तरफ बढ़ा।

"क्या?" मैंने बाउंसर से कहा।

"मुझे इस महिला को चेक करने की जरूरत है।" उसने कहा, "ऐसा लगता है कि यह बखेड़ा खड़ा कर सकती है।" वह प्रियंका के ऊपर झुका, जो जम सी गई।

और तब पता नहीं कैसे, पर ये शब्द मेरे मुँह से निकल गए, "तुम उसे छुओगे नहीं, समझ गए।" मैंने कहा।

बाउंसर स्तब्ध हो गया। वह मेरी तरफ मुड़ा। उसके पास मेरी जाँघ जितने चौड़े चिमटे थे और मन में मैं यह सोचकर काँप गया कि कितना दर्द होगा, यदि वह मेरे चेहरे पर जोर से एक मुक्का मार दे तो।

"अब क्या बात है?" हॉस्टेस ने हमारी तरफ आते हुए कहा।

"कुछ नहीं। केवल अपने मि. टार्जन को सिखा दो कि औरतों के साथ कैसे व्यवहार करना चाहिए।" मैंने कहा और प्रियंका का हाथ खींचा। एक सेकंड में हम बेड के अंदर थे।

बेड की आंतरिक डिजाइन स्टार-ट्रेक और एक विषयासक्त राजा के हरम का मिश्रण थी। पराबैंगनी बल्ब और मोमबत्तियाँ ही प्रकाश का एकमात्र स्रोत थीं। जैसे मेरी आँखों ने अर्द्ध अँधेरे के साथ तालमेल बिठाया, मैंने छह बिस्तरों की दो पंक्तियों को देखा। केवल पाँच ही बिस्तरों पर लोग थे, इसलिए मुझे प्रवेश पर बतंगड़ कुछ समझ में नहीं आया। मुझे लगता है, लोगों को बिस्तर तक लाना सरल नहीं है।

हमने कोने का बिस्तर चुना, जिसकी बाजू में दो हुक्के थे।

"हॉस्टेस इतनी नीच क्यों है?" ईशा ने अपने आपको पलंग पर चढ़ाते हुए

कहा। उसने अपनी कुहनियों के सहारा देने के लिए दो कुशन लिये।

"तुमने सुना उसे? जाओ कहीं और चले जाओ।"' क्या ग्राहकों से ऐसे पेश आया जाता है?"

"यह उनकी नौकरी है। उन्हें नीच होने के ही पैसे मिलते हैं। इससे जगह को अपना रुतबा मिलता है।" व्रूम ने हुक्का जलाते हुए सहजता से कहा। मैंने गरम, जलते हुए कोयले को देखा और गणेश के बारे में सोचा।

मुझे नहीं पता क्यों, पर मैंने सोचा कि इस कोयले से उसे जलाने में मजा आएगा।

"मुझे ऐसी नौकरी चाहिए जो मुझे घटिया व्यवहार करने के पैसे देती है। हमें तो कॉल सेंटर में यही सब कहते हैं "अच्छे बनो, विनम्र बनो, मददगार बनो"–नीच होने में बहुत मजा है।" राधिका ने कहा और एक लंबे कुशन के सहारे लेट गई। किसी ऐसे व्यक्ति के हिसाब से जिसकी रात वाकई मुश्किल से बीती हो, वह अच्छी लग रही थी; हालाँकि कोई भी पराबैंगनी बल्ब और मोमबत्तियों की रोशनी में कुरूप नहीं लग सकता है। मुझे आश्चर्य हो रहा था कि अनुज नाम का कोई बेवकूफ उसे कैसे छोड़ सकता था।

केवल ईशा और राधिका ही लेटीं। बाकी हम सब चौकड़ी मारकर पलंग पर बैठ गए।

व्रूम DJ Jas को हाय बोलने गया, जो कुछ समझ में न आनेवाला फ्रेंच-अफ्रीकन-इंडियन फ्युजन संगीत बजा रहा था। वह बारह कमीकाजे शॉट्स के साथ लौटा।

मिलिटरी अंकल ने मना कर दिया और हमने हठ भी नहीं किया, क्योंकि इसका मतलब है हमें और शराब मिलेगी।

व्रूम ने अंकल के एक्सट्रा शॉट्स लिये और उन्हें गटागट पी गया।

हमने अभी मुश्किल से ही कमीकाजे खत्म की थी कि एक अन्य पतली औरत (बेड विशेषज्ञ) हमारे पास छह और ड्रिंक्स लेकर आई।

"लॉग आईलैंड आइस टी।" उसने कहा, "DJ Jas की ओर से।"

"बहुत अच्छे। तुम्हारे दोस्त सब जगह पर हैं।" राधिका ने कहा और अपने लॉग आइलैंड को गटकना शुरू किया, मानो वह कोई पानी का गिलास हो। जब आपको नियमित आधार पर पीने को नहीं मिलता तो एक समय पर आप पागल हो जाते हो।

"ये लॉग आइलैंड्स बहुत तेज है।" मैंने कुछ घूँटों के बाद कहा। मैं अपने सिर को चकराते हुए महसूस कर सकता था। "ध्यान से दोस्तो!" मैंने कहा, "हमारी शिफ्ट अभी खत्म नहीं हुई है। हमने कहा था–फटाफट एक ड्रिंक, तो अब जल्दी से वापस चलते हैं।"

"जाने दो यार, केवल एक आखिरी ड्रिंक।" व्रूम ने कहा और उसने कॉकटेल

का दूसरा सेट भी ऑर्डर कर दिया।

"मुझे चढ़ रही है।" प्रियंका ने कहा, 'मैं यह सब याद करुँगी। मैं तुम सभी दोस्तों को याद करुँगी।"

"हाँ, ठीक है। हम देखेंगे जब तुम सिएटल जाओगी। यह दोस्तो, इसे लो यह वह सफल स्वादवाला है।" व्रूम ने हुक्के से एक बड़ा कश लेते हुए कहा। उसने उसे आस-पास घुमाया और सभी (केवल मिलिटरी अंकल के अलावा जिनकी मुद्रा हर बढ़ते मिनट के साथ और बेसब्र हो रही थी) ने उसका मजा लिया। डी.जे. का संगीत एकदम तबीयतदार था, जो हुक्के के लंबे कशों के साथ एकदम मेल खा रहा था, जिसे हम ले रहे थे।

हमारे बिस्तर के आगे दो फ्लैट एल.सी.डी. स्क्रीन थीं। एक पर एम.टी.वी. और दूसरे पर सी.एन.एन. था। एम.टी.वी. पर एक फिल्मी गाना आ रहा था उसके युवा स्पेशल प्रोग्राम के तहत। जैसे-जैसे गाना आगे बढ़ रहा था, एक लड़की एक-एक करके अपने कपड़े उतारती जा रही थी। सी.एन.एन. पर खास खबर यह थी कि अमेरिका इराक के साथ युद्ध की बात सोच रहा था। मैंने देखा कि व्रूम सी.एन.एन. को बहुत ध्यान से देख रहा था।

"अमेरिका बीमार है।" व्रूम ने एक यू.एस. राजनीतिज्ञ की ओर इशारा करते हुए कहा, "जो युद्ध का समर्थन कर रहा था, देखो उसे। अगर उसका बस चले तो वह पूरी दुनिया को जला दे।"

"नहीं, पूरी दुनिया को नहीं। मुझे नहीं लगता, वे चीन के साथ ऐसा करेंगे।" प्रियंका ने ऊँची आवाज में कहा, "उन्हें सस्ते मजदूर चाहिए।"

"फिर मुझे लगता है कि वे गुड़गाँव को नहीं जलाएँगे। उन्हें कॉल सेंटर्स भी चाहिए।" राधिका ने कहा।

"तो हम सुरक्षित हैं।" ईशा ने कहा, "यह अच्छी बात है। गुड़गाँव में स्वागत है पृथ्वी का सबसे सुरक्षित शहर।"

लड़कियाँ हँसने लगीं। मिलिटरी अंकल भी मुसकराए।

"यह मजाक नहीं है, लड़कियो। हमारी सरकार इस चीज को नहीं पहचानती, पर अमेरिकी हमें इस्तेमाल कर रहे हैं। हमारी एक पूरी पीढ़ी उन्हें सेंटर चलाने के लिए त्याग करनी पड़ेगी।" व्रूम ने कहा, मुझे यह विश्वास दिलाते हुए कि एक दिन वह नेता बन जाएगा।

किसी ने प्रतिक्रिया नहीं की।

"क्या तुम सहमत नहीं हो?" व्रूम ने कहा।

"प्लीज तुम फिर से शुरू मत हो जाओ।" मैंने कहा।

हमेशा की तरह मेरी आवाज बंद कर दी गई थी।

"छोड़ो भी व्रूम। कॉल सेंटर हमारे लिए भी उपयोगी है।" ईशा ने कहा, "तुम्हें

पता है बाहर पंद्रह हजार महीने के कमाना कितना मुश्किल है। यहाँ पर हम एक वातानुकूलित दफ्तर में बैठते हैं, फोन पर बात करते हैं, अपनी तनख्वाह लेते हैं और घर चले जाते हैं। ऐसे ही हजारों जवान लोग भी करते हैं। इसमें क्या गलत है?''

''एक वातानुकूलित पसीनेदार जगह फिर भी पसीना निकलवाती ही है। वास्तव में यह और भी बुरी है, क्योंकि किसी को पसीना दिखाई नहीं देता। किसी को भी आपका ठुसा हुआ दिमाग नहीं दिखता।'' व्रूम ने कहा।

''तब तुम छोड़ क्यों नहीं देते? तुम अभी तक यहाँ क्यों हो?'' मैंने कहा। मुझे चिढ़ होती है, जब वह अपनी बड़ी-बड़ी बातों से मेरा दिमाग खराब कर देता है।

''क्योंकि मुझे पैसों की जरूरत है। अपने दोस्तों की जीवन-शैली के साथ मुझे तालमेल बिठाना है। पैसे से ही मैं ऐसी जगहों पर आ सकता हूँ।'' व्रूम ने कहा।

''यह केवल बक्शी है। तुम उससे थक गए हो और इलजाम कॉल सेंटर पर लगा रहे हो।'' मैंने कहा।

''फेंको बक्शी को, वह इतना बुरा बॉस नहीं है। छोड़ो, पूरी दुनिया को ही एक बुरा बेवकूफ दुष्ट बॉस चला रहा है।'' उसने सी.एन.एन. की तरफ इशारा करते हुए कहा, 'उन्हें देखो, कितने डरे हुए हैं। सभी के ऊपर बमबारी करने को तैयार।'' हम तो फिर भी सिर्फ पूरी रात भर फोन पर बात करते हैं, जबकि दुनिया खर्राटे भरती है।'' व्रूम ने कहा।

''रात को काम करने की शिकायत करना बंद करो।''

''डॉक्टर करते हैं, होटल के लोग करते हैं, एअरप्लेन पायलट भी करते हैं कारखाने के कर्मचारी—और तो और, वह डोअर बिच भी रात को काम करती है।'' प्रियंका ने कहा।

''रात को काम करने में कुछ गलत नहीं है। और मैं मानता हूँ कि पैसे अच्छे हैं; पर अंतर यह है कि हमारी नौकरी ऐसी नहीं है जो हमारी अंत:शक्ति के हिसाब से हो। हमारे देश को देखो, हम अभी भी इन अमेरिकियों से कितना पीछे हैं, जबकि हमें पता है कि हम उनसे जरा भी कम नहीं हैं।''

व्रूम ने टी.वी. स्क्रीन को बुरी तरह घूरते हुए कहा।

''तो? और कैसी नौकरियाँ हो सकती हैं।'' ईशा ने अपने मुँह में हेअर क्लिप भरते हुए कहा। उसने फिर से बाल खोलने और बाँधने का काम शुरू कर दिया था।

''तो करने के लिए बहुत कुछ है। हमें सड़कें, पॉवर प्लांट, एयरपोर्ट, फोन नेटवर्क और मेट्रो ट्रेनें हर शहर में बनानी चाहिए। और अगर सरकार ऐसा करती है तो देश के जवान लोगों को वहाँ काम मिल जाएगा। मैं दिन-रात काम करूँगा, जब तक मुझे यह पता है कि जो मैं कर रहा हूँ, वह मेरे देश के लिए उसके भविष्य के लिए कुछ बना रहा है। पर सरकार कोई वास्तविक काम करने में विश्वास नहीं करती, इसलिए वह बी.पी.ओ. खोलने की अनुमति दे देती है और सोचती है कि उन्हें

नवयुवकों की बहुत परवाह है। जैसे कि यह बेवकूफ एम. टी.वी. सोचती है कि पागल लड़की को अंडरवियर में नाचते हुए दिखाने से प्रोग्राम युवाओं के लिए खास हो जाएगा।''

''क्या तुम्हें लगता है कि उन्हें सचमुच परवाह है?''

''किसे?'' मैंने कहा, ''सरकार या एम.टी.वी?'' मैं उठ गया और चेक के लिए इशारा किया (बार में हमेशा चेक माँगा जाता है, न कि ''बिल''), 3:50 बज रहे थे और मैं व्रूम का काफी लेक्चर सुन चुका था। मैं जल्दी ही कॉल सेंटर दोबारा पहुँचना चाहता था।

व्रूम ने अपने क्रेडिट कार्ड से बिल का भुगतान किया और हमने बाद में पैसे बाँट लेने का वादा किया।

''दोनों को ही परवाह नहीं है।'' व्रूम ने हमें बेड से जाते समय कहा।

डोअर बिच, बाउंसर हमें उलझन में देखते रहे, जैसे ही हम बाहर आए।

28

व्रूम ने क्वालिस बाहर निकाली और हम जल्दी ही हाइवे पर वापस आ गए। यदा-कदा क्वालिस सड़क पर दाएँ-बाएँ झूल रही थी।

''ध्यान से।'' ईशा ने कहा, ''तुम ठीक तो हो, व्रूम?''

''मैं ठीक हूँ। यार, प्यार है मुझे ड्राइविंग से।'' व्रूम ने सामने देखते हुए कहा।

''मैं ड्राइव कर सकता हूँ, अगर तुम···'' मैंने कहा।

''मैंने कहा, मैं ठीक हूँ।'' व्रूम ने दृढ़ आवाज में कहा। कुछ मिनटों के बाद हम सहारा मॉल, गुड़गाँव के सबसे बड़े शापिंग भॉल के पास से गुजरे। अचानक ही व्रूम ने क्वालिस को रोक दिया।

''मुझे उलटी जैसा लग रहा है।'' व्रूम ने कहा।

मुझे लगता है कि व्रूम की सनकी ड्राइविंग से हम सभी को चक्कर आ रहे थे।

''तुम जो भी करो, क्वालिस में उलटी मत कर देना। ड्राइवर तुम्हें मार डालेगा।'' ईशा ने कहा।

व्रूम ने अपना सिर स्टीयरिंग पर टिका दिया। हॉर्न इतना तेज बजा कि गली के कुत्ते भी जाग जाएँ।

''चलो, थोड़ा टहल लें, व्रूम।'' मैंने कहा और उसके कंधों को थपथपाया। हम क्वालिस से बाहर आए।

मैं व्रूम को सहारा मॉल के आरा गास भुमाने ले गया। हम बहुत सारे विज्ञापन होर्डिंग के आस-पास से निकले, जिसमें सभी तरह के लोग, एक हँसता हुआ जोड़ा, क्योंकि उन्होंने अभी-अभी एक टूथब्रश खरीदा था; कुछ दोस्तों का समूह अपने मोबाइल फोनों पर हँसते हुए; एक परिवार खुशी-खुशी अपने बच्चे को जंक फूड खिलाते हुए; एक जवान ग्रेजुएट क्रेडिट कार्ड हाथ में पकड़े खुशी से उछलते हुए; एक लड़की सात शॉपिंग बैग हाथ में पकड़कर खुश होती हुई। सभी विज्ञापनों में एक बात समान थी। सभी अविश्वसनीय रूप से खुश थे।

''ऐसी क्या बात है, जो सब इतने खुश हैं?'' व्रूम ने कहा, ''उस टूथब्रशवाले दंपती को देखो। मेरे मॉम और डैड, वे कभी इतने खुश नहीं होते।''

''जरा गहरी साँसें लो और सीधी पंक्ति में चलो। व्रूम, तुम नशे में हो।'' मैंने कहा।

''मैं ठीक हूँ।'' वह बोला, ''पर मॉम और डैड...श्याम... वे एक-दूसरे से इतनी नफरत क्यों करते हैं?''

''बड़े लोग यार, वे हम लोगों से भी ज्यादा जटिल होते हैं। उन्हें समझने की कोशिश भी मत करो।'' मैंने कहा।

व्रूम ने चलना बंद कर दिया और सीधा खड़ा हो गया। उसने मुझे भी रुकने को कहा और बोला–

''इस बारे में सोचो, जिन लोगों ने मुझे जन्म दिया, वे एक-दूसरे से नफरत करना बंद नहीं कर सकते। यह तुम्हें मेरे बारे में क्या बताता है? मेरे आधे-जीन्स दूसरे आधे के साथ लड़ते होंगे। कोई आश्चर्य नहीं कि मैं इतना उलझा हुआ क्यों हूँ।''

''हम सभी उलझे हुए हैं यार, चलो चलते हैं।'' मैंने कहा और उसके कंधों को थपथपाया।

वह मुझसे आगे निकलने के लिए थोड़ा तेज चलने लगा।

सहारा मॉल के कोने में हम एक पिज्जा हट के पास से गुजरे। वह बंद था। व्रूम जाकर उसके सामने खड़ा हो गया। मैं सोच रहा था कि कहीं वह सचमुच पागल तो नहीं हो गया था, जो उस समय पिज्जा के बारे में सोच रहा था।

हम प्रवेश द्वार के पास खड़े थे। हमारी दाईं ओर एक कंपनी का तीस फीट चौड़ा धातु का होर्डिंग था। एक लोकप्रिय बॉलीवुड हीरोइन ने अपने हाथ में एक ड्रिंक की बोतल पकड़ी हुई थी और हमें आमंत्रित करती आँखों से देख रही थी। जैसे केवल एक बुदबुदानेवाला पेय काफी था। उसके निकट जाने के लिए।

व्रूम हीरोइन के चेहरे के पास तक गया।

''क्या बात है, यार?'' मैंने कहा।

''तुम देख रहे हो उसे।'' व्रूम ने हीरोइन की ओर इशारा करते हुए कहा।

मैंने सिर हिला दिया।

''देखो, वह ऐसी लग रही है मानो हमारी सबसे बढ़िया दोस्त हो। क्या तुम्हें लगता है कि उसे हमारी परवाह है?''

''मैं नहीं जानता। वह यूथ आइकॉन है, यार।'' मैंने अपने कंधों को उचकाया।

''हाँ, यूथ आइकॉन। इस दंभी को हमारा आदर्श होना चाहिए? जैसे उसे हमारे और हमारी जिंदगी के बारे में कुछ पता हो। उसे केवल पैसों की परवाह है। वह तुम्हारे या मेरे बारे में परवाह नहीं करती। वह चाहती है कि आप यह काला पेशाब खरीदें।'' व्रूम ने कोला बोतल की ओर इशारा करते हुए कहा।

''काला पेशाब?'' मैंने मुसकराते हुए कहा। मैं पास की सीढ़ियों पर बैठ गया।

''क्या तुम्हें मालूम है कि एक बोतल में कितनी शक्कर होती है?'' व्रूम ने पूछा।

मैंने 'न' में सिर हिलाया।

"एक बोतल में आधा चम्मच शक्कर– और कुछ नहीं। और फिर भी, ये हमें यह अहसास करवाते हैं कि यह महत्त्वपूर्ण है, जबकि यह नहीं है।"

व्रूम ने आस-पास देखा तो ईंटों का एक ढेर दिखाई दिया। उसने एक ईंट उठाई और जोर से कोला के होर्डिंग बोर्ड पर दे मारी। तड़ाक! उस ईंट ने होर्डिंग पर मुसकराती एक्ट्रेस के गालों पर एक ऐसा 'डिंपल' बना दिया जो आपको सहज-स्वाभाविक लगेगा। फिर भी वह मुसकराती रही।

"भगवान् के लिए रुक जाओ। हमें वापस चलना चाहिए। कोई हमें देख लेगा और गिरफ्तार करवा देगा।"

"जितनी मैं चिंता करता हूँ, उतनी कोई नहीं करता।" व्रूम ने कहा और लड़खड़ाता हुआ मेरी ओर आया। मैंने स्ट्रीटलाइट की रोशनी में उसकी पतली-दुबली काया देखी। "सरकार किसी का ध्यान नहीं रखती," वह कहता रहा, "और तो और, 'युवाओं का खास चैनल', उन्हें भी परवाह नहीं है। वे 'युवाओं' कहते हैं, क्योंकि वे चाहते हैं कि पिज्जा हट्स और कोक्स और पेप्सी आएँ और उन्हें अपने विज्ञापन दिखाएँ। ऐसे विज्ञापन जो कहते हैं कि अगर हम अपनी कमाई पिज्जा और कोक पर खर्च करें तो हम खुश रहेंगे। जैसे युवाओं के पास दिमाग नहीं है। हमें बता दो कि क्या बकवास चीजें लेना है और हम ले लेंगे।"

व्रूम पिज्जा हट की सीढ़ियों के सामने बैठ गया। "श्याम!" उसने कहा, "मुझे उलटी हो रही है।"

"ओह नहीं।" मैंने कहा और उससे तीन फीट दूर हो गया।

"उन्न...ह...!" व्रूम ने कहा और उलटी कर दी। उलटी उसके आस-पास बारह इंच पतले पपड़ीवाले पिज्जा की तरह फैल गई।

"अच्छा महसूस कर रहे हो?" मैंने उसे सावधानी से उठाते हुए कहा।

व्रूम ने अपना सिर हिलाया।

वह खड़ा हो गया और अपने कंधों को मुझसे छुड़ाने के लिए हिलाया। उसने फिर एक ईंट उठाई। उसने उसे ऊँचा किया और एक जोरदार झटके से पिज्जा हट के रेस्टोरेंट पर दे मारा–धड़ाक! एक खिड़की टूट गई और काँच के टुकड़े एक सुंदर बर्फ के झरने के समान नीचे गिर गए। एक अलार्म बजने लगा।

"व्रूम, क्या तुम पागल हो गए हो? चलो, यहाँ से बाहर निकलो।" मैंने कहा।

व्रूम भी अलार्म से चौंक गया और उसका शरीर भी हरकत में आ गया।

"चलो भागें!" व्रूम ने कहा और हमने क्वालिस की तरफ तेजी से दौड़ लगाई।

"मैंने सोचा, तुम्हें पिज्जा पसंद है।" मैंने क्वालिस में पहुँचने के बाद कहा।

"मुझे पिज्जा पसंद है। हाँ, मुझे है। मुझे जीन्स, मोबाइल और पिज्जा पसंद हैं। मैं कमाता हूँ, खाता हूँ, गंदगी खरीदता हूँ और मरता हूँ! व्रूम की जिंदगी की यही बकवास है!" व्रूम ने हाँफते हुए और अपने पेट को पकड़ते हुए कहा। वह ज्यादा ठीक नहीं लग रहा था, पर कम-से-कम दौड़ने पर वह शांत हो गया था।

''यार, क्या अब मैं ड्राइव करूँ?'' जैसे ही व्रूम ने क्वालिस का अगला दरवाजा खोला, मैंने कहा। वह आवाज करते हुए भारी साँस ले रहा था।

''किसी भी हालत में नहीं।'' व्रूम ने कहा और मुझे धक्का दे दिया।

कार एकदम आगे उछल गई, क्योंकि व्रूम ने गियर में ही इगनिशन चालू कर दिया।

''क्या तुम ठीक हो?'' ईशा ने कहा।

व्रूम ने सिर हिलाया और माफी में अपने हाथ ऊपर उठा दिए। उसने कुछ सेकंड के लिए इंतजार किया और फिर सावधानी से इंजिन स्टार्ट किया। उसने धीरे चलने का वादा किया और जल्दी ही हम फिर सड़क पर थे।

''तुम्हें बेड अच्छा लगा?'' व्रूम ने अपनी पियक्कड़ दशा को बदलने के हिसाब से पूछा।

''मस्त जगह!'' ईशा ने कहा, ''बिलकुल ऐसी ही जिसकी मुझे जरूरत थी। अच्छा व्रूम, क्या क्वालिस में कुछ संगीत सुनने को मिल सकता है?''

''हाँ, बिलकुल। मुझे देखने दो।'' व्रूम ने कहा और ग्लोब बॉक्स को टटोलने लगा। उसने एक टेप निकाला और उसे पकड़ा। 'मुसाफिर लाउंज?'' उसने कहा।

''वाह!'' ईशा और राधिका बोलीं।

''नहीं,'' प्रियंका और मैंने एक साथ कहा।

''चलो यारो। तुम दोनों न सिर्फ एक-दूसरे को नफरत करते हो, तुम्हें एक ही चीज से नफरत भी है?'' व्रूम ने कहा और मुसकरा दिया। उसने टेप अंदर डाला और संगीत शुरू कर दिया। 'रब्बा'' नामक कोई गाना बजने लगा।

□

हम पहले जैसे ही क्रम में ही बैठे थे, केवल इस बार मैं प्रियंका के पास बैठा था। गाने की हर धड़कन के साथ मैं उसके शरीर को अपने दाएँ हिस्से पर किसी कोमल विद्युत् तरंगों की तरह महसूस कर सकता था। मेरी उसका हाथ पकड़ने की तीव्र इच्छा हुई, लेकिन मैंने अपने आपको रोक लिया। मैंने कुछ ताजा हवा के लिए खिड़की खोल दी।

''खिड़की मत खोलो,'' ईशा ने कहा, 'बहुत ठंड है।''

''केवल एक मिनट के लिए।'' मैंने कहा और हवा अंदर आने दी।

मैं गाने के बोलों पर केंद्रित हो गया। गायक गा रहा था कि कोई भी प्यारा उसकी जिंदगी में कभी नहीं आना चाहिए। अगर कोई आया तो उसे ठहरना पड़ेगा और कभी नहीं जाएगा। किसी तरह से वह बोल मेरे दिल के बहुत करीब थे। तो भी मैं अगले गाने के लिए ज्यादा चिंतित था। वह ''माही वे'' था, जो मुझे 32nd माइलस्टोन पार्किंग की जगह की याद दिला देता।

मैंने अपनी आँख के कोने से प्रियंका के बदलते चेहरे को देखा। वह भी सोचकर घबराई हुई थी। हाँ, वाकई यह होने वाला था।

"मुझे इस गाने से प्यार है।" व्रूम ने घोषणा की। वह गाना, जिससे मैं डर रहा था, क्वालिस में बजने लगा।

शब्द मेरे कानों से टकराए और मैंने अपने सिर में चुपचाप रिवाइंड व प्ले का बटन दबा दिया। 32nd माइलस्टोन का हर क्षण उसी तरह मेरे सामने दोहराता गया। मुझे याद आया कि कैसे प्रियंका मेरी गोदी में बैठी, मेरे पैर पर चढ़ गई और अपना सिर छत से उसने टकरा दिया था। उसके धीमे और फिर भी मजेदार प्यार के हर पल को मैंने याद किया। अपने चेहरे पर मैंने उसकी साँसों की कमी महसूस की। उसकी आँखें जब वह मेरी आँखों में झाँकती थीं, वह खुशनुमा दर्द, जब उसने मेरे कानों को काट लिया। संगीत में ऐसा क्या है जो आपको वे चीजें भी याद दिला सकता है, जो आप भूल जाना चाहते हैं? मैंने कामना की कि काश, मेरा प्रमोशन हो गया होता! मैंने कामना की कि काश, प्रियंका कभी मुझे न छोड़ती! मैंने कामना की कि काश! मेरी दुनिया खुशहाल होती!

मैंने बाहर देखने के लिए अपना चेहरा घुमाया। ठंडी हवा लग रही थी खासकर, मेरे गालों पर। मैंने अपना चेहरा छुआ। मुझे विश्वास ही नहीं हो रहा था कि मैं रो रहा था।

"प्लीज क्या हम खिड़की लगा सकते हैं? यह मेरे बाल खराब कर रही है।" ईशा ने कहा।

मैंने खिड़की बंद कर दी। मैं अपनी आँखें बंद करने की कोशिश करने लगा, लेकिन मैं नहीं कर सका, क्योंकि आँसू बाहर आना चाहते थे। मुझे नहीं पता मैं कितना लज्जित व्यक्ति था।

मैंने प्रियंका को देखा। शायद यह मेरी कल्पना थी, लेकिन उसकी आँखें भी गीली लग रही थीं। वह मेरी तरफ मुड़ी और तुरंत दूसरी ओर देखने लगी। मैं एकदम अभी उससे आँखें नहीं मिला सकता था। मैं निश्चित रूप से उस नाक को नहीं देख सकता था।

व्रूम ने सामने के टिशू बॉक्स से दो टिशू निकाले और अपने हाथ पीछे मोड़कर हमें पकड़ा दिए।

"क्या?" मैंने कहा।

"यहाँ पर पीछे देखने का काँच लगा है। मैं देख सकता हूँ।" उसने कहा।

"हम सभी देख सकते हैं।" राधिका और ईशा ने साथ में कहा और हँस पड़ीं।

"तुम ड्राइव करते रहो, ठीक है!" मैंने कहा। मैंने टिशू लिया और नाक साफ करने के बहाने आँखें पोंछ लीं। प्रियंका ने भी एक पेपर लिया और अपनी आँखें मसल लीं।

ईशा ने सीट के पीछे से प्रियंका की बाँह पकड़ ली।

"तुम लोग बहुत मजाकिया हो। हमें जरा फिर से बताओ तो कि तुम कॉलेज में कैसे मिले थे?" व्रूम ने कहा।

‘‘भूल जाओ।’’ मैंने कहा।

‘‘चलो श्याम, बता भी दो। तुम लोगों ने मुझे कभी भी नहीं बताया।’’ राधिका ने कहा।

‘‘कैंपस मेले में।’’ प्रियंका और मैं एक साथ बोल पड़े।

मैंने उसे देखा। हम औपचारिक रूप से मुसकरा दिए।

‘‘तुम बताओ।’’ प्रियंका ने कहा।

‘‘नहीं, ठीक है। तुम्हीं कहो तो बेहतर है।’’ मैंने कहा।

प्रियंका बताने के लिए सीधी बैठ गई, जो हमने सौ बार कह दी होगी, लेकिन दोहराकर थकते नहीं हैं।

‘‘हम कॉलेज के दूसरे साल में कैंपस मेले में मिले। हम दोनों के स्टॉल थे। मेरा महिला सशक्तीकरण पर था। इसमें गाँव की औरतों की समस्याओं के बारे में चित्रण था। श्याम का वीडियो गेम्स का काउंटर था। फिर भी, कोई भी हमारे स्टॉल पर नहीं आ रहा था। सभी खाने के स्टॉल की तरफ जाना चाहते थे।’’

‘‘फिर?’’ ईशा ने अपनी आँखें प्रियंका पर केंद्रित करते हुए पूछा।

‘‘तब श्याम और मैंने यह तय किया कि हम दिन में छह बार एक-दूसरे के स्टॉल पर जाएँगे। श्याम आएगा और खेतों में काम करनेवाली मेहनती औरतों और महिला शिक्षा प्रोग्राम के चित्रण देखेगा। मैं जाऊँगी और उसके स्टॉल के प्ले-स्टेशन पर डूम-II खेलूँगी। मेला खत्म होते-होते मैं इतनी अच्छी हो गई थी कि मैं इसे हरा सकती थी।’’ प्रियंका ने कहा।

‘‘बिलकुल नहीं।’’ मैंने कहा, मैं किसी भी दिन तुम्हें डूम-II में हरा सकता हूँ।’’

‘‘जो भी हो, तो तीन दिनों तक हम दोनों ने एक-दूसरे के स्टॉल तीन दर्जनों बार देख लिये और उसके खत्म होते-होते हमें लगा···’’ प्रियंका ने कहा और रुक गई।

‘‘क्या?’’ राधिका ने कहा।

‘‘हमें लगा कि दोनों ही स्टॉल हमारे हैं। और कि जब तक हम दोनों साथ थे, हमें और किसी के आने की जरूरत नहीं थी।’’ प्रियंका ने कहा और उसकी आवाज भारी हो गई।

मेरे गले मे तो पहले ही संतरे के आकार की सूजन हो गई थी और मैं सीधी मुद्रा रखने के लिए सिर हिलाता रहा।

हम चुप रहे। मैं सोच रहा था कि प्रियंका किसी भी समय रो देगी।

‘‘चीजें बदलती हैं। जिंदगी बढ़ती रहती है—बेहतर चीजों की तरफ बढ़ो। यह प्ले-स्टेशन से एक्स-बॉक्स तक जाने जैसा है।’’ व्रूम ने कहा।

मुझे व्रूम से नफरत है। अब जब प्रियंका एकदम नरम थी तो व्रूम के बुद्धिमानी भरे शब्दों ने उसे वापस यथार्थ में ला दिया। उसने अपने आपको सँभाला और विषय बदल दिया।

"हम कितनी दूर हैं?" प्रियंका ने पूछा।

मैंने अपनी घड़ी को देखा।

"क्या व्रूम! सुबह के चार से ज्यादा बज रहे हैं—और कितनी दूर है?"

"कॉल सेंटर से लगभग पाँच कि.मी. दूर। मैं अब धीरे चला रहा हूँ। क्या तुम चाहते हो कि मैं तेज ड्राइव करूँ?"

"नहीं।" हम सभी चिल्लाए।

"हमें देर हो जाएगी। बक्शी बाहर निकाल देगा।" मैंने कहा।

"मैं एक शॉर्टकट ले सकता हूँ।" व्रूम ने कहा।

"शॉर्टकट?" मैंने कहा।

"अगली बाईं तरफ एक कच्ची सड़क है। वह निर्माण कार्य के लिए बनाई गई थी। यह कुछ खेतों को काटती हुई निकलती है—हमारे दो कि.मी. बच जाएँगे।"

"क्या सड़क पर उजाला होगा।" ईशा ने कहा।

"नहीं, पर हमारे पास हेडलाइट है। मैंने यह रास्ता पहले इस्तेमाल किया है। चलो उसी को पकड़ते हैं।" व्रूम ने कहा।

व्रूम ने एक कि.मी. बाद एक तीव्र बायाँ मोड़ लिया।

"ओह हो!" ईशा ने कहा, "तुमने हमें यह नहीं बताया कि सड़क इतनी ऊबड़-खाबड़ होगी।"

"केवल कुछ ही मिनट।" व्रूम ने कहा, "वास्तव में कल जो बारिश हुई, मैदान उस वजह से आज गीला है। इस कारण से ड्राइव करना इतना आसान नहीं है।"

हम अँधेरे में बढ़ते गए, भले ही हमारी हेडलाइट ने हमें रास्ता दिखाने की पूरी कोशिश की। हम खेतों और निर्माणाधीन स्थलों के पास से गुजरे, जहाँ सीमेंट, ईंटें और लोहे की छड़ें भरी पड़ी थीं। कुछ जगहों पर बहुत गहरे गड्ढे थे, जो ठेकेदारों ने ऊँचे निर्माणों की नींव के लिए खोदे थे।

मैं सोचता हूँ कि पूरी दिल्ली ने गुड़गाँव में बसने का निर्णय कर लिया है और लोग फसलों के साथ-साथ घर भी उगा रहे थे।

"बस एक आखिरी मोड़ और हम फिर हाइवे पर आ जाएँगे।" व्रूम ने तीव्रता से दाईं ओर मुड़ते हुए कहा।

अचानक क्वालिस फिसल गई। वाहन लड़खड़ा गया और नीचे ढलान वाले रास्ते की ओर फिसल गया।

"ध्यान से!" सभी चिल्लाए और जो हाथ में आया उसे पकड़कर बैठे रहे। क्वालिस सड़क से हटकर एक कीचड़दार नीची ढलानवाले गड्ढे में घुस गई। व्रूम ने स्टीयरिंग को काबू में करने की बहुत कोशिश की, लेकिन पहिए मैदान पकड़ ही नहीं पा रहे थे। एक नशे में धुत पागल की तरह क्वालिस नीचे तथा एक ऊँचे निर्माण की नींव में घिसटती चली गई।

29

ढलान खत्म हो गई थी, लेकिन क्वालिस फिर भी आगे बढ़ती गई। लोहे की निर्माण छड़ों के जाल पर पड़ जाने के बाद वह धीमी पड़ गई। व्रूम ने बहुत तेज ब्रेक लगाए और क्वालिस धातुई आवाज के साथ छड़ों पर दो बार उछली और रुक गई।

''क्या यार!'' व्रूम ने कहा।

सब स्तब्ध बैठे हुए थे।

''चिंता मत करो दोस्तो।'' व्रूम ने कहा और इगनिशन चालू कर दिया। क्वालिस तेज कंपनों के साथ हिलने लगी।

''इगनिशन को बंद करो!'' मैंने कहा। मैंने क्वालिस के नीचे देखा। हमारे नीचे लोहे की फर्श थी, जो बुरी तरह से काँप रही थी।

व्रूम के हाथ भी इंजिन बंद करते वक्त बुरी तरह काँप रहे थे। मैंने सोचा कि उसके शरीर में जो कुछ भी बची हुई शराब थी, वह पलों में उड़ गई होगी।

''हम कहाँ हैं?'' ईशा ने कहा और खिड़की खोल दी। उसने बाहर देखा और चिल्ला पड़ी, ''ओह नहीं!''

''क्या?'' मैंने कहा और बाहर दुबारा देखा। इस बार मैंने बहुत सावधानी से देखा। जो मैंने देखा वह बहुत डरावना था। हम एक बिल्डिंग की नींव के गड्ढे में पड़े हुए थे, जिसके ऊपर धातुओं की खुली छड़ें थीं। वह नींव एक गड्ढा थी, शायद पचास फीट गहरा जिसके ऊपर सुदृढ़ सीमेंट और कंक्रीट की छड़ें क्वालिस के समांतर थीं और दूसरे कोने पर बाहर निकली हुई थीं और यह सबकुछ हमें थामे हुए था। हम जरा-सा भी हिलते तो क्वालिस उछलती, क्योंकि छड़ें स्प्रिंग जैसा काम कर रही थीं। मैं सभी के चेहरों पर डर, जिसमें मिलिटरी अंकल भी शामिल थे, देख सकता था।

''हम एक गड्ढे के ऊपर लटके हुए हैं, केवल कुछ दंतखोदनियों के सहारे। हम खूँटी पर लटके हुए हैं।'' राधिका ने हम सबके लिए परिस्थिति का आकलन करते हुए कहा।

''अब हम क्या करेंगे?'' ईशा ने कहा। उसकी आवाज के संक्रामक डर ने सभी को हड़बड़ा दिया।

''तुम जो भी करो, हिलना बिलकुल मत।'' व्रूम ने कहा। कुछ मिनट गुजर गए। छह लोगों के साँस लेने की ही आवाज आ रही थी।

''क्या हम किसी को मदद के लिए बुलवाएँ? पुलिस? फायर ब्रिगेड? कॉल सेंटर?'' ईशा ने अपने बैग से मोबाइल फोन निकालते हुए कहा।

व्रूम ने अपना सिर हिलाया। उसके चेहरे पर डर की नग्नता स्पष्ट थी।

''क्या यार, कोई सिग्नल ही नहीं है।'' ईशा ने कहा, ''क्या किसी का मोबाइल काम कर रहा है?''

प्रियंका और राधिका के मोबाइल फोन भी काम नहीं कर रहे थे। मिलिटरी अंकल के पास नहीं था। व्रूम ने अपना फोन निकाला।

''कोई नेटवर्क नहीं।'' उसने कहा।

मैंने अपनी जेब से अपना फोन निकाला और ईशा को दे दिया।

''तुम्हारा फोन भी काम नहीं कर रहा, श्याम।'' ईशा ने कहा और उसे डैशबोर्ड पर रख दिया।

''तो क्या हम इस दुनिया में किसी के पास नहीं पहुँच सकते?'' राधिका ने कहा।

हमारे नीचे से एक छड़ फिसल गई। क्वालिस कुछ डिग्री दाईं तरफ झुक गई। राधिका मेरी तरफ गिर गई। व्रूम ने अपना संतुलन बनाए रखने के लिए स्टीयरिंग व्हील को कसकर पकड़ लिया। वह ड्राइवर सीट में जम गया, यह सोचने में असमर्थ होते हुए कि अब क्या किया जाए। एक और छड़ और फिर दूसरी, हमारे नीचे कमजोर टहनियाँ जैसे फिसल गईं। क्वालिस तीस डिग्री तक झुक गई और रुक गई।

हम इतने डरे हुए थे कि चिल्ला भी नहीं पा रहे थे।

''किसी के पास कोई उपाय है?'' व्रूम ने कहा।

मैंने एक सेकंड के लिए अपनी आँखें बंद कीं। मैंने अपनी मृत्यु की कल्पना की। क्या मेरी जिंदगी ऐसी ही विस्मृति में खत्म हो जाएगी? मैं आश्चर्य कर रहा था कि लोग हमें कब और कैसे ढूँढ़ेंगे। शायद कल या दो दिन बाद।

''छह गैर-जिम्मेदार एजेंट मृत पाए गए, शरीर में शराब।'' हेडलाइन होगी।

''दरवाजा खोलने की कोशिश करो, व्रूम'' मिलिटरी अंकल ने कहा।

व्रूम ने दरवाजा खोला। क्वालिस लड़खड़ाने लगी और व्रूम ने तुरंत बंद कर दिया।

''नहीं खोल सकता।'' व्रूम ने कहा, ''संतुलन बिगड़ जाता है। और फायदा भी क्या है? हम बाहर कदम नहीं रख सकते, हम सीधा नीचे गिर जाएँगे।''

मैं पीछेवाली खिड़की से देखने के लिए मुड़ा। मैंने कुछ फीट पीछे कुछ

झाड़ियाँ देखीं।

''बाईं ओर चलो, दाईं तरफ कुछ वजन नहीं। सुबह किसी के हम लोगों को खोजने तक संतुलित ही रहना है।'' व्रूम ने कहा।

मैंने घड़ी देखी। सुबह के 4.14 हो रहे थे। सुबह अभी तीन घंटे दूर थी। एक लाइफटाइम। और लोग देर से भी आ सकते थे।

''नहीं तो?'' ईशा ने कहा

''नहीं तो हम मर जाएँगे।'' व्रूम ने कहा।

हम एक मिनट के लिए चुप रहे।

''सभी एक दिन मरते हैं।'' मैंने चुप्पी को तोड़ने के लिए कहा।

''शायद यह आसान है। जिंदगी को झेलने की बजाय उसे खत्म कर देना आसान है।'' व्रूम ने कहा।

मैंने सिर हिला दिया। मैं घबरा गया था और खुश था कि व्रूम बातचीत कर रहा था।

''मेरा मुख्य प्रश्न है—क्या होगा, अगर हमारे मरने के बाद भी कोई हमें खोज नहीं पाता है? फिर क्या होगा?'' व्रूम ने कहा।

''गिद्ध हमें खोज लेंगे। वे हमेशा खोज लेते हैं। मैंने डिस्कवरी चैनल पर देखा था।'' मैंने कहा।

''देखो, इससे मुझे असुविधा होती है। मुझे यह बात पसंद नहीं कि कोई मेरी मांसपेशियों पर पैनी चोंच मारे, मेरी हड्डियों को चटकाए और मेरे टुकड़े-टुकड़े कर दे। इसके अलावा मेरे शरीर से भयंकर बदबू आएगी। इसकी बजाय तो मुझे सम्मान से जला दिया जाए और मैं धुएँ के बादल में उड़ जाऊँ।''

''क्या तुम लोग यह बकवास बंद कर सकते हो? कम-से-कम चुप रहो!'' ईशा ने कहा और अपने हाथ बाँध लिये।

व्रूम उसकी तरफ देखकर मुसकराया, फिर मेरी तरफ मुड़कर बोला, ''मुझे नहीं लगता, ईशा से इतनी बदबू आएगी। उसका केल्विन क्लैन परफ्यूम उसकी लाश को कई दिनों तक ताजा रखेगा।''

हमारे नीचे दो और तेज 'पिंग'' की आवाज हुई, क्योंकि दो और छड़ें फिसल गईं।

''ओह नहीं!'' प्रियंका ने कहा, क्योंकि उसके ठीक नीचे 'पिंग'' की आवाज हुई। डैशबोर्ड पर एक हलका सा प्रकाश हुआ।

सभी एकदम सकते में आ गए, क्योंकि मेरे मोबाइल में कंपन होने लगा था।

''यह मेरा फोन है!'' मैंने कहा।

फोन बजने लगा। सभी का मुँह खुला-का-खुला रह गया।

''यह बिना नेटवर्क के कैसे बजने लगा?'' ईशा ने घबराई हुई आवाज में कहा।

‘‘किसका है?’’ राधिका ने कहा।

‘‘उठाओ उसे।’’ मैंने अपने हाथ फैलाकर कहा। मैं डैशबोर्ड तक पहुँचने में असमर्थ था।

ईशा ने फोन उठाया। उसने स्क्रीन पर देखा और गहरी साँस ली।

‘‘किसका है?’’ मैंने पूछा।

‘‘क्या तुम किसी भगवान्‍ को जानते हो? यह कह रहा है–भगवान् कॉलिंग।’’ ईशा ने कहा।

30

ईशा की उँगलियाँ काँप रही थीं। उसने कॉल को स्पीकर मोड पर उठाने के लिए बटन दबाया।

"सभी को हैलो! इतनी देर से कॉल करने के लिए माफ करना।" फोन से एक प्रफुल्लित आवाज आई।

"अर…र, कौन बोल रहा है?" ईशा ने कहा।

"भगवान्।" आवाज ने कहा।

"भगवान्? भगवान् जैसे कि…" राधिका ने कहा, जैसे ही हम सब तेज चमक रहे फोन को डर के मारे देख रहे थे।

"जैसे कि भगवान्। मैंने यहाँ पर बहुत अजीब परिस्थिति देखी, इसलिए मैंने सोचा कि तुम लोगों का निरीक्षण कर लूँ।"

"कौन है यह? यह क्या मजाक है?" व्रूम ने कड़क आवाज में कहा।

"क्यों? क्या मैं तुम्हें मजाकिया लग रहा हूँ? मैंने कहा न कि मैं भगवान् हूँ।" आवाज ने कहा।

मैंने अपनी आँखें सिकोड़ लीं। इस बात के अलावा कि भगवान् एक मोबाइल फोन इस्तेमाल कर रहे थे, मैंने कभी नहीं सोचा था कि मेरी जिंदगी इतनी महत्त्वपूर्ण थी कि भगवान् मुझे कॉल करें।

"भगवान् आमतौर पर कॉल नहीं करते। साबित करो कि तुम भगवान् हो। अन्यथा क्या तुम हमें कुछ मदद दे सकते हो?" व्रूम ने कहा।

"मैं कैसे साबित करूँ कि मैं भगवान् हूँ!" क्या मैं इस मोबाइल फोन को हवा में तैराऊँ या फिर बारिश या बिजली चमकाऊँ? या फिर जादुई करिश्मा करूँ? खास प्रभाव, शायद!" भगवान् ने कहा।

"यह मैं नहीं जानता। पर हाँ, ऐसा ही कुछ।" व्रूम ने कहा।

"तो तुम्हें प्रभावित करने के लिए मुझे भौतिकी के वही नियम तोड़ने होंगे जो मैंने बनाए हैं? मुझे माफ कर दो। आजकल मैं यह सब नहीं करता और मेरे बहुत सारे माननेवाले हैं। मैंने सोचा कि मैं मदद कर सकता था। पर चलो, मैं फोन रख देता हूँ।

फिर मिलेंगे तब''' भगवान् ने कहा।

''नहीं, नहीं, रुको। हमारी मदद करो भगवान्।'' ईशा ने कहा और थोड़ा सा मुड़ी, ताकि वह मोबाइल फोन हम सबके बीच में रख सके।

राधिका ने अपने होंठों पर उँगली रखकर व्रूम को चुप रहने का इशारा किया।

''ठीक है, मैं रुक जाऊँगा।'' भगवान् ने प्रफुल्लित आवाज में कहा, ''अच्छा बताओ, सबकुछ कैसा चल रहा है?''

''हमें बाहर निकलने में मदद करो। कुछ और छड़ें टूट जाएँगी और हम मर जाएँगे।'' मैंने कहा।

''वह नहीं, बाकी सब कैसा चल रहा है? जिंदगी कैसी है।'' भगवान् ने कहा।

मैं इस तरह के मुश्किल और स्पष्ट सवालों में बहुत बुरा हूँ। मेरी जिंदगी किस हद तक उलझी हुई है, मुझे यह स्वीकार करने भी नफरत है।

''पर फिलहाल हम फँसे हुए हैं।'' मैंने कहा और भगवान् ने मुझे टोक दिया।

''चिंता मत करो। क्वालिस कहीं नहीं जा रही है। शांति रखो।''

मैंने एक गहरी साँस ली। सब चुप थे।

''तो, फिर उसी सवाल पर, जिंदगी कैसी चल रही है?''

''तुम पहले कहना चाहोगी, राधिका?'' भगवान् ने कहा।

''आप भगवान् हैं। निश्चित रूप से आपको सब पता होगा। जिंदगी दयनीय है।'' राधिका ने कहा।

''वास्तव में मुझे पता है।'' भगवान् ने कहा, ''मैं केवल यह जानना चाहता हूँ कि तुम इस बारे में क्या महसूस करते हो?''

''मैं बताता हूँ, हम कैसा महसूस करते हैं। जिंदगी '''माफ करना''' व्रूम ने कहा। और खुद को रोका, ''जिंदगी बहुत बुरी चल रही है। मतलब हमने क्या गलत किया? हमारी जिंदगी गड्ढे में क्यों है–शाब्दिक रूप से भी और प्रतीकात्मक रूप से भी? इन शब्दों से ही हम सभी की जिंदगी का पता चल जाता है, मैं सोचता हूँ।''

सभी ने हामी भरी। भगवान् ने गहरी साँस ली।

''मुझे एक सवाल पूछने दो। तुम रोज कितने फोन कॉल लेते हो?'' भगवान् ने कहा।

''एक सौ, व्यस्त दिनों मे दो सौ।'' व्रूम ने कहा।

''ठीक है, अब क्या तुम्हें पता है कि दुनिया का सबसे महत्त्वपूर्ण कॉल कौन सा है?''

''नहीं।'' व्रूम ने कहा। अन्य सभी ने भी सिर हिला दिया।

''अंतरात्मा का।'' भगवान् ने कहा।

''अंतरात्मा का!'' सभी ने एक साथ कहा।

''हाँ, वह छोटी अंतरात्मा, जो तुमसे बात करना चाहती है। पर तुम उसे तभी

सुन सकते हो जब तुम शांत होते हो–और तब भी उसे सुनना मुश्किल है; क्योंकि आधुनिक जीवन में नेटवर्क बहुत व्यस्त रहता है। यह आवाज तुम्हें बताती है कि सचमुच तुम्हें क्या चाहिए। क्या तुम जानते हो कि मैं किस बारे में बात कर रहा हूँ?''

''शायद कुछ।'' प्रियंका ने कहा। उसकी आँखें फोन से दूर होती गईं।

''वह मेरी आवाज है।'' भगवान् ने कहा।

''सचमुच?'' ईशा ने कहा।

''हाँ, और उस आवाज की उपेक्षा करना आसान है; क्योंकि तुम भटके हुए हो या व्यस्त हो या जिंदगी में कुछ ज्यादा ही सुविधाजनक। ठीक है, उपेक्षा करो, जब तक तुम अपने द्वारा रचित सुविधा के जाल में खुद ही फँस नहीं जाते हो। और तब तुम ऐसी जगह पहुँच जाते हो जैसे आज जहाँ जिंदगी तुम्हें तुम्हारे अंत तक ले आती है और आगे एक अँधेरे गड्ढे के अतिरिक्त और कुछ नहीं होता।''

''आपकी बात में दम है। मुझे पूरी तो समझ में नहीं आई, लेकिन फिर भी आपकी बात में दम है।'' मैंने सहमत होते हुए अपने आप से कहा।

''मैं उस आवाज को पहचानता हूँ। पर यह मेरे अंदर शांत नहीं है। कभी-कभी चिल्लाती है और काटती है।'' व्रूम ने कहा।

''और यह आवाज क्या कहती है, व्रूम?'' भगवान् ने कहा।

''कि मुझे कोई भी नौकरी केवल पैसे के लिए नहीं करनी चाहिए। कॉल सेंटर पैसे ज्यादा देते हैं, पर केवल इसलिए कि विनिमय दर अमेरिकियों के पक्ष में है। वे अपना लूस चेंज हम पर थोप देते हैं। यह रुपयों में बहुत ज्यादा लगता है। पर नौकरियाँ जो कम पैसे देती है, बेहतर भी हो सकती हैं। ऐसी नौकरियाँ भी हो सकती हैं जो मुझे परिभाषित करती हैं, मुझे कुछ सिखाती हैं या मेरे देश की मदद करती हैं। मैंने इसे यह कहकर सफाई दी कि पैसा ही प्रगति है। पर यह सही नहीं है। प्रगति का मतलब तो भविष्य के लिए कुछ टिकाऊ चीज बनाना है।'' व्रूम ने ऐसी आवाज में कहा, जैसे उसके गले में सूजन आ गई हो। उसने अपने हाथों से अपना चेहरा दबा लिया।

ईशा ने अपना हाथ व्रूम के कंधों पर रखा।

''छोड़ो दोस्तो। यह बहुत भावुक हो रहा है। तुम इससे कहीं बेहतर कर सकते हो। तुम सब योग्य व्यक्ति हो।'' भगवान् ने कहा।

यह पहली बार था कि कोई मुझे परिभाषित करने के लिए 'योग्य'' शब्द का इस्तेमाल कर रहा था।

''हम कर सकते हैं?'' मैंने कहा।

''बिलकुल। सुनो, मैं तुम्हारे साथ एक सौदा करना चाहता हूँ। मैं आज रात तुम्हारी जिंदगी बचा लूँगा, पर बदले में तुम्हें कुछ देना होगा। तीन मिनट के लिए तुम अपनी आँखे बंद करो। इस बारे में सोचो कि तुम वास्तव में क्या चाहते हो और उसे प्राप्त करने के लिए अपनी जिंदगी में क्या बदलाव लाना चाहते हो। तब एक बार यहाँ

से निकलने के बाद उन परिवर्तनों पर काम करना। तुम ऐसा करो और मैं तुम्हें गड्ढे से बाहर निकाल दूँगा। सौदा पक्का?''

''पक्का सौदा।'' मैंने कहा।

क्या तुम वह सौदा नहीं करोगे जो तुम्हें मौत से बचा ले?''

सभी ने हाँ कर दी।

हमने अपनी आँखें बंद कीं और कुछ गहरी साँसें लीं।

''यार, मैं तुमसे एक बात कहता हूँ, तीन मिनट के लिए अपनी आँखें बंद करना और दुनिया के बारे में सोचना सबसे मुश्किल काम है। मैंने एकाग्र होने की बहुत कोशिश की, पर मैं सिर्फ उथल-पुथल ही देख सकता था। प्रियंका, बक्शी, मेरी पदोन्नति और गणेश–मेरा मन एक विषय से दूसरे विषय पर कूद रहा था।

''तो बताओ मुझे?'' भगवान् ने तीन मिनट के बाद कहा।

हमने अपनी आँखें खोलीं। सभी के चेहरे पहले से काफी शांत थे।

''तैयार?'' भगवान् ने पूछा।

सभी ने अपने सिर हिला दिए।

''चलो, क्वालिस में सबसे एक-एक करके पूछ लेते हैं। व्रूम, पहले तुम।'' भगवान् ने कहा।

''मैं एक अर्थपूर्ण जिंदगी जीना चाहता हूँ, भले ही इसका मतलब बेड या पिज्जा हट पर रोज जाए बगैर जीना हो। मुझे कॉल सेंटर छोड़ने की जरूरत है। माफ करना, पर ''कॉलिंग'' मेरी ''कॉलिंग'' नहीं है।'' व्रूम ने कहा।

मैंने सोचा कि उसकी आखिरी पंक्ति काफी चालाकी से कही गई थी, पर यह शब्दों के दाँव-पेंच लगाने का समय नहीं था।

प्रियंका व्रूम के बाद बोली। मेरे कान सचेत हो गए।

''मैं चाहती हूँ कि मेरी माँ खुश रहे। पर इसके लिए मैं अपने आपको नहीं मार सकती। मेरी माँ को यह जानने की जरूरत है कि परिवार एक बहुत बड़ी संस्था है, पर अंततः अपनी खुशी के लिए वह खुद जिम्मेदार है। मेरा ध्यान मेरी जिंदगी पर होना चाहिए और कि मैं क्या चाहती हूँ!'' प्रियंका ने कहा। मैं सोच रहा था–काश, अपने जवाब में वह कहीं मेरा नाम लेती, लेकिन मेरी ऐसी किस्मत कहाँ। मैं सोचता हूँ कि प्रियंका के नब्बे प्रतिशत दिमाग पर या तो उसकी माँ रहती है या नियंत्रण करती है।

प्रियंका के बाद मिलिटरी अंकल की बारी आई। और फिर जब से मैंने उन्हें बात करते सुना है, उन्होंने अधिकतम शब्द कहे।

''मैं अपने बेटे और पोते के साथ रहना चाहता हूँ। मैं उन्हें हर पल याद करता हूँ। दो साल पहले मैं उनके साथ रहता था। पर मेरी बहू ऐसे काम करती थी, जो मुझे पसंद नहीं थे–वह पर्टियों में जाती, नौकरी पर चली जाती, जब मैं चाहता था कि वह

घर पर रहे।''' मैं उनसे लड़ लिया और वहाँ से निकल गया। पर मैं गलत था। यह उनकी जिंदगी है और मुझे उनकी जिंदगी को अपने पुराने मूल्यों से परखने का कोई हक नहीं था। मैं अपने आडंबरपूर्ण अहं से छुटकारा पाना चाहता हूँ और यू.एस. जाकर उन्हें देखना तथा बात करना चाहता हूँ।''

अगली बारी राधिका की थी। बात करते समय उसे अपने आँसुओं से लड़ना पड़ रहा था–''मैं फिर खुद जैसी होना चाहती हूँ, जैसी मैं शादी से पहले अपने माता-पिता के साथ थी। मैं अनुज को तलाक देना चाहती हूँ। मैं कभी भी अपनी सास का चेहरा नहीं देखना चाहती। ऐसा करने के लिए मुझे यह स्वीकार करना होगा कि मैंने अनुज से शादी करने का गलत फैसला लिया।''

ईशा राधिका के बाद बोली, ''मैं चाहती हूँ कि मेरे माता-पिता मुझे फिर प्यार करें। मैं एक गूँगी मॉडल नहीं बनना चाहती। मैं निश्चित तौर पर कह सकती हूँ कि मैं अपनी सुंदरता का बेहतर उपयोग ढूँढ़ूँगी, अगर वह किसी लायक है तो। कोई भी कैरियर जिसके लिए आपको अपने नैतिक मूल्यों से समझौता करना पड़े या जिसमें केवल आपको इस बात के लिए परखते हैं कि आप एक इंच लंबी हैं या नहीं, किसी भी काम के लायक नहीं है।''

लोग अब मुझे देखने के लिए मुड़े, क्योंकि बोलने के लिए अब मैं ही बचा था।

''मैं? क्या मैं किसी और को पास कर सकता हूँ।'' मैंने कहा।

सब मुझे और भी घूरकर देखने लगे। कभी-कभी आपके पास कोई विकल्प नहीं रहता, अपनी उलझन या विचारों को दुनिया के साथ बाँटने के अलावा।

''ठीक है। यह सुनने में बहुत बेवकूफी भरा लगेगा, लेकिन मैं अपना खुद का बिजनेस शुरू करना चाहता हूँ। मेरे पास यह आइडिया है, अगर व्रूम और मैं साथ में मिल जाते हैं तो हम एक छोटी सी वेब डिजाइन कंपनी खोल सकते हैं। बस यही। पर शायद यह कभी काम न करे, क्योंकि अधिकतर चीजें, जो मैं करता हूँ, कभी सफल नहीं होतीं पर फिर'''

''या फिर क्या श्याम?'' भगवान् ने मुझे टोकते हुए कहा।

''ओह, कुछ नहीं!'' मैंने कहा।

'श्याम, तुम्हारी बात पूरी नहीं हुई। तुम्हें पता है।'' भगवान् ने कहा।

मुझे लगता है कि आप कभी भगवान् को बेवकूफ नहीं बना सकते। मुझे केवल काम की बात करनी थी। मैंने आस-पास देखा और बोलना शुरू किया, ''और एक दिन प्रियंका जैसी किसी लड़की के लायक बनना चाहता हूँ। मैं आज उसके लायक नहीं हूँ और स्वीकार करता हूँ कि'''

''श्याम, मैंने कभी ऐसा नहीं कहा।'' प्रियंका ने कहा।

''प्लीज, मेरी बात पूरी हो जाने दो, प्रियंका। अब लोगों को मुझे ठोकर मारना बंद कर देना चाहिए।'' मैंने कहा।

प्रियंका ने मुझे देखा और चुप हो गई। मैं देख सकता था कि वह मेरी दृढ़ता पर स्तब्ध थी।

मैंने जारी रखा, ''लेकिन एक दिन मैं उसके जैसी किसी और के लायक बनना चाहता हूँ—किसी होशियार, हाजिरजवाब, संवेदनशील और मजाकिया के, जो प्यार को दोस्ती के साथ मिला सकती हो। और हाँ, एक दिन मैं भी सफल बनना चाहता हूँ।''

हम सभी की बारी खत्म हो चुकी थी। भगवान् चुप रहे।

''भगवान्? कुछ कहो, अब जब हमने अपने सबसे गहरे राज आपको बता दिए हैं।'' ईशा ने कहा।

''मेरे पास कहने के लिए सचमुच कुछ नहीं है। मैं केवल अचंभित हूँ और खुश हूँ कि तुम सभी ने कितना अच्छे ढंग से सोचा है। अपनी इच्छा को जानना खुद में ही बहुत बड़ी शुरुआत है। इसका अनुसरण करने के लिए तैयार हो?, भगवान् ने कहा।

मेरे अलावा सभी ने सिर हिलाया।

''तैयार, श्याम?'' भगवान् ने कहा।

मैंने धीरे से अपना सिर हिला दिया।

''श्याम, क्या मैं तुम्हारे दोस्तों के सामने कुछ व्यक्तिगत बात कह सकता हूँ?'' भगवान् ने कहा, ''क्योंकि यह सभी के लिए जरूरी है।''

''बिलकुल।'' मैंने कहा। मुझे नुमाइश की तरह इस्तेमाल करो कि ''अपनी जिंदगी को कैसे नहीं'' जिया जाए। कम-से-कम मैं कुछ तो काम का हूँ।''

''तुम सफल होना चाहते हो, ठीक?'' भगवान् ने कहा।

''हाँ,'' मैंने कहा।

''सफलता के लिए किसी व्यक्ति को चार चीजों की जरूरत होती है। मैं तुम्हें दो जरूरी चीजें बताता हूँ। एक, थोड़ी-बहुत बुद्धिमानी और दूसरी, थोड़ी-बहुत कल्पना। सहमत हो?''

''सहमत।'' सभी ने कहा।

''और तुम सभी में यह गुण है।'' भगवान् ने कहा।

''तीसरी और चौथी चीजें कौन सी हैं?'' व्रूम ने पूछा।

''तीसरी वह, जो श्याम पूरी तरह से खो चुका है।'' भगवान् ने कहा।

''वह क्या है?'' मैंने पूछा।

''आत्मविश्वास सफलता के लिए तीसरी जरूरी चीज है।''

''श्याम उसे खो चुका है। वह सौ प्रतिशत मान चुका है कि वह किसी काम के लिए अच्छा नहीं है।''

मैंने अपना सिर झुका लिया।

"तुम्हें पता है कि तुम्हें यह विश्वास किसने दिलाया?" भगवान् ने पूछा।

"किसने?" मैंने कहा।

"बक्शी के कारण। एक बुरा मालिक आत्मा की बीमारी की तरह है। अगर तुम लंबे समय तक उसके साथ रहते हो तो तुम्हें विश्वास हो जाता है कि तुम्हारे साथ कुछ तो गड़बड़ है। हालाँकि तुम्हें पता है कि वास्तविकता में बक्शी हारा हुआ है, पर तुम अपने आप पर संदेह करने लग जाते हो और तब तुम्हारा आत्मविश्वास डिग जाता है।"

भगवान् के शब्दों ने कुछ मिनट पहले हिलती हुई क्वालिस जैसा अंदर से मुझे हिला दिया।

"भगवान्, मैं अपना आत्मविश्वास वापस पाना चाहता हूँ।" मैंने कहा।

"अच्छा। डरा मत करो और वह तुम्हें वापस मिल जाएगा। और तब कोई तुम्हें रोक नहीं पाएगा।" भगवान् ने कहा।

मैंने महसूस किया कि मेरे कानों तक खून पहुँच रहा है। मेरा दिल तेजी से धड़क रहा था और मैं कॉल सेंटर वापस पहुँचना चाहता था। उसी समय मेरे अंदर गुस्सा भर गया, जब मैंने बक्शी के बारे में सोचा। मैं उस व्यक्ति से बदला लेना चाहता था, जिसने मेरे एक हिस्से का कत्ल कर दिया, जिसने सभी की नौकरियाँ खतरे में डाल दीं, जिसने कॉल सेंटर को तबाह कर दिया।

"सफलता का चौथा अंश क्या है?" व्रूम ने पूछा।

"चौथा अंश ही सबसे दर्दनाक है। और यह चीज है, जो तुम सबको सीखनी है; क्योंकि यही सबसे महत्त्वपूर्ण चीज है।" भगवान् ने कहा।

"क्या?" मैंने पूछा।

"असफलता।" भगवान् ने कहा।

"क्या? मैंने सोचा, आप सफलता के बारे में बात कर रहे थे।" व्रूम ने कहा।

"हाँ, लेकिन वाकई सफल बनने के लिए आपको हार का सामना भी करना चाहिए। तुम्हें उसे अनुभव करना है, महसूस करना है, उसका स्वाद लेना है, उसे भोगना है। केवल तभी आप चमक सकते हैं।" भगवान् ने कहा।

"क्यों?" प्रियंका ने पूछा। निश्चित रूप से वह मेरे व्यक्तित्व विश्लेषण पर भी केंद्रित थी। मैं तुमसे कहता हूँ, गणेश के पास लेक्सस होगी, लेकिन उसे मेरे जितना मजेदार मनोरोगी केस कहीं नहीं मिलेगा।

"क्योंकि एक बार हार का स्वाद लेने के बाद तुम्हें कोई डर नहीं रहेगा। तुम आसानी से जोखिम ले सकते हो। फिर तुम अपने सुविधा-क्षेत्र में कभी सटककर नहीं रहना चाहोगे–तुम उड़ने के लिए तैयार हो। और सफलता उड़ने में है, सटककर सोने में नहीं।" भगवान् ने कहा।

"बात में दम है।" प्रियंका ने कहा।

"तो यहाँ एक राज है। कभी भी हार से मत डरो। अगर यह तुम्हारे रास्ते में आती है तो इसका मतलब है कि मैं तुम्हें बाद में सफल बनाना चाहता हूँ।" भगवान् ने कहा।

"वाह!" प्रियंका बोली।

"धन्यवाद।" भगवान् ने कहा।

"बस, यदि आपने भारत को भी अमेरिका जितना दिया होता।" व्रूम ने कहा।

"तुम्हें भारत क्यों पसंद नहीं है?" भगवान् ने कहा।

"बिलकुल नहीं। केवल इसलिए कि भारत गरीब है, आप उससे प्यार करना नहीं छोड़ सकते। यह मेरा है। लेकिन फिर भी अमेरिका के पास बहुत कुछ है।" व्रूम ने कहा।

"ठीक है, अमेरिका को इतना ऊँचा भी मत समझो। अमेरिकियों के पास बहुत सी चीजें होंगी, पर वे किसी भी तरह से दुनिया के सबसे खुश लोग नहीं हैं। कोई भी युद्धरत देश खुश नहीं हो सकता।" भगवान् ने कहा।

"सही है।" राधिका बोली।

"और उनमें से अधिकतर के दिमाग में गंभीर उलझनें हैं। जिनके बारे में केवल कॉल सेंटर के एजेंटों को ही पता हो सकता है। और आज रात तुम उनका इस्तेमाल करके अपना कॉल सेंटर बचा सकते हो।"

"अमेरिकियों के दिमाग उलझाने से हमारा कॉल सेंटर बच जाएगा?" व्रूम, राधिका और मैं एक साथ बोल पड़े।

"हाँ, उनकी कमजोरियों को ढूँढ़ो और तब तुम जीत सकते हो।" भगवान् ने कहा।

"जैसे? वे मोटे, चिल्लानेवाले, चौड़े और हमेशा तलाक देते रहते हैं।"

"और भी है, मैं तुम्हें एक संकेत देता हूँ। इस पूरी युद्ध-भावना के पीछे क्या है?" भगवान् ने कहा।

"डर। यह तो साफ है कि वे दुनिया के सबसे डरपोक लोग हैं।" मैंने कहा।

"हम उन्हें डराकर कॉल करवाएँगे। हाँ, इससे हमारा कॉल-प्रवाह बढ़ जाएगा।" व्रूम ने उत्तेजित स्वर में कहा।

"अब तुम सोच रहे हो। वास्तव में तुम बक्शी से भी निपटने का तरीका निकाल सकते हो। पूरी ईमानदारी से नहीं, लेकिन अब से तुम खेल के कुछ नियमों को बदलने के हकदार हो।" भगवान् ने कहा और मुझे एक दबी हुई हँसी सुनाई पड़ी।

सभी मुसकराए।

"सचमुच, हम बक्शी को सबक सिखा सकते हैं?" मैंने कहा।

"बिलकुल। याद रखो, बक्शी तुम्हारा मालिक नहीं है। परम मालिक मैं ही हूँ। और मैं तुम्हारे साथ हूँ। तो फिर तुम किससे डरते हो?" भगवान् ने कहा।

"माफ करना, लेकिन आप हमेशा हमारे साथ नहीं होते। नहीं तो हम यहाँ कैसे हैं?" राधिका ने कहा।

दोबारा बोलने से पहले भगवान् ने ठंडी साँस ली, "मुझे लगता है कि तुम्हें जानना है कि मेरी कार्य-प्रणाली कैसे काम करती है। देखो, मेरा हर व्यक्ति के साथ कॉण्ट्रेक्ट रहता है। तुम अपना सर्वश्रेष्ठ करो और हमेशा मैं अतिरिक्त धक्का लगाने के लिए तुम्हारे पीछे आऊँगा। पर इसकी शुरुआत तुम्हारे से होनी चाहिए। नहीं तो मुझे कैसे पता चलेगा कि किसको मेरी मदद की जरूरत सबसे ज्यादा है।"

"बात में दम है।' व्रूम ने कहा।

"तो अगर मैं अपनी अंतरात्मा की आवाज सुनकर और अपनी तरफ से पूरी कोशिश करूँ तो आप मेरे साथ होंगे?" मैंने कहा।

"बिलकुल। पर अब मुझे जाना है। किसी और को भी मेरी जरूरत है।" भगवान् ने कहा।

"रुको, हमें इस गड्ढे से बाहर निकलने में पहले मदद करो।" ईशा ने कहा।

"हाँ, बिलकुल। मुझे तुम्हें इस गड्ढे से बाहर निकालना है।" भगवान् ने कहा, "ठीक है व्रूम, तुम केवल कुछ ही छड़ों पर टिके हुए हो। इस परिस्थिति से निकलने के लिए दो युक्तियाँ हैं।"

"वे क्या हैं?"

"पहली, रिवर्स गियर को याद रखो और दूसरी छड़ों के साथ दोस्ती करो—उनसे लड़ो नहीं। छड़ों को रेल की पटरियों जैसे इस्तेमाल करो और छड़ तुम्हें बाहर निकाल देंगी। आस-पास की चीजों को हिलाओ और सीधा पहुँच जाओगे।"

व्रूम ने अपनी गरदन खिड़की से बाहर निकाली।

"पर ये स्टील निर्मित छड़ें तो मेरी उँगली जितनी पतली हैं। हम इन्हें बाँधेंगे कैसे?"

"बाँध दो।" भगवान् ने कहा।

"कैसे?" व्रूम ने पूछा।

"क्या मुझे अब सबकुछ तुम्हें बताना पड़ेगा?" भगवान् ने कहा।

"दुपट्टा, मेरा दुपट्टा इस्तेमाल करो।" प्रियंका ने कहा।

"यहाँ पर मेरे हैंडबैग में अधबुना स्कार्फ है।" राधिका ने कहा।

"मुझे लगता है, अब यहाँ से तुम समझ सकते हो। अब अलविदा! याद रखो, जब भी तुम्हें मेरी जरूरत हो, मैं तुम्हारी अंतरात्मा में साथ हूँ।" भगवान् ने कहा।

"हूँ!" व्रूम ने कहा और अपने फोन को देखा।

"अलविदा भगवान्!" लड़कियों ने एक के बाद एक कहा।

"अलविदा सभी को।" भगवान् ने कहा और कॉल काट दिया।

मैंने फोन को गुडबाय किया। हम सभी पर चुप्पी छा गई।

"यह क्या था?" प्रियंका ने कहा।

''मुझे नहीं पता। क्या मैं दुपट्टा ले सकता हूँ?'' व्रूम ने कहा।

''मिलिटरी अंकल, क्या आप पिछला दरवाजा खोलकर पहिए के नीचे वाली छड़ों को बाँध सकते हैं? अगर आप चाहो तो दुपट्टे को फाड़ लेना।''

आखिरी पंक्ति पर प्रियंका थोड़ा हिचकिचाई, लेकिन यह आखिरी बार था जब हमने उसका दुपट्टा और राधिका का अधबुना स्कार्फ देखा। व्रूम और मिलिट्री अंकल ने पहिए के ठीक नीचेवाली छड़ों को, क्वालिस को कठोर जमीन पर पहुँचाने के लिए अपनी दस फीट की यात्रा करने के लिए बाँधा। कई बार वह अधिक नीचे झुके और सीधा गड्ढे में देखना पड़ा। मैं खुश था कि मैं इसे नहीं कर रहा था—मैं तो देखकर ही मर जाता।

''ठीक है, लोगो।'' व्रूम अपनी सीट पर वापस बैठा और अपने हाथों को पोंछते हुए बोला, ''कसकर पकड़ो।''

व्रूम ने इगनिशन चालू किया। क्वालिस लड़खड़ाई, क्योंकि हमारे नीचे की छड़ें फिर काँपना शुरू हो गई थीं।

''व्रू...म...मैं...फि...सल...रही हूँ'', ईशा ने ग्लोब बॉक्स का हैंडल पकड़ते हुए कहा।

एक नैनो सेकंड में व्रूम ने क्वालिस को रिवर्स में डाला और गाड़ी पीछे चला दी। हम सभी आंशिक नीचे झुक गए, इसलिए ताकि व्रूम देख सके, परंतु ज्यादातर डर में।

क्वालिस ऐसे हिलने लगी जैसे वह पहाड़ी से नीचे उतर रही हो। हालाँकि हम गिरे नहीं। मेरे ऊपर और नीचे के जबड़े इतनी जोर से टकराए कि मैंने सोचा, मेरे एक-दो दाँत टूट जाएँगे।

छह सेकंडों में सब खत्म हो गया था। हम गड्ढे से बाहर कीचड़दार सड़क पर वापस आ गए थे।

''यह हो गया। मुझे लगता है कि मैं जिंदा हूँ।'' व्रूम ने मुसकराते हुए कहा। वह आस-पास मुड़ा, 'क्या कोई बचा है?''

31

सभी ने अपनी साँसें एक साथ छोड़ीं। लड़कियाँ गले मिलने लगीं। व्रूम बाहर निकला और मुझे इतनी जोर से पीठ पर मारा कि मुझे लगा कि मैं पीठ की हड्डी चटकने से मर जाऊँगा।

व्रूम ने एक यू-टर्न लिया और पहले गियर में धीरे-धीरे चलाने लगा, जब तक कि हम हाइवे पर न पहुँच गए।

''हमने कर दिखाया।'' ईशा ने कहा और अपने आँसू पोंछे। प्रियंका ने अपने हाथ जोड़े और कई बार प्रार्थना की।

''मुझे लगा, हम मर जाएँगे।'' राधिका ने कहा।

''वह कॉल क्या था?'' ईशा ने कहा।

''कुछ बहुत अजीब। क्या हम इस बारे में बात न करने पर सहमत हो जाएँ?'' मैंने कहा।

सभी ने सिर हिला दिया, मानो जो बात उनके मन में थी, वह मैंने ही कह दी हो। यह सच था वह कॉल इतना व्यक्तिगत लग रहा था कि अब मैं उसकी और चर्चा नहीं करना चाहता था।

''यह जो भी था, पर अब हम ठीक हैं। और हम जल्दी ही ऑफिस में होंगे।'' प्रियंका ने कहा।

''अभी केवल 4.40 ही बजे हैं। हम केवल दो कि.मी. दूर हैं।'' व्रूम ने कहा। उसने जल्दी ही अपना आत्मविश्वास वापस प्राप्त कर लिया और 60 कि.मी. प्रति घंटे की गति से चलाने लगा।

''मैं जिंदा होकर बहुत सौभाग्यशाली हूँ। मुझे परवाह नहीं है कि हम कब पहुँचते हैं।'' ईशा ने कहा।

''मैं जल्दी पहुँचना चाहता हूँ और अस्थायी छँटनी के बारे में जानना चाहता हूँ। जो भी हो, मैं छोड़ रहा हूँ।'' व्रूम ने कहा।

''तुम छोड़ रहे हो।'' ईशा ने कहा।

''हाँ, बस बहुत हो गया।'' व्रूम ने कहा।

"तुम क्या करोगे।" प्रियंका ने कहा।

"मुझे लंबे समय का तो नहीं पता–शायद वापस पत्रकारिता। लेकिन एक छोटा सा लक्ष्य मेरे सामने है, मुझे कोशिश करके कॉल सेंटर को बचाना है।" व्रूम ने कहा।

"अच्छा, तुम एक वेब डिजाइन कंपनी खोलना चाहते हो मेरे साथ?" मैंने कहा।

"तुम्हारे साथ!" व्रूम ने फिर से मुझे देखते हुए कहा।

"मैं भी छोड़ रहा हूँ।" मैंने कहा।

"सचमुच?" प्रियंका की आँखें फटी रह गईं। उसने मुझे ऐसे देखा मानो एक साल के बच्चे ने माउंट एवरेस्ट पर चढ़ने की घोषणा की हो।

"हाँ, उस खड्‌ढे में मैं अपनी मौत के करीब आ गया था। मैं वहाँ अपनी जिंदगी में कुछ कोशिश किए बगैर मर सकता था। मैं कोमल, सुविधाजनक विकल्पों से थक चुका हूँ। यह समय है असली जिंदगी का सामना करने का, भले ही यह कठोर और दर्दनाक हो। मैं सटकर सोए रहने के विपरीत उड़ना और ध्वस्त होना पसंद करूँगा।"

सभी ने सिर हिला लिया। मैं चकित था, लोग पहली बार मुझे सचमुच सुन रहे थे।

"इसके अलावा मैंने अपने आप से एक वादा और भी किया है।" मैंने कहा।

"क्या?" व्रूम और प्रियंका ने एक साथ पूछा।

"कि अब मैं कहीं भी किसी बेवकूफ के लिए काम नहीं करूँगा। भले ही इसका मतलब कम पैसा हो। मैं एक दिन का खाना छोड़ दूँगा और भूखा सो जाऊँगा, पर मैं अपनी जिंदगी मंदबुद्धि व्यक्ति के साथ काम करके व्यतीत नहीं कर सकता।"

"बुरा नहीं है।" व्रूम ने कहा, "लगता है कि हमारा आगामी टीम लीडर बुद्धिमान हो गया।"

"मुझे नहीं पता कि यह बुद्धिमानी है या नहीं, पर कम-से-कम मैंने एक चुनाव कर लिया है। हम देख लेंगे कि क्या होता है। पर अभी के लिए मेरे पास भी एक छोटा सा लक्ष्य है।"

"जैसे?" व्रूम ने बहुत एकाग्रता के साथ चलते हुए कहा, "अब मुझसे यह मत कह देना कि यह कॉल प्रलेखन है और बाकी सब।"

"नहीं, मुझे बक्शी की भी देख-रेख करनी है। चूँकि अब मेरे पास खोने को कुछ नहीं है, उसे एक सबक सिखा दें।" मैंने कहा।

व्रूम ने क्वालिस को तुरंत रोका और हम सब आगे गिर गए।

"अब क्या?" मैंने कहा।

"रुको।" मेरे पास अभी हाल ही में एक अपूर्व आविष्कारक पल था। मेरे पास बक्शी और कॉल सेंटर को जमाने का आइडिया आया है।" व्रूम ने कहा।

"क्या?"

''आहा, मुझे पसंद है।'' व्रूम ने कहा और अपने आप पर मुसकरा दिया।

''क्या, बताओगे भी?'' मैंने कहा।

वह पीछे झुका और मेरे कान में कुछ बुदबुदाया।

''बिलकुल नहीं। मेरा मतलब कैसे?'' मैंने कहा।

''हाँ, बिलकुल, मैं तुम्हें बताऊँगा, जब हम वापस पहुँच जाएँगे। चलो, WASG के कॉन्फ्रेंस रूम में मिलते हैं।'' उसने कहा और एक्सीलेटर को तेजी से दबाया, जैसे ही हमने कॉल सेंटर पर पहुँचने के लिए आखिरी रास्ता लिया। हम कनेक्शंस के मुख्य द्वार पर सुबह के 4.45 पर पहुँचे। हम वापस बक्शी की कार के पास से निकले।

''टक्कर मारने की इच्छा हो रही है। क्या इसको ठोकर से पिचका दूँ?'' मैंने व्रूम से कहा।

''यह विचार मेरे मन में भी आया।'' व्रूम ने कहा और आह भरी, ''पर मैं सभी वाहनों से इतना प्यार करता हूँ कि उन्हें चोट नहीं पहुँचा सकता। यह लॉन्सर पहले ही बक्शी के कारण पीड़ित है। चिंता मत करो, हम उससे अंदर निपट लेंगे।''

व्रूम क्वालिस को पार्किंग की जगह पर ले गया। हमारा ड्राइवर दूसरे वाहन में सो रहा था, इसलिए हमने क्वालिस चुपचाप पास में पार्क कर दी। हम उसे कुछ और देर आराम देना चाहते थे, इससे पहले की वह अपनी कीचड़ सनी गाड़ी को देखता।

''चलो दोस्तो, 4.46 A.M.।'' व्रूम ने कहा और कार से बाहर कूदा।

हमारी डेस्क पर एक A4 आकार की बड़ी शीट मॉनीटर पर चिपकी हुई थी, जिस पर मोटे अक्षर अंकित थे।

''देखो इसे।'' मैंने कहा। यह बक्शी की लिखावट थी।

''सब कहाँ हैं? प्लीज मेरे ऑफिस में कॉल रिपोर्ट करो। मेरी बोर्ड मीटिंग कार्यक्रम की प्रतियाँ कहाँ हैं? फोटोकॉपी मशीन को क्या हुआ? एजेंट विक्टर के मॉनीटर को।''

व्रूम ने नोटिस देखा और हँसने लगा, 'जो भी हो, उसे उसके जवाब मिलेंगे। पर पहले वह हमें जवाब देगा। दोस्तो, पहले कॉन्फ्रेंस रूम में।'' व्रूम ने कहा।

हम कॉन्फ्रेंस रूम के अंदर गए और व्रूम ने दरवाजा लगा दिया।

''दोस्तो, एम.बी.ए. वालों जैसे बात करने के लिए माफी चाहता हूँ, लेकिन मैं सोचता हूँ कि अगले कुछ घंटों में हमारे पास तीन कार्यक्रमों की एक कार्यसूची है। पहला इस कॉल सेंटर को बचाना और दूसरा बक्शी को सबक सिखाने को। सहमत हैं?''

''तीसरा काम क्या है?'' राधिका ने कहा

''वह मेरे और श्याम के बीच में है। वह प्राइवेट है। ठीक है, सुनो।''

और फिर व्रूम ने अपनी योजना बताई।

(अ) कॉल सेंटर को बचाने की और (ब) बक्शी को सबक सिखाने की। पहले जब हमने यह योजना सुनी तो हम सभी अपनी सीटों पर उछल गए। धीरे-धीरे व्रूम ने हम सबको मना लिया। हँसी और गहन एकाग्रता के बीच हम योजना को अंजाम देने के लिए उठे। हमने अपनी मीटिंग सुबह के 5.10 पर खत्म की और WASG कॉन्फ्रेंस रूम से बाहर आ गए।

''सब तैयार है?'' व्रूम ने पूछा।

''बिलकुल।'' हमने एक साथ कहा।

''ठीक। पहला कदम–बक्शी को ऑफिस से बाहर निकालना।'' व्रूम ने कहा। ''ईशा, तुम तैयार हो?''

''हाँ।'' ईशा ने चमकती आँखों से हमें देखते हुए कहा।

उसने फोन उठाया, बक्शी का नंबर मिलाया और एक बूढ़ी औरत की आवाज में बोलने लगी, ''सर, मैं एलिना मुख्य ''बे'' से बोल रही हूँ। सर, बोस्टन से आपके लिए एक कॉल है।'' ईशा ने कर्तव्यनिष्ठ सेक्रेटरी की तरह कहा।

''नहीं सर, मैं इसे ट्रांसफर नहीं कर पा रही हूँ... सर, मैंने इसकी कोशिश की थी, पर लाइन नहीं मिल रही है सर। मैं यहाँ नई सहायिका हूँ तो मुझे यह अच्छी तरह नहीं पता है कि फोन कैसे काम करते हैं... सर, माफ कीजिए, लेकिन क्या आप नीचे आ सकते हैं?'' ईशा ने इतना कहकर फोन रख दिया।

''काम हो गया?'' मैंने कहा।

''बोस्टन की किसी भी चीज के पीछे वह पागल है। वह हॉल में तुरत पहुँच रहा है। पर वह कुछ ही मिनटों के लिए बाहर होगा, इसलिए जल्दी करो।''

32

जैसी कि उम्मीद की गई थी, जब हम वहाँ पहुँचे बक्शी का दफ्तर खाली था।

ब्रूम सीधा बक्शी के कंप्यूटर पर गया और उसका ई-मेल खोला।

राधिका, प्रियंका और मैं बक्शी की कॉन्फ्रेंस टेबल पर बैठे।

''जल्दी!'' राधिका ने कहा और अपनी एक आँख दरवाजे पर जमाए रखी।

''केवल एक और मिनट।'' ब्रूम ने बक्शी के की-बोर्ड पर तेजी से टाइप करते हुए कहा।

हम जानते हैं कि हम जो कर रहे थे, वह गलत है; पर यह गलत काम ''वास्तविक, कठोर, दर्दनाक शर्मिंदगी'' का नहीं है, जैसा ईशा ने बताया। वास्तव में यह तो अच्छा लग रहा था। एक बार उसने खत्म किया तो ब्रूम ने बक्शी के प्रिंटर से कई प्रतियाँ निकाल लीं।

''पाँच प्रतियाँ।'' उसने कहा, ''सभी के लिए एक-एक। इसे मोड़ लो और सँभालकर रखो।''

मैंने अपनी प्रति मोड़ ली और कमीज की जेब में डाल ली।

बक्शी बीस सेकंड के बाद आया।

''विश्वास ही नहीं होता कि हमारे टेलीफोन सिस्टम इतने पुराने जमाने के हैं।'' बक्शी दफ्तर में आते-आते खुद ही बतिया रहा था। उसने कॉन्फ्रेंस टेबल पर हमें देखा।

''तो यहाँ हो तुम लोग। तुम सब कहाँ थे? फोटोकॉपी मशीन और एजेंट विक्टर के मॉनीटर को क्या हुआ?'' बक्शी ने कहा। उसने अपनी कलाइयाँ बीच में मोड़ लीं और एक के बाद एक सबको गौर से देखा।

''एक सेकंड के लिए बैठ जाओ, बक्शी।'' ब्रूम ने अपने पास एक कुरसी को थपथपाते हुए कहा।

''क्या?'' बक्शी ब्रूम द्वारा उसका नाम से बुलाए जाने पर चौंक गया। ''तुम्हें अपने वरिष्ठों से बात करना सीखना...''

''जो भी हो, बक्शी!'' ब्रूम ने कहा और अपने पैर बक्शी की मीटिंग टेबल पर

रख दिया।

''एजेंट विक्टर, तुमने क्या कहा और तुम्हें क्या लगता है कि तुम क्या कर रहे हो?'' बक्शी ने अभी तक खड़े-खड़े ही कहा।

''आह…ह'' व्रूम ने कहा, ''यह तो और भी सुविधाजनक है। हम सब लोग ऐसे ही क्यों नहीं बैठते हैं?'' व्रूम ने टेबल पर अपने पैरों को क्रॉस करते हुए पूछा।

''मैं विश्वास नहीं कर सकता कि तुम ऐसे समय बुरा बरताव कर रहे हो जब मुझे लोगों की निकालने के बारे में फैसला लेना है।'' बक्शी के कहते ही व्रूम ने उसे फिर टोका।

''तुम बड़े पागल हो!'' व्रूम ने उसे फिर टोका।

''माफ करना, तुमने अभी क्या कहा, एजेंट विक्टर?''

''तो तुम न केवल गूँगे हो, बल्कि बहरे भी हो। क्या तुमने उसे सुना नहीं?'' ईशा ने अपनी मुसकान दबाने की कोशिश करते हुए कहा।

''यहाँ क्या बकवास चल रही है?'' बक्शी ने कहा और मेरी ओर शून्य भाव से देखा, जैसे मैं बकवासों का जाना-माना व्याख्याता हूँ।

व्रूम ने बक्शी की तरफ एक प्रिंटआउट फेंका।

''यह क्या है?'' बक्शी ने कहा।

''पढ़ लो। उन्होंने तुम्हें एम.बी.ए. कोर्स में पढ़ना तो सिखाया ही होगा, ठीक है न?'' व्रूम ने कहा।

ई-मेल कुछ इस तरह था–

द्वारा : सुभाष बक्शी

प्रति : ईशा सिंह

भेजा गया : 05.04 AM

विषय : केवल एक रात

प्यारी ईशा,

उदास मत हो। मेरा प्रस्ताव एकदम सीधा है–केवल एक रात मेरे साथ बिताओ। तुग गुझे खुश करो, मैं तुम्हारी नौकरी बचा लूँगा। तुम्हारी सुरक्षा के बदले मेरी खुशी–मैं सोचता हूँ, यह एक न्यायपूर्ण सौदा है। और कौन जानता है, तुम्हें भी इसमें मजा आए। मुझे अपना फैसला जल्दी बताना।

तुम्हारा प्रशंसक,

बक्शी।

बक्शी का चेहरा सफेद पड़ गया। उसका मुँह पाँच इंच चौड़ा हो गया, जैसे ही उसने ई-मेल को कई बार पढ़ा।

''यह क्या है? यह क्या बकवास है?'' बक्शी ने कहा। उसके हाथ भी उतने ही

काँप रहे थे जितनी उसकी आवाज।

''तुम बताओ। यह तुम्हारे इन-बॉक्स से मेल है, बेवकूफ गधे!'' व्रूम ने कहा।

''पर मैंने यह कभी नहीं लिखा।'' बक्शी ने अपनी आवाज में निराशा छुपाने की भरपूर कोशिश की, 'मैंने कभी नहीं लिखा।''

''सचमुच?'' व्रूम ने एक सिगरेट जलाते हुए पूछा, ''अब तुम यह कैसे साबित कर सकते हो कि यह तुमने नहीं लिखा? क्या तुम बोस्टन ऑफिस के लोगों के सामने यह सिद्ध कर सकते हो कि यह तुमने नहीं लिखा?''

''तुम क्या कह रहे हो? यह बोस्टन से कैसे संबंधित हो सकता है?'' बक्शी ने कहा। उसके चेहरे के तेलक्षेत्रों पर पसीने की बूँदें उभरने लगी थीं।

''चलो, देखते हैं। क्या होगा, यदि हम इसकी एक प्रति बोस्टन को मेल कर दें? वही लोग, जिन्हें तुमने वेबसाइट मैनुअल भेजी थी? मुझे विश्वास है कि उन्हें वही कर्मचारी पसंद हैं, जो अच्छे और न्यायपूर्ण सौदे करते हैं।'' मैंने कहा।

''मैंने यह कभी नहीं लिखा।'' कोई अन्य बेहतर जवाब ढूँढ़ने में असमर्थ बक्शी ने कहा।

''या इसकी एक प्रति हम पुलिस को भेज देते हैं।'' व्रूम ने बक्शी के चेहरे पर धुएँ का बड़ा कश फेंकते हुए कहा, ''और मेरे कुछ रिपोर्टर दोस्तों को। कल अखबार में आना चाहते हो, बक्शी? यह तुम्हारे लिए मौका है।'' व्रूम ने अपना फोन निकाला, ''ओह रुको, शायद मैं तुम्हें टी.वी. पर भी ला सकता हूँ।''

''टी.वी.?'' बक्शी ने कहा।

''हाँ, हेडलाइन की कल्पना करो–कॉल सेंटर का मालिक नौकरी के बदले लड़की से कामुक अनुग्रह चाहता है। NDTV इस पर एक सप्ताह तक काम चला सकती है। क्या यार, मुझे पता है, मैं अच्छा पत्रकार हो सकता था।'' व्रूम ने कहा और हँसने लगा।

''पर मैंने क्या किया है?'' बक्शी ने कहा और अपनी डेस्क की ओर भागा। उसने अपना ई-मेल खोला और सेंट आइटम फोल्डर को चेक किया।

''यह किसने लिखा?'' बक्शी ने जब अपनी स्क्रीन पर यही ई-मेल देखा तो बोला।

''तुमने नहीं लिखा?'' प्रियंका ने पूछा मानो वह सचमुच उलझन में हो।

''मि. बक्शी, मैं आपकी इतनी इज्जत करती थी। लेकिन आज मेरे आदर्श से मेरा विश्वास उठ गया है।'' ईशा ने कहा और अपने हाथ अपने चेहरे पर रख लिये। वह अच्छी थी–मैं सोचता हूँ कि उसे एक्टिंग में कैरियर बनाने की कोशिश करनी चाहिए।

''नहीं, मैं कसम खाता हूँ, मैंने नहीं लिखा।'' बक्शी ने माउस और की-बोर्ड से संघर्ष करते हुए कहा।

''फिर किसने लिखा यह? सांता क्लोज? दंत परी?'' व्रूम चिल्लाया और खड़ा

हो गया, ‘‘तुम इसे पुलिस को, पत्रकारों को और बोस्टन अधिकारियों से वीडियो कॉन्फ्रेंस में समझाना।’’

‘‘हा, हा। देखो, मैंने इसे मिटा दिया है।’’ बक्शी ने कंप्यूटर माउस को छोड़ते हुए भद्दी तरह से मुसकराकर कहा।

‘‘छोड़ो बक्शी।’’ व्रूम ने आह भरते हुए कहा, ‘‘यह अभी भी तुम्हारे डिलीटेड आइटम फोल्डर में है।’’

‘‘ओह!’’ बक्शी ने कहा और अपने माउस पर झपटा। थोड़ी क्लिकों के बाद वह बोला, ‘‘देखो, अब यह चला गया। अब कोई ई-मेल नहीं है।’’

व्रूम मुसकराया, ‘‘तुम्हारे लिए एक और टिप, बक्शी। अपने डिलीटेड आइटम्स में जाओ, टूल्स मीनू को सिलेक्ट करो और ‘‘रिकवर डिलीटेड आइटम्स’’ ऑप्शन को चुनो। मेल वहाँ होगा।’’ व्रूम ने कहा।

जैसे ही बक्शी ने व्रूम के जटिल निर्देश का अनुसरण करना शुरू किया, उसका चेहरा फिर भयभीत हो गया। उसने निराशा से माउस पर क्लिक किया।

‘‘ओह, रुक जाओ बक्शी। मेल मेरे इन-बॉक्स में भी है और व्रूम के पास बहुत सारे प्रिंटआउट हैं।’’ ईशा ने कहा।

‘‘हूँ।’’ बक्शी ने एक भयभीत खरगोश की तरह देखते हुए कहा।

‘‘तुम इसे कभी मान नहीं सकते। ईशा, तुम्हें पता है, मैंने यह नहीं किया। तुम कसी हुई स्कर्ट और टॉप्स पहनती हो, पर मैं उन्हें केवल दूर से ही देखता हूँ। और वह जीन्स, जिसमें तुम्हारी कमर दिखती है, वह भी मैंने…’’

‘‘वहीं रुक जाओ, तुम।’’ ईशा ने कहा।

‘‘तुम ऐसा कुछ नहीं कर सकते।’’ बक्शी ने कहा।

‘‘हमारे पास पाँच गवाह हैं बक्शी, वे ईशा के कथन का समर्थन करेंगे।’’ मैंने कहा।

‘‘और हमारे पास कुछ और भी सबूत हैं। ईशा के दराज में नोटों का पैकेट रखा है। उस पर तुम्हारी उँगलियाँ छपी हैं। अगर तुम उस स्तर तक गिर सकते हो।’’ व्रूम ने कहा।

बक्शी की उँगलियाँ इस प्रकार काँपने लगीं मानो वह ड्रम बजाने की तैयारी कर रहा हो।

‘‘हमारे पास तुम्हारी अश्लील वेबसाइटों का भी प्रिंटआउट है।’’ राधिका ने कहा।

‘‘तुम जानती हो ईशा, यह मैं नहीं हूँ। मैं आखिरकार निर्दोष साबित हो जाऊँगा।’’ बक्शी की आवाज एक असहाय भिखारी जैसी लग रही थी। उसकी आँखें रोने जैसी लग रही थीं।

‘‘शायद। लेकिन जो मजेदार लोकप्रियता तुम्हें मिलेगी, वह तुम्हारा कैरियर

बरबाद करने के लिए काफी है। गुडबाय बोस्टन!'' मैंने कहा और विदाई देने के हिसाब से हाथ हिला दिया। सभी ने अपने हाथ उठाकर गुडबाय किया।

बक्शी ने हमें भयभीत दृष्टि से देखा और नीचे बैठ गया। उसका सफेद चेहरा अब लाल हो चुका था या थोड़ा जामुनी–हालाँकि वह अभी भी हमेशा की तरह चमकदार था। मेरी इच्छा हुई कि उसे और तड़पने पर मजबूर करूँ। मैंने उसकी किताबों की अलमारी से प्रबंधन की एक मोटी किताब उठाई।

मैं बक्शी के पास गया और उसके पास खड़ा हो गया।

''तुम मेरे साथ ऐसा क्यों कर रहे हो? मैं तुम्हें छोड़कर हमेशा के लिए बोस्टन चला जाऊँगा।'' बक्शी ने कहा।

''बोस्टन?'' मैंने कहा। तुम भटिंडा जाने के लायक भी नहीं हो। तुम तो किसी नौकरी के भी लायक नहीं हो। वास्तव में, कोई तुमसे यह बहस ही कर सकता है कि तुम जीने लायक भी हो या नहीं। तुम केवल एक खराब मालिक ही नहीं हो, एक परजीवी हो हमारे लिए, इस कंपनी के लिए, इस देश के लिए। लानत है तुम पर।''

मैंने प्रबंधन की वह किताब जोर से बक्शी के कठोर सिर पर दे मारी। बक्शी का सिर खाली था, क्योंकि चोट से बहुत तेज आवाज आई। हे भगवान्! मुझे बहुत मजा आया। कुछ ही लोगों को अपने बॉस को मारने को मिलता है।

''तुम्हें क्या चाहिए? तुम मुझे बरबाद करना चाहते हो।'' बक्शी ने अपना सिर सहलाते हुए कहा। मेरा एक-दो बच्चोंवाला परिवार है। बहुत मुश्किल से मेरा कैरियर अच्छा चल रहा है। फिर भी मेरी पत्नी मुझे छोड़ना चाहती है। मुझे बरबाद मत करो, मैं भी इनसान हूँ।''

मैं बक्शी की आखिरी पंक्ति से असहमत था। मैं नहीं सोचता था कि वह बिलकुल भी इनसान है।

''तुम्हें बरबाद करना मजाक का एक अच्छा विकल्प हो सकता है।'' व्रूम ने कहा, ''लेकिन अभी हमारे पास और भी महत्त्वपूर्ण लक्ष्य है। मैं तुम्हारे साथ एक सौदा करना चाहता हूँ। हम इस मामले को दफना देंगे और बदले में तुम हमारे लिए कुछ काम करोगे।''

''कैसे काम?'' बक्शी ने कहा।

''पहला, मैं अगले दो घंटों के लिए इस कॉल सेंटर को अपने हाथ में लेना चाहता हूँ। मैं स्पीकर पर बोलना चाहता हूँ।''

''वही जिससे प्रबंधन फायर ड्रिल की घोषणा करता है।'' मैंने कहा।

''फायर ड्रिल स्पीकर तो सभी से बात करने के लिए इस्तेमाल होता है। तुम उसे क्यों चाहते हो? क्या तुम इस ई-मेल के बारे में बात करोगे?'' बक्शी ने कहा।

''नहीं गधे, वह कॉल सेंटर की नौकरियाँ बचाने संबंधी है। चलो, क्या मैं स्पीकर ले सकता हूँ?''

‘‘हाँ, और क्या?’’

‘‘मैं चाहता हूँ कि तुम श्याम और मेरे लिए इस्तीफा लिखकर दो। छँटनी हो या नहीं, हम कनेक्शंस छोड़ रहे हैं।’’

‘‘तुम लोग अभी छोड़ रहे हो?’’ लड़कियों ने कहा।

‘‘हाँ, श्याम और मैं एक छोटा सा वेबसाइट डिजाइन का व्यापार शुरू करेंगे। ठीक है, श्याम?’’ व्रूम ने कहा।

‘‘हाँ।’’ मैंने कहा।

‘‘अच्छा। और इस बार कोई बेवकूफ हमारी वेबसाइट का श्रेय नहीं लेगा।’’ व्रूम ने कहा और बक्शी को एक थप्पड़ जड़ दिया। बक्शी का चेहरा 60 डिग्री तक घूम गया। उसने अपने गाल पकड़ लिये, पर चुप रहा, एक छोटी सी सूखी सुबकी के अलावा। उसके चेहरे की मुद्रा में नब्बे प्रतिशत दर्द और दस प्रतिशत शर्म थी।

‘‘क्या मैं भी?’’ मैंने पूछा।

‘‘मेरे मेहमान बनो।’’ व्रूम ने कहा।

थप्पड़। मैंने बक्शी के गाल पर थप्पड़ दिया। चेहरा 60 डिग्री से दूसरी दिशा में मुड़ गया। यह मेरे कैरियर का सबसे मजेदार क्षण था। चमकदार चेहरा गरम हो गया।

‘‘तो तुम इस्तीफा दोगे, ठीक है?’’ व्रूम ने कहा।

‘‘ठीक है।’’ बक्शी ने अपना गाल सहलाते हुए कहा, ‘‘परंतु ईशा ई-मेल को मिटा देगी, ठीक है?’’

‘‘रुको, अभी पूरी बात नहीं हुई है। हमारे व्यापार को शुरू करने में पूँजी की आवश्यकता होगी। इसलिए हमें छह महीनों की तनख्वाह पेशगी में चाहिए। समझे?’’ व्रूम ने कहा।

‘‘मैं छह महीनों के लिए नहीं कर सकता। एजेंटों के लिए ऐसा नहीं होता है।’’ बक्शी ने कहा।

‘‘NDTV या टाइम्स ऑफ इंडिया, तुम कोई सा चुन लो।’’ व्रूम ने उसका फोन लेते हुए कहा।

‘‘छह महीने संभव है। अच्छे मैनेजर मिसाल तोड़ देते हैं।’’ बक्शी ने कहा। मैं सोचता हूँ, कई थप्पड़ भी उसकी बकवास को बंद नहीं कर सकते हैं।

‘‘अच्छा, अब आखिरी बात। मैं चाहता हूँ कि कॉल सेंटर बंद करने के प्रस्ताव को वापस ले लो। बोस्टन पर एक कॉल करो। कनेक्शंस के लिए एक नई ब्रिकी पुनर्प्राप्ति योजना की कोशिश करने के लिए उन्हें अस्थायी छँटनी को रद्द करने के लिए कहो।’’

‘‘मैं ऐसा नहीं कर सकता।’’ बक्शी ने कहा।

व्रूम ने अपना मोबाइल फोन उठाया और उसे बक्शी के चेहरे के सामने रख दिया।

"मैं निश्चित करता हूँ कि कल तक सारे भारत को तुम्हारे बारे में पता लग जाए।" व्रूम ने कहा, "सुनो बेवकूफ! मुझे इस नौकरी की परवाह नहीं है; पर यहाँ पर अपने बच्चों, परिवारों के जीवन की जिम्मेदारी उठानेवाले एजेंटों की बात है। तुम उन्हें नौकरी से नहीं निकाल सकते। वे व्यक्ति हैं, साधन नहीं। अब कौन सी खबरों का चैनल तुम्हारा प्रिय है?"

"मुझे आधा घंटा दो। मैं बोस्टन पर एक कॉल करूँगा।" बक्शी ने कहा।

"अच्छा, हम ई-मेल को दफना देंगे। पर तुम इस कॉल सेंटर से, इस शहर से, इस देश से जितनी जल्दी निकल सकते हो, बाहर निकल जाओ। हमें एक नए मालिक की जरूरत है। हमें एक सामान्य, सभ्य, प्रेरणादायक इनसान चाहिए, न कि एक लुभावनी डिग्रियोंवाला धूर्त, खून चूसनेवाला व्यक्ति।"

बक्शी ने अपने चेहरे पर पसीना पोंछते हुए सिर हिलाया।

"अच्छा, कुछ और? क्या तुम्हें मेरे मॉनीटर के बारे में कुछ पूछना था?" व्रूम ने कहा।

"मॉनीटर? क्या मॉनीटर?" बक्शी ने कहा।

बक्शी ने व्रूम को स्पीकर रूम की चाबी दे दी। जल्दी ही बक्शी प्रबंधक बैठकों की व्यवस्था के लिए बोस्टन में फोन लगा रहा था। मैंने उसको इतनी दक्षता के साथ कार्य करते कभी नहीं देखा।

व्रूम प्रसारण रूम में गया और माइक को स्विच ऑन कर दिया। मैं मुख्य कंप्यूटर समूह में ध्वनि का परीक्षण करने गया।

"सभी को हैलो! प्लीज क्या मैं आपका ध्यान बाँट सकता हूँ? मैं व्रूम हूँ स्ट्रेटेजिक रूम से।" व्रूम की आवाज कनेक्शंस में गूँजी।

अपने ग्राहकों से बातचीत जारी रखते हुए प्रत्येक एजेंट ने स्पीकरों की तरफ देखा।

"आपको परेशान करने के लिए माफी चाहता हूँ; परंतु हमारे लिए आपातकाल है। यह छँटनी के बारे में है। क्या आप अपने सभी कॉल बंद कर सकते हैं?" वक्ता ने कहा।

सभी ने "छँटनी" शब्द सुना और हजारों कॉल एक साथ बंद हो गए। नए कॉल उभरे, परंतु किसी ने भी उनको नहीं उठाया। व्रूम ने जारी रखा–

"इस जगह का प्रबंध एक मूर्ख ने किया है, जिसकी वजह से हमें आज रात यह रोब भुगतना पड़ रहा है। उनकी गलती से आप में से एक-तिहाई से ज्यादा अपनी नौकरी खो देंगे। यह मुझे न्यायपूर्ण नहीं लगता। क्या यह आपको न्यायपूर्ण लगता है?"

कोई प्रत्युत्तर नहीं आया।

"बोलो दोस्तो, मैं आपको सुनना चाहता हूँ। आपकी नौकरी तथा इस कॉल सेंटर को बचाने के लिए क्या मुझे आपका समर्थन मिलेगा।"

सारे एजेंट एक-दूसरे की ओर देखने लगे, अभी भी आंशिक अविश्वास के साथ। अधिकतर लोगों ने कमजोर "हाँ" भरी।

"जोर से दोस्तो, सभी एक साथ। क्या मुझे आपका समर्थन है?" व्रूम ने कहा।

"हाँ!" एक सामूहिक स्वर ने कनेक्शंस को गुँजा दिया।

मैं मुख्य ''बे'' के कोनेवाले हॉल में खड़ा था। प्रत्येक एजेंट ने अपनी आँखें फायर ड्रिल स्पीकर की ओर सटा लीं। व्रूम ने इस बार दृढ़ आवाज में बोलना जारी रखा–

''धन्यवाद। मेरे दोस्तो, मैं बहुत गुस्से में हूँ; क्योंकि प्रत्येक दिन मैं अपने देश में दुनिया के सबसे मजबूत व होशियार लोगों को देखता हूँ। मैं यहाँ सभी अंत:शक्ति देखता हूँ, हालाँकि वह सभी व्यर्थ जा रही है। एक पूरी पीढ़ी रात भर मंद बुद्धिवालों को अपनी जिंदगी के लिए, सहारा देने के लिए जागती है और फिर बड़ी कंपनियाँ आती हैं और अपने विज्ञापनों से उन चीजों के महत्त्वपूर्ण होने का विश्वास दिलाती हैं, जिनकी हमें कोई जरूरत नहीं। हमसे ऐसी नौकरियाँ करवाती हैं जिनसे हमें नफरत है, ताकि हम यह सामान खरीद सकें–जंकफूड, बुदबुदानेवाला रंगीन पानी, क्रेडिट कार्ड और महँगे जूते। वे इसे युवा संस्कृति कहते हैं। क्या वह जवान लोगों के बारे में यही सोचते हैं? दो पीढ़ियों पहले जवानों ने इस देश को आजाद करवाया था। उस समय यह महत्त्वपूर्ण था। पर उसके बाद क्या हुआ? हम केवल ज्यादा खर्च करनेवाली जनसंख्या बनकर रह गए हैं। एकमात्र युवाशक्ति जिसकी उन्हें परवाह है, वह है हमारी खर्च करने की शक्ति।'' व्रूम ने कहा। और मैं भी बहुत चकित हुआ कि हर एजेंट उसे कितने ध्यान से सुन रहा था।

व्रूम ने बोलना जारी रखा–''इस दौरान बुरे मालिक और बेवकूफ अमेरिकी हमारे देश की सबसे उपजाऊ पीढ़ी का खून चूसते हैं। पर आज रात हम उनको दिखा देंगे और इसके लिए मुझे आपके सहयोग की जरूरत है। मुझे बताएँ कि क्या आप अगले दो घंटों के लिए कठिन परिश्रम करने के लिए तैयार हैं?''

''हाँ।'' एक सम्मिलित आवाज आई। पूरा कॉल सेंटर गूँज गया, जब व्रूम साँस लेने के लिए रुका।

''अच्छा, तो सुनो। कॉल सेंटर तभी बचेगा जब हमारा कॉल प्रवाह बढ़ेगा। मेरी योजना है कि अमेरिकियों को हम सतत फोन करने के लिए डराएँ। उनसे कहें कि आतंकवादियों ने उनके देश पर एक नए कंप्यूटर वायरस से हमला कर दिया है, जो उनके देश को नीचे ले आएगा। सुरक्षित रहने का केवल एकमात्र तरीका है कि वे हमें अपनी स्थिति बताने के लिए कॉल करते रहें। हम ऐसा करते हैं कि हर ग्राहक का नंबर, जो आपके पास है, उसे मिलाएँ। मैं आपको ई-मेल पर एक कॉल स्क्रिप्ट भेजूँगा। मेल आपको पाँच मिनट में पहुँच जाएगा। तब तक अपने वे नंबर खोजिए।'' व्रूम ने कहा।

मुख्य ''बे'' में शोरगुल का स्तर बढ़ गया; क्योंकि कई स्थानीय बातचीत उसी समय होने लगी थीं। वहाँ बहुत उतावलापन था, क्योंकि लोग अपने ग्राहकों के नंबरों के प्रिंटआउट ले रहे थे। किसी को यह पक्का विश्वास नहीं हो रहा था कि योजना काम करेगी, लेकिन लोग ''छँटनी'' से बचने के लिए कुछ भी करने को तैयार थे।

व्रूम और मैं अपनी ''बे'' में वापस आ गए। उसने जल्दी से अपने कंप्यूटर पर टाइप किया और कुछ मिनटों के बाद मेरा कंधा थपथपाया।

''अपना ई-मेल चेक करें।'' व्रूम ने कहा और मेरी स्क्रीन की ओर इशारा किया।

मैंने अपना इन-बॉक्स खोला। व्रूम ने मेल कॉल सेंटर पर उपस्थित सभी लोगों को भेजा।

विषय : ऑपरेशन यांकी फियर

सभी को,

ऑपरेशन यांकी फियर का एकमात्र लक्ष्य कनेक्शंस कॉल सेंटर पर कॉल प्रवाह को बढ़ाना है, इस बात से फायदा उठाते हुए कि अमेरिकी इस पृथ्वी के सबसे डरपोक प्राणी हैं। इससे लोगों की सामूहिक छँटनी होने से बच जाएगी और इस जगह पर चीजों को व्यवस्थित करने का हमें और समय मिल जाएगा, जिसके अंतर्गत नए ग्राहक बढ़ाने का एक बिक्री-कला प्रयास भी शामिल है।

ऑपरेशन यांकी फियर आपके शत प्रतिशत सहयोग के बिना सफल नहीं हो सकता। इसलिए नीचे दिए गए निर्देशों को ध्यान से पढ़िए और अगले दो घंटे तक बिना रुके कॉल करने पर केंद्रित हो जाइए। जब आप हर ग्राहक को फोन करते हैं तो मुख्य संदेश आपको जो देना है, वह इस प्रकार है-

1. इस बात से शुरुआत कीजिए कि ''थैंक्सगिविंग'' पर परेशान करने के लिए आप माफी चाहते हैं।

2. बताइए कि दुनिया की बुरी शक्तियों ने एक ऐसा कंप्यूटर वायरस छोड़ा है, जो अमेरिका के हर कंप्यूटर में फैलने की धमकी दे रहा है। इस तरह से ''दुष्ट शक्तियाँ'' हर अमेरिकी पर नजर रखेंगी और अंततः अमेरिका की अर्थव्यवस्था को नष्ट कर देंगी। उन्हें बताएँ कि आपकी जानकारी के अनुसार वह वायरस उनके कंप्यूटर में पहुँच चुका है।

3. अगर पूछा जाए कि ''दुष्ट शक्तियाँ'' क्या हैं तो अस्पष्ट व्याख्या दीजिए, जैसे ''ऐसी शक्तियाँ जो यू.एस. को नुकसान पहुँचाना चाहती हैं'' या ''संस्थाएँ जो आजादी और मुक्ति के लिए बाधक हैं'' वगैरह।

याद रखें, आप जितने अस्पष्ट होंगे, उतना ही डर पैदा कर सकते हैं। अपनी आवाज में सचमुच का डर डालने की कोशिश कीजिए।

4. उन्हें यह चेक करवाने के लिए कि वायरस उन तक पहुँचा है या नहीं, उनसे MSWord का टेस्ट करवाएँ। उनसे एक खाली MSWord की फाइल खोलने को कहें और टाइप करे in=rand(200,99) और एंटर दबाएँ। अगर बहुत सारा टेक्स्ट बाहर आ जाता है तो इसका मतलब है कि वायरस है। (चिंता न करें टेक्स्ट बाहर आएगा, क्योंकि यह MSWord में एक बग है।) एक बार ऐसा होता है तो आपके ग्राहक डर से काँपने लगेंगे।

5. उनसे कहें कि आप उन्हें इस वायरस से बचा सकते हैं, क्योंकि

(अ) आप भारत से हैं और सभी भारतीय कंप्यूटर में अच्छे होते हैं।

(ब) भारत ने सालों तक आतंकवाद का सामना किया है, तथा

(स) वे विशिष्ट ग्राहक हैं और आप ग्राहक सेवा में विश्वास रखते हैं।

6. फिर भी अगर वे हमारी मदद चाहते हैं तो उन्हें हर छह घंटे में कनेक्शंस कॉल सेंटर पर फोन लगाने होंगे। भले ही कुछ भी न हो रहा हो, वे केवल यह बताने के लिए भी कॉल कर सकते हैं कि सबकुछ ठीक है (जितने छोटे कॉल होंगे उतने हमारे लिए बेहतर होंगे)।

7. एक बार कॉल प्रवाह बढ़ जाता है तो मैं बोस्टन में कॉल प्रवाह में वृद्धि के बारे में बात करूँगा और जोर डालूँगा कि हम छँटनी को अगले दो महीनों तक टाल दें।

उसके बाद हम पुनः उत्थान योजना पर काम करेंगे।

चीयर्स

वरुण @WASG

ब्रूम मुसकराया और चमकती आँखों से मेरी तरफ देखा, जब मैंने यह ई-मेल पढ़ना खत्म किया।

"यह MSWord की कौन सी युक्ति है?" मैंने कहा।

"कोशिश करो।"

मैंने एक Word फाइल खोली और टाइप किया in=rand(200,99), जैसे ही मैंने एंटर दबाया, दो सौ पेज का टेक्स्ट बाहर आ गया। यह बहुत भयानक था और कुछ इस प्रकार से था–

The quick brown fox jumps over the lazy dog. The quick brown fox jumps over the lazy dog. The quick brown fox jumps over the lazy dog. The quick brown fox jumps over the lazy dog. The quick brown fox jumps over the lazy dog. The quick brown fox jumps over the lazy dog. The quick brown fox jumps over the lazy dog...

"यह अविश्वसनीय है। यह क्या है?" मैंने कहा।

"मैंने तुम्हें बताया न कि यह MSWord में एक बग है। कुछ भी संपूर्ण नहीं है। अब रुको और मजा लो।" ब्रूम ने कहा।

ब्रूम का ई-मेल हजारों मेल बॉक्स पर पहुँचा और एजेंटों ने उसे तुरंत पढ़ लिया।

टीम लीडर्स ने एजेंटों को अपने संदेह दूर करने में सहयोग दिया। एजेंट वह कार्य कर रहे थे, जिसे वे अच्छी तरह जानते थे–लोगों को जितनी जल्दी हो सके उतनी जल्दी कॉल करके संदेश पहुँचाना। मैं "बे" से बाहर निकला और मुख्य "बे" के पास से गुजरा। मुझे टेलीफोन बातचीत की कुछ पंक्तियाँ सुनाई पड़ीं।

"हैलो मि. विलियम, थैंक्सगिविंग पर डिस्टर्ब करने के लिए माफी चाहता हूँ। मैं वेस्टर्न कंप्यूटर्स से एक बहुत आवश्यक परिस्थिति में बोल रहा हूँ। अमेरिका पर वायरस हमला हो गया है।" एक एजेंट ने कहा।

"हाँ सर! हमारे रिकॉर्ड के अनुसार आपका कंप्यूटर प्रभावित है...।" एक अन्य ने कहा।

"हाँ सर, ऐसा लगता है कि दुष्ट शक्तियों ने आपको निशाना बनाया है।" एक अठारह वर्षीय एजेंट ने कहा। 'पर हम आपको बचा सकते हैं।"

"केवल हमें कॉल करते रहें। हर चार-छह घंटे में।" एक ने अपने कॉल को खत्म करते हुए कहा।

अधिक आक्रामक एजेंट एक कदम और आगे थे, "और मैं चाहता हूँ कि आप अपने दोस्तों व रिश्तेदारों को भी बता दीजिए। हाँ, वे भी हमें कॉल कर सकते हैं।"

कुछ ग्राहक बहुत घबरा गए और एजेंटों को उन्हें दोबारा आश्वासन देना पड़ा, "कोई दिक्कत नहीं। हम इस देश को बचा लेंगे। दुष्ट शक्तियाँ कभी सफल नहीं हो पाएँगी।"

एक हजार एजेंट हर कॉल पर चार मिनट—हम दो घंटे में तीस हजार कॉल कर सकते थे। अगर वे हमें हर छह घंटे में कॉल करते तो प्रतिदिन हमें एक सौ हजार कॉल अधिक हो जाएगा। भले ही यह केवल एक सप्ताह ही चलता, हम अगले दो महीनों के लक्ष्य को पूरा कर लेते। आशा से एक नए मैनेजर और अतिरिक्त बिक्री के प्रयासों से कनेक्शंस उबर सकता था। और अभी के लिए किसी भी पुरुष/महिला को अपनी नौकरी खोनी नहीं पड़ेगी।

व्रूम मुझे खोजता हुआ मुख्य "बे" में आ गया। हम फिर WASG में गए। व्रूम ने मुझे कॉन्फ्रेंस रूम में आने का इशारा किया।

"प्रतिक्रिया बहुत बढ़िया है। हमने अभी तीस मिनट तक ही कॉल किए हैं और कॉल प्रवाह पहले ही पाँच गुना बढ़ गया है।" व्रूम ने कहा।

"मजा आ गया यार!" मैंने कहा, 'तुमने मुझे अपनी वेब डिजाइन कंपनी के लिए आत्मविश्वास दे दिया है। पर चलो, डेस्क पर वापस चलते हैं। तुमने मुझे यहाँ क्यों बुलाया है?"

"हमें अपने तीसरे प्राइवेट एजेंडे की चर्चा करनी है।"

"वह क्या है?" मैंने कहा।

"तीसरा एजेंडा तुम्हारे लिए है। क्या तुम प्रियंका को वापस नहीं चाहते?"

34

''नहीं। प्रियंका और मेरे बीच सब खत्म हो गया है।''

''ईमानदार बनो यार। तुमने भगवान् से बात की थी और सबकुछ…'' मैंने नीचे देखा, व्रूम ने मेरे कुछ कहने तक इंतजार किया।

''यह महत्त्व नहीं रखता कि मैं चाहता हूँ या नहीं। मेरी प्रतियोगिता तो देखो। मैं मि. श्रेष्ठ जोड़ीदार गणेश से कैसे जीतूँगा?''

''देखो, यही समस्या है। हम सब सोचते हैं कि गणेश मि. संपूर्ण है, पर कोई संपूर्ण नहीं है।''

''हाँ, ठीक है। एक घर पूल वाला, एक कार जो मेरी दस साल की तनख्वाह से भी महँगी है, दुनिया की सबसे ऊँची कंपनी के लिए काम—मुझे इसमें ज्यादा कुछ गलत नहीं दिखाई देता है।''

''सभी में कमी होती है, यार। युक्ति यह है कि गणेश में कमी देखो।''

''अच्छा पर हम ऐसा करेंगे कैसे? और भले ही हमें मिल जाती है तो क्या मतलब है? वह इतना अच्छा है, प्रियंका फिर भी उसे ही चुनेगी।'' मैंने कहा।

''कम-से-कम प्रियंका को यह तो पता लग जाएगा कि वह सर्वश्रेष्ठ चुनाव नहीं कर रही है।'' व्रूम ने कहा।

मैं दो मिनट तक चुप रहा। 'हाँ, पर हम गणेश की गलती अभी कैसे ढूँढ़ेंगे?'' मैंने कहा और अपनी घड़ी देखने लगा। सुबह के 5:30 बज रहे थे।

''कोई-न-कोई रास्ता तो होगा।'' व्रूम ने कहा।

''शिफ्ट 7 बजे समाप्त हो जाएगी और फिर प्रियंका घर चली जाएगी। तुम क्या करने की योजना बना रहे हो? सिएटल में तुरंत कुछ जासूस नियुक्त कर दो?'' मैंने चिढ़ी हुई आवाज में कहा।

''हार मत मानो, श्याम।'' व्रूम ने कहा और मेरा कंधा थपथपाया।

''मैं प्रियंका को भूलने की कोशिश कर रहा हूँ। पर अगर तुम मेरे अंदर खोजोगे तो अभी भी दर्द है। उसे और बुरा मत बनाओ, व्रूम।''

"वाह, क्या ड्रामा है! मेरे अंदर ढूँढ़ो अभी भी दर्द है!" व्रूम ने कहा और हँसने लगा।

"मेरी बेवकूफी भरी पंक्तियों के लिए सॉरी। चलो, 'बे" में वापस चलते हैं।" मैंने कहा।

"हाँ, एक मिनट रुको। तुमने अभी कहा, ढूँढ़ो।"

"हाँ, मेरे अंदर ढूँढ़ो, अभी भी दर्द है। अब मुझे पता है, क्यों?" मैंने कहा।

"ढूँढ़ो। यही हम कर सकते हैं। गूगल हमारा जासूस होगा। चलो, उसके नाम पर ढूँढ़ते हैं और देखते हैं कि क्या मिलता है। कुछ आश्चर्य करनेवाली बातें हो सकती हैं।"

"क्या? तुम गणेश के नाम पर खोज करना चाहते हो?"

"हाँ, पर हमें उसका पूरा नाम चाहिए। चलो, उसका कॉलेज भी ढूँढ़ निकालते हैं। मुझे लगता है, उसने कंप्यूटर में मास्टर डिग्री यू.एस. से ही ली है।" उसने कहा और मेरी कमीज खींची। 'चलो यार, चलते हैं।"

"कहाँ?" मैंने अपने आपको खींचे जाने की अनुमति देते हुए कहा। "WASG समूह में।" व्रूम ने कहा।

प्रियंका अमेरिकियों को डराने में फोन पर व्यस्त थी। वह ऐसी आधिकारिक आवाज में बात कर सकती है कि सामने वाले के लिए उसकी बात न मानना असंभव हो जाए। मुझे लगता है, उसे यह गुण अपनी माँ से मिला है। व्रूम ने उससे उसका कॉल खत्म होने के बाद बात की।

"अच्छा प्रियंका, फटाफट एक सवाल। मेरे चचेरे भाई ने भी यू.एस. से मास्टर्स डिग्री ली है। गणेश किस कॉलेज में था?"

"हूँ! विस्कोनसन, मुझे लगता है।" उसने कहा।

"सचमुच। मुझे मेरे चचेरे भाई को ई-मेल करके पूछने दो कि क्या यह वही है। वैसे गणेश का पूरा नाम क्या है?"

"गुप्ता। गणेश गुप्ता।" प्रियंका ने दूसरे कॉल की तैयारी करते हुए कहा।

"ओह, श्रीमती प्रियंका गुप्ता!" ईशा ने कहा और हँसने लगी। प्रियंका ने उसे अपनी कुहनी मारी। प्रियंका के नए नाम से मेरी पसलियों में दर्द होने लगा।

"गुड। कॉल करते रहो।" व्रूम ने कहा और वापस अपनी सीट पर चला गया।

चूँकि व्रूम का मॉनीटर टूटा हुआ था, वह मेरे कंप्यूटर पर आ गया। उसने google.com पर इन नामों से खोज की–

गणेश गुप्ता नशेड़ी विस्कोनसिन।

गणेश गुप्ता जुर्माना विस्कोनसिन।

गणेश गुप्ता गर्लफ्रेंड।

बहुत सारी चीजें निकल आईं, पर हमारे मतलब का कुछ नहीं था। हमने गणेश

के दोस्तों की लिस्ट निकाली और पाया कि वह तो बोस्टन में डीन की लिस्ट में था।

''क्या यार, क्या बोरिंग व्यक्ति है! मुझे थोड़ी और कोशिश करने दो।'' व्रूम ने कहा और कुछ अन्य खोजें कीं।

गणेश गुप्ता फेल

गणेश गुप्ता पार्टी

गणेश गुप्ता ड्रग्स।

कुछ भी मजेदार बाहर नहीं आया।

''भूल जाओ, यार। शायद वह स्कूल का हेडबॉय था।'' मैंने कहा, ''शर्त लगाते हो, उन शिक्षकों में से एक के पालतू पशु की। निराशाजनक रूप से साँस निकालते हुए व्रूम ने कहा। मैं हार मानता हूँ। मुझे विश्वास है कि अगर मैं कुछ इस तरह से टाइप करूँ तो बहुत कुछ बाहर आएगा, वह सफल जो है।''

गणेश गुप्ता माइक्रोसॉफ्ट अवार्ड।

और चीजें बाहर आईं। हमने कुछ पर क्लिक किया और फिर हमें उसके चित्रोंवाली एक वेबसाइट मिल गई। यह गणेश का ऑनलाइन एलबम था।

''क्या यार, यह तो वह है, अपने दोस्तों के साथ।'' व्रूम ने कानाफूसी की और लिंक पर क्लिक किया–''चलो, चेक करते हैं कि उसके दोस्त कितने जंगली हैं।''

लिंक से ''माइक्रोसॉफ्ट अवार्ड पार्टी फोटो'' से शीर्षक का एक वेबपेज खुल गया। पार्टी गणेश के घर पर थी। गणेश ने माइक्रोसॉफ्ट पर कुछ साईडी डेवलपर अवार्ड जीता था। उसके कुछ दोस्त उसके घर पर जश्न मनाने आए थे।

''स्लाइड शो करो।'' मैंने कहा, जैसे ही व्रूम ने ऑप्शन चुना। हमने एक बार ऊपर उठकर यह देखा कि लड़कियाँ कॉल में व्यस्त तो हैं।''

जैसे ही चित्र स्क्रीन पर आया, हमने भारतीय लोगों से भरी एक गार्डन पार्टी को देखा। टेबल पर इतना खाना था कि एक छोटे से गाँव को भरपूर खिला सकें। मैंने गणेश का घर देखा और कुछ ज्यादा ही बढ़ा-चढ़ाकर बोला गया उसका निजी पूल। अगर मुझसे पूछो तो यह एक सबसे बड़े आकार के बॉथटब से ज्यादा बड़ा न था, हालाँकि गणेश की बातों से ऐसा लगा था मानो ओलंपिक चैंपियन उसी में प्रशिक्षण लेते होंगे।

''यार, मुझे लगता है, हमने कुछ ढूँढ़ लिया है। हमारे व्यक्ति को देखो।'' व्रूम ने कहा। उसने एक फोटो की ओर इशारा किया, जिसमें गणेश ने एक बीयर का गिलास पकड़ा हुआ था।

''इसमें क्या बड़ी बात है?'' मैंने कहा। बीयर का गिलास पकड़ना कोई बुरी बात नहीं थी। प्रियंका खुद ही दस पी सकती है, अगर वह मुफ्त में मिले तो।

''गणेश का सिर देखो।'' व्रूम ने कहा।

''क्या?'' मैंने कहा। मैंने पास से देखा और फिर गौर किया।

''ओह, नहीं!'' मैंने कहा और अपनी आवाज धीमी रखने के लिए अपना मुँह ढक लिया।

चित्र में गणेश के सिर के बीचोबीच एक जगह गंजी थी। यह हैप्पी मील बर्गर के आकार की थी और कैमरे की फ्लैश लाइट में चमक रही थी।

''अविश्वास...'' मैंने कहा।

''शशश...'' ब्रूम ने कहा, 'क्या तुमने उसे देखा? स्टैच्यू ऑफ लिबर्टी वाले चित्र में उसके बाल एकदम बढ़िया हैं।''

''क्या इस एलबम में उसके सभी फोटो इसी तरह हैं?'' मैंने कहा।

'हाँ सर!'' ब्रूम ने कहा और स्लाइड शो को आगे बढ़ाया। एक के बाद एक बोरिंग चित्र आते गए–ज्यादातर खाने से भरे हुए मुँहों और प्लेटों के चित्र। हर चित्र में एक बात समान थी, जहाँ पर भी गणेश था, वहाँ पर एक चमकदार जगह थी।

ब्रूम ने अपने कंप्यूटर का माउस दूर धकेल दिया। वह अपनी कुरसी पर एक दंभी मुद्रा में पीछे बैठ गया, 'जैसा मैंने कहा था सर, कोई भी संपूर्ण नहीं है, बस गूगल के अलावा।''

मैंने आश्चर्य से स्क्रीन और ब्रूम के चेहरे को देखा।

''तो, अब क्या?'' मैंने कहा।

''अब हम लड़कियों को देखने के लिए बुलाते हैं।'' ब्रूम ने कहा और हँस दिया।

''नहीं, यह सही नहीं है।'' मैंने कहा। पर तब तक काफी देर हो चुकी थी।

''इशा, राधिका, प्रियंका! कुछ और चित्र देखना चाहती हो गणेश के? यहाँ आओ जल्दी से।'' ब्रूम ने कहा।

लड़कियों ने अपने फोन कॉल बंद कर दिए और हमें देखने लगीं। ईशा और राधिका खड़ी हो गईं।

''कहाँ, कहाँ? बताओ हमें।'' ईशा बोली।

''तुम किस बारे में बात कर रहे हो?'' प्रियंका ने कहा और हमारी तरफ आ गईं।

''इंटरनेट की शक्ति। हमने एक ऑनलाइन एलबम ढूँढ़ा है। आओ देखो, तुम्हारा नया घर कैसा है।'' ब्रूम ने कहा। वह चमकदार जगह के बारे में चुप रहा, ताकि लड़कियाँ खुद ही उसे खोज सकें। मैंने प्रियंका के चेहरे पर उत्सुकता और उत्तेजना का मिश्रण देखा।

''अच्छी गद्दी है।'' ईशा ने पूल के पीछे देखते हुए कहा, ''पर गणेश कहाँ है। मुझे बताने दो।'' उसने कहा और अपनी उँगली से मॉनीटर की ओर इशारा किया, ''यहाँ यह वाला, नहीं। पर रुको, वह तो गंजा है। क्या यह उसके बड़े भाई हैं?''

प्रियंका और राधिका ने नजदीक से देखा।

"नहीं, वह गणेश है।" प्रियंका ने कहा और उसका चेहरा गंजी जगह जितना चौड़ा खुल गया। मैं भाँप सकता था कि उसके फेफड़ों से हवा निकाली जा चुकी थी।

"पर तुमने जो फोटो दिखाई, उसमें तो मैंने गंजी जगह देखी ही नहीं।" ईशा ने कहा। राधिका ने ईशा का हाथ दबाया। ईशा ने बात करना बंद कर दिया और अपनी भौंहें चढ़ा लीं।

प्रियंका कंप्यूटर के और नजदीक आ गई और चित्रों को ध्यान से देखने लगी। पर उसे यह महसूस नहीं हुआ कि जब वह झुकी तो उसके बाल मेरे कंधों पर गिर रहे थे। यह मुझे अच्छा लग रहा था।

वह स्टैच्यू ऑफ लिबर्टीवाली फोटो लेकर आई और हम सबने उसे फिर से देखा। गणेश के बाल एकदम बढ़िया थे।

"शायद ऑनलाइन एल्बमवाला यह व्यक्ति गणेश का बड़ा भाई है।" राधिका ने कहा।

"नहीं, गणेश का कोई भाई नहीं है। उसकी केवल एक बहन है।" प्रियंका ने कहा, उसके चेहरे पर परेशानी साफ झलक रही थी।

कुछ सेकंडों के लिए चुप्पी छा गई।

"वैसे ज्यादा महत्त्व नहीं रखता? दो आत्माओं के सच्चे प्यार के बीच क्या चिकनी चमड़ी है।" व्रूम ने कहा। मैंने हँसी रोकने के लिए अपना जबड़ा बंद कर लिया।

"चलो, वापस चलते हैं दोस्तो, बहुत मजाक हो गया। कॉल मत भूलो।" व्रूम ने कहा।

प्रियंका धीरे-धीरे कदमों से पीछे मुड़ गई। वह अपनी सीट पर चली गई। उसने अपना मोबाइल फोन निकाला और एक लंबा नंबर मिलाया, शायद लंबी दूरी का। इस कॉल में बहुत मजा आने वाला था और मेरी इच्छा हो रही थी कि इसे सुन लूँ।

"हैलो गणेश!" प्रियंका ने सीधी आवाज में कहा, "सुनो, मैं ज्यादा देर तक बात नहीं कर सकती। मैं केवल कुछ चेक करना चाहती हूँ। हाँ, केवल एक सवाल ...वास्तव में इंटरनेट को सर्फ कर रही थी..." प्रियंका ने कहा और सीट से उठ गई। वह कमरे के एक कोने में चली गई और उसके बाद मैं उसकी बात सुन नहीं पाया।

मैंने कुछ कॉल किए तथा कुछ और अमेरिकियों को आतंकित किया। प्रियंका लगभग दस मिनट के बाद लौटी और अपना मोबाइल फोन डेस्क पर पटक दिया।

ईशा ने भौंहें ऊपर-नीचे चढ़ाईं, मानो पूछ रही हो "क्या बात है?"

"ऑनलाइन पिक्चर्स में वही है।" प्रियंका ने कहा, "उसके पास ज्यादा कुछ कहने के लिए नहीं है। उसने कहा, उसकी माँ ने स्टैच्यू ऑफ लिबर्टीवाले फोटो में थोड़ा ढकने के लिए कहा, ताकि उसे अरेंज्ड मैरिज के बाजार में मदद मिले।"

"ओह, नहीं!" ईशा चिल्लाई।

''उसने बहुत बार माफी माँगी। उसने कहा कि वह चित्र को बदलने के खिलाफ था, लेकिन जब उसकी माँ ने जोर डाला तो उसे मानना पड़ा।''

''क्या वह अपने फैसले स्वयं नहीं कर सकता?'' ईशा ने कहा।

''हे भगवान्! अब मैं क्या करूँगी?'' प्रियंका ने कहा।

''क्या उसकी माफी तुम्हें सच लगी?'' राधिका ने कहा।

''हाँ, मुझे लगता है, उसने कहा कि वह मेरे परिवार के सामने माफी माँगने को भी तैयार है।''

''तब ठीक है। उससे क्या फर्क पड़ता है। तुम उसके गंजेपन की परवाह मत करो?'' राधिका ने कहा।

''हाँ, इसके अलावा कुछ सालों में सभी आदमी गंजे हो जाते हैं। ऐसा नहीं है कि तुम इस बारे में उस समय कुछ नहीं कर सकतीं।'' ईशा ने कहा।

''यह सच है।'' प्रियंका ने उदास आवाज में कहा।

मैंने उसे द्रवित होते हुए देखा और व्रूम की तरफ मुड़ा।

''तो कोई बात नहीं। केवल यह सुनिश्चित करो कि शादी में वह टोपी पहनकर रखे, नहीं तो तुम्हें शादी की सभी फोटो को ठीक करवाना पड़ेगा।'' व्रूम ने कहा और खिलखिलाने लगा। ईशा और मैं अपनी हँसी दबाने के लिए नीचे देखने लगे।

''चुप हो जाओ, व्रूम!'' राधिका ने कहा।

''सॉरी, मैं थोड़ा निष्पक्षता से यह कोई बड़ी बात नहीं है, प्रियंका। कोई भी संपूर्ण नहीं है। हम सभी को पता है, ठीक है। तो वापस कॉल पर आ जाएँ।'' व्रूम ने कहा।

35

अगले आधे घंटे तक हम एक ही काम पर केंद्रित थे–कनेक्शंस को बचाने के लिए कॉल करना।

6:30 A.M. पर मैं मुख्य ''बे'' में गया। टीम लीडर्स मेरे आस-पास इकट्ठे हो गए, जब वे मुझे खबर दे रहे थे। इनकमिंग कॉल पहले से ही बढ़ना शुरू हो गए, हालाँकि हमने इस बढ़ोतरी की उम्मीद छह घंटे बाद की थी। टर्की डिनर के बावजूद अमेरिकी बहुत डर गए थे। कुछ ने हमें एक घंटे में कई कॉल किए थे।

व्रूम और मैं कुछ वरिष्ठ अधिकारियों को साथ लेकर बक्शी के ऑफिस में गए। बक्शी ने बोस्टन ऑफिस के साथ एक अत्यावश्यक वीडियो कॉन्फ्रेंस कॉल का इंतजाम किया था। जब हमने नया कॉल डाटा और कॉल ट्रैफिक में बढ़ोतरी और आमदनी के नए स्रोतों के बारे में बातचीत की तो बक्शी ने हमारा समर्थन किया। बीस मिनट की वीडियो चर्चा के बाद बोस्टन ने अस्थायी छँटनी को दो महीने तक टालने की स्वीकृति दे दी। वह वरिष्ठ अधिकारियों की टीम को एक छोटी बिक्री योजना पर बोस्टन भेजने की संभावना पर भी राजी हो गए। फिर भी टीम लीडरों को अगले कुछ सप्ताहों में इस बारे में स्पष्ट योजना बतानी होगी।

''हमने कैसे कर लिया, यार? मैंने कभी उम्मीद नहीं की थी कि ऐसा होगा?'' बक्शी के दफ्तर से बाहर आते समय व्रूम से मैंने पूछा।

''अमेरिकियों को भविष्य में बहुत सारे डॉलरों का वादा करो तो वे तुम्हारी बात सुन लेंगे। केवल दो महीनों के लिए टला, लेकिन अभी के लिए काफी है।'' व्रूम ने कहा।

यह आश्वासन पाकर कि कनेक्शंस सुरक्षित था, मैं अपनी डेस्क पर लौट गया। ड्राइवर के जागने से पहले क्वालिस साफ करने के लिए व्रूम बाहर गया। मैंने व्रूम से कहा कि मैं चुपचाप निकल जाना चाहता था–कोई गुडबाय, गले मिलना नहीं, कोई मिलने का वादा नहीं, खासकर प्रियंका के सामने। व्रूम मान गया और कहा कि वह 6:50 A.M. पर अपनी बाइक के साथ बाहर तैयार रहेगा।

लड़कियों ने अपने कॉल 6:45 A.M. पर खत्म किए, क्योंकि तब हमारी शिफ्ट

खत्म हो जाती है। सभी बाहर निकलने लगे, ताकि क्वालिस तक पहुँच सकें, जो 7:00 बजे गेट पर तैयार रहती है।

"मैं इतनी उत्साहित हूँ। राधिका मेरे घर पर आ रही है।" ईशा ने अपना मॉनीटर बंद करते हुए कहा। उसने अपना हैंडबैग खोला और सामान जमाने लगी।

"सचमुच?" मैंने पूछा।

"हाँ, मैं वाकई जा रही हूँ।" राधिका ने कहा, "और मिलिटरी अंकल एक अच्छे वकील दोस्त की सलाह दे रहे हैं। मुझे तलाक का एक विशेषज्ञ वकील चाहिए।"

"क्या तुम इस समस्या को सुलझाने की कोशिश नहीं करोगी?" प्रियंका ने मिठाई का डब्बा उठाते हुए कहा और उसे बैग में रख लिया।

"हम देख लेंगे। मैं समझौता करने के पक्ष में बिलकुल नहीं हूँ। और अब निश्चित है, मैं उस घर में दोबारा नहीं पाऊँगी। आज मेरी सास अपना नाश्ता खुद बनाएगी।"

"और उसके बाद मैं उसे सप्ताहांत पर चंडीगढ़ ले जा रही हूँ।" ईशा ने कहा और मुसकरा दी।

सभी अपनी योजनाएँ बनाने में व्यस्त थे। मैंने पानी पीने के लिए वॉटर कूलर के पास जाने का बहाना बनाया, ताकि मैं वहाँ से ऑफिस से बाहर निकल सकूँ।

36

6: 47 AM पर मैं वॉटर कूलर तक पहुँचा। मैं कॉल सेंटर पर आखिरी बार पानी पीने के लिए झुका।

जैसे ही मैं खत्म करके खड़ा हुआ, मैंने प्रियंका को अपने पीछे पाया।

''हैलो!'' उसने कहा, ''जा रहे हो?''

''ओह, हैलो। हाँ, मैं व्रूम की बाइक पर जा रहा हूँ।'' मैंने कहा और अपना चेहरा पोंछ लिया।

''मैं तुम्हें मिस करूँगी।'' उसने मुझे टोकते हुए कहा।

''हूँ, कहाँ? क्वालिस में?'' मैंने कहा।

''नहीं, श्याम, मैं तुम्हें वैसे ही मिस करूँगी। मुझे अफसोस है, सबकुछ कैसे बदल गया?''

''अफसोस मत करो।'' मैंने अपनी उँगलियाँ पोंछते हुए कहा, ''यह मेरी गलती ज्यादा है। मैं समझता हूँ, मैं एक हारे हुए की तरह व्यवहार करता रहा।''

''श्याम, तुम्हें पता है, व्रूम ने अभी क्या कहा कि भारत गरीब है; केवल इसलिए कि भारत गरीब है, क्या तुम उससे प्यार बंद कर दोगे?'' प्रियंका ने कहा

''क्या?'' मैं विषय के बदलने से चौंक गया, 'ओह, हाँ। मैं मानता हूँ, आखिरकार यह हमारा देश है।''

''हाँ, हम भारत से प्यार करते हैं, क्योंकि यह हमारा देश है। पर क्या तुम जानते हो कि दूसरा कारण क्या है कि हम इससे प्यार करना बंद नहीं करते?''

''क्या?''

''हम ऐसा नहीं करते हैं, क्योंकि यह पूरी तरह से भारत की गलती नहीं है कि हम पीछे हैं। हाँ, हमारे कुछ भूतपूर्व नेताओं ने चीजों को अलग ढंग से किया, पर अभी हमारे पास अंत:शक्ति है और हमें यह पता है–जैसा व्रूम कहता है, एक दिन हम उन्हें दिखा देंगे।''

''पते की बात है। बढ़िया बात है।'' मैंने कहा। यह अजीब लग रहा था कि वह

सुबह–सुबह राष्ट्रीयता की बात कर रही थी। यह बोलने की बात नहीं है कि हमारा आखिरी समय साथ में कैसे बीता था।

मैंने सिर हिलाया और उससे दूर जाने लगा। 'जो भी हो, मुझे लगता है, व्रूम इंतजार कर रहा होगा।'' मैंने कहा।

''रुको, मेरी बात पूरी नहीं हुई।'' उसने कहा।

''क्या?'' मैंने कहा और उसे देखने लगा।

''मैंने यही सोच किसी और चीज पर भी अपनाई।'' उसने कहा, 'मैंने सोचा मेरे श्याम के साथ भी यही है, जो शायद अभी सफल न हो, पर इसका यह मतलब नहीं है कि उसमें दम नहीं है। और निश्चित रूप से इसका यह मतलब नहीं है कि मैं उसे प्यार करना बंद कर दूँ।''

मैं स्तब्ध खड़ा रहा। यह अविश्वसनीय था। मैं शब्दों को टटोलता रहा और आखिरकार काँपती आवाज में बोला। 'तुम्हें पता है, प्रियंका, तुमने ये अच्छी पंक्तियाँ कहीं कि भले ही सारी रात मैं तुमसे नफरत करने की कोशिश करता रहा, यह असंभव है। पर मुझे पता है कि मुझे तुमसे नफरत करनी चाहिए और आगे बढ़ जाना चाहिए। क्योंकि मैं तुम्हें वह सबकुछ नहीं दे सकता, जो मि. माइक्रोसॉफ्ट दे सकता है।'' मैं घबराहट और आश्चर्य के मारे जल्दी–जल्दी बोल रहा था।

''गणेश!'' उसने मुझे टोका।

''क्या?'' मैंने कहा।

''गणेश नाम है उसका, न कि मि. माइक्रोसॉफ्ट।'' उसने कहा।

''हाँ, जो भी हो।'' मैं साँस लिये बिना बोलता रहा, ''मैं तुम्हें वह नहीं दे सकता हूँ जो गणेश दे सकता है। किसी भी हाल में लेक्सस नहीं खरीद पाऊँगा। शायद एक मारुति–800 किसी दिन, पर सही है।'' वह मुसकराई।

''सचमुच, 800 ए.सी. वाली या ए.सी. के बिना?'' उसने कहा।

''चुप रहो। मैं कुछ गंभीर बात करना चाहता हूँ और तुम मजाक में ले रही हो।'' मैंने कहा।

वह फिर हँसी, हालाँकि धीरे से। मैंने अपनी दाईं आँख से एक आँसू पोंछा। उसने अपना हाथ उठाया और मेरी बाईं आँख से दूसरा आँसू पोंछ दिया।

''जो भी हो, हमारे बीच सब खत्म हो गया है, प्रियंका। और मुझे यह पता है, मैं इससे जल्दी ही उबर जाऊँगा। मुझे पता है, मुझे पता है।'' मैंने अपने आप से ज्यादा बात की।

उसने मुझे अपने आपको सँभालने तक इंतजार किया। मैं अपने मुँह पर पानी के छींटे मारने के लिए कूलर की ओर झुका।

''जो भी हो, तुम्हारी शादी हो रही है? तुम्हारी माँ तो शायद इसे धूमधाम से करने के लिए पूरा पैसा लगा देंगी।'' मैंने सीधे खड़े होते हुए कहा।

''कोई फाइव स्टार होटल, मुझे पक्का विश्वास है। वह सालों तक कर्जा भरती रहेंगी, पर उसे उस रात सुनहरा स्टेज चाहिए। तुम आओगे न?''

''मुझे नहीं पता।'' मैंने कहा।

''तुम्हारा क्या मतलब है, तुम्हें नहीं पता? यह कितना अजीब लगेगा, अगर तुम नहीं रहोगे तो।''

''मैं वहाँ आकर भयावह महसूस नहीं करना चाहता। जो भी हो, अगर मैं नहीं आऊँगा तो इसमें क्या अजीब होगा?''

''अच्छा, यह थोड़ा अजीब तो होगा कि दूल्हा अपनी शादी पर ही नहीं आए।'' प्रियंका ने कहा।

उसके शब्द सुनकर मैं लगभग जम ही गया। उसके आखिरी वाक्य को मैंने तीन बार अपने मन में दोहराया।

''तुमने अभी क्या कहा?'' मैंने पूछा।

उसने मेरा गाल खींचा और मेरी नकल की, ''तुमने अभी क्या कहा?''

मैं वहाँ अचंभित सा खड़ा रहा।

''पर यह मत सोचना कि मैं तुम्हें इतनी आसानी से छोड़ दूँगी। एक दिन मुझे मेरी 800 चाहिए ए.सी. के साथ।'' उसने कहा और हँसने लगी।

''क्या?'' मैंने कहा।

''तुमने मुझे सुना। मैं तुमसे शादी करना चाहती हूँ, श्याम।'' प्रियंका ने कहा।

मुझे उसके शब्दों पर विश्वास नहीं हो सका। मैंने सोचा, मैं खुशी से उछलूँ। पर ज्यादा तो मैं अचंभित था। और भले ही मैं उसी समय गले मिलना, रोना और हँसना चाहता था, एक दृढ़ आवाज ने मेरे अंदर एक गार्ड की तरह पूछा, ''यह सब किस बारे में है? कितनी भी बुरी क्यों न हो मेरी जिंदगी, मैं दया नहीं चाहता था।''

''तुम क्या कह रही हो, प्रियंका? तुम गणेश के बदले मेरा चयन करोगी? क्या यह सहानुभूति में लिया गया फैसला है?''

''अपने बारे में सोचना छोड़ो। मेरी जिंदगी का सबसे बड़ा फैसला कोई सहानुभूति में लिया गया फैसला नहीं हो सकता। मैंने इस बारे में सोचा है। गणेश बढ़िया है, लेकिन...''

''लेकिन क्या?'' मैंने कहा।

''पर वह फोटीवाली बात मुझे तंग कर रही है। वह खुद में एक विजेता है। तो उसे झूठ क्यों बोलना पड़ा?''

''तुम उसे इसलिए नहीं चुन रही, क्योंकि वह गंजा है। मेरे बाल भी ज्यादा विश्वसनीय नहीं हैं।'' मैंने कहा। यह सच था, हर समय जब मैं नहाता हूँ तो मेरे तौलिए में मुझसे ज्यादा बाल होते हैं।

''नहीं, मैं उसे इसलिए नहीं छोड़ रही, क्योंकि वह गंजा है। अधिकतर आदमी

गंजे हो जाते हैं, यह भयानक है, मैं जानती हूँ।'' उसने कहा और मेरे बालों को बिखेरने लगी। उसने बोलना जारी रखा, 'वह अधिकतर बातों में ठीक होगा, पर बात यह है कि उसने झूठ बोला। और इससे मुझे उस व्यक्ति के बारे में पता चलता है। मैं ऐसे व्यक्ति के साथ अपनी जिंदगी नहीं बिताना चाहती। वास्तव में मैं ऐसे व्यक्ति के साथ अपनी जिंदगी नहीं बिताना चाहती जिसे मैं अच्छी तरह से नहीं जानती। यह तो फैसले का एक हिस्सा है, दूसरा बड़ा हिस्सा भी है।''

''क्या?'' मैंने कहा।

''कि मैं तुमसे प्यार करती हूँ; क्योंकि तुम दुनिया के एकमात्र व्यक्ति हो, जिसके साथ में खुद जैसी रह सकती हूँ और क्योंकि तुम्हीं दुनिया के अकेले व्यक्ति हो जो मुझे मेरी सभी गलतियों के साथ जानते हो और फिर भी मुझे प्यार करते हो। मुझे ऐसी उम्मीद है।'' उसने काँपती हुई आवाज में कहा।

मैंने कुछ नहीं कहा।

वह फिर बोली, ''और भले ही दुनिया यह कहती है कि मैं भावहीन हूँ, मेरे दिल का एक हिस्सा संवेदनशील, अविवेकी और रूमानी है। क्या मैं वाकई रुपयों की परवाह करती हूँ? केवल इसलिए कि लोग मुझे कहते हैं कि मुझे क्या करना चाहिए। मुझे तो फाइव-स्टार होटलों से भी ट्रक ड्राइवरों के ढाबे ज्यादा अच्छे लगते हैं। श्याम, मैं माँ को जानती हूँ और तुम कहते हो कि मैं परवाह नहीं करती।''

''मैंने ऐसा कभी नहीं कहा।'' मैंने कहा और उसके कंधे पकड़ लिये।

''मुझे माफ कर दो, श्याम। मैंने तुम्हारी इतनी आलोचना की। मैं वाकई बुरी हूँ।'' प्रियंका ने कहा। वह सुबकने लगी। उसकी सिकुड़ी हुई नाक हमेशा से भी ज्यादा सुंदर लग रही थी।

''ठीक है, प्रियंका।'' मैंने कहा और उसके आँसू पोंछ दिए।

''तो यही है, श्याम। अंदर गहराई में केवल एक ऐसी लड़की है, जो अपने प्रेमी के साथ रहना चाहती है। क्योंकि तुम्हारी तरह यह लड़की भी ऐसी है, जिसे प्यार की बहुत जरूरत है।''

''प्यार? मुझे प्यार की जरूरत है?'' मैंने पूछा।

''बिलकुल तुम्हें है। और सभी को है। रोचक बात यह है कि हम कभी कहते नहीं हैं। अगर आप भूखे हैं तो सभी के बीच में चिल्लाना ठीक है। मैं भूखा हूँ। अगर आप थके हुए हैं तो भी बतंगड़ बनाना ठीक है। मुझे बहुत नींद आ रही है। पर किसी भी तरह हम यह नहीं कह सकते, मुझे केवल कुछ और प्यार चाहिए। हम ऐसा क्यों नहीं कह सकते, श्याम?''

मैंने उसे देखा। जब भी वह ऐसी गहरी दार्शनिक पंक्तियाँ बोलती है, मैं उसकी ओर आकर्षित हो जाता हूँ। मेरे अंदर के रक्षक ने मुझे याद दिलाया—''दृढ़ रहो।''

''प्रियंका!''

''हाँ।'' उसने अभी तक सुबकते हुए कहा।

''मैं तुमसे प्यार करता हूँ।'' मैंने कहा।

''मैं भी तुमसे प्यार करती हूँ।'' प्रियंका ने कहा।

''धन्यवाद। हालाँकि प्रियंका, मैं तुमसे शादी नहीं कर सकता। ऐसा कहने के लिए माफी चाहता हूँ, पर तुम्हारे दिल को हिला देनेवाले प्रस्ताव को मैं न कहता हूँ।'' मैंने कहा।

''क्या?'' प्रियंका ने अविश्वास से आँखें चौड़ी करते हुए कहा। मेरे अंदर का रक्षक आवेश में था।

''नहीं, मैं तुमसे शादी नहीं कर सकता। मैं आज रात एक नया व्यक्ति बन गया हूँ, इस नए व्यक्ति को अपनी जिंदगी की नई शुरुआत करनी है और अपने लिए नया सम्मान ढूँढ़ना है। तुमने गणेश को चुना, वह अच्छा है। तुम्हारे पास नई जिंदगी के लिए विकल्प है। तुम्हें वास्तव में मेरी जरूरत नहीं है। शायद यही अच्छा है।'' मैंने कहा।

''मैं अभी भी तुमसे प्यार करती हूँ श्याम, और केवल तुम्हें। प्लीज ऐसा मत कहो।'' उसने कहा और फिर मेरे और नजदीक आ गई।

''सॉरी।'' मैंने कहा और तीन कदम पीछे हट गया, ''मैं नहीं कर सकता। मैं तुम्हारा स्पेयर पहिया नहीं हूँ। मैं तुम्हारे वापस आने की प्रशंसा करता हूँ, लेकिन सोचता हूँ कि मैं आगे बढ़ने के लिए तैयार हूँ।''

वह केवल वहीं खड़ी रही और रोती रही। मेरा दिल कमजोर पड़ रहा था, लेकिन मेरा दिमाग मजबूत था।

''बाय प्रियंका!'' मैंने धीरे से उसका कंधा थपथपाया और चला आया।

37

"तुम कहाँ रह गए थे?" व्रूम ने मुख्य द्वार पर अपनी बाइक पर बैठे हुए मुझसे कहा। उसने अपनी घड़ी मुझे दिखाई–6:59 AM हो रहे थे।

"सॉरी यार, प्रियंका मुझे वॉटर कूलर पर मिली थी।" मैंने कहा और पिछली सीट पर बैठ गया।

"और?" व्रूम ने कहा।

"कुछ नहीं। केवल गुडबाय वगैरह। वह मुझे वापस पाना चाहती है, शादी करना चाहती है। उसने स्वयं कहा। क्या तुम विश्वास कर सकते हो?"

व्रूम मेरी तरफ मुड़ा। "सचमुच, तुमने क्या कहा?"

"मैंने कहा नहीं।" मैंने रूखेपन से कहा।

"क्या?" व्रूम ने कहा।

जब हम बात कर रहे थे, राधिका, ईशा और मिलिटरी अंकल मुख्य द्वार से निकलकर ठंडी धूप में आ गए।

"अरे, तुम लोग अभी भी यहीं हो?" राधिका ने कहा।

"श्याम ने अभी-अभी प्रियंका को न कहा है। वह उससे शादी करना चाहती है, पर इसने कहा नहीं।"

"क्या?" राधिका और ईशा एक साथ बोल पड़ीं।

"छोड़ो यारो। जाने दो। मैंने वही किया, जो मुझे मेरी जिंदगी में कुछ सम्मान पाने के लिए जरूरी था। मेरी चिंता करना छोड़ दो।" मैंने कहा।

क्वालिस का ड्राइवर आया और उसने हॉर्न बजाया।

"हम तुम्हारी चिंता नहीं कर रहे। यह तुम्हारी जिंदगी है। चलो चलें ईशा।" राधिका ने कहा और मुझे हेय निगाहों से देखा। वह ईशा की तरफ मुड़ी और वे सब क्वालिस की ओर चल दिए।

"प्रियंका मैडम कहाँ हैं? हम लेट हो रहे हैं।" ड्राइवर ने कहा।

"वह आ रही है। वह अपनी माँ से फोन पर बात कर रही है। गणेश के माता-पिता नाश्ते के लिए घर आ रहे हैं। उसकी माँ गरम-गरम पराँठे बना रही है।"

राधिका ने इतनी जोर से कहा कि मैं सुन सकूँ। पराँठों के जिक्र से ही मुझे भूख लग आई। पर मुझे लगता है, मैं इस नाश्ते में आमंत्रित होनेवालों में से सबसे आखिरी व्यक्ति होऊँगा।

"ऐसा लगता है कि उनका पूरा परिवार ही एक-दूसरे से ब्याह रचा रहा है।" व्रूम ने कहा। उसने जाने से पहले कुछ आखिरी कश लेने के लिए एक सिगरेट जलाई।

ड्राइवर ने क्वालिस स्टार्ट की। ईशा और राधिका बीचवाली पंक्ति में बैठीं, जबकि मिलिटरी अंकल पीछे बैठे।

प्रियंका मुख्य द्वार से दौड़ती हुई आई। मुझे देखे बगैर वह सीधा क्वालिस में अगली सीट पर बैठ गई। ड्राइवर ने क्वालिस को घुमाया, जिससे उसका पिछला सिरा हमारे सामने था।

जैसे ही क्वालिस चलने लगी, मिलिटरी अंकल ने खिड़की से बाहर झाँककर कुछ कहा। मैं केवल उनके हिलते हुए होंठ देख पाया, 'तुम साले बेवकूफ हो…!" मैंने सोचा, यही बोला होगा।

इससे पहले कि मैं प्रतिक्रिया कर पाता, क्वालिस जा चुकी थी।

व्रूम ने सिगरेट बुझा दी।

"ओह नहीं। मैं बहुत बड़ा मूर्ख हूँ। मैंने उसे जाने दिया।" मैंने कहा।

"ऊ हूँ!" व्रूम ने अपना हैलमेट पहनते हुए कहा।

"क्या यह हाँ है? तुम सोचते हो कि मैं पूरा बेवकूफ हूँ?"

"तुम खुद सबसे बढ़िया निर्णायक हो।" व्रूम ने बाइक को अपने पैरों से खींचते हुए कहा।

"व्रूम, मैंने क्या कर दिया? अगर वह घर पहुँचकर गणेश के परिवार के साथ पराँठे खा लेती है तो सब खत्म समझो। मैं कितना जड़बुद्धि हूँ।" मैंने कहा और अपनी सीट पर ऊपर-नीचे कूदने लगा।

"नाचना बंद करो। मुझे गाड़ी चलानी है।" व्रूम ने किक पैडल पर पैर रखते हुए कहा।

"व्रूम, हमें क्वालिस पकड़नी है। क्या तुम इतना तेज चला सकते हो कि उसे पकड़ लें?"

व्रूम ने अपना हैलमेट उतारा और हँसने लगा।

"क्या तुम मेरा अपमान कर रहे हो? तुम्हें शंका है कि मैं उस जरा सी क्वालिस को पकड़ नहीं सकता हूँ ? मेरा दिल टूट गया, यार।"

"व्रूम, चलो चलें, प्लीज।" मैंने उसके कंधों को धकेला।

"नहीं। पहले तुम मेरी ड्राइविंग योग्यता पर शक करने के लिए माफी माँगो।"

"मुझे माफ कर दो, बॉस, मुझे माफ कर दो।" मैंने कहा और हाथ जोड़ लिये।

''अब चलो शूमाकर।''

व्रूम ने अपनी बाइक को स्टार्ट किया। चंद पलों में हम कॉल सेंटर से बाहर आ गए। मुख्य सड़क सुबह-सुबह व्यस्त हो रही थी, पर व्रूम ने फिर भी नब्बे कि.मी. प्रति घंटे की चाल रखी। हम कार, स्कूटर, ऑटो, स्कूल बसों और अखबारवालों को पीछे छोड़ते जा रहे थे जैसे हमने दिल्ली जानेवाले रास्ते को लिया।

चार मिनटों के बाद मैंने दूर ट्रैफिक सिग्नल के पास एक सफेद क्वालिस को देखा।

''यह वही होगी।'' मैंने इशारा किया।

जैसी ही व्रूम आगे बढ़ा, बकरियों के एक झुंड ने सड़क पार करना शुरू किया। वे हमारे रास्ते को रोके हुए थीं।

''क्या यार, ये कहाँ से आ गईं?'' मैंने बुरी तरह से घबराते हुए कहा। अभी कुछ समय पहले तक गुड़गाँव एक गाँव था। बकरियाँ शायद पूछ रही हैं कि हम कहाँ से आ गए?'' व्रूम ने चुटकी लेते हुए कहा।

''चुप रहो और कुछ करो।'' मैंने कहा।

व्रूम ने अपनी बाइक चलाने की कोशिश की पर वह एक बकरी के सींगों में टकरा गया। उसने दाईं तरफ मोड़ा, जहाँ ट्रैफिक उलटी दिशा में जा रहा था लेकिन वह ट्रकों से भरा हुआ था जो हमें पाँच सेकंडों में मार डालते।

''अब केवल एक रास्ता बचा है।'' व्रूम ने कहा और हैलमेट के अंदर से मुझ पर मुसकराया।

''क्या...'' मैं कह रहा था, जब व्रूम ने बाइक सड़क के डिवाइडर पर चढ़ा ली।

''क्या तुम पागल हो?'' मैंने कहा।

''नहीं, तुम पागल हो, जो उसे जाने दिया।'' व्रूम ने कहा और डिवाइडर पर चलाना शुरू कर दिया। बकरियाँ और ट्रैफिक हमें आश्चर्य से देखने लगे। व्रूम स्ट्रीट लाइटों से आगे बढ़ता गया जब तक कि हमने झुंड को पार न कर लिया। एक बार सड़क पर आने के बाद व्रूम ने फिर सौ की स्पीड कर ली। एक मिनट के बाद हमारी बाइक लाल बत्ती पर क्वालिस से मिली। मैं बाइक से उतरा और अगली खिड़की को ठकठकाया। प्रियंका दूसरी ओर देखने लगी। मैंने अपनी हथेली से काँच को ठोका।

उसने खिड़की खोली, ''क्या है? हमें कुछ नहीं खरीदना है।'' प्रियंका ने कहा, मानो मैं कोई सड़क किनारे सामान बेचनेवाला हूँ।

''मैं एक बेवकूफ हूँ।'' मैंने कहा।

''और?'' प्रियंका बोली।

सभी ने मुझे देखने के लिए क्वालिस की खिड़कियाँ खोल दीं।

''मैं एक जड़बुद्धि हूँ। मैं मूर्ख, गँवार और पागल हूँ। प्लीज, मैं तुमसे शादी करना चाहता हूँ।''

“अच्छा, सचमुच? उस नए आदमी का क्या, जो आना चाहता है?” प्रियंका ने कहा।

“मैं नहीं जानता था कि मैं क्या कह रहा था। किसी की इज्जत के साथ क्या करना? मैं उसे अपनी जेब में नहीं रख सकता।” मैंने कहा।

“तो तुम मुझे अपनी जेब में रखना चाहते हो?” प्रियंका ने कहा।

“तुम तो पहले से ही मेरी हर जेब में हो—मेरी जिंदगी की, मेरे दिल की, मेरे दिमाग की, मेरी आत्मा की। प्लीज वापस आ जाओ।” मैंने कहा और लाल बत्ती पीली बत्ती में परिवर्तित हो गई।

“तुम वापस आओगी?”

“हम...म... चलो, देखते हैं।” प्रियंका ने कहा।

“प्रियंका प्लीज, जवाब दो।”

“मुझे नहीं पता। मुझे सोचने दो। मुझे अगली लाल बत्ती पर मिलना। ठीक है? चलो, ड्राइवरजी।” उसने हरी बत्ती होने पर कहा। ड्राइवर जैसे मेरे दुःख के मजे ले रहा था, वह पूरी स्पीड के साथ आगे बढ़ गया।

“उसने क्या कहा?” व्रूम ने मेरे बाइक पर बैठते हुए कहा।

“वह अगली लाल बत्ती पर जवाब देगी। चलो, चलते हैं।”

अगली लाल बत्ती पर एक छोटा सा ट्रैफिक जाम था। मैं बाइक से उतरा और क्वालिस तक पहुँचने के लिए कुछ वाहनों के पीछे दौड़ा। मैंने फिर खिड़की खटखटाई। प्रियंका वहाँ नहीं थी।

“वह कहाँ है?” मैंने ड्राइवर से पूछा। उसने अपने कंधे उचकाए।

मैंने क्वालिस के अंदर देखा। ईशा, राधिका ने भी अपने कंधे उचकाए। वह वहाँ नहीं थी।

पीछे से कोई आया और मेरे गले लग गया।

“मैंने तुमसे कहा न, हमें कुछ नहीं खरीदना। तुम हमें तंग क्यों कर रहे हो?”

प्रियंका को देखने के लिए मैं मुड़ा।

“मुझे नहीं पता कि मैं वॉटर कूलर पर क्या कह रहा था।” मैंने कहा।

“चुप हो जाओ और मुझे गले लगा लो।” प्रियंका ने कहा और अपनी बाँहें फैला दीं।

हमारी नजरें मिलीं और भले ही मैं बहुत कुछ बोलना चाहता था, हमारी आँखों ने सब बातें कर लीं। मैं कुछ पलों के लिए उसे गले मिलता रहा और फिर उसने मुझे किस किया। हमारे होंठ मिल गए और भरे ट्रैफिक में फँसा हर व्यक्ति हमें देखने लगा, सुबह-सुबह के शो का मजा लेते हुए। इस स्थिति में किस बहुत अजीब लग रही थी, पर मैं अपने आपको उससे अलग नहीं कर पाया। छह महीने बाद हम किस कर रहे थे और डिमांड बहुत बढ़ गई थी। व्रूम और क्वालिस के बाकी सभी लोग

हमारे आस-पास आ गए थे। जल्दी ही वे तालियाँ और सीटियाँ बजाने लगे थे। सड़क पर खड़े वाहन भी शाबाशी में अपने हॉर्न बजाने लगे, पर मैं उन्हें न तो देख सकता था और न ही सुन सकता था। मुझे केवल प्रियंका दिखाई दे रही थी। और मुझे सिर्फ मेरी अंदर की आवाज सुनाई दे रही थी, जो कह रही थी—उसे किस करो, उसे किस करो, थोड़ा और उसे किस करो!

38

दोस्तो, कुछ इस तरह से मेरी वह रात और मेरी कहानी खत्म होती है। हमें नहीं पता था कि भविष्य में सबकुछ क्या, कब और कैसे बदलनेवाला है। कुछ हद तक हम अभी भी नहीं जानते हैं। पर जीवन ऐसा ही है—अनिश्चित, कभी-कभी उलझा हुआ, लेकिन फिर भी मजेदार। फिर भी मैं आपको बता दूँ कि इस रात के एक महीने बाद हम कहाँ थे। व्रूम और मैंने बक्शी द्वारा दी गई पूँजी से वेबसाइट डिजाइन कंपनी शुरू कर ली। हमने इसका नाम 'ब्लैकशीप वेब डिजाइन कंपनी'' रखा। एक महीने में हमारे पास केवल एक स्थानीय ऑर्डर था। उससे हमें ब्रेक मिल जाता या शायद फायदा, जो इस बात पर निर्भर था कि व्रूम कंपनी पर अपनी सिगरेटों का भार डालता है या नहीं।

अभी तक कोई अंतरराष्ट्रीय ऑर्डर नहीं, पर हम देख लेंगे।

ईशा ने अपनी मॉडलिंग की ख्वाहिशें छोड़ दीं और कॉल सेंटर पर काम करना जारी रखा। फिर भी वह दिन में एक एन.जी.ओ. के साथ काम करती है। उसका काम निगम के कोष को बढ़ाना है। मैंने सुना है, उसका काम बढ़िया चल रहा है। मुझे लगता है, जब पुरुष कार्यकारी ऐसी हॉट लड़की को अच्छे काम के लिए पैसे माँगते हुए सुनते होंगे तो वे न नहीं कह सकते। उनमें से अधिकतर चेक साइन करते समय उसकी नाभि की अँगूठी को देखते रहते होंगे। इसके अलावा व्रूम ने अगले सप्ताह उसको कॉफी पर ले जाने के लिए भी पूछा था (इसका जो भी मतलब हो) और मुझे लगता है, उसने हाँ कर दी।

मिलिटरी अंकल ने यू.एस. का वीजा बनवा लिया और अपने बेटे के साथ संबंध सुधारने के लिए गए हैं। यदि वह वापस नहीं आए तो मतलब बात बन गई समझो। राधिका अपने पति के साथ तलाक का केस लड़ रही है और ईशा के साथ रह रही है। वह कुछ समय के लिए अपने माता-पिता के पास जाने की भी सोच रही है। अनुज ने माफी माँग ली है, पर राधिका अब तक माफ करने के मूड में नहीं है।

प्रियंका भी कनेक्शंस पर काम करती है, पर छह महीनों में वह त्वरित एक साल के बी.एड. के कोर्स के लिए कॉलेज जाएगी। हमने तय किया कि शादी अभी

कम-से-कम दो साल और दूर है। फिलहाल हम अकसर मिलते हैं, लेकिन पहला ध्यान कैरियर पर है। जब प्रियंका ने गणेश को न कहा तो उसकी माँ ने तीन बार दिल का दौरा पड़ने का नाटक किया, लेकिन प्रियंका हर बार ऊँघती रही, जब तक कि उसकी माँ ने दिल के दौरेवाली बात और गणेश की फाइल बंद नहीं कर दी।

तो ऐसा लगता है कि सब काम ठीक हो रहे हैं। एक व्यक्ति के तौर पर मेरे लिए, मुझे अधिकतर वैसा ही लगता है। फिर भी एक अंतर है। मुझे लगता था कि मैं किसी काम का नहीं हूँ और विजेता नहीं हूँ, पर यह सच नहीं है। आखिरकार मैंने कॉल सेंटर पर बहुत सारी नौकरियाँ बचाने में मदद की, अपने बॉस को एक सबक सिखाया, अपनी खुद की कंपनी शुरू की, एक बढ़िया लड़की ने NRI दूल्हे को छोड़कर मुझे चुना और अब तो मैंने एक पूरी किताब खत्म कर ली। इसका मतलब है कि 1. मैं वह कर सकता हूँ, जो सचमुच मैं चाहता हूँ, 2. भगवान् हमेशा मेरे साथ हैं, और 3. आखिरकार पराजित जैसी कोई चीज नहीं होती।

उपसंहार

''वाह!'' मैंने कहा, ''क्या कहानी है।''

उसने सिर हिलाया और अपनी बोतल से पानी का एक घूँट लिया। चलती ट्रेन में पानी अपने ऊपर गिरने से बचने के लिए उसने बोतल को कसकर पकड़े रखा।

''धन्यवाद।'' मैंने कहा, ''इससे हमारी रात आसानी से कट गई।''

मैंने समय देखा, सुबह के सात बजने वाले थे। हमारी यात्रा लगभग खत्म होनेवाली थी। दिल्ली एक घंटे से भी कम दूरी पर था। ट्रेन रात को चीरती हुई बढ़ रही थी और मैं क्षैतिज की गहराई में। आकाश में नारंगी प्रकाश की किरण उभरते हुए देख सकता था।

''तो तुम्हें पसंद आई?''

''हाँ, यह मजेदार है। पर इसने मुझे कुछ सोचने पर विवश किया है। मैं अपने काम और निजी जिंदगी में श्याम जैसी अवस्था से गुजरा। काश, मुझे यह कहानी तब पता होती। इससे शायद मैं चीजों को अलग ढंग से करता या कम-से-कम मुझे इतना बुरा न लगता।''

''यह हुई न बात। यह उन दुर्लभ कहानियों में से एक है जो मजेदार है, पर आपकी मदद भी कर सकती है और इसीलिए मैं चाहती हूँ कि तुम इसे बाँटो। क्या तुम इस कहानी को पुस्तक का रूप दे सकते हो?'' उसने बोतल पर ढक्कन लगाते हुए कहा।

''मुझे लगता है, हालाँकि इसमें थोड़ा समय लगेगा।'' मैंने कहा।

''बिलकुल। और मैं तुम्हें सभी लोगों की जानकारी दे दूँगी। अगर उनसे मिलना चाहते हो तो अवश्य मिलो। तुम अपनी कहानी किसके जरिए कहना चाहोगे?

''श्याम। जैसाकि मैंने कहा, वह और उसकी कहानी बहुत कुछ मेरे जैसी है। मैं उससे बहुत जुड़ा हुआ हूँ, मेरी भी यही समस्याएँ थीं। मेरा स्वयं का अंधकारमय पक्ष।''

''सचमुच, यह रोचक है।'' उसने कहा, 'हालाँकि यह सच है, हम सभी का

एक अँधेरा पक्ष होता है–जो हम अपने बारे में पसंद नहीं करते, जो हमें नाराज कर देता है और कुछ जो हम अपने बारे में बदलना चाहते हैं। अंतर इतना है कि हम इसका सामना कैसे करते हैं?''

मैंने सिर हिला दिया। ट्रेन आरामदायक चाल से आगे बढ़ रही थी। हम चुप रहे, फिर मैंने कुछ मिनटों के बाद बोलना शुरू किया।

''सुनो, यह कहने के लिए माफी चाहता हूँ। मुझे लगता है, कहानी पढ़ने वालों को एक मुद्दे समस्या हो सकती है।''

''क्या?''

''भगवान् के साथ बातचीत।''

वह मुसकराई।

''उसके साथ क्या समस्या होगी?'' उसने पूछा।

''शायद, बस यही कि कुछ लोग इसे न खरीदें। आखिर कहानी में वास्तविकता तो लानी पड़ती है। पढ़नेवाले हमेशा कहते हैं ''हमें बताओ, सचमुच क्या हुआ?'' तो फिर इस मामले में गॉड कॉलिंग कैसे फिट होगा।''

''क्यों? तुम नहीं सोचते, ऐसा हो सकता है?'' उसने अपनी सीट पर खिसकते हुए पूछा। उसका कंबल हट गया, जिससे उसके नीचे एक किताब दिखाई दी, जिसपर मैंने पहले ध्यान नहीं दिया था।

''अच्छा, मुझे नहीं पता था। यह प्रायः नहीं होता है।''

''मेरा मतलब चीजों की व्यवस्था तार्किक और वैज्ञानिक रूप में होनी चाहिए।''

''सचमुच? क्या जिंदगी में सबकुछ इसी तरह से होता है?''

''मुझे लगता है।''

''चलो, देख लेते हैं। तुमने कहा, तुम्हें नहीं पता क्यों? लेकिन तुम श्याम से संबंध रखते हो। उसके पीछे कौन सी वैज्ञानिक और तर्कसंगत व्याख्या है?''

मैंने कुछ क्षणों के लिए सोचा, परंतु उचित जवाब सोच नहीं पाया।

उसने मुझे बैचेनी में देखा और वह रम्य दिखाई दी।

''प्लीज कोशिश करो।'' और मैंने कहा, ''समझो, भगवान् के कॉल ज्यादातर नहीं होते हैं। मैं उस बारे में कैसे लिख सकता हूँ?''

''ठीक है, सुनो, मैं तुम्हें ''भगवान् के कॉल'' की बजाय एक दूसरा विकल्प बताती हूँ। एक तर्कसंगतपूर्ण। ठीक है।'' उसने कहा और अपनी बोतल दूर रख दी।

''क्या विकल्प?'' मैंने पूछा।

''चलो, थोड़ा सा रिवाइंड करते हैं। तो वे एक गड्ढे में फँस जाते हैं और क्वालिस छड़ों के बीच लटकी हुई घिर जाती है। ठीक, उस हिस्से में तुम्हें कोई दिक्कत तो नहीं है?''

''ठीक है, मैं उसे सँभाल सकता हूँ।'' मैंने कहा।

''और तब उन्हें लगा कि उनका अंत नजदीक है। जिंदगी में कोई आशा नहीं थी—शाब्दिक और प्रतीकात्मक रूप में भी सहमत हो?''

''सहमत।'' मैंने कहा।

''ठीक है।'' उसने कहना जारी रखा, 'तो ऐसा कह लेते हैं कि उसी समय मिलिटरी अंकल बोल उठे। उन्होंने कहा कि मैंने गौर किया कि तुम लोग एक अजीब सी परिस्थिति में यहाँ हो तो इसलिए, मैंने सोचा कि मुझे बीच में आना चाहिए और तुम्हें कुछ सलाह देनी चाहिए।''

''यही तो भगवान् ने कहा था।'' मैंने कहा।

''ठीक है। और इस बात से जो भी भगवान् ने कहा, तुम ऐसा कह सकते है कि वह मिलिटरी अंकल ने कहा हो। उन्होंने तुम सभी को सफलता, अंतरात्मा की आवाज और दूसरी चीजों के बारे में बताया।''

''सचमुच? क्या ऐसा ही हुआ था।'' मैंने कहा।

''नहीं, मैंने यह नहीं कहा। मैंने केवल यह कहा कि तुम्हारे पास यह विकल्प है, ताकि सबकुछ ज्यादा तर्कसंगत और वैज्ञानिक लगे। तुम समझे मेरी बात को?''

''हाँ।'' मैंने कहा।

''तो तुम मुख्य कहानी में जो भी लिखना चाहो, चुन लो। आखिरकार यह तुम्हारी कहानी होगी।''

मैंने सिर हिला दिया।

''पर क्या मैं तुमसे एक सवाल पूछ सकती हूँ?''

''बिलकुल।'' मैंने कहा।

''दोनों में से बेहतर कहानी कौन सी है?''

मैंने एक सेकंड के लिए सोचा।

''जिसमें भगवान् हैं।'' मैंने कहा।

''बिलकुल जिंदगी की तरह। तर्कसंगत हो या नहीं, यह भगवान् के साथ बेहतर बन जाती है।''

मैंने कुछ मिनटों के लिए उसके शब्दों पर विचार किया। वह चुप हो गई। मैंने उसके चेहरे को देखा। वह प्रभात के प्रकाश में और भी अच्छी लग रही थी।

''अच्छा, ऐसा लग रहा है कि दिल्ली आने को ही है।'' उसने कहा और बाहर देखने लगी। खेत खत्म हो चुके थे और हम दिल्ली की सीमा के गाँवों के घर देख सकते थे।

''यह सफर खत्म हो गया।'' मैंने कहा, ''सभी कुछ के लिए धन्यवाद! अररर ̈मुझे अंदाजा लगाने दो, ईशा ठीक?'' मैं उससे हाथ मिलाने के लिए खड़ा हो गया।

''ईशा? तुमने ऐसा क्यों सोचा कि मैं ईशा हूँ?''

''क्योंकि तुम बहुत अच्छी दिखती हो।''

‘‘धन्यवाद।’’ वह हँसने लगी, ‘पर माफ करना, मैं ईशा नहीं हूँ।’’

‘‘तो प्रियंका?’’ मैंने कहा।

‘‘नहीं।’’

‘‘मुझे बताना मत–राधिका?’’

‘‘नहीं, मैं राधिका भी नहीं हूँ!’’ उसने कहा।

‘‘तो फिर तब···तुम कौन हो?’’

वह केवल मुसकराती रही।

यह तब मुझे समझ में आया। वह लड़की थी, उसे पूरी कहानी पता थी पर वह ईशा, राधिका या प्रियंका नहीं थी। इसका मतलब था, केवल एक ही विकल्प बचा था।

‘‘तो···इसका मतलब···‘ओह मेरे···’’ मेरा पूरा शरीर काँपने लगा, क्योंकि मुझे संतुलन बनाना मुश्किल लग रहा था। मैं अपने घुटनों पर गिर गया। उसका चेहरा चमकने लगा और तेज सूर्य का प्रकाश एक क्षण में ही हमारे कंपार्टमेंट में प्रवेश कर गया।

मैं उसे मुसकराते हुए देखता रहा। उसके पास एक खुली हुई किताब थी। वह एक पवित्र किताब का अंग्रेजी अनुवाद थी। मेरी आँखें कुछ पेजों पर टिक गईं, जो खुल पड़े थे।

हमेशा मेरे बारे में सोचो, मेरे भक्त बन जाओ, मेरी पूजा करो और अपनी श्रद्धा मुझे अर्पित कर दो। फिर तुम जरूर ही मेरे पास आओ। मैं तुमसे यह वादा करता हूँ, क्योंकि तुम मेरे बहुत प्यारे दोस्त हो।

‘‘क्या?’’ मैंने कहा और मेरा सिर चकराने लगा। शायद वह अनिद्रा भरी रात अब जोर पकड़ रही थी। पर वह केवल मुसकराती और मुसकराती ही रही। उसने अपना हाथ उठाया और मेरे सिर पर रख दिया।

‘‘मैं नहीं जानता कि क्या कहूँ।’’ मैंने चौंधियाते प्रकाश में कहा।

थकान भरी भावनाओं ने मुझे जकड़ लिया, क्योंकि अनिद्रा भरी रात अपना बदला ले रही थी। मैंने अपनी आँखें बंद कर लीं।

जब मैंने उन्हें खोला, ट्रेन रुक चुकी थी और मैं फर्श पर सिर नीचा किए पड़ा हुआ था। ट्रेन दिल्ली स्टेशन पर थी। कुलियों, चाय बेचनेवालों और यात्रियों की हलचल का शोरगुल मेरे कानों में गूँजा। मैंने धीरे से उसकी सीट पर देखा, पर वह जा चुकी थी।

‘‘सर, क्या आप अपने आप बाहर निकल जाएँगे या आपको मदद चाहिए?’’ एक कुली ने मेरे कंधे को थपथपाया।

□□□

आज की गलाकाट प्रतिस्पर्द्धा के दौर में कैसे अपनी क्षमता, इच्छाशक्ति और कुछ हासिल करने की शिद्‍दत से युवा सफल हो सकते हैं—यह मूल संदेश है **5 पॉइंट समवन** का।

लेखन के क्षेत्र में पदार्पण करते ही अपनी सरल-सुबोध भाषा, आकर्षक शिल्प तथा किस्सागोई के कारण लाखों युवाओं को लुभा लेनेवाले बेस्टसेलर लेखक चेतन भगत का उपन्यास है **5 पॉइंट समवन**।